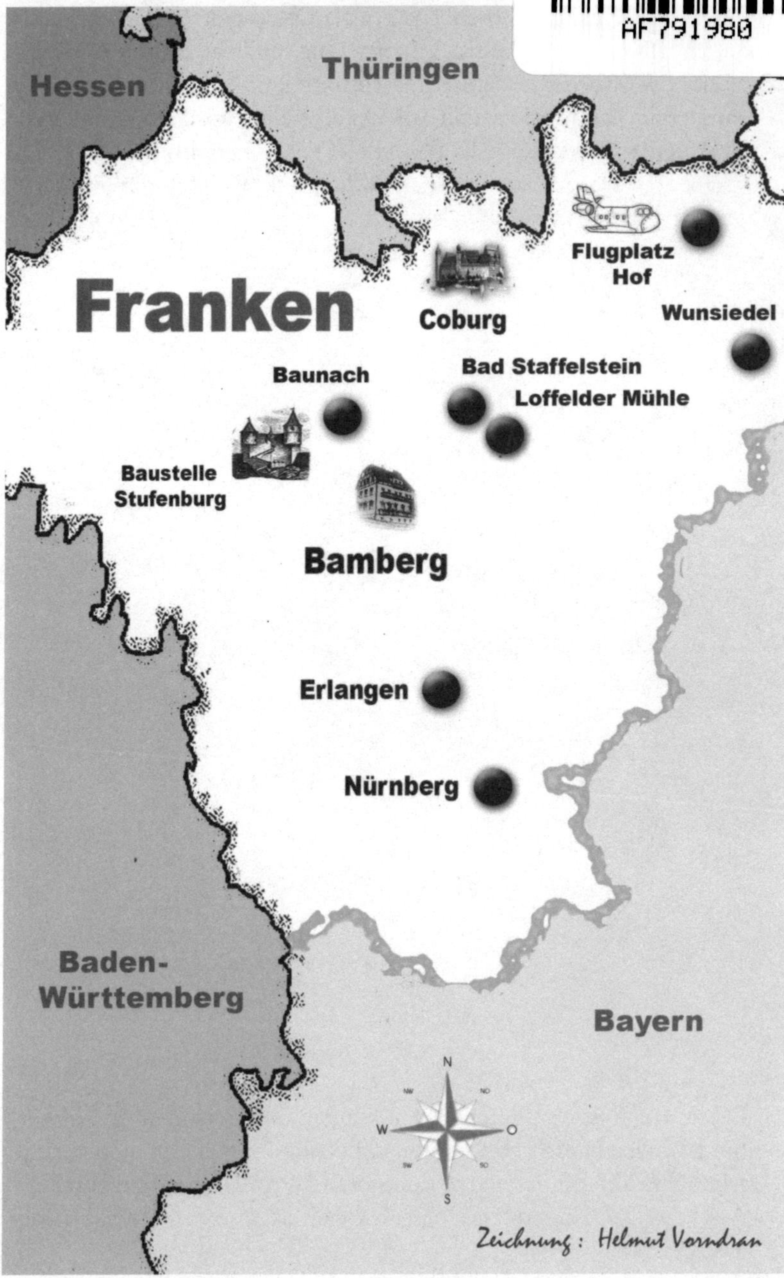
Hessen
Thüringen
Franken
Coburg
Flugplatz Hof
Wunsiedel
Baunach
Bad Staffelstein
Loffelder Mühle
Baustelle Stufenburg
Bamberg
Erlangen
Nürnberg
Baden-Württemberg
Bayern
N
NW
NO
W
O
SW
SO
S
Zeichnung: Helmut Vorndran

Helmut Vorndran, geboren 1961 in Bad Neustadt/Saale, lebt mehrere Leben: Er ist Kabarettist, Unternehmer und Buchautor. Als überzeugter Franke hat er seinen Lebensmittelpunkt ins oberfränkische Bamberger Land verlegt und arbeitet als freier Autor unter anderem für Antenne Bayern und das Bayerische Fernsehen. Im Emons Verlag erschienen »Das Alabastergrab«, »Blutfeuer« und »Tot durch Franken«. www.helmutvorndran.de

Dieses Buch ist ein Roman. Handlungen und Personen sind frei erfunden, wenngleich er zum Teil auf wahren Begebenheiten beruht. Ähnlichkeiten mit lebenden oder toten Personen sind rein zufällig. Auf Seite 317 finden Sie Übersetzungen der norwegischen Dialogpassagen.

HELMUT VORNDRAN

Der Colibri-Effekt

Aus dem Fränkischen übersetzt
von Helmut Vorndran

emons:

Bibliografische Information der Deutschen Nationalbibliothek
Die Deutsche Nationalbibliothek verzeichnet diese Publikation in der Deutschen Nationalbibliografie; detaillierte bibliografische Daten sind im Internet über http://dnb.d-nb.de abrufbar.

FSC
www.fsc.org
MIX
Papier aus verantwortungsvollen Quellen
FSC® C083411

Umschlagmotiv: Heribert Stragholz
Umschlaggestaltung: Tobias Doetsch
Druck und Bindung: CPI – Clausen & Bosse, Leck
Printed in Germany 2012
ISBN 978-3-89705-953-5
Franken Krimi
Originalausgabe

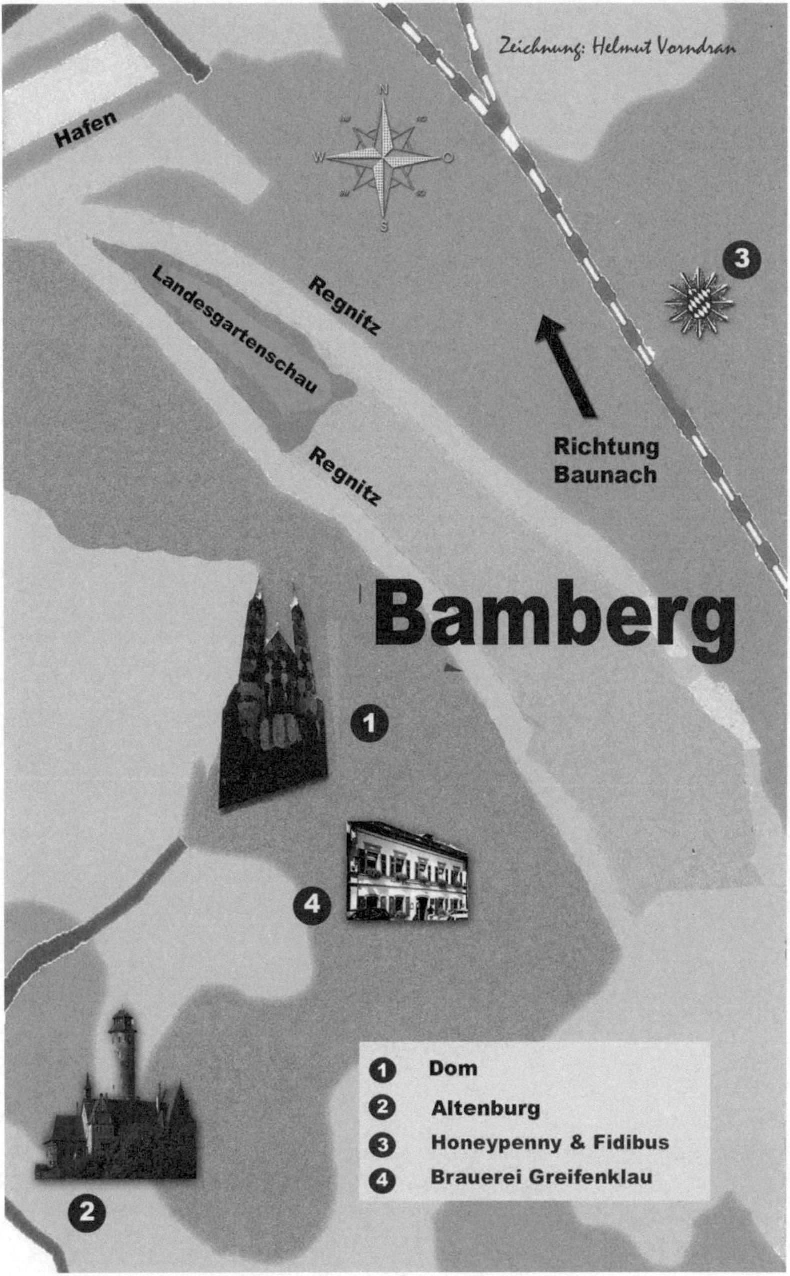

Zeichnung: Helmut Vorndran
Hafen
N
W
O
S
Landesgartenschau
Regnitz
Regnitz
3
Richtung
Baunach
Bamberg
1
4
2
1 Dom
2 Altenburg
3 Honeypenny & Fidibus
4 Brauerei Greifenklau

Verden har nok til alle, men ikke 'til all grådighet.

Die Welt hat genug für jedermanns Bedürfnisse,
aber nicht für jedermanns Gier.

Norwegisches Sprichwort

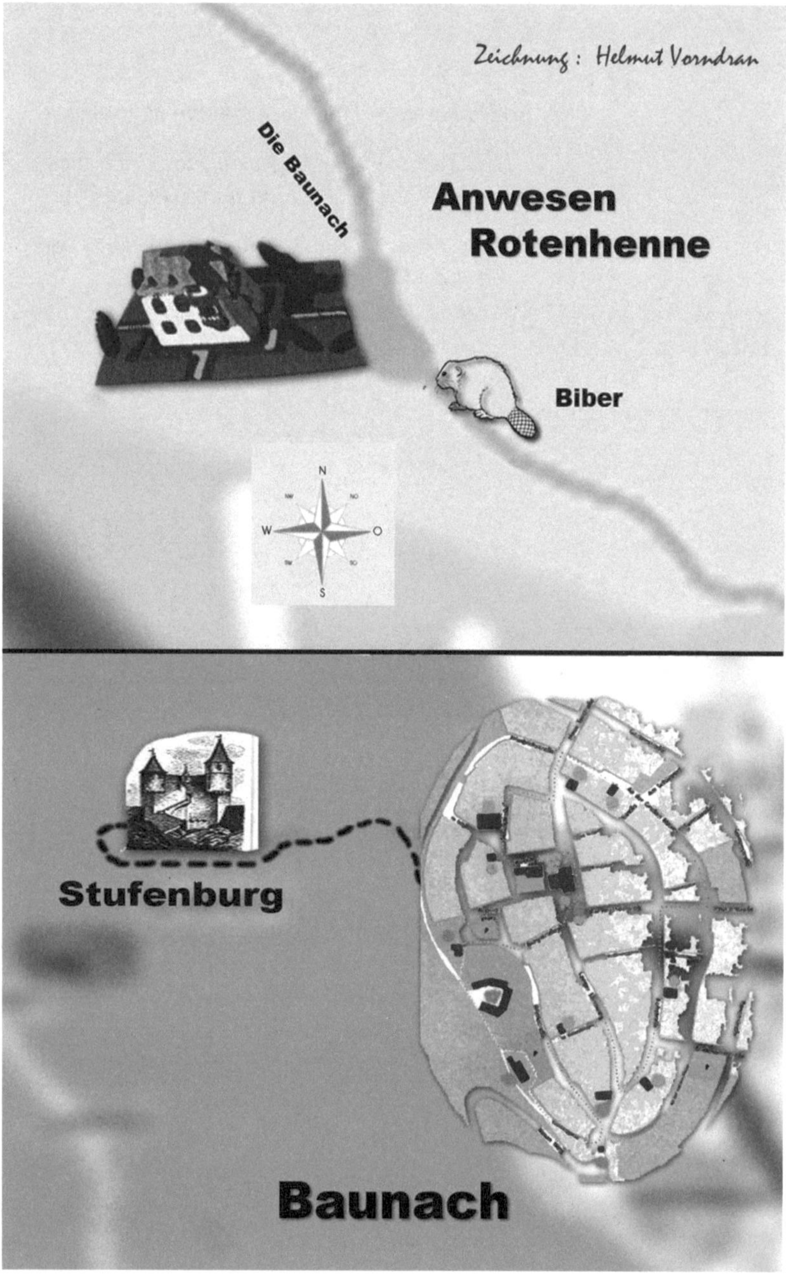
Zeichnung: Helmut Vorndran
Die Baunach
Anwesen
Rotenhenne
Biber
N
W
O
S
Stufenburg
Baunach

Prolog

Er richtete sich auf dem Holzstuhl auf und vertrieb aus seinem Kopf die letzten Zweifel, die er in der letzten Zeit mit sich herumgetragen hatte. Eine kleine Fontäne spritzte aus der Nadel, während von draußen versucht wurde, die schwere Stahltür aufzubrechen.

Er hielt noch einen kurzen Moment inne, dann glitt die Nadel der Spritze in die Vene seines linken Unterarms, oberhalb der zu einer Faust geballten Hand. Entschlossen drückte er die farblose Flüssigkeit in seinen Körper. Er lachte kurz und verzweifelt auf, dann fiel die leere Spritze zu Boden und rollte noch ein letztes Mal um das hintere Stuhlbein. Das hier war doch völlig verrückt, aber er sah keine andere Chance mehr, lebend aus dieser Geschichte herauszukommen. Die Würfel waren gefallen. Er konnte nur hoffen, dass er keinen Fehler gemacht hatte und er sich auf den Mann verlassen konnte, der gerade auf diesem Stuhl saß. Er selbst und sein Instinkt waren das Einzige, was er noch hatte.

Headhunter

Es war Freitagmorgen und der letzte Arbeitstag für diese Woche. Lagerfeld öffnete die Tür zur Dienststelle in einem eher unkonzentrierten Zustand. Er war zwei Stunden zu früh auf seiner Arbeit erschienen und gedanklich mit gänzlich anderen Dingen beschäftigt als mit Verbrechensaufklärung oder sonstiger Polizeiarbeit. Der junge Kommissar, dessen Outfit mit überdimensionierter Sonnenbrille und Pferdeschwanz ihm seinen Kosenamen eingebracht hatte, kämpfte sowohl mit seinen Gefühlen als auch mit seiner eigentlich gefestigten Weltordnung. Das bisher so wohlsortierte Dasein Bernd Schmitts war einigermaßen aus den Fugen geraten. Aus seiner Sicht war er daran vollkommen schuldlos, aber vor allem war die Situation, in der er sich befand, auch vollkommen unnötig. Die Leichtigkeit seines Seins war innerhalb einer Woche zum Teufel gegangen, und das brachte ihn langsam, aber sicher in Rage. Er wandelte doch wirklich nicht auf diesem Erdenrund umher, um sich nerven zu lassen. Nein, dieses allzu kurze Leben war doch eigentlich dazu da, um möglichst kurzweilig und lustvoll verbracht zu werden, war es nicht so? Aber traten Vertreter des anderen Geschlechtes ins Leben, so war das anscheinend ein Ding der Unmöglichkeit.

Sein Vorgesetzter und väterlicher Kollege Franz Haderlein schaute erst erstaunt von seinen Unterlagen hoch, dann ungläubig auf seine Armbanduhr. Lagerfeld zu früh am Arbeitsplatz, was war denn da passiert? Als er in das übernächtigte Gesicht des Kollegen blickte und der dunklen Ringe unter den Augen gewahr wurde, drängte sich ihm der Gedanke auf, dass sein frühes Erscheinen womöglich nicht zu einhundert Prozent auf dessen freiwilliges Handeln zurückzuführen war. Was da eben durch die Tür kam, ähnelte einem derangierten Kriminalkommissar, der von oben bis unten mit weißer Wandfarbe besprenkelt war und einen seltsam entrückten Zug um die Mundwinkel zum Besten gab. Haderlein machte sich Sorgen.

Als sich Lagerfeld mühsam beherrscht an seinem Schreibtisch niederließ, eilte ihm auch schon ein blonder Kaffeeengel in Person von Honeypenny entgegen und stellte ihm eine große Tasse dampfendes Koffein vor die Nase. Dann baute sich die himmlische Gesandte direkt neben dem bemitleidenswerten männlichen Geschöpf auf und wich ihm nicht mehr von der Seite. Ihr Blick sprach eine eindeutige Sprache. Sie hatte ihm den Kaffee gebracht, jetzt wollte sie auch wissen, was beim Kommissar los war. All ihre weiblichen Sensoren waren auf Empfang geschaltet.

Lagerfeld schnüffelte indes nur kurz und missmutig am Kaffee, nestelte dann unschlüssig am Tassenhenkel herum und schaute schließlich demonstrativ zum Fenster hinaus, in die gerade aufgehende Bamberger Maisonne.

Bisher war es ein ausgesprochen gutes Jahr gewesen. Ute und er hatten Zukunftspläne geschmiedet, ein Haus gekauft, von der gemeinsamen Zukunft geträumt. Vor seinem geistigen Auge hatte er bereits die komplette Inneneinrichtung gesehen. Was hatten sie sich auf das gemeinsame Renovieren gefreut – und jetzt das.

Haderlein erkannte sofort, dass Lagerfeld eine Portion Aufmunterung nötig hatte. Er würde jetzt erst einmal ergründen, wo bei seinem jungen Kollegen der Hase im Pfeffer lag. Bevor er jedoch noch eine wohlformulierte, sensibel austarierte, altersweise Frage artikulieren konnte, kam ihm die Sekretärin der Dienststelle mit ihrer weniger mitleidigen, dafür aber umso direkteren Art zuvor.

»Klappt wohl nicht so mit dem Renovieren, was?«, schoss sie die Kugel aus der Hüfte. »Ist wohl nicht so einfach mit dem Zusammenziehen, wie?«

Lagerfeld zuckte kurz. Seine Körperhaltung glich der eines geprügelten Hundes, und sein Blick verharrte konzentriert auf einem kleinen gelblichen Schmutzfleck auf der Fensterscheibe, als gäbe es auf der ganzen Welt keine interessantere Beschäftigung, als die Farbvariationen eines gerade noch erkennbaren Fliegenschisses auf Glas zu analysieren. Die mit weiblichen Rundungen recht üppig ausgestattete Honeypenny hob zu einer weiteren sprachlichen Speerspitze an, doch Kriminalhauptkommissar Haderlein legte seine Hand auf ihre verschränkten Arme und bedeutete ihr, ihm die Angelegenheit zu überlassen. Grund dafür war sein Wissen um die Ungeduld Honeypennys. Für sie war Beziehungsstress, vor allem wenn er andere ereilte, absolutes Topentertainment, aber in dieser Situation war ein klärendes Gespräch unter Männern von vorderster Bedeutung. Haderleins strenger Blick ließ Honeypenny in ihrer ungeduldigen Habicht-Stellung verharren, sodass er sich wieder seinem jungen Kollegen zuwandte. Eigentlich musste er Lagerfeld ja nur dazu bringen, aus seinem Schneckenhaus zu kriechen und mit der Umwelt zu kommunizieren, alles Weitere würde sich dann schon von allein regeln, so dachte Haderlein jedenfalls.

Na gut, ein unverfängliches Thema war für den Anfang wohl sicher das Beste. Schließlich waren Lagerfeld und seine Freundin Ute von Heesen heute Abend bei ihm und seiner eigenen besseren Hälfte zum Essen eingeladen. Nach den stressigen Renovierungsarbeiten in der frisch bezogenen gemeinsamen Wohnung konnten die beiden bestimmt einen entspannten Abend gebrauchen, an dem die verliebten Hobbyhandwerker mal so richtig verwöhnt wurden. Was eignete sich für einen verhängnislosen Einstieg in eine Unterhaltung also besser als eine einfache Frage nach einrichtungstechnischen Entscheidungsfindungen.

»Habt ihr euch jetzt eigentlich endlich auf die Fliesen für das Bad geeinigt?«, flötete Haderlein, so friedvoll es nur ging, auf die andere Tischseite, wo Lagerfeld wie in Bronze gegossen auf seinem Bürostuhl verharrte. Kaum hatte Haderlein das mitfühlende Gesprächsangebot artikuliert, wusste er schon, dass er einen Fehler gemacht hatte. Während Honeypenny Haderlein noch erstaunt ansah, hatte sich Lagerfeld wie von der Tarantel gestochen umgedreht und das Kinn kampfeslustig in die Höhe gereckt. Er hatte sogar, was selten genug passierte, seine Brille abgenommen und mit dem Blick eines gehetzten Waldaffen begonnen auf seinen Vorgesetzten einzureden. Mit voller Wucht stürzten sich Wasserfälle des Leides aus den geöffneten Schleusen der Lagerfeld'schen Psyche die steile Staumauer der mühsam zurückgehaltenen Aggressionen hinunter und direkt auf Haderlein zu.

»Fliesen?«, knallte es schneidend durch den Raum. »Fliesen fallen ja wohl unter die finalen Entscheidungen im umkämpften Zusammenleben von Mann und Frau, oder? Aber so weit sind wir noch lange nicht. Vorher müssen wir uns noch mit so kleinen Problemchen wie Toilettenhygiene, Wässerung von Pflanzen und Zimmertemperatur die Zeit vertreiben.«

Im gesamten Büro machte sich hochkonzentriertes Schweigen breit. Jeder im Raum verhielt sich betont teilnahmslos. Ob wegen seiner aktuellen Arbeitsaufgabe oder der Sicherheitslage an gewissen Nebentischen wäre für einen etwaigen nicht mit der Situation und den Personen vertrauten Beobachter nur schwer feststellbar gewesen.

»Oder Kleidungsordnung!«, erregte Lagerfeld sich weiter, während seine schlaksigen Arme wie wild in der Gegend herumfuchtelten. »Bisher hatte ich ja keine Ahnung, dass das Outfit eines erwachsenen Mannes in einer Beziehung genehmigungspflichtig ist!« Sein rechter Arm schoss dozierend in allerhöchste Höhen, während eine Etage tiefer verbal weiterproklamiert wurde. »Keine Frau auf dieser Welt wird mir jemals vorschreiben, was ich wozu auch immer anziehe und was nicht. In welchen Klamotten ich das Haus verlasse, ist doch wohl wirklich meine ureigenste Entscheidung!«

»Dann kommt Ute also heute Abend nicht?«

Haderlein begann seine überfällige Brotzeit auszupacken. Der Monolog Lagerfelds zeigte bereits alle Symptome eines längeren Vortrages, also stellte er sich wohl besser auf ein ausdauerndes, defensives Zuhören ein.

Sein junger Kollege bemerkte zwar die Essensvorbereitungen seines Vorgesetzten, kommentierte diese aber nur mit einem kurzen, äußerst missbilligenden Blick. Dass Haderlein ihm den von ihm ignorierten Kaffee unter der Nase wegzog, bemerkte er in seinem erhitzten Gemütszustand schon gar nicht mehr.

»Jeder hat eben so seine Empfindlichkeiten, und ich hab halt meine. Für andere ist das ja vielleicht egal, aber ich habe jetzt dreißig Jahre meines Lebens mit dem gleichen dreilagigen Klopapier verbracht. Nicht dass mir das so unglaublich wichtig wäre, aber es geht ums Prinzip! Wenn Ute meint, in einer Küche müssten unbedingt Stechpalmen rumstehen, okay, aber dann will ich auch mein Klopapier behalten. Das ist doch nicht zu viel verlangt, oder?« Herausfordernd warf er wütende Blicke durchs Büro, während Haderlein seelenruhig ins erste Honigbrot Honeypennys biss.

»Und dann noch diese idiotische weibliche Sucht nach Regeln. Ich will mich doch nicht den ganzen Tag lang mit Utes Vorschriften befassen, die in ihrer überwiegenden Zahl sowohl sinnlos als auch kleinkariert sind. Ich meine, ich kann ja verstehen, dass eine Frau, die in leitender Position in der Revision der HUK Coburg arbeitet, an einem beruflich bedingten Perfektionswahn leidet, aber das gibt ihr noch lange nicht das Recht, mir streng reglementierte Klozeiten zu verordnen!«

Haderlein verschluckte sich spontan, hustete kurz und nippte aus diesem Grund schnell noch einmal an seinem Kaffee. »Klozeiten?«, presste er hervor, während er den Hustenreiz zu unterdrücken versuchte.

»Ganz genau, Klozeiten! Das werdet ihr nicht glauben. Frau von Heesen hat es für nötig befunden, mir eine Eieruhr neben die Kloschüssel zu stellen. Das muss man sich mal auf der Zunge zergehen lassen, eine Eieruhr! Erst schmeißt sie mein dreilagiges bedrucktes Klopapier raus, weil das angeblich ökologisch nicht ganz hasenrein ist, aber dafür zieht eine Eieruhr auf unserem stillen Örtchen ein! Da kann sich doch kein Mensch entspannen, wenn direkt neben einem eine Uhr geräuschvoll rückwärts tickt. Wie soll ich denn relaxen, wenn ich jederzeit mit dem bescheuerten Klingeln eines Küchenweckers rechnen muss?« Nach Zustimmung heischend hetzte sein Blick von einem Schreibtisch zum nächsten, doch leider waren alle Kollegen gerade außerordentlich intensiv mit etwas anderweitig Wichtigem beschäftigt. Nur Honeypenny fixierte Lagerfeld zunehmend grimmig, was er aber nicht bemerkte und ihn ergo auch nicht weiter in seinem engagierten Vortrag hinderte, in dem er gerade das Thema wechselte, aber nicht die Zielperson.

»Außerdem ist es mir in unserer Bude viel zu warm. Wenn ihr mich fragt, sind Frauen wärmetechnisch eine absolute Fehlkonstruktion, eine Katastrophe der Natur. Meines Erachtens ist eine menschliche Wohnung mit achtzehn Grad absolut ausreichend temperiert. Das sagen übrigens auch Schlafforscher.« Triumphierend wanderte sein nach Zustimmung bettelnder Blick wieder durch die Weiten des Raumes. Vergeblich.

»Wenn Ute das zu kalt ist, soll sie eben eine Jacke anziehen. Aber bitte, da hätte man ja noch drüber reden können. Ein Grad hin oder her, mein Gott, scheiß drauf. Heute früh hab ich sogar noch versucht die Stimmung ein bisschen aufzulockern. Mal unner uns, so a bissla Erodig glädded doch scho amal die aane oder annera Woge«, verfiel Lagerfeld plötzlich und unerwartet ins Fränkische, fing sich aber sofort wieder, als er sah, dass Haderlein das Gesicht verzog.

»Jedenfalls hab ich versucht, die verfahrene Situation ein bisschen zu entspannen. Das ist ja auch wirklich der volle Stress. Grad mal eine Woche zusammenwohnen und dann noch die halbe Nacht die Küche streichen. Da hab ich mir halt gedacht, so a weng a Sex würde die ganze Stimmung anheben. Hat bei uns bis jetzt eigentlich immer geklappt.«

»Erotik?«, wandte Honeypenny ungläubig ein. »Um drei Uhr morgens? Nachdem ihr mehrere Stunden Wände gestrichen hattet, hatte Ute noch Lust auf einen Mann?«

Lagerfeld verzog das Gesicht, als hätte er in eine übergroße Zitrone gebissen, und schüttelte den Kopf. »Sie wär zu kaputt, hat sie gesagt. Und wenn überhaupt eventuell, dann sollte ich nach der ganzen Renovierererei zuerst mal duschen.« Lagerfelds Augen wurden groß, als er an die Szene zurückdachte.

»Das muss man sich mal vorstellen«, deklamierte er lautstark und mit hoch erhobenen, noch immer weiß gesprenkelten Händen. »Duschen, früh um halb vier, wegen kurz mal –«

Weiter kam er nicht mehr. Honeypenny hatte sich kurzentschlossen eines der Honigbrote Haderleins geschnappt und Lagerfeld mitten ins verblüffte Gesicht gepfeffert. Schweigend drehte sie sich um und schritt mit hochrotem Kopf und mühsam aufrechterhaltener Contenance zu ihrem Schreibtisch zurück, während dem stocksteif dasitzenden Lagerfeld das Honigbrot langsam am Gesicht hinunterrutschte und auf den Boden klatschte.

»Männer sind doch alle gleich«, konnte man aus Richtung von Honeypennys Schreibtisch vernehmen. »Alles Idioten, irgendwann werde ich hier noch –«

Das war nun das Signal für Riemenschneider, sich der unerwarteten Leckerei zuzuwenden, die ihr unversehens vor den Rüssel gefallen war. Das kleine Ferkel, das während des Spektakels recht teilnahmslos unter dem Tisch gesessen hatte, bemächtigte sich der zermatschten süßen Brotreste und vertilgte sie geräuschvoll zu Füßen Lagerfelds.

Der war gerade auf seinem persönlichen Tiefpunkt des noch jungen Tages angelangt und wusste nicht, ob er heulen oder schreien sollte. Die Entscheidung wurde ihm abgenommen, als das Telefon klingelte. Haderlein schob es ihm hinüber und sagte schnell: »So, ich hab Feierabend. Du bist jetzt dran, Bernd. Ich glaube, ein bisschen Ablenkung wird dir in deiner Situation guttun.« Er lächelte kurz, drückte Lagerfeld die Leine der Riemenschneiderin in die Hand, klopfte ihm im Weggehen aufmunternd auf die Schulter und verließ schnellstmöglich die stimmungsaufgeladene Amtsstube.

Doch Lagerfeld achtete nicht auf das Telefon, sondern befühlte mit seinen Fingern stattdessen entsetzt sein mit Honig verkleistertes Gesicht, was ebenso verklebte Hände zur Folge hatte. Schließlich erbarmte sich Honeypenny seiner und seiner Lage und nahm an ihrem Schreibtisch das Gespräch entgegen. Im gleichen Moment öffnete sich die Tür des gläsernen Büroverschlages am anderen Ende des Raumes und ein etwas vergeistigt wirkender, ungekämmter Dienststellenleiter betrat die Szenerie. Robert Suckfüll sah sofort, dass etwas nicht stimmte. Es war viel zu ruhig im Büro und Kommissar Schmitt viel zu früh an seinem Arbeitsplatz, zudem mit reichlich weißer Farbe bekleckst. Außerdem versuchte der liebe Lagerfeld auffällig unauffällig mit seinen Händen sein Gesicht zu verbergen. Als Suckfüll alias Fidibus näher trat, erkannte er die Bescherung sofort. Falten der Unbill erschienen auf seiner Stirn. Von seinem Kommissar Schmitt war er ja so einiges gewöhnt, aber das hier war nun doch entschieden zu viel des Guten. Der Dienststellenleiter stützte seine Handknöchel auf den Schreibtisch.

»Haben Sie auf einer Künstlerparty gelumpt, Kollege Schmitt?«, fragte er angesäuert. »Oder beim Jahrestreffen der Imkergewerkschaft vielleicht die falsche Rede gehalten?« Dann erhellte sich sein Gesicht, offensichtlich war ihm wieder einmal ein erheiternder Einfall gekommen. »Oder, Herr Schmitt, hat Ihnen vielleicht jemand eine geklebt? Hahaha!« Hoch amüsiert ließ Suckfüll den eleganten Wortwitz noch einen Moment nachwirken, während sich Lagerfeld eine Packung Papiertaschentücher organisierte und sich intensiv mit der Honigentfernung zu beschäftigen begann. Noch bevor Suckfüll sich mit weiteren Wortspielen belustigen konnte, begann Marina Hoffmann alias Honeypenny ihm erregt zu winken. Fidibus seufzte. Haderlein war nicht mehr da und sein junger Ersatz Lagerfeld, warum auch immer, völlig verklebt und verkleckst. Dann musste der Chef wohl selbst ran. Gönnerhaft nahm er Marina Hoffmann den Hörer aus der Hand und zog sich einen Schreibblock heran. Unter dem finsteren Blick der Büroseele nahm er auf ihrer Schreibtischecke Platz und begann sich eifrigst Notizen zu machen. Lagerfeld bekam während seiner Grundreinigung nur Gesprächsfetzen mit: »Wo ist das? – Wie viele? – Seit wann? – Selbstverständlich werden wir uns darum kümmern. – Nein, kein Problem, dafür ist die Kriminalpolizei doch da, nicht wahr?« Es war offensichtlich eine sehr entspannte Unterhaltung, die sein Chef da mit seinem Gesprächspartner am anderen Ende führte. Der Dialog endete dann auch mit ein paar flapsigen Bemerkungen über das Wetter, bevor Fidibus mit einem äußerst zufriedenen Gesichtsausdruck auflegte. Breit lächelnd griff er sich seine Notizen, erhob sich vom Schreibtisch Honeypennys und schlenderte lässig auf Lagerfeld zu. Der hatte es währenddessen zumindest geschafft, sich die Hände einigermaßen zu säubern, als sein Chef ihm den vollgeschriebenen Zettel auf den Schreibtisch legte.

»Das war gerade eben ein sehr angenehmes und anregendes Gespräch«, gluckste Fidibus amüsiert. »Ein sehr gebildeter Herr, dieser Baron von Rotenhenne. Besonders von Botanik und Gärtnerei scheint er ja eine Menge zu verstehen.« Im Weggehen drehte er sich noch einmal zu Lagerfeld um, der gerade versuchte, die krakelige Schrift seines Chefs zu dekodieren.

Mit missbilligendem Gesichtsausdruck versuchte ihm Fidibus auf die Sprünge zu helfen. »Der Herr Baron von Rotenhenne, der Schlossherr der Stufenburg, Sie wissen schon, er hat irgendwie ein paar Frauenleichen auf seinem Gartengrundstück an der Baunach gefunden. Irgendwer von der Kriminalpolizei möge doch einmal zeitnah vorbeikommen, um die Sache aufzunehmen.«

Lagerfeld drehte langsam durch. Was war heute eigentlich los? Ein paar Frauenleichen? So so. Und die blätterte ihm sein Chef einfach so lapidar auf den Tisch? »Frauenleichen?«, wiederholte er noch einmal sicherheitshalber.

»Genau«, sagte Robert Suckfüll entspannt, »drei Stück an der Zahl. Und jetzt nehmen Sie mal Ihr Ermittlerferkel, Herr Schmitt, schnappen sich den Kollegen Huppendorfer und dann«, er wedelte aufmunternd mit der rechten Hand, »husch, husch, an die Arbeit.« Er musterte Lagerfeld noch einmal demonstrativ von oben bis unten. »Und Duschen wäre übrigens auch keine schlechte Idee.« Sprach's, drehte sich um und verschwand ohne weiteres Federlesen in seinem gläsernen Domizil.

Langsam dämmerte in seinem erwachenden Geist die Wirklichkeit herauf. Sein Kopf dröhnte, alles um ihn herum wirkte noch äußerst verschwommen. Als er einatmete, spürte er einen rauchigen Geschmack auf seiner Zunge. Das Erste, was sich ihm klar und eindeutig offenbarte, war die große Hitze und eine kurz darauf folgende Explosion, die einen Schwall noch größerer Hitze über seinen bäuchlings am Boden liegenden Körper trieb. Mühsam drehte er seinen Kopf und konnte das lichterloh brennende Wrack eines Fahrzeuges erkennen, neben dem er etliche Meter entfernt aufgewacht war. Rechts und links von ihm polterten qualmende Teile zu Boden.

Verzweifelt versuchte er sich zu erinnern, was passiert war. Aber je länger er nachdachte, desto größer wurde das Gefühl der Hilflosigkeit. Er konnte sich schlicht an nichts mehr erinnern. Nicht mehr, wer er war. Nicht mehr, wo er sich befand, und schon gar nicht mehr, warum er neben einem brennenden Wrack lag. Stöhnend erhob er sich, kam auf die wackligen Füße und torkelte von der glühenden Hitze fort. Als die Temperaturen einigermaßen erträglich waren, schaute er sich um. Er stand inmitten eines unbekannten Waldes, auf einem halb eingewachsenen Weg, der schnurgerade durch das Waldstück zu führen schien. Rechts und links von ihm erhoben sich riesige Nadelbäume, durch den Dschungel konnte man keine zwanzig Meter weit sehen. Das hier hatte schon fast etwas von Kanada, schoss es ihm durch den Kopf, bevor er an sich herunterblickte. Er steckte in einem grauen, reichlich angesengten Overall, der ihm etwas zu groß war. Hinweise auf seine Identität fand er keine, registrierte aber, dass etwas fett und schwarz auf der Innenseite seiner Handfläche geschrieben stand.

»Hau ab!«

Doch bevor er sich noch Gedanken über die Bedeutung der Worte machen konnte, hörte er aus Richtung des explodierten Wracks ein Geräusch. Ein trockenes Knacken, als ob jemand durch den Wald läuft. Trotz seines Blackouts versetzte ihm das Geräusch einen schmerzhaften Stich in die Magengrube. Instinktiv setzte sich sein Körper ohne sein Zutun in Bewegung, und er begann zu laufen. Adrenalin flutete kurz und heftig seine Adern. Wer war er? Was passierte hier? Warum rannte er durch einen düsteren Wald, und vor allem: War jemand hinter ihm her? Eine Frage erschien ihm mysteriöser als die andere, und trotzdem fühlte er sich ruhig. In ihm gab es keine Panik, nur entschlossene Konzentration. Und das, obwohl er keine konkrete Vorstellung über sein spezifisches Dasein hatte. Das Einzige, was ihm sofort klar war, war die Tatsache, dass er offensichtlich ein guter Läufer war, ein ausgesprochen guter sogar.

Lagerfeld und Cesar Huppendorfer saßen schweigend im geschlossenen Cabrio des Renovierungskommissars und fuhren auf der Hallstadter Straße stadtauswärts. Der Halbbrasilianer Huppendorfer traute sich nicht, in der angespannten Situation etwas zu sagen, und Lagerfeld hatte erst recht keine Lust auf ein Gespräch. Sein Bedarf an Kommunikation – und zwar mit beiderlei Geschlecht – war gedeckt. Schweigend überquerten sie die Autobahn Richtung Schweinfurt, standen in der Ortsmitte von Hallstadt an der Ampel, die sich wie alle anderen an der Kreuzung durch die längste rote Phase der Welt auszeichnet, um dann schließlich in Breitengüßbach links nach Baunach abzubiegen. Jetzt fühlte sich Kommissar Huppendorfer doch zu einem Kommentar genötigt, da die gesamte Ortschaft mit Transparenten zugepflastert worden war, auf denen sich über den immer stärker werdenden Durchgangsverkehr aufgeregt wurde. Da konnte man Sprüche lesen wie »Tod dem Durchgangsverkehr!« oder »Auch wir haben ein Recht zu schlafen!« oder auch leicht unpassende Kommentare wie etwa »Fukushima ist überall!«.

»Die sind wohl wegen der Autobahn etwas aufgebracht, was?«, sagte Huppendorfer erstaunt, da er die Gegend eher selten zu frequentieren pflegte.

»Manchmal muss mer sich hal aach amol aufregen«, erhielt er sofort die bissige Antwort von seinem weiß gefärbten Kollegen.

Huppendorfer zog genervt die Augenbrauen zusammen. Beziehungsstress hatte ja wohl jeder irgendwann. Männlein wie Weiblein. Er selbst befand sich in der beneidenswerten Situation, sich vor Kurzem entliebt zu haben und sein Leben als Single in vollen Zügen genießen zu können. Über Lagerfelds Beziehungsproblemchen konnte er ergo nur müde lächeln.

»Ich sag dir was«, begann er seine geschlechtsspezifischen Belehrungen, »Frauen haben da so gewisse Ansichten, was das Zusammenleben anbelangt. Und die haben nichts mehr mit Harmonie zu tun, sondern erinnern eher an den Stellungskrieg zwischen Deutschen und Franzosen im Ersten Weltkrieg. Das hat die Natur so vorgesehen, das ist genetisch so vorbestimmt, mach dir also keine Illusionen. Ich bin da ja schon einen Schritt weiter und habe diese Phase überwunden.« Gönnerhaft rekelte sich Huppendorfer in dem schmuddeligen Cabriositz des alten Honda.

»Das mit Männern und Frauen funktioniert nur so lange, wie beide es schaffen, in ihren eigenen Welten zu leben. Man verabredet sich, verbringt einen romantischen Abend, genießt ein alkoholisches

Getränk zusammen und fügt sich dann ab und zu … Lust zu …« Er stockte kurz und blickte um Verständnis heischend zu dem Fahrer hinüber, der aber mit gänzlich anderem Verkehr beschäftigt war. »Na, du weißt schon, die Sache mit dem Bett. Das vermeidet Stress und ist der einzig richtige Weg ohne jegliche Beziehungsfallgruben. Mann und Frau kriegen das, was sie wollen, zeitlich limitiert natürlich, und anschließend gehen sie wieder ihrer eigenen Wege.« Nachdenklich schaute er zu Lagerfeld, der gerade die Stadtgrenze von Baunach erreicht hatte und sich auf das Beachten der Verkehrsregeln konzentrierte. Das war die Gelegenheit für Kollege Huppendorfer, sogleich weitere fundamentale Ansichten zum noch fundamentaleren Thema Mann und Frau abzusondern.

»Frauen haben da oben eine völlig andere Architektur als wir«, sagte er eindringlich und machte mit der rechten Hand eine drehende Bewegung auf Stirnhöhe, als würde er ein Marmeladenglas aufschrauben. »Die wollen es gar nicht einfach haben in diesem, unserem Leben und es sich schon überhaupt nicht einfach machen. Wenn irgendwas einfach geht, ist das für die Mädels schon verdächtig, und wenn was zu einfach geht, dann gehen sie lieber noch extra einen Umweg. Die brauchen ihre Auswahlmöglichkeiten, haben's einfach gern kompliziert«, sagte er mit Bestimmtheit.

»Hm«, erwiderte Lagerfeld abwesend, während er den Stau überblickte, der sich an der Kreuzung Richtung Ebelsbach gebildet hatte.

»Schon Nietzsche hat gesagt, die Zahl der glücklichen Ehen wäre höher, wenn die Eheleute nicht zusammenleben würden. – Der war nicht blöd, der Nietzsche«, fügte er noch mit erhobenem Zeigefinger hinzu.

»Ehen? Also, verheiratet sind wir ja zum Glück noch nicht«, sagte Lagerfeld, als er sein Cabrio hinter dem sich auflösenden Ministau wieder in Bewegung setzte.

»Aber doch so gut wie«, erhob Huppendorfer seine Stimme. »Wenn ihr schon Bett, Klo und Müllbeutel teilt, ist das doch der Anfang vom Ende.« Der Halbbrasilianer schwieg demonstrativ resigniert und blickte mit dem Habitus der höheren Erkenntnis aus dem Seitenfenster des Wagens. Das Ferkel Riemenschneider lag während dieser speziellen männlich-menschlichen Diskussion auf dem Rücksitz, hatte den Kopf auf beide Vorderfüße gelegt und gab sich der ihm eigenen schweinischen Gleichmut hin.

»Äh, was hast du grad gesagt?« Lagerfeld war soeben dabei, einen Parkplatz vor dem langen Gartenzaun zu finden.

»Ach, vergiss es«, meinte Huppendorfer genervt. Sollte Lagerfeld den ganzen Beziehungsmist mit Wohnen, Streiten und Kühlschrankfachaufteilung doch selbst von vorn bis hinten durchmachen. Er jedenfalls befand sich bewusstseinsmäßig schon woanders, auf einer Art höheren Ebene der Erkenntnis sozusagen. So viel war mal sicher.

Sie standen am Ortsende von Baunach Richtung Ebern unten im Wiesengrund, nicht weit von der Baunach entfernt, dem kleinen Flüsschen, das dem Ort seinen Namen gegeben hatte. Lagerfeld kannte das riesige Gartengrundstück nur vom Hörensagen, genauso wie seinen Herrn, den Baron von Rotenhenne, der gemeinhin als exzentrisch und reich galt. Oft war dies eine ziemlich gute Kombination, da man sich in einer Position wie der seinen sicher sein konnte, bei Verletzungen sozialer oder sonstiger Regeln aller Art zumindest finanziell weich zu fallen. Der Reichtum des Barons von Rotenhenne war jedenfalls so gewaltig, dass er sich das eigenwillige Hobby erlauben konnte, die vollkommen verfallene Stufenburg wieder aufzubauen. Das mittelalterliche Gemäuer oberhalb von Baunach hatte eigentlich nur noch aus ein paar Steinhaufen mit Untermietern aus dem Reich der Fauna bestanden, aber Ferdinand Baron von Rotenhenne hatte es sich zu seiner Lebensaufgabe gemacht, den Stammsitz seines Geschlechtes wieder aufzubauen, auch wenn das mindestens genauso viele Euros verschlingen würde wie seinerzeit die Herkulesaufgabe des Wiederaufbaus der Frauenkirche zu Dresden. Aus diesem Grund wohnte der Baron Ferdinand von Rotenhenne auch nicht in einem seiner zahlreichen fränkischen Schlösser oder in einer seiner Burgen, sondern in diesem kleinen Gutshof mit Gartengrundstück am Ortsende von Baunach. Von hier war es nicht allzu weit zu seiner Burgbaustelle, sodass er täglich den Baufortschritt begutachten konnte.

In der Öffentlichkeit trat der Baron nur mehr selten in Erscheinung, ganz anders als zu der Zeit, da er noch für die CSU als oft querdenkender Kandidat angetreten war. Sein Bekanntenkreis war seinerzeit langsam, aber stetig auf eine homöopathische Dichte zusammengeschrumpft. Doch das war schon lange her, und jetzt bestand seine Hauptlebensaufgabe in der des Burgbaumeisters.

An dem überwachsenen Rankgerüst, das das schmiedeeiserne Tor überspannte, hing auf Brusthöhe ein ziemlich verrostetes Messingschild, auf dem man den Namen »Rotenhenne« nur durch den Grünspan erahnen konnte. Daneben hing ein dünnes Seil, das nicht den Eindruck vermittelte, als würde es auch nur leichtesten Zugbelastungen standhalten. Würde man das Ding auch nur berühren, hätte man bestimmt sofort die ganze Konstruktion in der Hand, dachte Lagerfeld, während Huppendorfer das zugewucherte Anwesen skeptisch betrachtete.

Ohne viel Hoffnung auf Erfolg zog Lagerfeld an dem hölzernen Endstück des Seiles, das wohl irgendwann einmal einen Griff dargestellt hatte. Wider Erwarten hielt das Seil dem kräftigen Zug des Kommissars stand, und aus dem großen Gartenhaus aus Sandstein konnte man das helle Läuten einer Glocke vernehmen. Als anschließend eine Minute lang nichts passierte, schauten sich die beiden jungen Kommissare ratlos an, während Riemenschneider begann im Gehweg vor dem Gartenzaun mit ihrem Rüssel nach etwas Fressbarem zu wühlen. Gerade als Lagerfeld die Hand hob, um sich den Glockenzug noch einmal richtig vorzunehmen, tauchte ein Mann auf dem Kiesweg vor dem Haus auf. Um es gleich vorweg zu sagen – der Mann ging nicht, er schritt. Hätte man nichts von seiner adligen Abstammung gewusst, wäre sie einem jetzt aufgefallen. In den Adern dieses Menschen floss blaues Blut, er, der da in seiner dunkelbraunen Strickweste der Marke »Frankonia Jagd« den Kommissaren entgegenstolzierte, quoll förmlich über vor adligen Genen. Am Gartentor hielt er inne und musterte seine beiden Besucher einige Sekunden, ehe er sich dazu herabließ, ihnen das Gartentor zu öffnen. Der Blick des Endfünfzigers mit leichtem Bauchansatz und grauen Schläfen blieb sofort an Lagerfeld hängen.

»Ich hatte keine Handwerker bestellt, meine Herren«, sagte er, während seine Augen wiederholt missbilligend über Lagerfelds Kleidung wanderten. Schnell, um weitere Bemerkungen über die an ihm haftenden weißen Farbpigmente zu vermeiden, zückte Lagerfeld seinen Dienstausweis und hielt ihn dem Baron vor die Nase.

»Schmitt, Kriminalpolizei Bamberg«, erwiderte er kühl. »Und das hier ist mein Kollege Huppendorfer. Ähm, Sie hatten bei uns angerufen? Wenn ich das richtig verstanden habe, wegen drei Frauenleichen … Ist das so korrekt?« Lagerfeld hatte versucht weder zynisch noch abfällig zu klingen, aber der Versuch schien ihm nicht besonders gut gelungen zu sein. Aus den Augen des Barons schossen Blicke wie kleine, spitze Eiskristalle in Lagerfelds Richtung.

»Allerdings ist es das!«, posaunte der Baron mit aggressivem Unterton in der Stimme heraus. »Und wenn sich die Kriminalpolizei nicht endlich diesem unglaublichen Verbrechen widmet, dann werde ich damit an die Öffentlichkeit gehen, die Presse verständigen. Muss man denn immer erst drei Mal anrufen, bevor sich ein Gesetzeshüter in Bewegung setzt?« Strafend blickte Baron von Rotenhenne von einem Kommissar zum anderen.

Lagerfeld starrte ungläubig zurück. »Sie haben schon öfter angerufen?«

»Natürlich«, erwiderte der Baron. »Und jedes Mal musste ich mir von diesem Herrn Suckfüll irgendwelche dummen Kommentare anhören. Eine Unverschämtheit ist so etwas. Und das mir, einem leidlich für seine Redlichkeit bekannten Mitbürger.«

Lagerfeld kapierte gar nichts mehr. Da meldete jemand drei Frauenleichen, und Fidibus hatte nichts Besseres zu tun gehabt, als den Mann mehrfach abzuwimmeln? Anscheinend war ihr absonderlicher Chef völlig übergeschnappt – oder aber etwas war hier oberfaul.

»Äh, könnten wir denn vielleicht einmal einen Blick auf die Leichen werfen?«, fragte Huppendorfer, dem die Ratlosigkeit ebenfalls ins Gesicht geschrieben stand.

»Selbstverständlich, meine Herrn, wenn Sie mir bitte folgen möchten.« Rotenhenne trat zur Seite und deutete einladend Richtung Gutshof. Lagerfeld griff sich Riemenschneiders Leine und wollte am Baron vorbei, doch beim Anblick des Ferkels erstarrten sofort dessen Gesichtszüge und sein Körper.

»Was ist das?«, brachte er zwischen zusammengepressten Lippen hervor, während er mit der rechten Hand wild in Riemenschneiders Richtung fuchtelte. »Warum wollen Sie dieses Schwein auf mein Grundstück mitnehmen?«, krächzte er heiser. »Mir ist nicht bekannt, dass die Bamberger Polizei neuerdings von landwirtschaftlichen Nutztieren unterstützt wird.« Seine Augen funkelten erbost – und auch etwas verwirrt. Doch Lagerfeld ließ sich nicht aus der Ruhe bringen. Tauchte die Riemenschneiderin irgendwo auf, so gab es des Öfteren Probleme.

»Nun, Herr Rotenhenne, das hier ist ein Polizeischwein, meine

Dienstwaffe, wenn Sie so wollen.« Lagerfeld grinste. Es war eine Wohltat, den schnöseligen Baron fassungslos zu erleben. »Dieses Schwein, wie Sie es zu nennen belieben, Herr Baron, war schon an der Aufklärung mehrerer Mordfälle beteiligt. Es gibt also keinen Grund zur Aufregung. Wenn wir uns nun bitte den toten Frauen zuwenden könnten? Herr Baron?«

Baron von und zu Rotenhenne blickte von Lagerfeld zum Ferkel und zurück, bevor er sich zu einem Kompromiss durchrang. »Auf diesem Gut wachsen Pflanzen von ganz außerordentlicher Rarität, meine Herren. Es ist eine Art privater botanischer Garten. Ein Arboretum von ausgesuchtem Wert und Ansehen mit teilweise unersetzlichem Bewuchs. Ich möchte für Sie hoffen, dass dieses … dieses Polizeischwein seinen Rüssel von meiner mühsam gezogenen Flora fernhält. Ansonsten werde ich Sie umgehend regresspflichtig machen, nur damit wir uns verstehen.« Sein düsterer Blick ruhte drohend auf Riemenschneider, die unter der momentanen Stimmungslage sichtlich litt. Fragend blickte sie zu Lagerfeld hinauf, der beruhigend ihren Kopf tätschelte.

»Keine Sorge, Herr Baron, dieses Schwein wurde polizeitechnisch ausgebildet und ist daran gewöhnt, nur auf Befehl zu handeln. Riemenschneider würde eher verhungern, als irgendwelche seltenen Pflanzen fressen, die auf fremdem Eigentum wachsen, nicht wahr, Riemenschneider?« Ausgesprochen selbstsicher und bestimmt richtete er seinen Blick auf den zweifelnden Baron, während das kleine Ferkel eine Mimik des absoluten Unverständnisses und der grenzenlosen Frustration an den Tag legte. Von dem gepflegten Garten hatte Riemenschneider sich kulinarisch definitiv mehr versprochen. Für sie duftete es hier wie für Menschen in einer Fünf-Sterne-Küche. Auf merkwürdige Art und Weise ähnelten sich die Gesichtszüge des kleinen Ferkels und die des Barons für einen kurzen Augenblick. Letzterer aber atmete seinerseits kurz durch, schüttelte dann resigniert den Kopf und ging dem polizeilichen Triumvirat voraus, den Kiesweg entlang in Richtung Gartengrundstück, das hinter dem steinernen Haupthaus lag.

Die knackenden Geräusche im Wald hinter ihm wurden langsam schwächer, und als er nach minutenlangem Dauerlauf völlig ausgepumpt seine Arme auf die Oberschenkel stützte, war nichts mehr zu hören. Der Wald hatte ihn mit seinem dichten Bewuchs umschlossen, und die heraufdämmernde Abendstimmung legte sich beruhigend um seine gehetzte Seele. Aber nicht beruhigend genug. »Weiter, du musst weiter!«, trieb ihn eine imaginäre Stimme in ihm weiter an. Er folgte seinem inneren Befehl und rannte weiter, nachdem sein Puls wieder einigermaßen in den grünen Bereich gesackt war. Als sich der Weg irgendwann im immer dunkler werdenden Wald verlief, folgte er nur noch seinem Gefühl. Weiter über Moos, vertrocknete Zweige und vereinzelte Schneereste, die er hinter sich ließ. Fort von diesem schaurigen Platz des Feuers und der Explosion. Irgendwann, als Geist und Körper in totaler Finsternis am Ende waren, sank er neben einem riesigen Steinfindling auf den dicht bemoosten Waldboden und schlief auf der Stelle ein.

Sie folgten dem Baron zwischen den exotischen Gewächsen seines nostalgischen Anwesens hindurch in den großen Garten, der sich hinter dem Haus bis zur Baunach erstreckte. Von dem kleinen Flüsschen war allerdings nicht viel zu sehen, vielmehr stand der größte Teil des Wiesengrundes mit seinen Obstbäumen unter Wasser: ein mittelgroßer See, aus dessen Wasseroberfläche Apfelbäume wuchsen. Ein absonderlicher Anblick. Sofort entdeckte Lagerfeld den Grund der Bescherung: Biber. Am Ende des Sees befand sich ganz eindeutig eine Biberburg. Die possierlichen Nager hatten etwa ein Viertel des gesamten adligen Gartengrundstückes durch ihren Damm geflutet. Und da man die geschützten Tiere nicht jagen durfte, stand der Herr Baron hier offensichtlich vor einem Problem. Lagerfeld grinste erneut, aber bevor sich die beiden Kommissare mit dem aufgestauten Gewässer genauer beschäftigen konnten, machte der Baron abrupt eine Neunzig- Grad-Biegung nach links, blieb neben einem hüfthohen Lattenzaun stehen, deutete zu Boden und verschränkte die Arme, um anschließend bockig hervorzustoßen: »Hier, bitte.«

Lagerfeld und Huppendorfer blickten auf den Boden und sahen, dass sie nichts sahen. Hier gab es nichts außer sauber aufgeworfenen Blumenbeeten, in denen sich die Blüten von Blumen und Stauden schon gierig der Maisonne entgegenreckten. Es roch zwar etwas vergammelt, aber nach Toten oder gar Ermordeten sah es hier ganz und gar nicht aus. Eher nach einem penibel gepflegten Gartengrundstück. Auch Riemenschneider schnüffelte ratlos zwischen den Pflanzen herum.

Lagerfeld blickte den Baron erst verwirrt, dann zunehmend verärgert an. Dieser Tag schickte sich an, nur einem Zweck zu dienen: ihn zur Weißglut zu treiben. Und das war bei seiner lässigen Lebenseinstellung wirklich eine ansehnliche Leistung.

»Ich hoffe sehr, dass Sie sich hier keinen Scherz mit uns erlaubt haben, Herr von Rotenhenne. Dachten Sie vielleicht, dass Sie mal auf Gutsherrenart die Staatsgewalt verarschen können? Wo sind denn jetzt Ihre weiblichen Leichen, wenn ich fragen darf?«

Cesar Huppendorfer schaute auf seine Uhr und hatte den Termin innerlich schon abgehakt unter der Redensart: »Jeden Tag steht ein Depp auf.«

Doch der Baron von Rotenhenne legte gerade erst los. »Scherz? Ich beliebe nie zu scherzen, meine Herren, nur damit wir uns nicht missverstehen.« Er hob den Zeigefinger der rechten Hand.

»Ach, wirklich? Ich habe jedenfalls keine Lust mehr auf Ihren Blödsinn«, giftete Lagerfeld mühsam beherrscht zurück. Er war kurz davor zu platzen. »Entweder zeigen Sie mir jetzt Ihre Leichen, oder ich werde Sie verhaften – wegen Verschwendung von Steuergeldern, Irreführung der Justiz oder irgendeinem anderen Grund, der mir noch einfällt! Wahrscheinlich haben Sie Ihre Toten nur geträumt oder sind der erste Nachrücker für einen Logenplatz in St. Getreu!«

Lagerfeld hatte sich in seinen Monolog hineingesteigert, aber der Baron war merkwürdig ruhig geblieben und deutete nun stumm mit einer dramatischen Geste, die er sich im Theater von einer »Hamlet«-Aufführung abgeschaut haben musste, auf den Rand des Beetes direkt am Gartenzaun. »Keine Leichen? So so, und was ist das hier?«

Lagerfeld stellte sich direkt an den Gartenzaun, inspizierte das Beet, konnte aber nur ein paar ausgegrabene, ziemlich vergammelte Blumenzwiebeln entdecken, die herumlagen. »Ich seh nur Blumenzwiebeln«, knurrte er mühsam beherrscht. »Was soll der Quatsch?«

»Nur Blumenzwiebeln, ja?«, knurrte der Baron von Rotenhenne zurück. Was dann folgte, war ein dermaßen sensationeller Vortrag, dass sich Lagerfeld sein Lebtag daran erinnern würde. »Keine Leichen? Ich will dir mal was sagen, du Jungspund«, blaffte der Baron und näherte sein Gesicht bis auf wenige Zentimeter dem von Lagerfeld. »Endlich, endlich ist er wieder da, der Frühling. Es ist Ende Mai. Der Nachtfrost, die kalte Sophie und die Blütenschäden sind vorbei, und ich kann mich wieder um meinen Garten und um meine geliebten Pflanzen kümmern. Das alles habe ich geerbt. So ein Garten war früher ein Reichtum, ein Privileg! Aber das, was früher war, interessiert ja den gemeinen Bamberger nicht mehr. Jetzt ist schließlich jetzt. Gestern waren der Honecker und der Strauß und der Gaddafi, aber solche Figuren sind alle Geschichte, doch mein Garten – mein Garten hat sie alle überlebt. Und er ist mir heilig. Ein Garten ist nämlich kein Hobby, wie manche meinen, sondern eine hoch diffizile Wissenschaft. Ein gelungener Garten ist nicht etwa das Produkt von schnödem Pflanzen oder Aussäen. Nein, ein professioneller Garten ist das Ergebnis von jahrzehntelangem Planen, Pflegen und Aufziehen der Gewächse. Nur mit dieser einzig wahren und richtigen Philosophie kann ein gärtnerisches Meisterwerk entstehen. Alle, die von diesem absoluten Weg der Reinheit und Klarheit abweichen, sind Ignoranten und floristische Dilettanten. Leider habe ich seit Kurzem so einen als Nachbarn beziehungsweise als Untermieter. Dieser Verblendete ist ein Ökoverbrecher. Ein herbeigelaufener Kefirfresser, der meint, mit organisiertem Wildwuchs der Ausbreitung des europäischen Urwaldes Vorschub leisten zu können. Ein Bioterrorist, der sich als Speerspitze der unkontrollierten Aussaat begreift.«

Lagerfeld kam nicht mehr mit und schaute verzweifelt zu Huppendorfer, der dem Baron mit offenem Mund ungläubig lauschte. Lagerfeld begann zu vermuten, dass durch die ständige Inzucht der fränkischen Aristokratie sich beim Baron genetisch bereits so einiges im Kreis drehte. Doch Rotenhenne war noch nicht fertig.

»Ein regelrechter Ordnungskiller der Kleingartenromantik ist das. Der steht zum Beispiel auf dem Standpunkt, dass ein Garten nicht gemäht werden muss. Das ganze Zeug wächst durch den Zaun hindurch auf meinen walisischen ›Queen Bernadotte‹-Rasen. Und seine Drecksbiokräuter verstreuen seit Kurzem ungehemmt ihre minderwertigen Gene unter meinen mühsam selektierten Spezialzüchtungen. Der hat doch einen an der Waffel, dieser Wahnsinnige.« Einen kurzen Moment lang holte er Luft und rang um Fassung, dann ging's im selben Duktus weiter.

»Der Gipfel der Anarchie aber war das mutwillige Aussetzen von balinesischen schwarzen Wühlmäusen. Er sagt, das wären Bodenlockerer und unverzichtbare Bestandteile seines Ökosystems. Ha, von wegen Ökosystem! In Wirklichkeit sind die Tiere hoch spezialisierte Präzisionswaffen. Mit denen kann man in jedem Garten zielgerichtet jede Tulpenzwiebel oder Lilienstaude ausschalten. Die Bundeswehr in Afghanistan würde den Typen um die Viecher beneiden, wenn sie von ihnen wüsste. Allerdings ist sein hoch gepriesenes Ökosystem frank und fröhlich dabei, sich auf illegale Art und Weise in meine Gartenkultur vorzuarbeiten, verstehen Sie? Und jetzt haben diese balinesischen Killer auch noch meine Lauchzwiebeln mit Namen ›Gräfin von Scheßlitz‹ erwischt. Sehen Sie sich das an – alle hin! Bestialisch dahingemeuchelt!«

Mit Tränen in den Augen blickte er auf die ermordeten Zwiebeln zu Lagerfelds Füßen, der ihn – genau wie Huppendorfer – nur stumm anstarrte. »Aber jetzt hat das ein Ende. Jetzt werde ich Gegenmaßnahmen einleiten«, ereiferte sich der Baron. »Da ich aus leidvoller Erfahrung weiß, dass auch eine noch so große Drohkulisse bei diesem Ignoranten nichts nützt und die Bamberger Polizei sich ja offensichtlich auch einen Teufel um derartige Verbrechen schert, habe ich mich nun selbst auf die militärische Ebene begeben, um diesem Unrechtsregime ein Ende zu bereiten. Ich bin nämlich im Besitz von Massenvernichtungswaffen. Die gibt's ganz legal im OBI. So eine Art Milzbranderreger für Nagetiere und niedere Primaten. Für Menschen ist der völlig ungefährlich, allerdings offensichtlich auch für die balinesischen schwarzen Wühlmäuse. Die haben das Zeug fleißig eingeatmet, haben sich aber nur kurz geschüttelt und dann ungerührt an meinen Lauchzwiebeln ›Gräfin von Scheßlitz‹ weitergefressen. Dafür hat die Tochter meiner anderen Nachbarin roten Ausschlag gekriegt, meinem Gegenüber-Nachbarn ist der Hund verreckt, und an meinem Fuß hat sich eine unangenehm riechende Schuppenflechte entwickelt. Bloß diese kleinen Biobagger werden einfach nicht krank, sondern wirken regelrecht, als stünden sie unter Drogen. Als ob das Zeug sie eher noch aufputscht. Ich habe wirklich alles probiert, Nervengas in die Bodenlöcher eingeleitet, Ultraschallbehandlung und Rattengift, aber nichts hat geholfen.« Verzweifelt hob er die Hände gen Himmel, als wollte er die Frühlingssonne anbeten. »Immerhin habe ich für meinen Ökomieter, diesen Kiesler, mit seinem floralen Schrottplatz, jetzt endlich die ultimative Lösung gefunden, ich werde –«

Plötzlich klickte es laut und metallisch, Handschellen schlossen sich um die sich vergeblich wehrenden Arme des erregten Barons und wurden mit einem zweiten Paar von Lagerfeld am Lattenzaun befestigt.

»So, Herr Baron, Ende des Vortrages«, sagte der Kommissar lapidar. »Ich nehme Sie hiermit wegen des Verdachtes auf Drogenkonsum beziehungsweise dem Vorliegen einer psychischen Erkrankung fest. Sie werden zu Ihrem eigenen Schutz jetzt auf die Dienststelle gebracht und ärztlich untersucht. Und anschließend schau mer mal. Noch Fragen, der Herr?« Er betrachtete den verblüfften Haufen Aristokratie vor sich, der nicht fassen konnte, was geschah.

»Mich? Sie verhaften mich? Und was passiert mit dem Wahnsinnigen da drüben in Onkel Toms Hütte? Lassen Sie den vielleicht laufen?« Entsetzt schaute er die Gesetzeshüter an.

»Sie meinen das Gartenhaus da drüben, aus dessen Richtung es bestialisch herüberstinkt?«, fragte Huppendorfer angewidert. In der Tat war eine leichte Brise aufgekommen, die immer stärker einen ekelhaften Gestank zu allen Beteiligten herüberwehte.

»Genau.«

»Wir werden Ihren Untermieter bestenfalls als Zeugen vernehmen. Vielleicht haben Sie Ihre Drogen ja sogar von diesem Hippie bezogen, Herr Baron? Wie heißt Ihr geheimnisvoller Ökomieter noch mal?« Angewidert hielt sich Lagerfeld die Nase zu. Ökologie hin oder her, der Gestank war wirklich nicht zu ertragen.

»Kiesler. Hans Kiesler. Aber der Name ist ganz sicher nur ein Pseudonym, da geh ich jede Wette ein.« Abfällig klapperte der Baron mit seinen Handschellen.

»Na, dann werde ich ihm jetzt mal einen Besuch abstatten und fragen, was hier eigentlich los ist.« Entschlossen flankte Lagerfeld über den Gartenzaun. »Außerdem muss jemand etwas gegen diesen Gestank unternehmen!«, rief er noch über die Schulter zurück, während er sich durch das kniehohe Gras zu der Hütte vorarbeitete.

»Wahrscheinlich werden Sie den Hippie aus dem Schlaf reißen!«, rief ihm der Baron hämisch hinterher.

Als sich Lagerfeld dem recht großen Gartenhaus näherte, fielen ihm die mit Läden verschlossenen Fenster auf. Je näher er kam, umso beißender wurde der Gestank. So wie das roch, musste hier ein Tier vor Kurzem verendet sein. Das war ja nicht zum Aushalten.

»Hallo, Herr Kiesler, sind Sie da? Hier ist die Polizei. Wir hätten ein paar kurze Fragen an Sie!«

Aber alles, was Lagerfeld daraufhin vernahm, war aus der Ferne das Gezeter von Baron von Rotenhenne, der sich mit Huppendorfer verbal duellierte.

»Herr Kiesler?«, rief er noch einmal laut und deutlich, erhielt aber noch immer keine Antwort. Auch der Versuch, durch die Fensterläden etwas zu sehen, war vergeblich: Sie waren undurchlässig. Als er sich umwandte, winkte ihm Huppendorfer vom Gartenzaun aus zu. Offensichtlich ging ihm der Baron mächtig auf die Nerven. Was soll's, auch er wollte diesen Quatsch hier so schnell wie möglich beenden und dann zurück zur Dienststelle fahren. Langsam bekam er sogar Lust auf ein Frühstückshonigbrot von Honeypenny, vorausgesetzt natürlich, die Gute hatte sich wieder abgeregt.

Kurzentschlossen drückte Lagerfeld die Klinke der alten, jägergrün gestrichenen Gartenhaustür hinunter, und, siehe da, sie war tatsächlich unverschlossen. Allerdings wirkte sie bei näherem Hinsehen eher so, als hätte sie jemand eingetreten. Das Schloss war herausgebrochen und hing nur noch lose am ausgefransten Türblatt.

»Hallo!«, rief er noch einmal laut, als er die Tür einen Spaltbreit öffnete. Ihm schlug ein Gestank entgegen, wie er ihn noch nie zuvor erlebt hatte, dann stürzte sich eine ganze Armada von Fliegen von allen Seiten auf ihn. Er holte ein Taschentuch aus seiner Hosentasche, faltete es auseinander, legte zur Sicherheit noch ein zweites darüber und bedeckte damit sein Geruchsorgan, um den penetranten Gestank zu mindern. In völliger Düsternis eilte er zum ersten Fenster auf der rechten Seite, um frische Luft und Licht ins Innere zu lassen. Mit einem lauten Quietschen schwang das alte Fenster des Gartenhauses auf, Lagerfeld drehte sich um – und erstarrte. Er musste sich an der Fensterbank festhalten, fast wäre ihm auch noch das doppelte Taschentuch aus dem Gesicht gefallen. Von einem menschlichen Bewohner war weit und breit nichts zu sehen, dafür stand vor ihm auf einem alten Eichentisch eine zusammengenagelte Holzkiste in der Größe eines Bierkastens. Um die Kiste herum, auf dem Tisch und auf dem Boden, überall erstreckte sich eine riesige, halb eingetrocknete Blutlache, die von den Fliegen nur so frequentiert wurde. Und Lagerfeld erkannte Blutlachen sofort, wenn er welche sah. Als er sich von der Überraschung einigermaßen erholt hatte, trat er näher. Oben auf der Kiste befand sich ein Griff, in der Mitte des Deckels lag eine Zigarette mit einer rot-gelben Banderole. Vorsichtig wickelte Lagerfeld die Zigarette in sein Papiertaschentuch und legte sie auf den Tisch. Dann fasste er sich ein Herz und öffnete mit zwei Fingern, die er ebenfalls durch ein Papiertaschentuch schützte, vorsichtig den Deckel. Quietschend bewegten sich die angeschraubten Messingscharniere, und die Kiste gab ihren Inhalt frei. Zuerst einmal eine weitere Armee von Fliegen, der ein noch schlimmerer Gestank folgte. All das hätte Bernd Lagerfeld Schmitt noch ertragen, aber die zwei toten Augen, die ihn aus der Kiste heraus ansahen und zu dem halb verwesten Kopf gehörten, der vor ihm lag, warfen ihn aus der Bahn. Dieser Hausbewohner hatte schon vor Längerem das Zeitliche gesegnet. Als Krönung der Szenerie fing nun auch noch eine Spieluhr, die sich ebenfalls irgendwo in der Holzkiste befinden musste, an, ein Kinderlied zu spielen. Lagerfeld erkannte es sofort.

»Fuchs, du hast die Gans gestohlen, gib sie wieder her, gib sie wieder her …«

Dann hatte der junge Kommissar endgültig seine Belastungsgrenze überschritten und rannte nach draußen.

Baron von Rotenhenne und Cesar Huppendorfer erlebten mit, wie Lagerfeld aus der Hütte gesprintet kam und sich in die Wiese übergab.

»Wahrscheinlich hat ihm dieser Öko seinen Müslifraß angeboten!«, rief der Baron Huppendorfer hinterher, der seinem Kollegen zu Hilfe eilte.

Die Nacht war kurz und vor allem kalt. Oder besser gesagt: Sie war kalt und deswegen kurz. Zwar trug er ein dickes Flanellhemd und eine Stoffhose unter dem Overall sowie eine gestrickte bunte Wollmütze auf dem Kopf, aber alles zusammen hatte der schleichenden Kälte, die irgendwann in seine Glieder gekrochen war, keinen Widerstand leisten können. Also hatte er in absoluter Dunkelheit seinen Weg fortgesetzt. Es war zwar bitterkalt, aber dafür sternenklar. Im fahlen Licht der Himmelskörper konnte er sich seinen Weg durch die Bäume hindurchbahnen, wo die reflektierenden Schneereste Licht in das Dunkel des Waldes brachten. Die Bewegung erwärmte langsam seine steifen Glieder.

Die Entscheidung, in welche Richtung er laufen würde, war von ihm willkürlich, aus dem Bauch heraus getroffen worden. Kaum war er wieder aufgebrochen, begann es auch schon in seinem Kopf zu arbeiten. Verzweifelt versuchte er alle noch so kleinen Anhaltspunkte zu analysieren, die seinem Gedächtnis eventuell auf die Sprünge helfen könnten. Die Worte auf seinem Arm – »Hau ab!« – waren Deutsch, das wusste er zum Beispiel. Also war er Deutscher, Österreicher oder Schweizer. Er war groß, sportlich, hatte längere braune, gewellte Haare. Seine Garderobe war nicht sonderlich aufschlussreich, vielleicht könnte er sie ja ausziehen und genauer untersuchen, wenn er sich in wärmeren Gefilden befand. Was sich ihm nun aufdrängte, war ein immer stärker werdendes Durstgefühl. Er musste unbedingt etwas trinken. Doch dieses Problem löste sich bereits nach wenigen Minuten in Wohlgefallen auf. Ein leises Plätschern drang an sein Ohr, dann entdeckte er ein paar Schritte weiter auch schon einen kleinen Bach. Er ließ sich auf die Knie fallen und schöpfte sich gierig mit der hohlen Hand die kalte, klare Flüssigkeit in den Mund. Nachdem er seinen Durst gestillt hatte, lehnte er sich erleichtert an einen Baum und brach in ein gepresstes Lachen aus. Doch die Erleichterung war nur von kurzer Dauer. Wenige Meter neben ihm brach ein großes Tier aus dem Gebüsch und stürmte an ihm vorbei einen kleinen Abhang hinauf. Offensichtlich hatte er da jemanden empfindlich in seiner Nachtruhe gestört. Das Tier war von der Größe eines kleinen Pferdes und trug ein schaufelartiges Geweih auf dem Kopf. Wenige Sekunden später herrschte wieder Stille, nur das Plätschern des kleinen Baches untermalte die von Sternen erleuchtete Szenerie. Er versuchte zu verarbeiten, was eben passiert war. Für einen kurzen Moment war das Tier klar und deutlich zu sehen gewesen. Er hatte es sofort erkannt, und genau diese Tatsache stürzte ihn nun in innerliche Turbulenzen. Er ging noch einmal seinen Wissensstand durch. Auf seiner Hand befanden sich deutsche Worte, und er dachte in Deutsch. Alles schön und gut, aber was da gerade mit einer Urgewalt an ihm vorbeigedonnert war, war ganz eindeutig ein Elch gewesen. Ein großer, aus dem Schlaf geschreckter, ausgewachsener, flüchtender Elch. Aber, und das war eine feststehende Tatsache, weder in Deutschland noch Österreich noch in der Schweiz gab es Elche. Hatte es nie gegeben. Die tauchten erst viel weiter nördlich auf der Landkarte auf. Ihm wurde kalt, und diesmal hatte es nichts mit den Außentemperaturen zu tun.

Als Franz Haderlein am Tatort eintraf, war vor dem botanischen Anwesen des Barons von Rotenhenne schon der Teufel los. Die Polizei sperrte gerade mit rot-weiß gestreiftem Trassierband das komplette Grundstück ab. Haderlein hatte nur ein kurzes Nickerchen machen können, als ihn der Anruf seines Kollegen erreichte. Sofort hatte er sich auf den Weg gemacht. Derartig ungewöhnliche Mordfälle kamen nicht alle Tage vor. Und das, was ihm Lagerfeld kurz und knapp am Telefon berichtet hatte, war dermaßen unglaublich, dass er es zuerst nicht hatte glauben wollen. Doch Bernd hatte ihm sehr schnell klargemacht, dass ihm nach allem anderen zumute war als nach Scherzen.

Haderlein durchschritt das Tor des kleinen Gutshofes und durchquerte den Innenhof auf dem Kiesweg, um in den dahinterliegenden Garten zu gelangen. Dort bot sich ihm ein phantastischer Anblick. Gleich links von ihm wurde ein etwas älterer Herr von seinen Handschellen befreit, während etwas weiter entfernt, in einem angrenzenden kleinen Gartengrundstück, die Spurensicherung in ihren weißen Schutzanzügen mit dem dort stehenden Haus beschäftigt war. Cesar Huppendorfer koordinierte das Treiben. Gerade als Haderlein sich zu seinen Kollegen gesellen wollte, entdeckte er aus dem Augenwinkel seine Riemenschneiderin. Das kleine Ferkel war in dem ganzen Trubel anscheinend unbemerkt in die Wiese getrottet, schaute nun in Richtung See und sah dabei nicht besonders glücklich aus. Haderlein ließ den kriminalistischen Aufstand erst einmal links liegen und begab sich zu seiner rosafarbenen Mitarbeiterin. Als er sie erreichte, konnte er die ganze Bescherung sehen. Riemenschneider hatte die Vorderfüße fest in die Wiese gestemmt, die Hinterbeine weit gespreizt und den kleinen Kopf hoch erhoben. Sämtliche Haare und Borsten standen dem kleinen Schwein buchstäblich zu Berge, sein Blick war starr nach vorn gerichtet, und seiner Kehle entrang sich ein Knurren von einer solchen Tiefe, dass Haderlein erschauerte. Einen solchen Laut hätte er niemals von seinem Ferkel erwartet. Riemenschneider war ganz eindeutig auf etwas fixiert, das ihr eine panikartige Angst einjagte. Haderlein blickte sich suchend um, aber außer dem Gartensee und den daraus sich erhebenden Obstbäumen konnte er nichts erkennen.

»He, Riemenschneider, was ist mit dir los, zum Kuckuck? Komm her, mein kleines Schweinchen!«

Doch auch die Stimme ihres Herrn und Meisters vermochte bei der Riemenschneiderin keine Verhaltensänderung zu bewirken. Sie stand weiterhin mitten in der Wiese und knurrte abgrundtief drohend. Als Haderlein noch einmal in Richtung See schaute, erblickte er endlich, was Riemenschneider augenscheinlich auf die Palme brachte. Neben der künstlich angelegten Staumauer hockte ein Biber, und zwar ein besonders großes und stattliches Exemplar. Er schaute die Riemenschneiderin genauso böse an wie sie ihn. Haderlein musste laut lachen, ging zu seinem Ermittlerschweinchen hinüber und hob es auf seinen Arm. Das Ferkel ließ dies zwar nur widerwillig mit sich geschehen, gab aber notgedrungen der menschlichen Gewalt nach. Als Haderlein mit ihm zum Tatort zurückstiefelte, beruhigte es sich langsam wieder und leckte schließlich sogar das Gesicht seines Kriminalhauptkommissars ab.

»Ist ja gut, ist ja gut. Der hat dir wohl einen gehörigen Schrecken eingejagt«, sagte er lachend. »Aber ich geb dir einen guten Rat, du Angsthase. Halt dich von diesen Wasserbaumeistern fern, mit ihren doppelt so großen Zähnen können die um einiges kräftiger als du zubeißen. Versprichst du mir das, ja?« Riemenschneider leckte ihm weiter das Gesicht, was Haderlein als Zustimmung deutete. Er stellte die Riemenschneiderin wieder auf ihre vier Füße, griff nach ihrer Leine und begab sich zu Lagerfeld, der noch immer lebhaft mit dem älteren Herrn in der dunkelbraunen Strickweste diskutierte.

Okay, es war also ein Elch gewesen. Als er sich wieder im Griff hatte, fasste er einen Entschluss. Er würde diesem Bachlauf folgen, bis dieser, so hoffte er, in einen größeren Fluss münden würde, der wiederum irgendwann in einer Art Zivilisation endete.

Er zog sich die Strickmütze tiefer ins Gesicht und lief los. Die Äste schlugen ihm ins Gesicht, und seine Schuhe waren schnell durchnässt, da am Bachufer noch immer reichlich Schnee lag, aber tatsächlich: Bald darauf mündete der Bach in einen gar nicht so kleinen Fluss. Außerdem ging der Wald in eine nur spärlich bewachsene, zerklüftete Geröllhalde über, durch die der Fluss mäanderte und sich schließlich mit reichlich Gefälle nach unten stürzte. Er nahm die Mütze ab und sah in die bereits wärmende Morgensonne. Wenigstens das

Wetter spielte mit. Es schien Frühjahr zu sein, denn der Schnee schmolz an allen Ecken und Enden. Er kratzte sich kurz am Kopf, setzte die Mütze wieder auf und folgte dem Fluss auf seinem Weg bergab.

»Habt ihr den Rest des Körpers schon gefunden?«, fragte Haderlein Ruckdeschl beiläufig, während er aus gebührendem Abstand den blutleeren Kopf betrachtete. Die blonden langen Haare klebten durch das viele getrocknete Blut wirr an der Haut, die geöffneten Augen starrten leer und ausdruckslos nach vorn. Haderleins grober Schätzung nach war der Mann so um die dreißig Jahre alt gewesen, als er starb, doch weitere Beurteilungen traute er sich für den Moment nicht zu. Er umrundete den Kopf, um ihn genauer zu inspizieren. Selbst ihm als altgedientem Kriminalen ging der Anblick an die Nieren. So etwas Abscheuliches hatte er in seiner Dienstzeit nur selten gesehen.

»Ja, haben wir«, seufzte Ruckdeschl, »allerdings ist er in einem ähnlich bedauernswerten Zustand.«

»Schon klar, wenn ihm der Kopf fehlt«, kommentierte Haderlein trocken. »Und wo?«

»Da drüben«, erwiderte der Leiter der Spurensicherung und schob zum wiederholten Mal seine Brille ein paar Millimeter auf der Nase nach oben.

Haderlein hob kurz den Kopf und beobachtete, wie sich etliche weiß gekleidete Spurensicherer im hinteren Bereich des Raums dicht um etwas scharten, das er aber nicht erkennen konnte. Haderlein überlegte kurz und richtete seinen Blick dann wieder auf den Kopf, der vor ihm lag, beziehungsweise auf die merkwürdige Holzkiste, die geöffnet und mit eingetrocknetem Blut besudelt danebenstand.

»Lagerfeld hat doch irgendetwas von einer Spieldose erwähnt«, sagte Haderlein, während er neugierig in die Kiste schaute.

»Ja, die ist hier.« Ruckdeschl deutete mit einem langen, dünnen Metallstift auf die rechte obere Innenseite der Kiste. Direkt unterhalb des Deckelrandes war eine kleine hölzerne Spieldose angeschraubt. Von ihren niedlichen bunten und kindgerechten Aufdrucken war allerdings nicht mehr viel zu erkennen, da auch sie über und über mit Blut beschmiert war, das in seinem eingetrockneten Zustand eine dunkle, bräunlich rote Farbe angenommen hatte.

Ruckdeschl griff mit der rechten Hand, über die er einen dünnen, durchsichtigen Plastikhandschuh gestreift hatte, an die Unterseite der Spieldose und drehte mehrmals ein kleines Rädchen. Dann drückte er mit der Linken am oberen Rand des Döschens einen kleinen Metallstift nach oben, an dem noch die blutverkrusteten Reste einer Schnur hingen, und sogleich ertönte aus dem Inneren der Holzkiste eine altbekannte, wenn auch metallisch schnarrende Melodie.

»Fuchs, du hast die Gans gestohlen, gib sie wieder her …«

Haderlein lief es kalt den Rücken hinunter. In dem Kinderlied versteckte sich eine Botschaft, so viel war klar, aber was für eine? Und vor allem, für wen war sie gedacht? Das hier war eine ziemlich schräge Nummer, die von einem nicht minder schrägen und kranken Hirn inszeniert worden war. Ein abgetrennter Kopf, zeremoniell zur Schau gestellt, dazu eine musikalische Botschaft in einer Spieldose. Ruckdeschl bemerkte die Erschütterung Haderleins und zog ihn am Ärmel zu den Kollegen der Spurensicherung, die er sofort verscheuchte.

»Macht mal kurz Pause, Herrschaften«, sagte er, woraufhin sich die Spurensicherer sichtbar erleichtert vor die Haustür verzogen, um durchzuatmen oder sich eine Zigarette zu genehmigen. Haderlein sah sich einer grob zusammengezimmerten Kiste gegenüber, circa einen Meter sechzig mal einen Meter groß, die wahrscheinlich ursprünglich für die Scheite von Feuerholz gedacht gewesen war. Jetzt allerdings befand sich der zusammengerollte Körper eines toten Mannes darin, und der Holzboden der Kiste war vollkommen mit Blut getränkt. Der Leiche fehlte der Kopf, der Körper lag auf der Seite, und irgendwer hatte eine ganze Schachtel Zigaretten über den Toten gekippt. Es war die gleiche Sorte Qualmstängel, die auch auf dem Deckel der anderen Kiste gelegen hatte. Zigaretten mit roter Banderole und der alten Sowjet-Flagge darauf. Haderlein nahm sich eine der Kippen und betrachtete sie genauer. Das waren keine normalen Zigaretten. Diese hier waren zur Hälfte in eine Art Butterbrotpapier eingewickelt und an einem Ende wie eine Wurstpelle zusammengedreht. Die andere Hälfte bestand aus einem genauso langen weißen Filterpapier, in dem aber der Filter fehlte, sprich: Das Papier war leer und sah aus wie ein etwas überdimensionierter Strohhalm aus Papier. Auch über dem toten Körper schwirrten Schwärme von Fliegen – so wie überall im Haus. Kurzentschlossen ließ Haderlein den merkwürdigen Glimmstängel in seine Hosentasche gleiten.

»Schöne Schweinerei«, meinte Ruckdeschl trocken. »Aber so viel kann ich dir schon mal sagen«, versuchte er wenigstens eine ungefähre Bestandsaufnahme und blickte auf seine Skizzen und Notizen, »dieser Mann wurde nahe der Eingangstür mit etwas noch zu Definierendem enthauptet. Dann hat der Täter – respektive die Täterin – den enthaupteten Leichnam zu dieser Kiste geschleppt und ihn dort hinein drapiert. Anschließend ging der Täter zurück und legte den Kopf in diese Kiste auf dem Tisch dort. Zuletzt ist er verschwunden, ohne abzuschließen. Das Ganze ist jetzt mal, grob gesagt, eine Woche her. Genaueres kann erst Siebenstädter sagen, wenn er die Fliegenmaden analysiert hat.«

»Wieso nicht mehrere Täter?«, fragte Haderlein, während er den toten Körper noch einmal musterte. Er war mit einer Jeansjacke und einer schwarzen Stoffhose bekleidet und trug an den Füßen schwarze Lederschuhe und weiße Socken. Unter der Jacke leuchtete ein weißes Hemd hervor, das im Kragenbereich eingetrocknetes Blut zierte.

»Zumindest hier im Gartenhaus müssen wir von einem einzelnen Täter ausgehen. Wir haben nur Sohlenabdrücke von einem Paar Schuhe gefunden. Die waren allerdings Größe siebenundvierzig, also nicht gerade grazile Schneewittchentreter. Ich gehe demzufolge von einem männlichen, groß gewachsenen Täter aus, der allein die Kraft besaß, die Leiche von A nach B zu wuchten. Er scheint mehrmals im Haus hin und her gelaufen zu sein, hat aber nichts durchwühlt oder beschädigt. Nach Fingerabdrücken suchen wir noch.«

»Hm, ganz ordentlich fürs Erste.« Haderlein schaute sich etwas ratlos in der Hütte um. Außer der in zwei Stücke geteilten Leiche konnte er in diesem Raum nichts Ungewöhnliches feststellen. Es gab einen Tisch, ein Bett, dazu einen Kühlschrank, einen Fernseher und einen Kaminofen. Das Zimmer sah aus, als hätte es sich jemand in ihm auf spartanische Art gemütlich gemacht. Regale mit ein paar spärlichen Habseligkeiten standen neben der Miniküche, eine Korktafel mit ein paar angehefteten Zetteln hing an der Wand. Nichts stach ins Auge. Aber genau das fiel Haderlein auf.

»Wo sind seine Sachen?«, fragte er.

»Sachen? Was für Sachen denn?«, erwiderte Ruckdeschl.

»Na, seine Sachen halt«, erklärte sich Haderlein ungeduldig. »Klamotten, persönliche Unterlagen, Handy, Autoschlüssel, Fotos et cetera. Ich kann nichts von alldem hier entdecken. Aber warum? Dieser Kiesler hat doch angeblich hier gewohnt. Also frage ich dich, Ruckdeschl: Wo sind seine Sachen?«

Haderlein schaute den erfahrenen Spurensicherer triumphierend an, denn er hatte recht. Alles war verschwunden. Selbst der Kühlschrank war bis auf ein halb volles Gurkenglas und ein verschimmeltes Stück Gouda leer, genauso wie die Schränke in dem winzigen Badezimmer. Der Mörder hatte alles mitgehen lassen. Nicht einmal Bilder hingen an den Wänden, kein Foto lag herum, einfach nichts. Haderlein wurde klar, warum der Unbekannte so oft hin und her gelaufen war. Der hatte etwas ganz Bestimmtes gesucht. Aber was? Auf jeden Fall war der Täter genauso gründlich wie skrupellos in seiner Vorgehensweise gewesen.

»Deshalb auch keine Verwüstungsspuren. Der hat sich nicht einmal die Mühe gemacht zu suchen, sondern einfach alles komplett mitgenommen«, vollendete Haderlein seine Gedankengänge. Er hatte genug gesehen. Jetzt musste er sich mit dem Baron unterhalten, denn es wurde Zeit, etwas über den toten Kiesler zu erfahren.

Der Fluss stürzte in kleinen Kaskaden die enge, schattige Schlucht hinunter. Hier war es schweinekalt, aber durch die Kletterei war die Kälte für ihn erträglich. Das Gefälle nahm allmählich ab, und der Flusslauf bog nach rechts und führte unter einer Felswand entlang. Zwischen Flusslauf und dem Gestein war ein schmaler Pfad zu erkennen. Endlich ein Anzeichen von Zivilisation, freute er sich und begann dem schmalen Weg zu folgen. Auch die Vegetation wurde nach der Kargheit im Abstieg wieder üppiger. Die spärlichen Flechten und Moose wichen kleinen Büschen, dann ersten kleinen Bäumchen und zuletzt so etwas wie einem kleinen Wald. Als er um die Felswand bog, breitete sich vor ihm das Tal aus, in dem eine lang gezogene Wasserfläche türkisfarben schimmerte. Davor erblickte er eine Straße und auf der gegenüberliegenden Talseite einen weiteren beeindruckenden Wasserfall, der im Sonnenlicht glitzernd in den See stürzte. Die Erkenntnis traf ihn wie ein Schlag: Das, was er vor sich sah, war ein norwegischer Fjord! Die gigantische Naturkulisse war nicht zu missdeuten. Er befand sich irgendwo an der Westküste Norwegens, nicht weit entfernt vom Meer, in das jeder Fjord mündete. Der Höhe der Sonne und den abtauenden Schneefeldern nach musste es Mai oder Juni sein. Endlich konnte er einigermaßen einordnen, wo er sich befand. Endlich Fakten.

In der Euphorie des Augenblicks bog er um einen großen Findling, der auf dem nun breiter werdenden Pfad lag und sowohl den Weg als auch die Sicht auf das restliche Tal versperrt hatte. Er machte gerade einen vorsichtigen Schritt auf die Seite, als seine wachen Augen im unter ihm liegenden Wald eine Reflexion wahrnahmen. Es war nur ein kurzer Lichtblitz gewesen, der durch die Zweige des Gebüsches gedrungen war, doch er erstarrte. Etwas in ihm schaltete in einen anderen Modus. Alarm! Instinktiv ahnte er, was er da gerade gesehen hatte, und er begann automatisch damit, seine Umgebung zu analysieren, Entfernungen und Hanggefälle zu schätzen. Er ging in die Hocke und blickte noch einmal in Richtung des Lichtblitzes, bevor er lautlos und entschlossen weiterging.

Ute von Heesen öffnete die Tür zur Dienststelle und blickte sich vorsichtig um. Ihr Lebensabschnittsgefährte und Wohnungsmitrenovierer war nirgendwo zu sehen, und auch Franz Haderlein und Riemenschneider schienen unterwegs zu sein. Nur Honeypenny winkte ihr fröhlich zu und deutete auf die Kaffeemaschine.

»Ich weiß schon über alles Bescheid!«, rief sie quer durch den Raum. »Kaffee?«

Ute von Heesen rang sich trotz ihres Schlafdefizites ein Lächeln ab und schloss die Tür hinter sich. Das war keine gute Nacht gewesen. Die Wohnung in der Loffelder Mühle würde ihr noch den letzten Nerv rauben. Die und ihr geliebter Lagerfeld. Beide hatten sie noch nie mit jemandem des anderen Geschlechtes zusammengewohnt und auch noch nie größere handwerkliche Arbeiten verrichtet. In beiderlei Hinsicht waren sie blutige Laien. Dass diese Konstellation ein so gewaltiges Konfliktpotenzial in sich barg, war keinem von beiden klar gewesen. Sie hatten sich einfach nur auf ihr gemeinsames Leben gefreut. Andererseits waren die Streitereien schon losgegangen, als sie über den Standort ihres zukünftigen Lebens diskutiert hatten. Bernd war Kommissar in Bamberg, Ute in leitender Funktion bei der HUK Coburg tätig. Auf der Suche nach dem verkehrstechnischen Mittelpunkt ihrer beiden Arbeitsstätten hatten sie sich schließlich auf die geografischen Koordinaten rund um Bad Staffelstein geeinigt. In Loffeld waren sie dann schlussendlich fündig geworden: eine verfallene kleine Mühle am Ortsausgang Richtung Horsdorf, idyllisch an einem Südhang und nur zwei Kilometer entfernt von der Autobahn nach Coburg beziehungsweise Bamberg gelegen.

Der Kauf des ziemlich verfallenen Anwesens war für sie beide ein finanzieller Kraftakt gewesen, also war bis zu einem eventuellen Einzug erst einmal eigene Handarbeit angesagt. Und genau an diesem Punkt begannen die großen Probleme. Zwei Ahnungslose, die von der handwerklichen Arbeit genervt den jeweils anderen belehren wollten. Das ging nicht nur nicht lange gut, sondern war gestern Nacht auch eskaliert. Zu guter Letzt hatte Ute ihrem Bernd eine Eieruhr auf die halb fertig geflieste Toilette gestellt, weil er sich immer öfter entnervt dorthin verzogen hatte. Schließlich wollte sie nicht die ganze Arbeit allein machen. Daraufhin hatte Bernd die Eieruhr quer durch die Baustelle des zukünftigen Wohnzimmers gepfeffert und war um fünf Uhr früh in voller Handwerkermontur aus dem Haus gestürmt. Im Moment hatte er keine Lust auf gar nichts. Weder auf Frauen geschweige denn auf Arbeit. Ute hatte allein zwischen den Resten der Eieruhr und den Gipsplatten gesessen und ihren Tränen freien Lauf gelassen. So hatte sie sich das alles nicht vorgestellt.

Nun wollte sie sich bei Bernd entschuldigen und einen vorläufigen Burgfrieden schließen – aber er war nicht da. Dieser Tag könnte durchaus besser laufen, dachte sie resigniert und sank mit einem Seufzer auf den Schreibtischstuhl ihres Mühlenausbaugeliebten. Dankbar nahm sie die von Honeypenny gereichte Tasse Kaffee entgegen.

»Klappt wohl nicht so richtig auf der Baustelle, was?«, fragte Marina Hoffmann mitfühlend, während sie sich auf dem Stuhl gegenüber niederließ.

Ute von Heesen winkte ab und starrte auf den gleichen gelblichen Fliegenschiss am Fenster, der wenige Stunden zuvor schon Lagerfeld als optisch-moralische Krücke gedient hatte.

»Ich glaube, wir brauchen dringend fachkundige Hilfe. Eine Bauleitung. Wir haben beide zu wenig Ahnung von der Materie, auch wenn Bernd immer den Alleskönner mimt«, sagte Ute von Heesen müde. »Andererseits können wir uns nicht mal ansatzweise einen Architekten leisten. Der Kredit ist eh schon auf Kante genäht.« Seufzend nahm sie einen tiefen Schluck aus der Tasse mit dampfendem Kaffee.

Plötzlich leuchteten Marina Hoffmanns alias Honeypennys Augen auf. »Ein Fachmann für alte Häuser? Ich glaube, da kann ich euch beiden weiterhelfen«, strahlte sie Ute von Heesen an. »Lass mich mal machen. Ich geb dir diesbezüglich dann in den nächsten Tagen Bescheid. Allerdings muss ich dir noch etwas sagen, Ute.« Sie verengte ihre Augen zu einem strafenden Blick. »Du kannst so mit deinem Mann nicht auf der Baustelle umgehen.« Ihre Haltung versprühte weibliche Fachkompetenz. »Männer brauchen gewisse Standards auf der Baustelle, sonst geht da gar nichts vorwärts. Für Lagerfeld ist es schon schlimm genug, dass er dir nicht mit handwerklichen Fähigkeiten imponieren kann, und dann kommst du ihm auch noch mit Maßregelungen und disziplinarischen Maßnahmen. Ich weiß ja, dass du recht hast«, als Ute etwas einwerfen wollte, hob Honeypenny die Hand, »aber das bringt dich als Frau und euch als Bauherren auch nicht weiter, im Gegenteil. Glaub mir, meine langjährige Lebenserfahrung mit fränkischen Männern und deren Baustellen hat mich aufs Intensivste geschult!«

Ute von Heesen schlürfte missmutig ihren Kaffee. Auf das vermaledeite Baustellenthema hatte sie jetzt eigentlich gar keine Lust.

»Und was für Standards sollen das sein, die Bernd braucht?«, fragte sie trotzdem. Obwohl – eigentlich hatte sie ja alle Standards auf der Baustelle festgelegt, das war sie von der HUK schon jahrelang so gewöhnt. Sie war Chef der Revisionsabteilung, in der Genauigkeit Trumpf war, und genauso sollte es auch auf der ersten Baustelle ihres Lebens ablaufen. Und jetzt kam Honeypenny damit, dass sie etwas falsch gemacht hätte. Sie, Ute von Heesen, sollte Standards vergessen haben? Völlig undenkbar.

»Die BBB Standards«, dozierte Honeypenny mit verschränkten Armen und fixierte Ute von Heesen mit dem Blick der unabänderlichen Tatsachen. Die erwiderte zwar den Blick, verstand aber nur Bahnhof.

»Bier, ›Bild‹, Beifall«, deklamierte Honeypenny.

Die Leiterin der Revisionsabteilung der HUK Coburg verschluckte sich. Auf einen dramatischen Hustenanfall folgte die entrüstete Erwiderung. »Bier? Bist du des Wahnsinns, Marina? Ich dulde doch keinen Alkohol bei der Arbeit. Der setzt die Reaktionszeit nicht nur dramatisch herab, sondern vermindert auch die Urteilsfähigkeit und macht müde!« Entsetzt schaute sie Honeypenny an, während sich ihrer der nächste Hustenanfall bemächtigte. Erst nachdem sie sich beruhigt hatte, konnte sie weitersprechen.

»Und ›Bild-Zeitung‹? Das ist ja wohl das hirnloseste Blatt, was es auf diesem Erdball zu kaufen gibt. Das alles kann nicht dein Ernst sein, Marina. Und wofür soll ich denn, um Himmels willen, Beifall spenden, wenn Bernd beispielsweise behauptet, er könne Fliesen kleben, und dann liegen die Dinger nach einer Nacht Arbeit kreuz und quer in der Duschwanne. Das ist doch ein Witz!« Wieder musste sie husten, während Honeypenny sie mit dem Lächeln des höheren Bewusstseins bedachte.

»Meine liebe Ute, du hast von Baustellen wenig und von Männern gar keine Ahnung, wenn ich das mal so offen sagen darf. Erstens: Ohne Bier geht auf einer Baustelle gar nichts. Das ist der Treibstoff der Männer, das Benzin sozusagen. Bernd muss es ja noch nicht einmal trinken, sondern nur wissen, dass es da ist oder ihn wenigstens am Ende eines Arbeitstages erwartet. Das ist so ähnlich wie mit einem Friseurtermin. Der macht für den Augenblick auch nichts besser, aber er beruhigt.« Ute von Heesen war noch nicht überzeugt, doch sie fing zumindest an über Honeypennys Worte nachzudenken.

»Du musst nicht wissen, warum es funktioniert, Ute. Wichtig ist nur, dass es funktioniert. Ihr habt doch gleich ums Eck die Staffelberg-Bräu, also ist dieses Problem sehr leicht lösbar.«

Ute von Heesen beschloss, erst einmal den Mund zu halten und es noch einmal auf die sanfte Tour mit Bernd und Kaffee zu versuchen.

»Dann die ›Bild-Zeitung‹. ›Bild-Zeitung‹ gleich Bauzeitung. Die braucht Mann nicht zum Lesen, die braucht er zum Schauen. Männer sind visuell ausgerichtete Tiere, Liebes. In der Bild gibt's in jeder Ausgabe 'ne Halbnackte auf Seite vier als optischen Meditationspunkt. Und auf dem Klo, vor allem dort, nimmt man sie dann zum Abwischen. Dafür wird dieses Revolverblatt gedruckt, Ute. Und du hast recht, für alles andere ist sie zweifelsfrei nicht zu gebrauchen.«

Ute von Heesen blickte Honeypenny extrem zweifelnd an. Das konnte doch nicht ihr Ernst sein. Ihre Vorschläge standen sämtlichen

Prinzipien entgegen, die sie sich in ihrem langen Berufsleben angeeignet hatte. ›Bild-Zeitung‹!

»Zudem brauchen Männer natürlich nicht nur Tadel und Peitsche, sondern auch Lob. Und zwar selbst dann, wenn sie es nicht verdient haben. Aber ein ›Sieht das aber toll aus, Schatz!‹ zur richtigen Zeit als Psychokatalysator eingesetzt, kann reinste Wunder bewirken. Dann noch ein Bier, und dein Bernd wird sich zur Handwerker-Wunderwaffe entwickeln, mit der du –«

»Frau Hoffmann, ich bräuchte Sie mal kurz.« Der Leiter der Dienststelle, Robert Suckfüll, näherte sich und unterbrach abrupt Honeypennys Lehrstunde in fränkischem Männerhandling. »Ach, die Frau Lagerfeld«, rutschte es ihm heraus. »Sie suchen bestimmt Ihren kommissarischen Lebensgefährten, nicht wahr?« Fidibus war ausgesprochen guter Laune und offensichtlich zum Scherzen aufgelegt.

»Nun, Frau Lagerfeld, ich habe mir erlaubt, unseren Kommissar Schmitt heute einmal in den April zu schicken.« Schelmisch wackelte er mit dem linken Zeigefinger und verrenkte seinen Körper, als müsste er mühsam einen gewaltigen Heiterkeitsausbruch unterdrücken.

»Der gute Schmitt sah etwas niedergedrückt aus heute Morgen, und da habe ich mir einen Schabernack erlaubt. Ich sage nur: Frauenleichen.« Triumphierend schaute er von der einen Frau zur anderen, doch beide wollten seinen Humor nicht so recht teilen. Aber das war ihm egal, schließlich war er hier der Chef, und er lachte sehr gern – nur meistens nicht über sich selbst. Doch dieses Problem hatte er ja zum Glück im Moment nicht, ganz im Gegenteil.

»Zum Baron von Rotenhenne, dieser alten Nervensäge, habe ich ihn geschickt. Das wird Ihren Freund bestimmt aufmuntern, Frau Lagerfeld. Noch dazu, wo er in diesem verdreckten Aufzug –« Mit erhobenem Zeigefinger bemerkte er in diesem Moment die ebenso mit weißer Farbe bekleckerte Baukleidung von Ute von Heesen.

»Na, na, Frau Kommissar, haben Sie sich mit Ihrem Herrn Schmitt heute Nacht etwa eine Pinselorgie gegönnt? Ein Farbenspiel? Tststs.« Er grinste schelmisch. »Da werden Sie aber –«

Sein Vortrag wurde durch das laute Klingeln des Telefons unterbrochen. Honeypenny nahm den Hörer ab, um ihn dann sofort an ihren Chef Fidibus weiterzureichen, der noch immer ausgesprochen fröhlich war.

»Ah, der Kollege Lagerfeld, wie passend. Wenn man vom Teufel spricht, nicht wahr?« Ungläubig hörte er ein paar Sekunden lang zu, um dann breit grinsend das Gespräch zu unterbrechen.

»Schon gut, Kollege Schmitt, schon gut. Ich verstehe ja Ihr Bedürfnis nach einer angemessenen Retourkutsche. Aber ein abgetrennter Kopf in einer Holzkiste? Ist das nicht ein bisschen sehr dick aufgetragen?«

Die beiden Frauen konnten Lagerfelds Stimme nun mit deutlich erhöhter Lautstärke hören, was Fidibus jedoch nicht im Mindesten zu beeindrucken schien.

»Lassen Sie stecken, Lagerfeld, ich nehme Ihnen Ihre Geschichte sowieso nicht ab, Sie kleiner Schlingel, Sie. Sie wollen mich doch nur übers Ohr ziehen«, sagte er lachend, während Ute von Heesen und Honeypenny ob der Vergewaltigung der deutschen Sprache synchron zusammenzuckten. Die Stimme Lagerfelds schrillte jetzt aus dem Telefon.

»Vergessen wir die ganze Geschichte, Lagerfeld. Kommen Sie mal runter, dann schnellstmöglich wieder hierher zurück und dann Schwamm über –« Fidibus hielt inne, da sich seine sprachlichen Überlegungen wieder einmal in seinen Gehirnwindungen vergaloppiert hatten. »Ich wollte sagen: Schwamm über die ganze – äh, also, bevor – bevor der Schwamm in den Brunnen gefallen ist, Lagerfeld. Und jetzt hurtig, hurtig, sonst muss ich Sie noch persönlich übers, äh, die, äh, Morgenstund legen.« Sprach's und legte den Hörer auf.

Die beiden Frauen schauten sich ratlos an. Was hatte das kryptische Gefasel zu bedeuten? Was war das für ein Kopf in einer Holzkiste? Aber der Einzige, der im Moment darüber hätte Auskunft geben können, ging gerade verwirrt, aber nichtsdestotrotz entschlossenen Schrittes zurück in seinen gläsernen Palast, der sich Büro nannte.

Der Instinkt des Lachses

Er dachte nicht darüber nach, was er tat. Er tat es, weil er es konnte und weil er spürte, dass er es tun musste. Es war nur ein kleines Aufblinken gewesen, aber ihm war sofort klar gewesen, dass er gefunden worden war.

Sie warteten dort unten im Waldgebiet auf ihn. Warum sie wussten, dass er diesen Pfad herunterkommen würde, war ihm momentan egal, darüber würde er sich später Gedanken machen. Jetzt war nur die Tatsache wichtig, dass sie da waren. Nach kurzer Analyse der Bodenverhältnisse entledigte er sich seiner Schuhe und pirschte sich durch den norwegischen Wildwuchs.

Sich links haltend schlug er sich durch den Wald und machte einen großen Bogen, bis er seine mutmaßlichen Gegner umrundet zu haben glaubte. Vorsichtig bewegte er sich auf den Waldrand zu. Immer langsamer setzte er einen Fuß vor den anderen und achtete darauf, im weichen, durchnässten Waldboden kein Geräusch zu verursachen.

Dann sah er sie. Zwei Männer in Tarnanzügen und mit Präzisionswaffen. Die Waffen erkannte er sofort: Spezialanfertigungen israelischer Herkunft, zielgenau auf bis zu einen Kilometer Entfernung. Diese Typen waren mit dem Modernsten ausgestattet, was die Waffenindustrie für solche Zwecke zu bieten hatte. Das waren keine norwegischen Dorfpolizisten, das waren Profis. Er schaffte es, sich bis auf zehn Meter an sie heranzuschleichen, brauchte dafür aber fast zwanzig Minuten. Die zwei Männer waren hoch konzentriert.

»Er bewegt sich nicht mehr. Ich kann ihn nicht sehen. Wir warten ab«, flüsterte der eine kaum hörbar. Permanent schaute er auf eine Art GPS-Gerät und ab und zu in Richtung eines Felsblockes, hinter dem sie ihn anscheinend vermuteten. Kalt lief es ihm den Rücken hinunter. Sie hatten ihn geortet? Aber womit, zum Teufel? Und warum dachten sie dann noch, dass er dort oben wäre?

Die Schuhe!, schoss es ihm durch den Kopf. Die Schuhe, die er ausgezogen und dort zurückgelassen hatte. Sie waren verwanzt gewesen. Sein Verstand schlug einige Sekunden lang Purzelbäume, bis er sich wieder im Griff hatte.

Er schaute sich den Typen vor ihm genauer an. Außer dem Präzisionsgewehr trug er noch ein Survivalmesser im Hüftgurt und eine mittelgroße Handfeuerwaffe in einem Kunststoffholster. Dass sie geladen war, davon ging er aus.

Der andere Mann stand etwa zehn Meter von dem ersten entfernt und starrte unverwandt ebenso in Richtung des Felsblocks.

Er benötigte keine halbe Minute, um einen Plan zu machen. Die Fakten waren klar und eindeutig. Was nun folgen würde, lief vor seinem geistigen Auge bereits wie eine Filmschleife ab. Er grub seine Füße in den weichen Waldboden und spannte seinen Körper an. Dann sprang er.

Als Haderlein zu Lagerfeld und Huppendorfer zurückkehrte, hatten die es mit einem äußerst erregten Baron zu tun. Hätte er keine Handschellen getragen, so wären die beiden Kommissare wohl schon längst von ihm erwürgt worden – so dachten sie jedenfalls.

»Hört auf mit dem Blödsinn und nehmt dem Mann die Handschellen ab«, befahl Haderlein kurz und knapp. Lagerfeld hatte dem Baron zwischenzeitlich erneut die Handfesseln angelegt. Sicher war sicher, so seine Devise. Ausgesprochen widerwillig kam Lagerfeld der Anweisung nach und machte sofort einen Satz rückwärts, da der Baron sich ohne Umschweife auf ihn stürzte. Zum Glück wurde er von einem kleinen Ferkel daran gehindert, das sich dem wütenden von Rotenhenne in den Weg stellte und ihn, so laut es für ein Schwein möglich war, anknurrte. Dieser Moment reichte Haderlein vollkommen aus, um den Baron am Arm auf die Seite zu ziehen.

»Kommen Sie mit, Herr Baron. Ich habe ein paar Fragen an Sie«, sagte er höflich, aber bestimmt. Doch der Baron wollte sich nicht schon wieder vom nächsten Beamten fremdbestimmen lassen.

»Und wer, zum Teufel, sind Sie?«, ereiferte er sich erbost und wandte sich immer noch wütend dem Kriminalhauptkommissar zu. Ton und Lautstärke des Barons riefen allerdings sofort wieder die Riemenschneiderin auf den Plan, die diesmal nicht nur knurrte, sondern auch noch ihre Vorderfüße an das rechte Schienbein des Barons stellte. Auf der Stelle machte von Rotenhenne zwei Schritte zurück. »Rufen Sie sofort Ihr Schwein zurück, oder ich hole meine Doppelläufige!«

»Riemenschneider, mach Platz«, befahl Haderlein, und das kleine Ferkel setzte sich sofort und akkurat neben seinen linken Fuß, so wie es das in seiner Polizeihundeausbildung in Neuendettelsau gelernt hatte. Der Baron konnte nur konsterniert staunen.

Haderlein entschloss sich, die Gunst der Stunde zu nutzen. »Also, Herr von Rotenhenne. Mein Name ist Haderlein, Kriminalpolizei Bamberg. Ich leite hier die Ermittlungen.«

Der Blick des Barons flog noch immer zweifelnd zwischen der Riemenschneiderin und Haderlein hin und her. Immerhin schien das Polizeischwein tatsächlich gut erzogen zu sein, und dieser Haderlein machte im Gegensatz zu den anderen beiden Frischlingen, die ihm die Handschellen angelegt hatten, einen fähigen und vor allem viel verständnisvolleren Eindruck. Wenn er die Jungkommissare allerdings noch einmal in die Finger bekäme …

»Herr Baron, ich möchte Ihnen ein paar Fragen zu Ihrem Mieter, Herrn Kiesler, stellen.«

»Herr Haderlein«, begann der Baron nun überraschend ruhig und gefasst. Er war bedacht darauf, sachlich zu wirken, schließlich hatte man einen Toten auf seinem Grundstück entdeckt. Besonders in seiner Position galt es da, Haltung zu bewahren. »Bei all den Vorwürfen gegen Hans, die ich Ihren jungen Kollegen gegenüber geäußert habe, handelte es sich bei dem Konflikt zwischen mir und ihm doch ausschließlich um einen im fachlichen Bereich. Hans' botanische Fachkenntnisse waren rudimentär, und wenn er in ökologischen Fragen mit meinen Ansichten kolli–«

»Danke, Herr von Rotenhenne«, unterbrach Haderlein den beginnenden Monolog des Barons. Das Gespräch drohte in eine völlig falsche Richtung zu laufen.

»Wie lange kannten Sie denn Herrn Kiesler – und woher?«

»Hans Kiesler kam als wandernder Zimmermann an der Burgbaustelle vorbei und bot sich an, bei den Bauarbeiten mitzuhelfen. Da wir jede Hilfe nötig hatten, habe ich ihn auf Probe eingestellt. Er machte einen sehr korrekten und kompetenten Eindruck. Das war vor mehr als einem halben Jahr, im September letzten Jahres, glaube ich. Seitdem habe ich Hans auf der Baustelle als ausgesprochen fleißigen und fähigen Zimmermann erlebt, der sich nicht gescheut hat, auch andere Arbeiten zu verrichten. In dieser Hinsicht konnte ich mich wirklich nicht über ihn beklagen.« Haderlein hörte sich alles an, während Lagerfeld sich Notizen machte. Im Beisein des Barons war es für ihn wohl erst einmal das Beste, die Klappe zu halten.

»Und wie kam es dann dazu, dass er als Mieter in Ihr Gartenhaus einzog?«, fragte Haderlein.

Der Baron seufzte. »Ach, na ja, Mieter. Sie wissen doch, wie das mit den jungen Leuten ist, Herr Kommissar. Als Berufsanfänger haben sie kein Geld in der Tasche und kommen völlig abgerissen daher.« Bei diesen Worten warf er einen zynischen schnellen Blick auf Lagerfeld und dessen weiß bekleckerte Kleidung. Der schrieb ungerührt auf seinem Block weiter und ignorierte den Baron.

»Und deshalb haben Sie ihn in Ihrem Gartenhaus wohnen lassen«, stellte Haderlein fest.

»Wissen Sie, Herr Kommissar, in diesem Haus haben schon etliche meiner Arbeiter gewohnt, die nur kurz bei der Renovierung der Burg mitgeholfen haben. Wenn die Arbeitsleistung stimmt«, er zuckte mit den Schultern, »dann bin ich ein sehr großzügiger Mensch. Hans hat seinerzeit zuerst in seinem Kleinlaster geschlafen. Zwischen seinen Werkzeugen, mitten im Winter, das müssen Sie sich mal vorstellen. Nachdem das eine ganze Zeit lang so ging, habe ich ihm das Gartenhaus angeboten. Mein Gott, ist das alles schrecklich.« Betroffen schüttelte er den Kopf.

»Und wo steht dieser Laster?«, fragte Haderlein beiläufig, während er sich suchend umschaute.

»Der parkt dahinten gleich am Ortseingang von Baunach. Ich habe Hans gesagt, er soll ihn dort abstellen, weil er hier ja nur die Straße versperrt hätte.« Er deutete etwas zerfahren Richtung Ortsmitte. »Mein Gott, das ist wirklich eine Tragödie.«

Haderlein gab Huppendorfer einen Wink, der sich einen Zigarettenpause machenden Spurensicherer schnappte, um sich mit ihm den Laster zur Brust zu nehmen. Haderlein seinerseits bat den Baron, ihm zu folgen, um die sterblichen Überreste Kieslers zu identifizieren. Sie stapften durch das hohe Gras bis zum Gartenhaus, und diesmal erregte sich der Baron nicht über den verwilderten Zustand seines Grundstücks. Als sie die Stube betraten, musste sich auch der Baron die Nase zuhalten. Obwohl die Spurensicherung inzwischen alle Fenster geöffnet hatte, stank es noch immer bestialisch. Haderlein führte von Rotenhenne zu dem Tisch mit der Holzkiste und zeigte ihm den Kopf. Der Adlige betrachtete das blutleere Objekt und wirkte doch leidlich erschüttert. Obwohl er ein stattlicher Mann war, über Lebenserfahrung verfügte und mitten im Leben stand, machten ihm ein körperloser Kopf und eine geköpfte Leiche ganz offensichtlich zu schaffen. Schließlich fasste er sich, ließ seine Nase los und wagte sich näher an den Kopf heran. Nach einigen Augenblicken schaute er Haderlein ratlos an.

»Das ist nicht der Kopf von Hans Kiesler«, sagte er bestimmt.

Haderlein und Lagerfeld, der ihnen gefolgt war, blickten sich überrascht an. »Isser nicht?«, platzte es aus Lagerfeld heraus.

»Nein, ist er nicht«, sagte Baron von Rotenhenne überzeugt. »Diesen Mann habe ich noch nie zuvor gesehen.« Sprach's und hielt sich wieder die Nase zu.

»Ist er also nicht«, wiederholte nun auch Haderlein kopfschüttelnd die Feststellung des Barons, während Lagerfeld fast unwirsch den toten Kopf anblickte. Bevor auch noch irgendwer irgendetwas zu der verworrenen Angelegenheit äußern konnte, platzte Huppendorfer mit dem Spurensicherer herein. Im Vergleich zu Letzterem hatte ihm der kleine Sprint zum Ortseingang nichts ausgemacht.

»Chef, da ist kein Laster. Wir haben eine Streife losgeschickt, die in Baunach noch mal suchen soll, aber ich glaub, der Laster ist weg«, erklärte er, während der noch um Atem ringende Spurensicherer beifällig nickte.

»Das wird ja immer besser«, knurrte Haderlein. In seinem Kopf begann es zu arbeiten. Aber es wurde nicht nur besser, sondern allmählich auch äußerst interessant.

»Lagerfeld, du rufst jetzt Fidibus an und schilderst ihm die Sachlage. Er soll auf der Stelle eine Fahndung nach diesem Hans Kiesler und seinem Laster rausgeben. Ich werde mit dem Baron gleich auf der Dienststelle vorbeischauen, damit wir möglichst schnell eine Identifizierung des Kerls vornehmen und ein Fahndungsfoto erstellen können. Du bleibst währenddessen hier, Bernd, und betreust die ganze Sache. Jeder Zentimeter dieses Grundstückes soll fotografisch abgelichtet werden. Das Gleiche gilt für das Gartenhaus. Außerdem schickst du die Spusi dahin, wo der Laster bisher geparkt hat. Ich will alles haben, was die dort vom Teer kratzen können, klar?«

Kommissar Lagerfeld verzog das Gesicht. Den Tatort beaufsichtigen? Super, das würde sich bestimmt bis spät in die Nacht hinziehen. Eigentlich hatte er vorgehabt, heute die Toilette in der Mühle fertig zu fliesen.

Haderlein schaute ihm kurz und tief in die Augen und wusste sofort, was er dachte. »Tut mir leid, Bernd, aber deine private Baustelle wird wohl heute auf dich verzichten müssen.«

Lagerfeld nickte und wandte sich pflichtschuldig um, um ungestört mit Fidibus zu telefonieren. Der würde sich schön wundern, wozu sich sein dämlicher Veräppelungsversuch mit den drei Frauenleichen ausgewachsen hatte. Grimmig lächelnd drückte er auf seinem Handy die Kurzwahltaste für die Dienststelle. Sein überaus geliebter Dienststellenleiter Fidibus würde jetzt ganz schnell ganz kleine Brötchen backen müssen. Endlich mal etwas Aufbauendes an diesem bisher so miesen Tag.

Als sich Honeypenny meldete, bat er sie, das Telefon an Fidibus weiterzureichen. Ein Grinsen stahl sich in sein Gesicht. »Ich bin's, Chef«, meinte er locker flockig, als Robert Suckfüll endlich am Hörer war.

»Ah, der Kollege Lagerfeld, wie passend. Wenn man vom Teufel spricht, nicht wahr?«, hörte er ihn kichern. Fidibus dachte wohl immer noch, er würde nach den Pseudoleichen des Barons graben. Aber das Lachen würde seinem Chef gleich vergehen, wenn der erfuhr, was in Baunach los war. Also begann er mit seinen dramatischen Schilderungen.

Gregory war ein erfahrener Mann. Es war nicht das erste Mal, dass er einen Sonderauftrag zu erfüllen hatte. Für ihn war es letztlich einerlei, wen oder was er zu erlegen hatte: Hirsche, Elche, Menschen. Er dachte ausschließlich in technischen beziehungsweise geschäftlichen Kategorien. Die Abschussprämie für einen Menschen war ungefähr genauso hoch wie die für kapitales Rotwild oder einen Bären. Zumindest in dem Gewerbe, in dem er arbeitete. Waidmännischer Firlefanz trieb ihn schon lange nicht mehr um. Für seine Fähigkeiten hatten sich inzwischen ganz andere Möglichkeiten aufgetan. Sein aktueller Job war allerdings kein typischer Fall von Gelegenheitsarbeit. Eher schon ein Volltreffer. Man hatte ihn darüber informiert, wann das Ziel wo auftauchen würde, ihm einen Garmin-Ortungsscanner in die Hand gedrückt und das Geschäftliche geregelt. Zehntausend Kronen als Anzahlung und noch einmal so viel, wenn der Auftrag erledigt war. Nicht einmal den Dreck wegräumen musste er, das würde sein Kumpel erledigen, der zehn Meter weiter auf der Lauer lag. Kolja war eigentlich nur zur Sicherheit und zum späteren Entsorgen dabei. Eine Art schusstechnisches Back-up, falls etwas Unvorhergesehenes passieren sollte. Dafür würde er ihm fünfhundert zahlen. Schnell verdientes Geld für ein bisschen Aufpassen und das Graben eines Loches. Zum wiederholten Mal schaute Gregory auf seinen Scanner. Die Sache war ziemlich persönlich, und er würde verdammt auf der Hut sein müssen. Sie hatten ihn gewarnt, dass der Auftrag eventuell nicht so einfach zu erledigen sein würde, wie er auf den ersten Blick wirkte. Na, mal sehen, wie gut sein Ziel wirklich war. Im Moment konnte er jedenfalls davon ausgehen, dass es ihm jeden Moment ins Fadenkreuz laufen würde. Etwas stutzig machte ihn nur, dass sich die Zielperson schon seit einer halben Stunde nicht mehr bewegt hatte. Vielleicht hielt der Typ ja eine Siesta hinter seinem Stein? Na gut, irgendwann würde er aufwachen und seinen Weg ins Tal fortsetzen. Und dann würde er notgedrungen den Bereich seiner israelischen Spezialanfertigung durchqueren. Gregory wollte gerade wieder auf sein Peilgerät schauen, als es hinter ihm leise knackte. Bevor er jedoch auch nur andeutungsweise reagieren konnte, legte sich ein kräftiger Arm um seinen Hals. Er brachte noch ein kurzes Grunzen heraus, dann wurde ihm der Kopf mit einem entschlossenen Ruck verdreht, und sein Genick brach mit einem trockenen Knacken. Der tote Körper hatte, dem Newton'schen Gesetz folgend, den Waldboden noch nicht erreicht, da flog bereits das Survivalmesser Gregorys, von fremder Hand geschleudert, in Richtung seines Kumpels Kolja. Der wollte sich gerade über die unbotmäßigen Geräusche beschweren, als die schwere Klinge seinen Hals durchdrang und Luftröhre sowie Halsschlagader durchbohrte. Stumm und mit einem entsetzten Gesichtsausdruck sank der Kerl von einem Mann in sich zusammen. Innerhalb von dreißig Sekunden war alles vorbei: Beide Männer waren tot.

Sofort durchsuchte er die Kleidung der beiden. Er förderte Kaugummis, Taschentücher et cetera zutage. Allerdings auch zwei Handys. Bei beiden war die Stummschaltung aktiviert. Er notierte sich jeweils die letzten drei Telefonnummern, mit denen telefoniert worden war, dann schaltete er sie aus und zertrümmerte sie mit einem Stein vom Waldboden. Eingeschaltete Mobiltelefone konnten angepeilt werden, und das Risiko konnte und wollte er nicht eingehen. Zudem hätte er nicht gewusst, wen er anrufen sollte, er kannte ja nicht einmal seinen eigenen Namen.

Er zog dem älteren der beiden Männer das warme braun karierte Flanellhemd aus, um es gegen sein eigenes zu tauschen, dann dem jüngeren die Fjällräven-Hose mit Seitentaschen und klaute ihm außerdem noch die warmen Strümpfe – seine waren durchnässt – sowie die gefütterten Lederstiefel. Als er seinen Overall zum Wechseln seiner Kleidung auszog und dabei auf seinen linken Unterarm blickte, erstarrte er. Schwarz stand dort eine Zahlenreihe 58 43 4194 009 14 428.

Minutenlang starrte er die Zahlen an. Sein Gehirn arbeitete auf Hochtouren, aber ohne verwertbares Ergebnis. Was sollte das sein? Codes oder die Kombination eines Tresors? Doch alles Nachdenken brachte ihn keinen Schritt weiter. Also zog er das Flanellhemd und die Jacke über, die Hose und auch die Stiefel. Alles passte zufriedenstellend. Den grauen Overall vergrub er ein paar Meter entfernt im weichen Moosboden.

Die Toten zerrte er zwanzig Meter weiter in den Wald und bedeckte sie mit Zweigen. Dann verwischte er alle Spuren, so gut es ging, griff sich die Gewehre und überprüfte sie. Es waren jeweils die exakt gleichen Modelle mit je fünf Schuss elf Millimeter Spezialmunition. Dem einen Gewehr entnahm er das Magazin, steckte es ein und warf die Waffe in den Wald. Knirschend krachte das Gewehr gegen eine mittelalte Fichte. Selbst wenn es nicht vollkommen zerstört war, so hoffte er, dass niemand mehr mit dieser Waffe jetzt noch geradeaus schießen konnte. Das andere Gewehr sowie den GPS-Scanner nahm er an sich und stieg zu seiner vormaligen Warteposition hinter dem Stein hinauf. Sofort gab das Gerät einen hellen Ton von sich.

Er nahm seine alten Schuhe in die Hand und lief probehalber ein paar Meter mit ihnen den Pfad hinauf. Das Dauersignal des Geräts, das er am Stein liegen gelassen hatte, verstummte auf der Stelle. Er schaltete es aus, um seine Schuhe in aller Ruhe gewissenhaft zu untersuchen. Es waren schwarze Outdoorstiefel der Firma Merrel mit einem knöchelhohen Schaft. Er zerlegte die Schuhe mit dem Survivalmesser und fand schon nach kürzester Zeit, wonach er suchte. Auf der Knöchelaußenseite war in beide Stiefeln ein kleiner Schlitz geschnitten und ein Mikrochip gesteckt worden. Er schaltete den Scanner wieder ein und zertrümmerte die beiden Wanzen mit einem Stein. Auf der Stelle verstummte das Signal des Ortungsgerätes, und das Display zeigte nur noch die aktuelle Position in Längen- und Breitengrad sowie ein großes Fragezeichen an. Also hatten sie die ganze Zeit gewusst, wo er sich aufhielt. Sie hatten nur darauf gewartet, ihn wie einen Hasen abzuknallen.

Die Fragen häuften sich im Vergleich zu den Antworten. Wer war hinter ihm her? Warum versuchte man ihn umzubringen, und woher wusste er, wie man zwei schwer bewaffnete Männer mit bloßen Händen ausschalten konnte? Und die wichtigste aller Fragen: Was, zum Kuckuck, war hier los? Ihm dröhnte der Kopf, aber auch das half nichts. Kein norwegischer Troll würde aus dem Boden wachsen und ihm sämtliche Antworten auf seine Fragen auf einem Silbertablett servieren. Er musste weitermachen und darauf vertrauen, dass sich ihm im Laufe der Zeit ein Mysterium nach dem anderen offenbarte. Hoffentlich würde er solange am Leben bleiben.

Er bückte sich, um die Reste seiner Schuhe einzusammeln. Auch hier würde er alle Spuren beseitigen. Als er nach den herausgerissenen Einlagen griff, die einmal das Fußbett gewesen waren, stutzte er. Auf der Unterseite der linken Einlage klebte ein kleines Etikett. Die Schrift darauf war zwar durch seinen Fußschweiß schon etwas verwischt, aber noch einigermaßen zu entziffern. Wo einmal der Preis gestanden hatte, fehlte das Papier des Aufklebers, doch darüber stand groß und deutlich: »Rolands Bergladen, Bamberg«.

Plötzlich schossen ihm zusammenhanglose Bilder durch den Kopf. Bamberg. Er spürte, dass ihn etwas mit diesem Namen verband. Bamberg! Er erschauerte. Der Name eines Ortes, einer Stadt, die er kannte und die etwas in ihm bewegte. Immer mehr Bilder stiegen vor seinem geistigen Auge auf. Nicht bei allen stellte sich ein sofortiges Begreifen ein, aber mit Bamberg konnte er etwas anfangen. Endlich ein glasklarer Fingerzeig, mit dem er arbeiten konnte. In Windeseile verscharrte er die zerlegten und zertrümmerten Schuhe und Wanzen, schnappte sich das Gewehr, steckte den Scanner in die rechte Hosentasche und eilte stolpernd den Pfad hinunter. Das Gewehr hielt er ungesichert in der Armbeuge. Im Tal hatte er neben dem Fjord eine Straße gesehen, und die beiden Männer waren bestimmt nicht zu Fuß hergelaufen. Vielleicht hatte er ja Glück und würde auf einen fahrbaren Untersatz und auf weitere Hinweise stoßen.

Baron von Rotenhenne und Kriminalhauptkommissar Haderlein hatten kaum die Dienststelle der Kriminalpolizei in Bamberg betreten, als Robert Suckfüll alias Fidibus auch schon auf sie zugerannt kam. In der Hand hielt er eine trockene Zigarre, was aus dem Kriminalfachjargon dieser Amtsstube in Normalsprech übersetzt so viel bedeutete, als dass sie nicht angezündet war. Seit Fidibus vor einigen Jahren sein eigenes Büro mit einer schlicht und einfach vergessenen Zigarre abgefackelt hatte, durfte er die Dinger in der Hand halten, sie durchaus auch zum Mund führen, aber ganz bestimmt nicht anzünden. Das hätte ihm im Extremfall nicht nur einen Riesenanschiss von Miss Honeypenny beschert, sondern eventuell auch noch eine Tracht Prügel. Meistens aber war sich Fidibus seiner Schusseligkeit durchaus bewusst und bedurfte keinerlei Androhung von Gewalt oder Sanktionen. Rauchen konnte er ja schließlich in seiner Freizeit oder zu Hause – dort allerdings auch nur vor der Tür oder in seinem betonierten Kellerraum. Seine Frau kannte schließlich ihren Pappenheimer und hatte keine Lust, dass ihr zerstreuter Superjurist die frisch renovierte Stadtwohnung abfackelte.

»Na, Haderlein, wen haben Sie denn da mitgebracht? Welch seltener Glanz in dieser Hütte!«, jubelte ihnen Fidibus entgegen. »Herr Baron, ich hoffe, mein junger Kommissar Schmitt konnte die Angelegenheit die Gräfinnen von Scheßlitz betreffend zu Ihrer Zufriedenheit aufklären?« Er schüttete sich so vor Lachen aus, dass er erst nach einigen Sekunden des Beifallheischens bemerkte, dass er mit seinem Humor allein auf weiter Flur war. Nervös drehte er seine Zigarre zwischen den Fingern.

»Ja, nun denn. Wo ist er denn eigentlich, unser lieber Lagerfeld?« Erwartungsvoll blickte er zwischen Haderlein und dem Baron hin und her, während die Zigarre zwischen seinen Fingern allmähliche, aber stetige Auflösungstendenzen zeigte.

»Vielleicht sollten wir uns erst einmal in Ihr Büro setzen, Chef«, sagte Haderlein und schob den zaghaft protestierenden Fidibus vor sich her in dessen Büro. Dort setzten sie sich um den großen Tisch des Dienststellenleiters. Haderlein hatte natürlich den erbarmungswürdigen Versuch Lagerfelds mitbekommen, seinen Chef über die dramatisch veränderte Sachlage auf dem Rotenhenne'schen Anwesen in Kenntnis zu setzen. Lagerfeld hatte nach etlichen Ansätzen schließlich völlig entnervt aufgelegt und war Richtung Gartenhaus entschwunden. Offensichtlich ertrug er für den Rest des Tages tatsächlich lieber Gestank und Fliegenschwärme, als sich noch weiter mit seinem Chef abgeben oder fliesen zu müssen. Also würde wieder er, der dienstälteste Kommissar in ganz Nordbayern, die Sache in die Hand nehmen.

»Die Gräfinnen von Scheßlitz sind nicht unser Problem«, erklärte er, während er gleichzeitig eine Hand beruhigend auf den Arm des Barons legte, der zu dieser Aussage natürlich eine völlig andere Meinung hatte.

»Nicht? Wie schade.« Robert Suckfüll grinste die beiden an, während sich auf dem Boden neben seinem Bürostuhl die ersten Zigarrenkrümel anhäuften. »Aber gut, was ist es dann? Da bin ich aber gespannt, mein guter Haderlein.«

»Nun, unser Problem ist eher der abgetrennte Männerkopf, den wir im Gartenhaus des Mannes gefunden haben, der hier neben mir sitzt.«

Vor Überraschung warf Fidibus die Arme nach oben, die Zigarre flog ihm aus der Hand, wurde von der Glasscheibe in seinem Rücken gestoppt und fiel zu Boden. Das war nicht mehr lustig. Er hatte doch nur ein einziges Mal versuchen wollen, etwas Stimmung in die Polizeiarbeit zu bringen. Also wirklich.

»Mensch, Haderlein«, machte er jetzt angefressen seiner Wut Luft, »die gleiche Nummer hat Lagerfeld heute auch schon bei mir probiert. Da müssen Sie doch nicht auch noch –«

Die Tür öffnete sich, und Honeypenny reichte Haderlein ein bedrucktes DIN-A4-Blatt, welches dieser wiederum seinem Chef wortlos auf die Schreibtischplatte legte. Der Ausdruck auf Fotopapier zeigte den Kopf in seiner ganzen Pracht und in Großaufnahme. Honeypenny bemerkte die dicke Luft sofort und verflüchtigte sich flugs.

»Was ist das?«, fragte Fidibus abwesend, während seine Hände unter dem Tisch nach den Resten seiner Zigarre tasteten.

»Nun, ganz sicher ist das keine Gräfin von Scheßlitz«, erwiderte Haderlein bissig. »Das ist der abgetrennte Kopf, von dem ich die ganze Zeit versuche zu berichten.«

Fidibus bemerkte die ungewohnte Strenge in der Stimme seines erfahrensten Kommissars und beschloss, nun doch einmal einen genaueren Blick auf den Ausdruck zu werfen. »Das ist ja entsetzlich!«, entfuhr es ihm spontan. »Wer ist denn zu so einer grauenhaften Tat fähig, um Himmels willen!« Seine Hände hatten die Zigarre vergessen und hielten nun das Abbild des abgetrennten Männerkopfes.

»Wissen wir denn schon, wer das ist?«, fragte er in die Runde.

»Ich habe diesen Menschen jedenfalls noch nie zuvor in meinem Leben gesehen und habe auch keine Ahnung, wie der Kopf in mein Gartenhaus gekommen ist«, meldete sich erstmals der Baron zu Wort. Die Situation in der Polizeidienststelle war ihm nicht ganz geheuer. Und diese leicht durchgeknallt wirkende Figur da vor ihm sollte der Chef der Bamberger Kriminalpolizei sein? Den Typen hätte er ja nicht einmal zum Hinaustragen des gelben Sackes engagiert. Aus dem Augenwinkel nahm Haderlein den zweifelnden Blick des Barons wahr. Aber schließlich konnte von Rotenhenne ja nicht wissen, dass er mit Robert Suckfüll einen Einser-Juristen, den besten seines Jahrgangs in Bayern, vor sich hatte. Sein Chef mochte sozial und umgangstechnisch etwas unterbelichtet sein, als Jurist und Dienststellenleiter war er jedoch ein Ass. Ihm fehlte einfach nur ein Spamfilter für das Verhalten, das er in der Öffentlichkeit zeigte.

»Gibt es wenigstens schon einen Verdächtigen für diese schreckliche Tat, Haderlein?«, fragte Suckfüll jetzt konzentriert.

»Den gibt es allerdings«, antwortete Haderlein. »Ein gewisser Hans Kiesler, der in dieser Hütte gewohnt hat. Allerdings scheint er mitsamt seines Kleinlasters voller Habseligkeiten verschwunden zu sein.«

»Dann schicken wir sofort eine Fahndung raus«, drängelte Fidibus und wollte schon aufstehen, um entsprechende Weisungen zu erteilen.

»Stopp!«, rief Haderlein. »Dazu müssen wir wenigstens ein Bild von dem Mann haben et cetera pp. Diesbezüglich soll uns der Herr Baron weiterhelfen. Wenn sich nichts anderes ergibt, werden wir mit seiner Hilfe mit einem Phantombild an die Öffentlichkeit gehen.« Er zuckte mit den Schultern. »Außerdem haben wir noch das hier.« Schwungvoll griff er in seine Jackentasche und legte dann eine Zigarette mit merkwürdig langem Filterpapier und einer roten Banderole mit gelber Sichel auf den Tisch.

»Ich werde verrückt, eine alte ›Belomorkanal‹!«, rief Fidibus überrascht. »Wo haben Sie die denn aufgetrieben, Haderlein? Das wäre aber nicht nötig gewe–« Er wollte schon hocherfreut nach der Zigarette greifen, aber Haderlein gebot ihm Einhalt.

»Das ist ein Beweismittel, Chef, und lag übrigens schon einige Zeit auf einer verwesenden Leiche.«

»Oh«, entfuhr es Robert Suckfüll. Sofort nahm er Abstand davon, das Beweis- als Genussmittel zu missdeuten, und überlegte. Sein Kommissar Haderlein hatte ihm die Zigarette bestimmt vor die Nase gelegt, weil er etwas von ihm wissen wollte. Mit Tabak und den diversen Spielarten seiner Verwendung kannte er sich ja einigermaßen aus, selbst wenn er hier im Büro in puncto Nikotinkonsum sozusagen nicht mehr zum Zug kam. Die Zigarette hier war ihm jedenfalls bekannt. Sie war etwas Besonderes.

»Das hier ist eine sogenannte ›Papirossi‹, genauer gesagt: eine Belomorkanal«, erklärte Fidibus durchaus ehrfürchtig. Seine Blicke wanderten über die Zigarette wie die eines Antiquitätenhändlers über einen äußerst seltenen Nomadenschrank aus dem Inneren der Mongolei.

»Diese Zigaretten werden zwar heute noch hergestellt, aber dieses Exemplar hier stammt zweifelsfrei aus der ehemaligen Sowjetunion, wie sich unschwer an der farbigen Banderole erkennen lässt. Die Banderole ist übrigens ungewöhnlich, normalerweise wurden Sonderserien der Belomorkanal zwar mit Schrift oder Symbolen bedruckt, aber es wurde keine extra Banderole hergestellt. Das war's eigentlich auch schon, was ich Ihnen dazu sagen kann, Haderlein. Ein wirklich schönes Stück, fast zu schade zum Rauchen.«

Mit einem Seufzer des Bedauerns lehnte sich Fidibus in seinem schwarzen Sessel zurück und betrachtete die Zigarette wie ein Dieb einen Edelstein in einer einbruchssicheren Vitrine.

»Wenn Sie etwas Genaueres wissen wollen, dann sollten Sie sich an einen Spezialisten wenden, einen, der sich mit Tabakwaren aus aller Welt wirklich auskennt. Zu einem solchen könnte ich Ihnen sogar den Kontakt herstellen, Haderlein. Seine Adresse befindet sich allerdings zu Hause in meinem Privatarchiv. Ich kann sie morgen mitbringen, wenn das reicht«, sagte der Chef der Dienststelle.

»Das ist ja schon mal was.« Haderlein war voll ehrlicher Anerkennung.

Er wickelte die Zigarette wieder in die kleine Plastiktüte und wollte sie in seiner Jackentasche verschwinden lassen, als sich der Baron unversehens wieder ins Gespräch einmischte.

»Entschuldigung, aber wie kommt denn eine Ansammlung altrussischer Glimmstängel auf die unbekannte Leiche in meinem Gartenhaus, wenn ich fragen darf? Und wie wird das jetzt weitergehen?

Wird die Polizei mein Grundstück belagern? Und bin ich verhaftet, oder kann ich mich wieder meiner eigenen Baustelle widmen? Ich müsste mich auch um diese verdammten Biber kümmern, die mein Grundstück unter Wasser gesetzt haben.« Ungeduldig schaute er in die Runde.

Robert Suckfüll horchte auf. »Biber? Sie haben Biber auf Ihrem Grundstück, Herr Baron?«, fragte er erstaunt.

»Allerdings hab ich die verdammten Viecher.« Der Baron war offensichtlich *»not amused«* über seine tierischen Zuwanderer. »Ich muss die Viecher unbedingt loswerden, sonst sind meine Obstbäume irgendwann Geschichte, die Erlen sind ihnen schon zum Opfer gefallen. Wissen Sie eigentlich, was das für ein Aufwand ist, solche speziellen Sorten zu selektieren? Ein Lebenswerk ist das. Und das werde ich mir von diesen plattschwänzigen Fellteufeln nicht so einfach kaputt machen lassen. Ich werde meine Doppelläufige holen und dann –«

»Gar nichts werden Sie, Herr Baron!« Fidibus war aufgesprungen und mit einem Schlag ein völlig anderer Mensch. Verschwunden die zerstreute Schusseligkeit, in Luft aufgelöst der Habitus des verwirrten Professors. Der Dienststellenleiter hatte plötzlich auf Arbeitsmodus umgeschaltet und konnte offenbar auch streng. »Der Biber gehört zur Gruppe der am besten geschützten Tierarten in diesem Land. Wenn sich das seltene Tier auf Ihrem Grundstück niedergelassen hat, Herr von und zu Rotenhenne, dann sollten Sie sich glücklich schätzen, einen solchen Edelstein der Natur bei sich begrüßen zu dürfen.«

Haderlein war perplex. Sein zerstreuter Chef, ein engagierter Biberfreund und Naturschützer? Wer hätte das gedacht.

»Ich selbst bin Mitglied in diversen Natur- und Tierschutzorganisationen, Herr Baron, und kann Sie nur davor warnen, Hand an die prächtigen Nager zu legen. Das würde erhebliche Konsequenzen finanzieller und strafrechtlicher Art nach sich ziehen, und –«

Haderlein packte den mit offenem Mund und immer düstererem Blick dastehenden Baron am Ärmel und zog ihn rasch aus dem Büro hinaus, bevor noch ein längerer Disput über Biberschutz entstehen konnte. Als sie vor dem verglasten Büro standen und Haderlein die Tür geschlossen hatte, hatte sich der Baron bereits wieder einigermaßen im Griff.

»Ein fetter, Fell tragender Wasserbewohner soll also mehr Gewicht in der Gesellschaft haben als ein verdienstvolles Mitglied dieses Landkreises? So so.« Seine Lippen waren fest aufeinandergepresst, sein Blick sprach Bände. Das Bild, das er bisher über die deutschen Ordnungsbehörden gehabt hatte, geriet gerade bedenklich ins Wanken.

»Wir werden jetzt erst einmal einen Stock tiefer gehen und unser Phantombild zeichnen, Herr Baron. Dort können wir uns auch eine Weile unterhalten. Über Sie, über einen gewissen Hans Kiesler et cetera. Nicht einmal Biber gibt es dort, dafür aber Kaffee. Sie werden sehen, dann sieht die Welt gleich ganz anders aus«, sagte Haderlein, während er dem Baron vorausging. »Und selbstverständlich können Sie anschließend auf Ihr Anwesen zurück. Die Leiche wurde bestimmt schon in die Gerichtsmedizin transportiert, nur die Spurensicherung wird noch ein paar Tage brauchen. Und natürlich sind Sie, Herr Baron, nach momentanem Stand der Dinge, nicht verhaftet und können sich frei bewegen. Ich würde Sie allerdings bitten, uns die Nummer Ihres Mobiltelefons zu hinterlassen und sich bei uns abzumelden, falls Sie planen zu verreisen. Aber anscheinend sind Sie ja sowieso entweder zu Hause oder auf Ihrer Baustelle anzutreffen.«

Haderlein wollte gerade die Tür zum Treppenhaus öffnen, als er Ute von Heesen im gesprenkelten Arbeitsblaumann bei Honeypenny sitzen sah. Die beiden Frauen unterhielten sich.

»Entschuldigen Sie mich bitte kurz, Herr Baron«, sagte er und ging zu Ute von Heesen hinüber. Er musste noch etwas loswerden, etwas sehr Grundsätzliches, bevor er sich dem Phantombild widmen konnte.

»Hallo, Ute«, begrüßte er sie fröhlich.

»Ah, unser Herr Oberkommissar ist zurück«, frotzelte Honeypenny, während Ute von Heesen ihn eher säuerlich anschaute.

»Ich hoffe sehr, dass Bernd bald fertig ist mit seiner Verbrecherarbeit. Er muss nämlich noch seine Toilette fliesen, in der er zu wohnen beabsichtigt«, fuhr sie Haderlein bissig an. »Außerdem will er wahrscheinlich noch ein Sofa, einen Kühlschrank und einen Fernseher reinstellen – bei der Zeit, die er da drin verbringt.«

»Sehr gutes Stichwort, Ute. Deinen Bernd kannst du allerdings fürs Erste vergessen. Wir haben einen neuen, außergewöhnlichen Fall, und Bernd wird deswegen bis auf Weiteres zum Renovieren ausfallen. Da gibt's nichts dran zu rütteln.«

Ute von Heesen schaute ihn entsetzt an. »Wie bitte? Ich habe für unsere Renovierung extra eine Woche Urlaub genommen, und jetzt soll ich alles allein machen?« Das konnte doch nur ein extrem schlechter Scherz sein. Doch an der Miene Haderleins konnte sie ablesen, dass dem nicht so war.

»Das ist zwar alles euer Bier, aber wenn du mich fragst, macht ihr zwei da gerade irgendetwas grundlegend falsch.« Haderlein wollte wieder zurück zum Baron, konnte jedoch nicht umhin, sich noch einmal umzudrehen. »Es geht mich ja wirklich nichts an, Ute, aber Bernd ist heute megaschlecht drauf. Dass das nicht so bleibt, wäre in deinem und meinem Sinne, und ich wäre dir wirklich sehr verbunden, wenn du auf eurer Baustelle mehr hopfenhaltige Getränke und weniger Eieruhren vorrätig hättest. Nur mal so als unverbindlicher Tipp aus der Männerwelt.« Damit drehte er sich um und verschwand endlich mit Baron von Rotenhenne durch die Tür.

Ute von Heesen rollte mit den Augen, während Honeypenny sich ein Grinsen nicht verkneifen konnte.

Einzelne Sonnenstrahlen fielen bereits durch die Bäume. Dort vorn musste irgendwo der Waldrand sein. Er verlangsamte seinen Schritt, blickte sich wachsam um. Circa fünfzig Meter, bevor der schmale Weg aus dem Wald herausführte, schlug er sich in die Büsche und arbeitete sich gebückt und lautlos durch das nordische Dickicht vor. Am Waldrand bog er vorsichtig die Zweige eines Gebüsches auseinander und spähte durch die schmale Lücke zur Straße am Fjord. Dort unten stand das, was er sich erhofft hatte: ein silberfarbener Nissan Pick-up. Sein prüfender Blick wanderte über die vor ihm liegende Landschaft. Bis zu dem Fahrzeug waren es vielleicht hundert Meter, zehn weitere von dort bis zu der Straße, neben der der Fjord begann, auf dessen anderer Seite die Felswände steil nach oben ragten. Die Straße war nicht besonders breit, und bis jetzt war auch kein einziges Fahrzeug vorbeigekommen. Er beschloss, abzuwarten und zu beobachten. Im Schneidersitz setzte er sich hinter dem Gebüsch auf den Boden, brach sich ein kleines Beobachtungsloch in den Busch und legte das Gewehr quer über seine Beine.

»Das Signal ist weg«, sagte der Mann mit dem kurzen schwarzen Bart und der dunklen Sonnenbrille. Er steckte den Scanner in die Tasche seiner grünen Militärjacke, hob den Feldstecher an die Augen und suchte Meter für Meter den Wald und den Weg ab, der von ihm aus zum abgestellten Pick-up führte. Keine Auffälligkeiten. Eine fast friedliche Stille lag über dem Fjord und dem Wald, der sich an dem Flüsschen entlang in ein kleines Seitental schmiegte.

Auch der andere Mann mit den gelockten schwarzen Haaren und dem kleinen untersetzten Körperbau versuchte mit bloßen Augen zu erkennen, ob im Tal etwas vor sich ging, doch das war ein hoffnungsloses Unterfangen. Sie standen an der Kante einer Hochebene, die bis an den Rand der Felswand heranreichte, etwa dreihundertfünfzig Meter hoch über dem Pick-up.

»Vielleicht hat Gregory ihn ja doch schon erwischt«, meinte der Schwarzhaarige, aber der Mann mit dem Bart lachte nur bitter auf.

»Das glaubst du ja wohl selbst nicht. Außerdem wäre das das Dümmste, was uns passieren könnte.« Er schaute seinen kleineren Kollegen an, ohne die Brille abzunehmen. In den beschichteten Gläsern spiegelte sich die Frühlingssonne.

»Es war, verflucht noch mal, Gregorys Entscheidung. Aber der Typ war ja schon immer zu blöd, um auch nur irgendetwas zu begreifen. Gregory ist mindestens zwei Nummern zu klein für ihn, und selbst wenn er Erfolg hätte, könnten wir uns alle einsargen lassen. Wenn Gregory ihn erwischt, ist alles im Arsch, das verstehst du doch? Dann ist er tot und hat alles, was er weiß, mit ins Grab genommen. Wir brauchen ihn lebend. Vielleicht sollten wir ihn doch laufen lassen. Wenn wir ihm folgen, wird er uns von ganz allein zum Ziel führen.«

Er drehte sich wieder um und schaute erneut durch seinen Feldstecher, während er weitersprach und der Schnee unter seinen Schuhen knirschte. »Nein, Gregory trifft maximal Elefanten aus zwei Metern Entfernung – und auch das nur, wenn sie still stehen. Mach dir keine Illusionen. Außerdem ist bisher kein Schuss gefallen, und Schießen ist die einzige Art, auf die Gregory töten kann – wenn überhaupt. Wenn du mich fragst, dann sind Gregory und sein dämliches Faktotum längst auf der Reise in den Stümperhimmel.«

Der kleine Angesprochene kapierte nichts von alldem, wollte sich aber keine Blöße geben und fragte nicht weiter nach. »Ja, und? Was machen wir jetzt? Gehn wir runter?«, wollte er stattdessen nervös wissen.

»Nein«, sagte der Mann mit dem schwarzen Bart. »Wir warten.«

Er hatte ungefähr eine Stunde still dagesessen und gewartet, ob, und wenn ja, was passierte. Inzwischen war immerhin das eine oder andere Fahrzeug vorbeigekommen, doch niemand hatte angehalten oder auch nur kurz zur Seite geschaut. Nichts Verdächtiges. Und es half ja alles nichts. Er konnte nicht ewig hierbleiben, irgendwann musste er sich aus seinem Versteck herauswagen. Also gut.

Er stand auf, nahm das Gewehr und verließ den Wald. Wachsam behielt er seine Umgebung im Auge, bis er den Pick-up erreicht hatte. Doch sein Argwohn war unbegründet, der Wagen war leer, nichts rührte sich in ihm oder in seiner Nähe.

»Da ist er«, sagte der Bärtige, und sein Kompagnon blickte ihn sofort nervös an.

»Wer? Gregory?« Er scharrte mit seinen Schuhen auf dem festgetretenen Schnee.

Der Bärtige schüttelte ruhig den Kopf und lächelte grimmig. »Nein, aber er trägt Gregorys Hose und das Hemd von seinem Hilfsdepp. Die beiden können wir vergessen. Wie ich schon gesagt hatte, sie werden wahrscheinlich gerade als Neubürger im Jenseits begrüßt.« Wieder hob er das Fernglas an die Augen und blickte ins Tal.

»Und was machen wir jetzt? Wollen wir nicht besser Rutger Bescheid geben? Soll der doch –«

Unwillkürlich zuckte der Bärtige zusammen und ließ langsam seine Hände mit dem Fernglas sinken. Seine grauen Augen glänzten wie kalter Stahl. »Hast du überhaupt nichts begriffen, du Idiot?«, zischte er. »Kannst du nicht ein einziges Mal vielleicht dein Gehirn einschalten? Wenn Rutger uns erwischt, sind wir tot. Rutger ist ein Fanatiker. Den interessiert das Geschäft nicht mehr, der will nur noch eins: ihn umbringen. Der wird das alles hier sehr persönlich nehmen. Und für uns gilt jetzt das Gleiche.« Er ging einen Schritt nach vorn und packte den Schwarzhaarigen mit der rechten Hand am Kragen. Seine Augen fixierten sein Gegenüber, seine Stimme war eisig, als er wieder sprach. »Wenn du Rutger irgendetwas steckst, Sedat, werden entweder wir oder er sterben, ist dir das klar? Andere Alternativen gibt es in diesem Fall nicht!« Wütend schüttelte er ihn. Sedats gekräuselte Haare flogen willenlos hin und her.

»Ist ja gut, ist ja gut! Lass mich los, Dag!«, rief Sedat verärgert. Obwohl er sich heftig wehrte, hatte er den brutalen Kräften von Dag nichts entgegenzusetzen.

»Jævlig, tyrkisk sønn av en lemen!«, fluchte der Bärtige auf Norwegisch. »Vergiss niemals, Sedat, wenn du deinen Job gemacht hättest, müssten wir jetzt nicht hier herumsitzen.« Dann ließ er Sedat einfach auf seinen Hosenboden fallen. Dag streckte ihm auffordernd die rechte Hand entgegen. »Das Handy«, forderte er.

Verärgert zerrte der klein gewachsene Türke das Mobiltelefon aus der Jeans und reichte es ihm.

Dag bedachte ihn noch einmal mit einem vernichtenden Blick, dann nahm er das Handy und warf es, so weit er konnte, in die Geröllwüste hinter ihnen. Nach einigen Sekunden konnte man es leise scheppern hören. Dieses Handy würde nie mehr wen auch immer anrufen. Der Bärtige drehte sich wieder zum Fjord und blickte durch seinen Feldstecher Richtung Pick-up, der sich in diesem Moment in Bewegung setzte. Der Wagen fuhr bis zur Straße, dann bog er von ihrem Standpunkt aus gesehen nach links ab, wo der Fjord sich zu verengen begann.

Dag setzte das Fernglas ab und murmelte wie zu sich selbst: »Er fährt nach Elde, wahrscheinlich will er nach Bergen. Aber das werden wir schon noch herausfinden.«

Sedat hatte sich inzwischen wieder berappelt und stand mit undurchsichtigem Blick und stumm neben ihm.

Dag griff in seine Tasche und holte den Scanner heraus. Ein paarmal berührte er den Touchscreen, dann lächelte er zufrieden, als ein Piepen ertönte und ein pulsierender Punkt auf dem Display erschien.

»Na, also«, knurrte er, »hab ich dich doch.« Er drehte sich um und schaute Sedat mit eisigem Blick in die Augen. *»Kom igjen, du ditt huletroll«,* knurrte er unmissverständlich.

Sedat schaute verunsichert auf den Scanner in den Händen des Bärtigen und konnte das alles nicht begreifen. »Aber das Signal war doch weg?«, fragte er rhetorisch.

Dag lächelte nur kalt und schlug ihm auf den Rücken. »Plan B«, sagte er. »Los jetzt.«

Die beiden Männer gingen in Richtung des Jeep Cherokee, der weiter oben auf der kleinen Passstraße auf sie wartete.

Das Auto war zwar abgeschlossen gewesen, aber er hatte den Schlüssel praktischerweise in einem kleinen Mäppchen in der Beintasche seiner neuen Hose gefunden. Er hatte den Wagen aufmerksam von oben bis unten untersucht und nichts Auffälliges gefunden, dafür aber zehntausend Norwegische Kronen in einem braunen Briefumschlag. Das mussten ungefähr tausenddreihundert Euro sein, überschlug er. Auch die Währung konnte er sofort umrechnen, es war wirklich zum Wahnsinnigwerden. Manches wusste er ganz automatisch, aber an seinen Namen oder sein bisheriges Leben konnte er sich nicht erinnern.

Noch einmal schaute er mehrere hundert Meter die Felswände am gegenüberliegenden Fjordufer hinauf. Eine gigantische Kulisse. Dort oben lag bestimmt noch meterdick Schnee. Er überquerte die Straße, um ein Verkehrsschild zu lesen. Links ging es nach Hamre, wahrscheinlich eine kleine Ortschaft diesseits des Fjords, rechts nach Elde, das vermutlich auch nicht mehr Einwohner hatte, aber darüber stand in großer Schrift: »Bergen«. Wieder zuckten Bilder durch seine Erinnerung. In gedecktem Rot bemalte Holzhäuser, ein Hafen, der Fischmarkt. In Bergen schien er auch schon gewesen zu sein. Wieder lief ihm ein Schauer über den Rücken. Entschlossen setzte er sich in den Pick-up und drehte den Zündschlüssel. Der Motor des schweren Diesels startete sofort, und die Anzeigen des Nissan leuchteten ihm entgegen. Der Tank war fast voll, das Navigationsgerät zeigte ihm die Meldung: *»Fremme«*.

Das konnte er von sich leider nicht behaupten. Aber gut, er hatte Geld, Hunger, und er hatte immerhin ein vorläufiges Ziel. Er würde in die Küstenstadt Bergen fahren, die sein Ich aus der Vergangenheit kannte. Dann würde er weitersehen. Würde, wollte, könnte. Langsam hasste er sein Leben im Konjunktiv.

Er gab Bergen als Ziel in das *»Norsk«*-sprachige Navigationssystem ein, dann steuerte er den Pick-up auf die Straße und bog nach rechts ab. Anscheinend war die norwegische Sprache für ihn auch kein Problem. Er grinste das erste Mal, seit er neben dem brennenden Wrack aufgewacht war. Er sprach fließend Fremdsprachen, war durchtrainiert und konnte mit bloßen Händen Leute ausschalten: Er war schon ein toller Hecht. Dann wurde sein Lächeln von einem bitteren Zug um seinen Mund abgelöst. Links erhaschte er einen kurzen Blick auf eine Hinweistafel am Ufer: »Granvinfjorden«. Schon als er die nächste Ortschaft erreichte, endete auch der eine Fjordausläufer, und auf einem großen Straßenschild wurde links Bergen ausgewiesen. Bis dahin waren es nur hundertvierzehn Kilometer. In Deutschland war das eine Angelegenheit von einer guten Stunde, hier in Norwegen fast ein Tagestrip. Immerhin zeigte das Navi keine Fähren an, die es zu benutzen galt. Auf Fähren zu warten, die einen von einem zum anderen Fjordufer brachten, hätte die Reisezeit immens verlängert. Er schaltete das Radio ein und bog auf die breite Straße in Richtung der bekannten Küstenmetropole ab.

Zeitgleich fuhr ein nagelneuer brauner Jeep Cherokee die Straße vom Örtchen Bilde zum Fjord hinunter und nahm etwa zehn Minuten später den gleichen Weg wie der Pick-up Richtung Bergen.

Lagerfeld verbrachte den Rest des Tages ohne größere Aufregungen. Seine Befragungen der Baunacher in unmittelbarer Nachbarschaft förderten nichts Aufschlussreiches ans Tageslicht. Klar, der Lastwagen war bekannt: ein ausrangierter Laster der Bamberger Kaliko. Das hatte zumindest groß auf den Lkw-Planen gestanden, mit denen die Ladefläche abgedeckt war. Ansonsten war den Bewohnern nichts Seltsames an dem Wagen aufgefallen – und genauso wenig an dem bärtigen Mann mit den braunen, welligen Haaren, der mit dem Lkw durch die Gegend gefahren war. Jeder wusste von der Großbaustelle des Barons oben an der Stufenburg, wegen der ständig irgendwelche Laster durch Baunach fuhren, da war dieser von der Kaliko keine Besonderheit.

Lagerfeld nahm auf einer Bank im Garten des Barons von Rotenhenne Platz und beobachtete die Spurensicherung, die noch immer eifrig das Gelände untersuchte – vor allem aber genoss er die späte Nachmittagssonne, die ihm ins Gesicht schien. Ab und zu warf er auch einen Blick auf die Wasserfläche und die Biber, wenn sie sich blicken ließen. Der arme Baron. Die Tiere standen unter strengstem Schutz, also würde der adlige Botaniker sie erst einmal nicht loswerden können. Warum auch, fragte sich Lagerfeld amüsiert. Wer konnte schon damit angeben, einen Bibersee im eigenen Garten zu haben? Wieder blickte er in die wärmende Sonne und lächelte. Allerdings währte der entspannte Gesichtsausdruck nur so lange, bis ihm seine eigene Mühlenbaustelle und seine Herzallerliebste wieder in den Sinn kamen. Sofort verdunkelte sich sein Gemüt, und sogar der Geköpfte drüben in der Hütte verlor plötzlich an Wichtigkeit. Eigentlich hatte er gar keine Lust auf Feierabend. Im Grunde war ihm heute einfach alles zu viel, am liebsten würde er mal wieder einen auf Single machen. Der Single Lagerfeld, der er seit Jahren gewesen war und der manchmal von Blüte zu Blüte gehüpft war, die er im Bamberger Nachtleben ab und an kennengelernt hatte. Alles war so schön und unverbindlich gewesen. Was hatte ihn nur geritten, sich in das Abenteuer monogame Langzeitbeziehung zu stürzen? Nachdenklich schaute er zu den Bibern hinüber, die neben ihrer Burg saßen und sich putzten. Die Baumeister waren wohl gerade dabei, in ihrer Burg eine Familie zu gründen. Beim Terminus Familie wurde ihm etwas flau in der Magengegend, und die Mühle, Ute und die Baustelle drängelten sich wieder in den gedanklichen Vordergrund.

»Wir machen jetzt erst einmal Feierabend«, schallte es ihm von links ins Ohr, und Lagerfeld fuhr erschrocken herum. Neben ihm stand Ruckdeschl mit seinem Koffer und in der weißen Montur der Spurensicherung. Angesäuert hatte er schon die letzten Minuten beobachtet, wie es sich der junge Kommissar auf der zugegebenermaßen bequem aussehenden Bank gemütlich gemacht hatte. Gut, Lagerfeld hatte wohl die ganze Nacht auf irgendeiner Baustelle durchgearbeitet, aber das war ja wohl seine Privatsache. Am Tatort hatte er gefälligst wie jeder andere auch seine Arbeit zu tun.

»Müssen Sie mich denn so erschrecken?«, fluchte Lagerfeld, der durch Ruckdeschls harsche Anrede fast von der Bank gefallen war.

Der Chef der Spurensicherung verschränkte die Arme und schaute ihn fast mitleidig an. »Entschuldigen Sie, Herr Kommissar, dass ich Sie in Ihrer wohlverdienten Beamtenruhe gestört habe. Es wird nicht wieder vorkommen. Ich wollte Sie auch nur mit gewissen vorläufigen Erkenntnissen belästigen, die gewisse Mitglieder der arbeitenden Zunft der Bamberger Spurensicherung an einem gewissen Tatort mit einem gewissen Kopf gesammelt haben.« Spöttisch betrachtete er den plötzlich wieder wach wirkenden Lagerfeld.

»Was gibt's?« Lagerfeld klang ehrlich interessiert.

»Nun, eigentlich nichts Gravierendes«, meinte Ruckdeschl gnädig und stellte seinen Koffer ab. »Die Leiche ist in ihren Einzelteilen schon auf dem Weg in die Gerichtsmedizin Erlangen. Mal schauen, ob Siebenstädter etwas rausfindet.« Er blätterte demonstrativ wichtig in seinem Notizblock, während im Hintergrund seine weiß gekleideten Kollegen ihre Autos beluden.

»Die Spuren von dem Lastwagen weisen ein ziemlich grobstolliges Profil auf, so viel konnten wir den Reifenspuren da vorn entnehmen. Wir lassen einen Abdruck im Labor anfertigen, der müsste für eine Identifizierung der Reifen reichen.« Er machte eine kurze Pause, blätterte in seinem Block, fand aber anscheinend nichts mehr von Bedeutung.

»Zu den vielen Fingerabdrücken und DNA-Spuren kann ich erst morgen mehr sagen. Die muss ich noch analysieren. Schönen Abend dann noch, Herr Kommissar.«

Ruckdeschl schloss seinen Notizblock und kehrte Lagerfeld den Rücken zu.

Der junge Kommissar sah ihm nach, wie er entschlossen auf seine Kollegen zutrabte, die im Aufbruch begriffen waren, dann blickte er zu dem Gartenhaus hinüber, das nun von der Spurensicherung versiegelt worden war. Rund um das kleine Gartengrundstück hatte man außerdem das rot-weiße Trassierband der Polizei gespannt, damit kein Unbefugter den Garten betreten konnte. Als die Spurensicherer mit ihren Fahrzeugen abgezogen waren, herrschte plötzlich wieder eine absolute Stille. Endlich Ruhe an diesem hektischen, vermaledeiten Tag. Lagerfeld sank seufzend auf der Bank in die Ruheposition zurück, die er auch innegehabt hatte, bevor Ruckdeschl ihn aufgeschreckt hatte.

Eigentlich müsste er jetzt Franz Haderlein anrufen, damit dieser ihn abholte. Sein Tagwerk hier war nun erledigt. Ab und zu würde heute vielleicht noch eine Streife vorbeifahren, um nach dem Rechten zu sehen, aber er hatte hier offiziell nichts mehr zu schaffen und sollte eigentlich in die Dienststelle zurückkehren. Aber das hatte noch einen Moment Zeit. Stress mit der Frau, Stress mit der Arbeit, zu wenig Schlaf. Jetzt konnten ihn erst einmal alle kreuzweise. Lagerfeld legte den Kopf zurück und schloss die Augen.

Haderlein platzierte eine Tasse mit heißem Kaffee vor dem Baron von Rotenhenne und setzte sich ihm gegenüber auf seinen Stuhl. Zwischen den beiden Männern im besten Alter stand nur der weiße Tisch des kleinen Zimmers, auf den Haderlein nun seine Arme legte. Er schaltete noch schnell das Diktiergerät ein, bevor er sich endlich dem Baron zuwandte. »Also, Herr Baron, dann erzählen Sie mir doch einmal alles, was Sie über diesen Hans Kiesler wissen.«

Der Baron nahm die Tasse mit dem Kaffee an sich und überlegte kurz, während er seine Hände an dem Heißgetränk wärmte. »Tja, das ist eine lange Geschichte, Herr Haderlein«, sagte er schließlich und nahm einen Schluck vom dampfenden Gebräu Honeypennys, bevor er die Tasse vor sich auf den Tisch stellte und sich im Stuhl zurücklehnte.

»Den ersten Kontakt hatten wir eigentlich im September im letzten Jahr«, begann er seine Ausführungen. »Hans Kiesler kam an der Baustelle der Burg vorbei und stellte sich als wandernder Zimmermannsgeselle vor. Er habe von der Baustelle gehört und wolle arbeiten.«

»Haben Sie sich seine Papiere zeigen lassen?«, fragte Haderlein.

»Das habe ich, aber behalten habe ich sie nicht«, erwiderte Rotenhenne bedauernd. »Ich habe ihn ins Büro der Bauleitung geschickt, damit er sich dort registrieren lässt. Mit Ausweis, Gesellenbrief, Wohnort und so weiter.«

»Und gibt's diese Informationen noch bei der Bauleitung?«, erkundigte sich Haderlein interessiert. Immerhin könnten die ja ein Anhaltspunkt sein.

»Natürlich, das ist alles archiviert«, bekräftigte Baron von Rotenhenne. »Schauen Sie, Herr Kommissar. Auf dieser Baustelle wimmelt es nur so von freiwilligen Helfern, das ist ja gerade das Tolle an der Sache. Jeder, der dort arbeiten will, wird auch registriert. Alle bekommen ihre vierhundertvierzig Euro im Monat und werden komplett versichert. Arbeitslosen-, Kranken-, Unfallversicherung. Dabei ist es völlig egal, was der- oder diejenige tut oder kann. Auf der Baustelle sind alle gleich. Im Herbst konnten wir dort auch wirklich jede helfende Hand gebrauchen. Da überprüfe ich doch nicht das polizeiliche Führungszeugnis, sondern bin froh, wenn einer mit anpacken will.« Wieder nahm der Baron einen Schluck von seinem Kaffee.

»Und was hat der Kiesler so gemacht?«

»Also, eigentlich alles, der war ein wahres Multitalent. Was auch immer man ihm aufgetragen hat, er hat alles zu meiner Zufriedenheit erfüllt. Er war fleißig und kräftig wie ein Bär. Hat sich vor nichts gedrückt und hatte auch nichts gegen Überstunden. Nicht selten haben wir ihm etwas extra zugesteckt, weil er noch gearbeitet hat, wenn alle anderen schon zu Hause waren. Der Kerl hat ja noch gezimmert, wenn's richtig gefroren hat. Als ob ihm die Kälte gefallen hätte. Aber er hat ja auch bei minus zwanzig Grad in seinem Laster geschlafen. Auf einer aufblasbaren Outdoormatte und in seinem Schlafsack. Wenn man Hans Kiesler im Winter früh abgeholt hat, saß er nicht selten draußen auf der Pritsche seines Lasters und hat sich mit dem Gaskocher Frühstück gemacht. Das war ein richtig Eisenbereifter, ein ganz harter Hund.«

»Hm.« Haderlein hatte sich die Geschichte wortlos angehört und sich den Mann vorzustellen versucht. Der schien ziemlich heftig drauf gewesen zu sein.

»Der Mann lebte also fast wie die Soldaten seinerzeit im Russlandfeldzug an der Front?«, fragte Haderlein nachdenklich.

Der Baron lachte. »Ja, da könnten Sie recht haben. Ein Jahrhundert früher wäre der ein begeisterter Landser geworden. Aber diese Zeiten sind ja vorbei, Gott sei Dank.«

»Und wie war sein Verhalten den anderen Arbeitern gegenüber? Gab es da irgendwelche Probleme?«, fragte Haderlein in der Hoffnung, doch noch ein Haar in der charakterlichen Suppe von Kiesler zu finden.

»Nein, überhaupt nicht. Im Gegenteil. Wenn's Probleme im zwischenmenschlichen Bereich gab, ging Hans als Erster dazwischen, um zu vermitteln. Die wollten ihn sogar zum Arbeitersprecher wählen, aber Hans lehnte das ab. Es lag ihm überhaupt nicht, im Mittelpunkt zu stehen.«

»Und er hat seit September bis jetzt ununterbrochen auf der Baustelle gearbeitet?«, fragte Haderlein ungläubig.

»Nein, natürlich nicht«, entgegnete der Baron. »Einen Tag vor Heiligabend gab es einen Gottesdienst in der Pfarrkirche St. Oswald für alle Arbeiter mit anschließendem Weihnachtsessen auf der Burgbaustelle. Die Kirche wurde in ihren Anfängen übrigens von einem Urahn meines Geschlechtes, Anton von Rotenhenne, erbaut.« Achtungheischend blickte er zu Haderlein hinüber, der ihm aber nicht den Gefallen tat, beeindruckt zu sein.

»Nach dem gebratenen Ochsen am Spieß und reichlich Freibier am Lagerfeuer habe ich offiziell alle in die Weihnachtsferien verabschiedet und ihnen ein frohes neues Jahr gewünscht. Die Arbeiten haben bis Dreikönig geruht und begannen erst wieder am siebten Januar.«

»Hans Kiesler war in der arbeitsfreien Zeit nicht zufällig auf der Baustelle und hat allein weitergearbeitet?« Haderlein hätte es dem Mann nach den Schilderungen des Barons durchaus zugetraut.

»Nein, da muss ich Sie enttäuschen, Herr Kommissar«, erwiderte der Baron sofort. »Hans Kiesler war sicher nicht auf der Baustelle. Ich habe ihn während der Weihnachtsferien nicht zu Gesicht bekommen, aber am ersten offiziellen Arbeitstag des Jahres stand sein Laster wieder am Waldrand, und er hat sich mit dem Gaskocher sein Frühstück gebrutzelt. Damals fiel mir allerdings auf, dass er ein wenig bedrückt wirkte. Seine sprichwörtliche gute Laune war ihm abhandengekommen, aber vielleicht hatte er auch nur nicht so glückliche Feiertage verlebt wie erhofft – ich weiß es nicht. Auch aufgrund dieses Umstandes habe ich Hans Kiesler dann mein Gartenhaus angeboten. Ich konnte das alles einfach nicht mehr mit ansehen.«

»Aha«, Haderlein wurde hellhörig, »und ist er sofort auf Ihr Angebot eingegangen, oder war ihm ein Haus mit Ofen und abschließbarer Tür zu feudal?«

Der Baron lachte kurz auf. »Sie werden es nicht glauben, Herr Kommissar, aber dieser Gedanke ging mir damals auch durch den Kopf. Hans Kiesler musste tatsächlich einen Tag lang überlegen, bevor er eingewilligt hat und zwei Tage später eingezogen ist.«

»Schön«, kommentierte Haderlein das Gesagte, »sehr schön, aber wie kam es dann zu diesem merkwürdigen Stress wegen der Botanik? Ich glaube, ich habe nicht ganz verstanden, was der Kollege Schmitt damit gemeint hat.«

»Nun«, sagte der Baron ungewöhnlich demütig, »also, wenn ich ehrlich bin, dann habe ich da wohl etwas übertrieben.«

»Wie? Reue und Duldsamkeit aus Ihrem Munde, Herr Baron, was ist los?«, gab Haderlein mit leicht zynischem Zungenschlag zum Besten.

»Ja, tatsächlich, Herr Kommissar, Asche auf mein Haupt.« Wieder musste der Baron milde lächeln. »Wissen Sie, es gab eine Abmachung zwischen Hans und mir. Er musste keinerlei Miete an mich zahlen, nicht einmal die Nebenkosten wollte ich von ihm haben, allerdings hätte ich es nett gefunden, wenn er stattdessen den Rasen und die sonstige Flora gepflegt hätte. Aber Hans Kiesler stand auf dem Standpunkt, dass alles am besten so wachsen soll, wie die Natur es will. Mähen sei nicht ökologisch, hat er gesagt. Das hat mich schon sehr verärgert, schließlich zähle ich mich zu den Verfechtern des englischen Kurzrasenschnittes, Sie verstehen?« Wieder blickte er zum Kommissar in der Hoffnung, von einem Mitglied seiner Altersklasse ein Mindestmaß an Zustimmung zu erfahren. Doch Haderlein wartete nur auf den Fortgang der Geschichte.

»Nun«, fuhr der Baron daraufhin leicht enttäuscht fort, »eskaliert ist die Meinungsverschiedenheit vor etwa zwei Wochen, als ich Hans gebeten habe, doch etwas gegen die Biber zu unternehmen. Ich selbst habe den Viechern ja bereits zwei Mal die ganze Biberburg weggebaggert, aber das hat die penetranten Nager überhaupt nicht interessiert. Zwei Tage später war die Burg wieder da und mit ihr auch diese gigantische Überschwemmung. Außerdem fehlten mir drei junge Kirschbäumchen ›Cherrygold‹, die jetzt wohl als Fundament des Staudammes herhalten müssen.« Der Baron setzte eine verbitterte Miene auf, und Haderlein musste sich mühsam ein Grinsen verkneifen.

»Aber mein kostenloser Mieter Hans Kiesler hielt es nicht einmal für nötig, mir bei dem Kampf gegen die Biber unter die Arme zu greifen«, brummte der Baron missmutig und einsichtslos. »Kurz nach dieser Auseinandersetzung vor zwei Wochen war Hans plötzlich verschwunden. Sein Laster stand zwar noch auf dem Parkplatz am Ortseingang, aber auf der Baustelle tauchte er nicht mehr auf. Hier übrigens auch nicht. Und dieser Umstand brachte mich allmählich auf die Palme, weil das Gras auf dem Grundstück des Gartenhäuschens dschungelartige –«

»Schon klar«, unterbrach ihn Haderlein. »Ich habe verstanden. Noch eine letzte Frage: Wie würden Sie das Äußere von Hans Kiesler beschreiben?«

Baron von Rotenhenne überlegte. »Nun, er ist circa eins neunzig groß und um die dreißig Jahre alt, würde ich sagen. Sehr sportlich und muskulös gebaut. Er hat braune, wellige Haare, die er mittellang trägt, eine Art wilden Fünftagebart und blaugraue Augen, wenn ich mich recht entsinne. Ein richtiger Germane – wie aus dem Bilderbuch.«

»Noch eine weitere einfache Frage, Herr Baron«, sagte Haderlein nun eindringlich, »würden Sie Hans Kiesler, aus welchem Grund auch immer, eine solche Bluttat zutrauen?«

Haderlein schaute den Baron an, in dessen Kopf es sichtbar arbeitete. Die Antwort war allerdings überzeugend. »Nein, Herr Kommissar. Hans Kiesler ist meiner Meinung nach ein Gutmensch mit einer Art Helfersyndrom. Alles, was er tut, tut er auf sehr außergewöhnliche Art und Weise, aber immer mit den besten Absichten. Körperlich wäre er zweifelsohne in der Lage gewesen, diesen Mord zu begehen, doch eigentlich kann ich mir das nicht vorstellen. Er hat es ja noch nicht einmal über sich gebracht, den Bibern ans Leder zu gehen.« Der Baron seufzte.

Haderlein fielen fürs Erste keine weiteren Fragen mehr ein. »Gut, Herr Baron«, sagte er und schaltete das Band aus. »Dann gehen wir jetzt zu den Kollegen am Computer und sehen zu, dass wir ein vernünftiges Phantombild bekommen.«

Die Erstellung des Phantombilds ging schneller als gedacht vonstatten, da der Baron entgegen Haderleins Erwartung klare und deutliche Anweisungen gab. Auch mit dem Ergebnis der Computergrafik war er sehr zufrieden.

»Genau so sieht Hans Kiesler aus«, sagte er, als der Grafiker die Zeichnung abspeicherte und als Datei an die Fahndung weitergab. Haderlein schaute auf die Uhr. Die Zeit war an diesem Freitag wie im Flug vergangen. Und das, obwohl er eigentlich seit heute Morgen dienstfrei gehabt hätte. Jetzt war es schon fast sieben Uhr abends und eigentlich Zeit für das wohlverdiente Wochenende. Aber so, wie sich dieser Fall entwickelte, konnte er das wohl streichen. Als er überlegte, wer den Baron wieder auf sein Anwesen zurückbringen sollte, fasste er spontan einen Entschluss.

»Was halten Sie davon«, sagte Haderlein, »wenn Sie mir noch schnell Ihre berühmte Baustelle zeigen, bevor ich Sie nach Hause fahre. Immerhin spricht ganz Nordbayern von Ihrem Projekt, und ich war noch nie dort.«

Der Baron strahlte ihn an. »Herr Kriminalhauptkommissar, es wird mir eine Ehre sein, Ihnen das ambitionierteste Bauprojekt des Bayerischen Landesamtes für Denkmalpflege zu präsentieren.«

Das erste Mal an diesem Tag erlebte Haderlein Baron von Rotenhenne vollkommen gelöst und bar jeglichen Unmuts. Er nahm sich seine Jacke und ging dem Baron voraus zu seinem Landrover, der mit der Fahrt auf den Burgberg seine Kletterkünste demonstrieren konnte.

Roald

Die Strecke nach Bergen war wunderschön und romantisch, und wäre er in einer anderen Stimmung gewesen, hätte er das auch wahrgenommen. Die Straße schlängelte sich am Fjord entlang, bis sie auf den größten aller norwegischen Fjorde traf, den Hardangerfjord. Obwohl man sich noch über hundert Kilometer vom Meer entfernt befand, erwartete man, dass jeden Moment ein Kreuzfahrtschiff um die Ecke biegen würde. Und selbst ein Riesenliner hätte auf dem Hardanger wie eine Nussschale ausgesehen.

Er folgte der Küstenstraße über Alvik bis Norheimsund, wo die Straße abknickte und über die Berge weiterverlief. Spätestens jetzt zog sich die Fahrt in die Länge, da die gesetzlich erlaubten achtzig Kilometer pro Stunde hier bestenfalls gerade so erreicht, aber doch niemals überschritten werden konnten. Jeder Norwegen-Urlauber, der zurück in Deutschland wieder auf den normalen Verkehrswahnsinn traf, sehnte sich nach der beschaulichen skandinavischen Fahrkultur zurück.

Bis auf knapp tausend Meter führte die Passstraße hinauf in eine noch verschneite Landschaft. Während unten am Fjordufer zaghaft das erste Grün spross, herrschte auf dem Fjell noch tiefster Winter. Die Norweger unterschieden ihre Jahreszeiten ja auch nicht nach Sommer und Winter, sondern nach schneearmer und schneereicher Zeit. Schließlich war Skilanglauf in diesem Land Nationalsport und wurde vom König selbst und seiner Frau noch im hohen Alter betrieben. Es war kein Zufall, dass norwegische Olympiasieger in ihrem früheren Leben auf dünnen Brettern als Landbriefträger unterwegs gewesen waren. Auf dem Fjell konnte man diesem Sport bis weit in den Sommer – schneearme Zeit – hinein frönen. Während im Tal die Erde in der Frühlingssonne dampfte, passierte der Nissan hier oben noch am Straßenrand aufgetürmte Schneewälle, aus denen ab und an farbige Markierungsstäbe herausschauten. Doch er hatte nur wenig übrig für die Schönheiten der Natur. Einerseits musste er auf die enge Straße und ihre plötzlichen Kehren achten, andererseits darauf, dass er aus Unachtsamkeit nicht zu schnell fuhr. Die Höchstgeschwindigkeit von achtzig Kilometern in der Stunde hatte auch ihren Grund. Gern lag da mal ganz überraschend ein Felsbrocken von der Größe eines Pkws auf der Straße, oder gleich der ganze Berghang war abgerutscht. Zudem ging ihm permanent die Frage nach seinem eigenen Dasein durch den Kopf. Zum wer weiß wievielten Mal warf er einen Blick auf seinen linken Unterarm: 58 43 4194 009 14 428.

Je mehr er über die Zahlen nachgrübelte, desto genervter wurde er ob der mannigfaltigen Lösungsvariationen. Irgendwann krempelte er den Ärmel des braunen Flanellhemds frustriert wieder nach unten, so musste er die bescheuerten Zahlen wenigstens nicht mehr sehen. Sowieso sollte er sich wieder stärker auf die Straße konzentrieren, die sich nun erneut in Richtung Tal schlängelte, wo sie auf einen kleinen Fjordausläufer traf, bevor sie in sanften Steigungen abermals bergan führte.

Es begann bereits zu dunkeln, als er Indre Arna erreichte, einen etwas größeren Ort im Hinterland der Hafenstadt Bergen. Sein Navi wies ihn an, geradeaus weiterzufahren, aber aus dem Augenwinkel heraus sah er ein Schild, das nach Espeland zeigte. Spontan riss er den Wagen herum. Aus unerfindlichen Gründen wollte er dorthin. Der Diesel heulte auf, und er folgte seinem Instinkt und der ansteigenden Straße. Mehrfach überquerte er eine Bahnlinie, bevor ein kleiner See in Sicht kam. Links davor verlief eine schmale Straße bergauf. Ohne zu zögern, folgte er ihr und parkte auf einer Anhöhe. Ein Pfad führte zu einer kleinen Aussichtsplattform etwa zwanzig Meter entfernt. Was hatte es mit diesem Platz auf sich?

Als er den Pfad bis zu dem Felsvorsprung mit der wunderschönen Aussicht entlangging, breitete sich in ihm ein unendlich trauriges Gefühl aus. Er setzte sich auf die grobe, aus einem Baumstamm gehauene Holzbank nieder und ließ den Blick über das Tal schweifen. Das Gefühl drang aus der Tiefe seines Herzens nach oben und schwappte über ihn hinweg. Hemmungslos begann er zu weinen. Sein Körper zuckte, und er hatte große Mühe, nicht von der Bank zu rutschen. Eine gigantische Trauer drohte ihn zu verschlingen, und die resultierte nicht nur aus der Anspannung der letzten beiden Tage. Das allein konnte nicht der Grund für diesen Zusammenbruch sein. Er wischte sich mit den Ärmeln seines Flanellhemdes die Tränen aus dem Gesicht und blickte in Richtung Espeland, wo die ersten Lichter in den Häusern angegangen waren.

Da passierte es. Er sah sie. Ihr Bild erschien plötzlich vor seinen

Augen. Eine junge Frau mit rabenschwarzen Haaren lächelte ihn an. Sie lächelte und lächelte, dass er meinte, seine Brust müsse zerbersten. Dann war das Bild wieder verschwunden und ihm schwindelte. Was war das gewesen? Wer war diese Frau? Unter ihm an der Straßenkreuzung leuchteten die Lichter eines SUV auf. Er kniff die Augen zusammen. Ein brauner Jeep Cherokee hielt am Seeufer. Er beobachtete, wie ein Mann auf der Beifahrerseite ausstieg und mit einem Fernglas zu ihm heraufschaute. Sofort blinkten alle Warnlampen, und er presste sich an die hinter ihm liegende Felswand. Der Typ suchte das Plateau um ihn herum mit seinem Feldstecher ab, dann ging er zurück zu dem Wagen, aus dem noch ein weiterer, kleinerer Mann gestiegen war.

Er drängte seine Trauer und die schwarzhaarige Frau in die Tiefen seines Bewusstseins zurück und lief zum Nissan zurück. Noch einmal schaute er vorsichtig den Hang hinunter, aber der Cherokee und die Männer waren plötzlich verschwunden, als hätte es sie nie gegeben. Das ungute Gefühl aber war geblieben. Er überlegte nicht lange, stieg in seinen Wagen und machte sich unverzüglich auf den Weg nach Bergen.

In seinem Kopf tobte ein gedanklicher Tornado. Wer war die schwarzhaarige Frau? Während er sein Gehirn durchforstete, zog sich ein eiserner Ring um seine Brust zusammen und schnürte ihm die Luft ab. Er konnte sich der Gefühle, die ihn erneut zu überwältigen drohten, nur schwer erwehren, aber mit größter Willenskraft bewahrte er die Fassung. – Hatte es etwas zu bedeuten, dass dieser Jeep mit den beiden Männern hier aufgetaucht war? Er beschloss, alles erst einmal als Zufall abzutun, es gab schon genug, womit er sich beschäftigen musste. Bald würde er nicht mehr alles aufnehmen können, was auf ihn einstürmte. Er musste systematisch vorgehen, sich Stück für Stück durch den Dschungel aus losen Fakten und unerklärlichen Gefühlen hindurcharbeiten.

Die Straße führte leicht bergab Richtung Bergen. Bald sah er die ersten Holzhäuser. Inzwischen war es dunkel geworden, und die historische Altstadt Bergens, Bryggen genannt, schummerte mit ihren kleinen Gassen dem Feierabend entgegen. Das Dämmerlicht löste ein heimatliches Gefühl in ihm aus. Hier fühlte er sich geborgen, eine Wohltat für seine geschundene Seele, was ihn allerdings überraschte. Er dachte und redete deutsch, war also ganz sicher kein Norweger.

Und trotzdem fühlte sich die Altstadt von Bergen wie sein Zuhause an.

Er parkte den Pick-up an der Straße in der Nähe des berühmten Fischmarktes, der mit abgedeckten Ständen jetzt geschlossen war. Ihm war nach warmem Essen und einem kühlen Bier. Vielleicht würde beides ja beim Nachdenken helfen. Ziellos wanderte er durch die gepflasterten romantischen Gassen vorbei an den zahllosen historischen Holzhäusern. Schon nach kurzer Zeit traf er auf ein beleuchtetes Schild mit einem aufgemalten Tintenfisch und der Aufschrift »Bryggen Tracteursted«. Er ging die hölzernen Stufen zum Eingang im ersten Stock hinauf und blieb unschlüssig vor der in erdigem Rot gestrichenen Tür stehen. Von drinnen drang der Geruch nach gebratenem Fisch und volkstümliche Musik nach draußen, und wieder überkam ihn das Gefühl aus Wärme, Wehmut und Geborgenheit mit voller Wucht. Er hätte auf Knopfdruck losheulen können, riss sich aber zusammen.

Ihm war klar, dass ein Abendessen in einem norwegischen Restaurant ein teurer Spaß werden würde, aber er hatte ein paar tausend Kronen in der Tasche und einen Bärenhunger. Muscheln, genau die brauchte er jetzt. Eine große Schüssel gekochter norwegischer Muscheln in Weißweinsoße, danach war ihm und nach nichts anderem. Entschlossen stieß er die Tür zum »Bryggen Tracteursted« auf.

Der Weg zur Baustelle der Stufenburg war nicht so steil, wie Haderlein vermutet hatte. Zwischendurch gab es zwar kurze steile Wegstücke, aber anschließend ging es immer wieder kommod bergan in Richtung Burg. Der treppenartige Charakter des Geländes hatte dem Stufenberg und seiner Burg ihre Namen gegeben.

Von der relativ kleinen Burg waren nur mehr ein paar Grundmauern und Fundamente übrig, aber der Baron hatte es sich in den Kopf gesetzt, sie im Originalstil wieder aufzubauen. Und das nur, so erzählte er, weil ein gewisser Anton von Rotenhenne um das Jahr 1400 herum im Besitz der Burg gewesen war. Aber die Vorfahren des Barons hatten wohl damals einen eher lässigen Lebensstil gepflegt, welcher schließlich zu dem Verfall des mittelalterlichen Bauwerkes geführt hatte. Als die Burg dann in den Bauernkriegen geschleift und zerstört wurde, war kein großer Unterschied mehr zwischen Vorher und Nachher zu erkennen.

Aus Sicht des Barons ein schmerzlicher Stachel in der Familiengeschichte derer zu Rotenhenne, also hatte es sich der frau- und kinderlose Nachfahre irgendwann in den Kopf gesetzt, diesen Makel der Familienehre auszumerzen, indem er die kleine Burg wieder aufbaute. Das würde zwar ein Heidengeld kosten, das war dem Baron klar, wie er Haderlein lächelnd mitteilte, doch da sein Vermögen nach seinem Tod sowieso unter der buckligen Verwandtschaft aufgeteilt werden würde, könnte er sich mit seinen Millionen auch genauso gut seinen ganz persönlichen Lebenstraum erfüllen. Also hatte er, auch mit öffentlichen Geldern des Freistaates Bayern und der EU, das gewaltige Projekt auf die Beine gestellt.

Je näher Haderlein der Baustelle kam, umso häufiger fuhr er an Steinquadern, Balken oder Baumaschinen am Straßenrand vorbei. Extra für die Arbeiten hatte der Baron einen geteerten Weg bis zum Waldrand am Fuße der Burg angelegt, doch dort war dann Schluss mit lustig: Von hier aus führte ein schlammiger Pfad in großzügigen Serpentinen zur Baustelle hinauf.

»Schafft das Ihr SUV?«, spöttelte der Baron auf dem Beifahrersitz des Freelanders.

»Das ist ein Landrover, Herr Baron, und ein Landrover kommt überallhin«, sagte Haderlein, der sich doch in seiner Autobesitzerehre gekränkt fühlte.

»Wenn Ihr Pseudogeländefahrzeug es bis oben schafft, dann gebe ich Ihnen ein Essen aus, Herr Kommissar – und zwar in Begleitung des ältesten Tropfens, den ich in meinem Keller finde«, sagte der Baron süffisant, bevor er einen mehr als nur abfälligen Blick über das gar nicht nach Baustellenallrad, sondern eher nach robuster Familienlimousine aussehende Interieur des Haderlein'schen Wagens schweifen ließ.

»Aber das werden Sie ja sicher nicht wagen, Herr Kommissar. Ihr modisches Autolein würde bei diesem Unterfangen ganz sicher schmutzig werden. Besser, Sie stellen es hier unten ab«, giftelte er hinterher und befingerte vorsichtig den Bezug seines Sitzes.

Haderlein atmete tief durch. Einerseits hatte er für solche kindischen Männerwettbewerbe normalerweise nichts übrig, andererseits hatte er schon immer wissen wollen, was der Wagen im Gelände draufhatte. Außerdem hatte der Weinkeller des Barons einen legendären Ruf. Ein Versuch konnte also nicht schaden, dann war für seinen Freelander jetzt eben der Moment seiner Bewährung gekommen. Haderlein blickte emotionslos zum Beifahrersitz hinüber, auf dem sich der Baron gerade mit den elektrischen Fensterhebern auseinandersetzte. In seinem kleinen Forst-, Wald- und Wiesen-Allrad von Suzuki gab es solchen Schnickschnack nicht.

Haderlein drehte kurz an dem Rädchen auf der Mittelkonsole, bis im Armaturenbrett des *»Terrain Response«* der Schriftzug »Schlamm, Spurrillen« aufleuchtete, legte den ersten Gang ein und gab Gas. Der Motor heulte kurz auf, der Freelander machte einen gewaltigen Satz auf die Dreckpiste des Burgweges, dann veränderte sich das Stakkato des Turbodiesels zu einem sonoren Brummen, und die vier Räder begannen sich ruhig und gleichmäßig durch den Dreck zu fressen.

»Was machen Sie denn da?«, rief der Baron mehr verblüfft denn erschrocken und hielt sich verkrampft am Griff der Beifahrertür fest. Erst als er merkte, mit welcher Gleichmäßigkeit sich das Fahrzeug den Weg hinaufarbeitete, entspannte er sich wieder.

Wie schafft dieser Wagen das nur?, fragte sich der Baron zu Recht, immerhin wog der Freelander um die zwei Tonnen, und mit dem Dreck, der mittlerweile an der Karosserie klebte, erhöhte sich das Gewicht sogar noch sukzessive.

»Jedes der vier Räder wird von der Bordelektronik gesteuert und im Vortrieb gemanagt. Hätte aber auch nicht gedacht, dass das so gut funktioniert.« Haderlein war äußerst zufrieden, während er mit durchgetretenem Gaspedal und nur einer Hand am Lenkrad seinen Allrad sehr entspannt den Berg hinaufsteuerte. Souverän erreichte der Freelander schließlich das Ende des Weges, das zukünftige Burgtor, und Haderlein parkte den Wagen neben einem Stapel von Gerüststangen.

»Unglaublich«, brachte der Baron ehrfürchtig hervor und blickte anerkennend auf die Armaturen des Landrovers.

Haderlein lachte leise in sich hinein, während er ausstieg. Seine gute Laune verging ihm allerdings auf der Stelle, als er merkte, dass er mit seinen Lederschuhen knöcheltief im Morast stand. Tja, Pech gehabt. Jetzt war es am Baron, laut aufzulachen.

»Nun, Herr Kommissar, das mit der Auffahrt war nur der eine Teil der Übung, der andere ist das Waten durch den Schlamm«, meinte er amüsiert. »Aber schon jetzt haben Sie sich einen exquisiten kulinarischen Abend verdient. Kommen Sie, dort hinten habe ich Schotter aufschütten lassen, da lässt es sich besser laufen«, schmunzelte er und ging in seinen stiefelartigen Gummiboots dem Kriminalhauptkommissar voran durch den angedeuteten Eingang in den Innenhof der Stufenburg. Überall standen Gerüste, und zahlreiche Arbeiter und auch einige Arbeiterinnen waren handwerklich beschäftigt, allerdings standen auch der ein oder andere Kran sowie sonstige Baumaschinen herum beziehungsweise waren gerade im Gebrauch.

»So, Herr Kommissar, Sie sehen hier den Traum meiner schlaflosen Nächte. Die Stufenburg der Herren zu Rotenhenne. Zumindest das, was bereits wiederauferstanden ist aus den Ruinen.«

Der Baron drehte sich im Kreis und betrachtete mit glänzenden Augen die um ihn herum in die Höhe wachsenden Burgmauern.

Haderlein war überrascht, so viele Arbeiter zu sehen. Es schien zu stimmen, was er schon des Öfteren im »Fränkischen Tag« gelesen hatte. Aus ganz Deutschland strömten Freiwillige nach Baunach, um beim Wiederaufbau der Burg zu helfen. Studenten sämtlicher Fakultäten, die mit der Materie auf irgendeine Art und Weise zu tun hatten, Handwerker aller Klassen und Ausbildungsstände und dazu noch die Angestellten der einen oder anderen Firma, die dem Baron mit der einen oder anderen Maschine unter die Arme griff. Alle wollten bei dem einmaligen Projekt dabei sein – anscheinend auch noch nach Feierabend an einem Freitag.

»Kommen Sie, Herr Kommissar, ich möchte Ihnen meine Bauleiterin vorstellen.« Voller Enthusiasmus zupfte der Baron am Jackenärmel des Kommissars.

Gemeinsam gingen sie zu einer etwas höher gelegenen Stelle des Hofes, wo an die neue Burgmauer angrenzend gerade ein runder mittelalterlicher Turm in die Höhe wuchs. An seinem Fuß stand neben einem Gerüst eine kleine, aber kräftig wirkende junge Frau, deren dunkelbraunen gelockten Haare rechts und links unter dem gelben Bauhelm hervorquollen. Sie war damit beschäftigt, einem Handwerker auf der obersten Gerüstebene mit ausdrucksvollen Handzeichen etwas zu erklären. Anscheinend erfolglos, denn schließlich wandte sie sich kopfschüttelnd ab und begann einen Plan auf einem provisorischen Tisch neben dem Baugerüst auszurollen.

Der Baron trat zu ihr und klopfte ihr dezent auf die Schulter. »Hallo, Hildegard, wie geht's meiner Burg?«, fragte er die junge Frau.

Als sie sich umwandte, erschien sofort ein strahlendes Lächeln auf ihrem groben, aber sympathischen Gesicht. Dass die zwei sich mochten, sah Haderlein auf den ersten Blick.

»Ach, der Burgherr! Willkommen. Wo waren wir denn den ganzen Tag, Herr Baron?« Ihre Augen blitzten angriffslustig, aber auch voller Tatendrang.

»Das ist eine lange Geschichte, Hildegard, aber auch deshalb möchte ich dir Kriminalhauptkommissar Haderlein vorstellen. Er hat direkt mit meiner heutigen Abwesenheit zu tun, wenn ich das einmal so ausdrücken darf.«

Haderlein reichte der Bauleiterin die Hand.

»Hildegard Jahn, Architektin und Burgbauleiterin«, stellte sie sich mit festem Händedruck vor. Ihr fragender Blick wanderte vom Kommissar zum Baron und wieder zurück. »Kriminalpolizei? Hier auf der Baustelle? Was ist denn passiert, um Gottes willen?« Ehrliche Besorgnis sprach aus ihrem burschikosen Gesicht.

»Nun, Frau Jahn, es hat einen Mordfall gegeben – und zwar einen der abscheulicheren Art. Wir haben im Gartenhaus des Herrn Baron eine Leiche gefunden. Einer Ihrer Arbeiter hier ist womöglich in den Fall verwickelt, ein gewisser Hans Kiesler.«

Hildegard Jahn wich unwillkürlich einen Schritt zurück und hielt sich erschrocken eine Hand vor den Mund. »Nein!«, rief sie erschrocken, »ist der Hans etwa …?«

»Nein, Hans ist nicht der Tote, das habe ich der Polizei bereits erklärt«, warf der Baron sofort ein.

»Aber Hans Kiesler ist zusammen mit seinem Laster verschwunden. Das heißt, dass er bis auf Weiteres unser Hauptverdächtiger ist. Was können Sie mir über ihn erzählen, Frau Jahn?«

»Dazu gehen wir doch besser ins Büro der Bauleitung«, schlug der Baron vor, und die Architektin nickte stumm, während sie ihren Plan zusammenrollte und dabei den Baron mit fragenden Blicken bedachte. Das Büro der Bauleitung befand sich in einem alten Bauwagen, aus dessen Boden dicke Kabel herausliefen und außerhalb der Burgmauer im Dreck verschwanden. Als sie die Stufen aus verzinkten Gitterrosten hinaufgestiegen waren und die Architektin die Tür hinter ihnen geschlossen hatte, musste sie sich erst einmal umständlich die Nase putzen. Auf der Burg mochte sie die toughe Bauleiterin sein, aber die Nachricht eines Mordes schien sie stark getroffen zu haben. Sie setzten sich an einen kleinen viereckigen Tisch, den noch Getränkeflecken von der letzten Besprechung zierten. Hildegard Jahn tupfte mit einem Papiertaschentuch noch immer an ihrer Augenpartie herum.

»Frau Jahn, es wäre schön, wenn Sie mir erzählen könnten, was Sie über Hans Kiesler wissen. Und lassen Sie sich Zeit, denn ich möchte alles hören«, sagte Haderlein beruhigend, während er ein kleines Aufnahmegerät auf den Tisch legte.

»Dann werde ich mich mal nützlich machen und einen Pott Teewasser aufsetzen«, sagte Baron von Rotenhenne. »Unsere Architektin hier hat nämlich etwas gegen Kaffee.«

Hildegard Jahn lächelte gequält. Während sie versuchte sich zu sammeln, runzelte sie die Stirn, und die Finger ihrer rechten Hand begannen selbstverloren immer wieder den runden Teefleck in der Mitte des Tisches zu berühren. Dann fing sie mit leiser Stimme an zu sprechen. »Hans kam im letzten September mit seinem Laster zu uns und fragte, ob er mitarbeiten dürfe. Er sei gelernter Zimmermann und gerade auf der Walz.«

»Also ein fahrender Handwerkergeselle«, meinte Haderlein, der das ja schon wusste.

»Genau. Wir haben im September sowieso gerade einen ganzen Schwung Arbeiter eingestellt. Auf der Baustelle ging es in diesem Monat ziemlich rund, und wir konnten jede helfende Hand gebrauchen. Im letzten Jahr hat sich noch niemand um einen Job hier gerissen, uns fehlten fachkundige Arbeiter an allen Ecken und Enden. Arbeitswillige gab es schon, aber die meisten von ihnen waren völlig unbegabte Idealisten.« Sie lächelte schief.

»Das hat sich erst geändert, seit über den Jahreswechsel in den Medien mehrfach über das Projekt berichtet wurde – auch überregional. Jetzt müssen wir sogar Interessenten mit Ausbildung abweisen, weil wir uns vor Angeboten kaum retten können. Verrückt, nicht wahr?«, warf der Baron mit stolzgeschwellter Brust ein.

»Und Hans Kiesler war so ein fachkundiger Arbeiter«, stellte Haderlein fest.

»Das kann man wohl sagen«, seufzte die Bauleiterin. »Hans war eine Idealbesetzung. Ein ausgebildeter Zimmermann, der auch vom Mauern und Verputzen eine Menge verstand. Wie ein Besessener hat er geschuftet. War als Erster da und ging erst, wenn wir ihm das Licht ausgedreht haben – sozusagen.«

»Hans war auch immer derjenige, der die besten Vorschläge machte, wenn es bauliche Probleme gab«, warf der Baron von der Seite ein, während er heißes Wasser in eine Teekanne goss. Der Bauwagen füllte sich sofort mit dem intensiven Duft nach Kamille.

»Und Kraft hatte der Kerl. Ich habe noch nie jemanden so Kräftiges getroffen. Hans konnte noch Balken stemmen, wenn andere schon längst nach einem mittelgroßen Baukran gerufen hätten.« Hildegard Jahn schaute versonnen durch die kleinen Fenster des Bauwagens, und Haderlein dämmerte es, dass zwischen der Bauleiterin und ihrem Herkules womöglich ein innigeres Verhältnis bestanden hatte, als sie zugeben würde. Vielleicht könnte er ihr diese Frage ja später stellen.

Hildegard Jahn wandte sich wieder dem Kommissar und dem Baron zu. Letzterer hatte drei Tassen auf den Tisch gestellt und begann sie mit Kamillentee zu füllen.

»Tja, und seit gut einer Woche ist Hans nicht mehr auf der Baustelle aufgetaucht. Er und sein alter Laster waren eines Morgens nicht mehr da. Am Dienstag der vorletzten Woche war er das letzte Mal hier«, seufzte Hildegard Jahn erneut. Der Schmerz über das Verschwinden von Hans Kiesler stand ihr ins Gesicht geschrieben.

Also war er wahrscheinlich am Mittwoch verschwunden. Vor genau zehn Tagen, rechnete Haderlein nach. Die Zeit passte zum vorläufigen Befund der Spurensicherung, über den Ruckdeschl ihn informiert hatte.

»Woher stammte Hans Kiesler denn? Hat er mal etwas über seine Familie erzählt?«, fragte Haderlein ohne große Hoffnung auf Erfolg.

Hildegard Jahn schüttelte sofort den Kopf. »Nein, von seiner Herkunft hat er nichts gesagt. Aber er muss schon aus der Bamberger Ecke stammen, das hat man an seinem leichten oberfränkischen Dialekt gehört. Sonst kann ich dazu leider nichts sagen. Tut mir leid.«

Jetzt war es an Haderlein, laut aufzuseufzen. Er hatte bereits so viel über diesen Hans Kiesler erfahren, dass er ihn fast schon leibhaftig vor sich sehen konnte. Aber eben nur fast. »Zu schade, dass wir kein Foto von ihm haben«, sagte er bedauernd, während er die heiße Tasse Tee zum Mund führte.

Hildegard Jahn schaute ihn einen Moment lang an. »Aber natürlich haben wir ein Bild von Hans«, sagte sie lakonisch. »Ein sehr schönes sogar.« Sie erhob sich, ging zu ihrem Schreibtisch und nahm ein großes Foto von der Wand hinter ihrem Schreibtisch.

Haderlein fiel vor Überraschung fast die Teetasse aus den Händen. Die Bauleiterin legte das Foto im DIN-A5-Format vor ihm auf den Tisch. Das Bild zeigte sämtliche Arbeiter vor der gerade erst schulterhohen Burgmauer. Sie knieten oder standen im Schnee, hielten irgendwelche Getränke in den Händen und lächelten in die Kamera.

»Der Große dahinten links, das ist Hans«, sagte Hildegard Jahn leise. Sie hatte sich an die Wand des Bauwagens gelehnt und nippte an ihrem Tee. Bevor sich Haderlein genauer dem Bild zuwandte, konnte er nicht umhin, dem Baron noch einen bitterbösen Blick zuzuwerfen, der sofort eine schuldbewusste Miene aufsetzte.

»Das Foto von der Weihnachtsfeier, ähem, das hatte ich tatsächlich vergessen. Tut mir ehrlich leid«, hüstelte er entschuldigend vor sich hin.

Haderleins Blick kehrte zu der Fotografie zurück. »Und das, obwohl auch Sie drauf sind, Herr Baron?« Haderlein zählte die Personen auf dem Foto: zweiunddreißig. Alles sah nach einer feuchtfröhlichen Weihnachtsfeier im Freien aus. Hildegard Jahn kniete ganz vorn auf einem Brett, der Baron als größerer Vertreter der menschlichen Rasse stand in der hinteren der drei Reihen. Als Übernächsten links von ihm entdeckte der Kriminalhauptkommissar den Mann mit den braunen gewellten Haaren und dem dichten Vollbart. Er schaute direkt in die Kamera. Haderlein war sofort von seinem Blick gefangen. Er hatte etwas Hypnotisierendes, obwohl Hans Kiesler auf dem Bild nur andeutungsweise lächelte. Man gewann den Eindruck, als wollte er schnell austrinken, um sich dann sofort wieder seiner Arbeit zuwenden zu können. Ein Typ wie aus einem Abenteuerfilm.

»›Der Seewolf‹«, platzte Haderlein spontan heraus.

»Wer?«, fragte Hildegard Jahn.

Auch der Baron konnte mit dem Begriff erst einmal nichts anfangen.

»Na, ›Der Seewolf‹, das war in den Siebzigern eine Fernsehserie mit Raimund Harmstorf. Hans Kiesler sieht aus wie Raimund Harmstorf in seinen besten Zeiten.«

Der Baron stellte sich hinter Haderlein und schaute ihm über die Schulter. »Tatsächlich, wo Sie es sagen. Das ist mir nie aufgefallen. Allerdings habe ich die Serie auch eher beiläufig angeschaut. Amerikanische Abenteuergeschichten waren nicht so meine Sache.« Dann fiel ihm noch etwas ein. »Warten Sie, Herr Kommissar, war das nicht dieser Harmstorf, der mit bloßen Händen rohe Kartoffeln zerquetschen und ein Telefonbuch auseinanderreißen konnte?«

»Genau der«, bestätigte Haderlein, während er noch immer fasziniert das Foto betrachtete.

»Ich versteh überhaupt nichts«, beschwerte sich Hildegard Jahn.

»Macht nichts, das ist nur für die Generation von Herrn Haderlein relevant. Die Gnade der frühen Geburt, nicht wahr, Herr Kommissar?«, wieherte der Baron und schlug dem Kriminalhauptkommissar derb und kumpelhaft auf den Rücken.

Der tat so, als hätte er nichts bemerkt, und steckte das Bild in seine Jackentasche. »Ich muss das Foto leider mitnehmen. Schließlich müssen wir damit eine ganze Fahndung neu bestücken«, knurrte er und warf dem Baron wieder einen bösen Blick zu.

»Nun, Herr Kommissar«, meinte dieser fast schon eilfertig, »da ich ja sowieso eine verlorene Wette einzulösen habe, könnte ich mich doch mit einem spontanen Abendessen und einem sehr guten und alten Rotwein für dieses kleine Versäumnis entschuldigen. Was sagen Sie zu meinem Vorschlag?« Freudig leuchtend ruhte sein sonst so unsteter Blick auf Haderlein, der erst aus dem Fenster und dann auf seine Uhr sah.

Draußen setzte die Dämmerung ein. Aus dem gemeinsamen Abendessen mit Lagerfeld, Ute von Heesen und seiner Lebensgefährtin Manuela Rast würde ja aufgrund der zwischengeschlechtlichen Unstimmigkeiten heute nichts mehr werden. Auch recht, dann würde er die Einladung des Barons unter einem beruflichen Essen verbuchen. Er könnte sogar noch Lagerfeld dazuholen. Apropos, wo steckte der Kerl überhaupt? Die Spurensicherung war doch sicher längst fertig, und sein junger Kollege hätte ihm Bericht erstatten müssen.

»Gut, aber ich werde auch meinen Kollegen Schmitt hinzuziehen, wenn es Ihnen nichts ausmacht, Herr Baron. Dann können wir uns noch ein wenig über die ganze Sache unterhalten.«

Der Baron zuckte sofort zusammen, als er Lagerfelds offiziellen Namen hörte, wagte aber nicht zu widersprechen. Schließlich war er gerade in der Bringschuld.

»Das wäre schön«, erwiderte er höflich kühl. »Ich werde dann meiner Haushälterin Bescheid geben, das heutige Abendessen für zwei weitere Personen vorzubereiten.«

»Sind Sie dann fertig mit mir?«, fragte die Architektin den Beamten.

»Das bin ich, Frau Jahn, aber in der nächsten Zeit wird jemand von uns sicher noch mit der einen oder anderen Frage auf Sie zukommen«, sagte der Kriminalhauptkommissar, während er sein Handy aus der Tasche kramte. Der Baron ging mit Hildegard Jahn schon einmal nach draußen, während Haderlein Lagerfelds Nummer wählte und wartete und wartete. Kurz vor dem Anspringen der Lagerfeld'schen Mailbox meldete der sich sehr hastig und nicht minder verschlafen: »Hallo? Schmitt hier. Was gibt's denn so Dringendes?«

So etwas hatte er noch nie gesehen. Unglaublich. Aber egal, sie waren ihm hochwillkommen, und er würde den Teufel tun und nachfragen, wie das funktionierte, was sie da taten. Sie, das waren kleine weiße Elfen, die zu Hunderten durch den Raum flogen. Mit ihren durchsichtigen Flügelpaaren schwirrten sie von einer Ecke zur anderen und verrichteten die ekelhaftesten Arbeiten mit einer aufreizenden Mühelosigkeit. Wie von Geisterhand bewegt, klebte eine Fliese nach der anderen auf den Millimeter genau an ihrem zugedachten Platz. Vier andere der kleinen Elfen platzierten jeweils eine Gipsplatte an der Küchendecke und schraubten sie in atemberaubendem Tempo fest. Und diesmal fielen die Gipsplatten auch nicht wieder herunter wie gestern, als er, Lagerfeld, sich an der gleichen Arbeit versucht hatte. Ein ganzer Schwarm der halb durchsichtigen Helferlein hatte sich nun mit joghurtbechergroßen Eimerchen an die Wohnzimmerdecke gekrallt, um sie mit schwingkopfgelagerten weißen Dr. Best-Zahnbürstchen zu streichen. Und dies alles noch dazu in einer unglaublichen Geschwindigkeit. Bernd Lagerfeld Schmitt saß bei geöffneter Tür und mit heruntergelassener Hose auf seiner halb fertigen Toilette und betrachtete hocherfreut das wundersame Treiben, während »Hotel California« von den Eagels aus weit entfernten Lautsprechern erklang.

Einige der kleinen Elfen kamen nun auch durch die geöffnete Toilettentür zu ihm hereingeschwebt. Bei näherer Betrachtung stellte er erstaunt fest, dass sie eine frappierende Ähnlichkeit mit seiner geliebten Ute hatten. Aber was hieß schon Ähnlichkeit? Sie waren Ute wie aus dem Gesicht geschnitten! Die vorderste der nun direkt vor ihm flatternden Ute-Elfen, deren Flügelchen etwas länger als die der anderen zu sein schienen, lächelte ihn zuerst an, forderte ihn dann aber in einem seltsamen Singsang auf, unverzüglich die Toilette zu verlassen, da sie eine fünf Meter hohe Eieruhr in den Raum einbetonieren müssten. Die anderen Elfen fielen in ihren Singsang ein und wiederholten die Aufforderung mehrstimmig im Chor.

Lagerfeld griff sich einen abgewetzten Besen, der schon seit Tagen im Klo herumstand, und versuchte im Sitzen die penetranten Flugelfen aus seinem heiligen Refugium zu vertreiben, doch sie wichen seinem grobmotorischen Gefuchtel mühelos aus. Dabei wurden sie immer größer, bis sie die Größe einer erwachsenen Frau erreicht hatten. Die Musik der Eagles hatte inzwischen eine infernalische Lautstärke angenommen. Irgendwann war es selbst ihm zu viel, und Lagerfeld beschloss aufzuwachen.

Dunkelheit umgab ihn, und er spürte hartes Holz unter seinem Rücken. Verwirrt blinzelte er um sich. Er lag auf seiner Jacke auf der Gartenbank des Barons von Rotenhenne, es war dunkel und kalt, und aus seiner Hosentasche erschallte »Hotel California«, begleitet vom Vibrationsalarm. Schlaftrunken, noch etwas orientierungslos, aber nichtsdestotrotz genervt zog er das Handy aus der Tasche.

»Hallo? Schmitt hier. Was gibt's denn so Dringendes?«, krächzte er in das Mikrofon seines Mobiltelefons.

»Du bist wo?«, fragte Haderlein ungläubig und lauschte ins Handy. »Aha, und was hast du dort die ganze Zeit gemacht? Die Spusi ist doch bestimmt längst abgezogen? – Die Wiese um den See herum nach Spuren abgesucht? – Das Gartenhaus beobachtet? So so. Na, dann hoffe ich mal, dass sich das Gartenhaus nicht weiter verdächtig verhalten hat, Bernd. Und hoffentlich hast du noch Etliches an Beweismitteln in der Wiese sichergestellt, Kollege Schmitt, sonst würde ich mich eventuell weigern, die damit verbrachten Stunden als Arbeitszeit zu definieren, klar? Es gibt hier nämlich auch ältere Kollegen, die sich während deines Schläfchens akribisch mit gewissen Mordfällen auseinandergesetzt haben«, fauchte er verärgert. »Aber wo du schon mal da bist, bleib doch einfach da und beobachte noch ein bisschen die Biber. Der Baron war so freundlich, uns in seinem Haus zum Essen einzuladen. Ich bin mit ihm in zwanzig Minuten da und hoffe doch sehr, meinen jungen Kollegen dann in einem repräsentablen Zustand vorzufinden. Ich gehe davon aus, dass wir uns verstanden haben!« Verärgert legte er auf und steckte das Handy in seine Jackentasche.

Der erweckte Lagerfeld stand eine Weile unschlüssig herum. Was, zum Geier, hatte er Franz da gerade für einen Mist erzählt? Der musste ihn ja für völlig bescheuert halten. Nach Spuren in der Wiese gesucht? So ein Quatsch. Abendessen? Na gut. Hunger hatte er jedenfalls. Aber er und repräsentabel? Verzweifelt schaute er an sich herunter und betrachtete die vielen kleinen weißen Farbspritzer auf seinem Hemd. Wo sollte er denn auf die Schnelle eine neue Garderobe herbekommen, noch dazu ohne fahrbaren Untersatz?

Bevor er noch weitere Überlegungen zu seiner Kleidung anstellen konnte, öffnete sich eine Tür des Haupthauses, und der Lichtschein einer Lampe fiel nach draußen.

»Herr Lagerfeld, sind Sie da irgendwo?«, rief eine weibliche Person in seine Richtung, und er erkannte die Umrisse einer Frau, die ihm winkte.

Sofort lief er zur Tür, denn inzwischen war es ungemütlich kalt geworden. Am Eingang stand eine reife, aber attraktive Frau. Ihr Alter war undefinierbar, doch Lagerfeld schätzte sie auf irgendwo um die sechzig. Sie trug eine weite Jeans, eine geblümte Bluse, hatte kurze blonde Haare und schaute ihn etwas zweifelnd an, als hätte sie jemand anderes erwartet. Doch sie fasste sich sofort und reichte ihm die Hand.

»Sie sind also der Herr Lagerfeld«, sagte sie mit glockenheller Stimme. »Ich bin die Helga. Der Herr Baron hat mich darüber informiert, dass Sie heute Abend unser Gast sein werden.«

»Äh, ja, das stimmt«, bemerkte Lagerfeld und lächelte breit. Seine Hand schmerzte schon von Helgas kräftigem Händedruck. Die Lady hat einen ganz schönen Griff, dachte er. Als er sich die Dame etwas genauer besah, hatte er einen Moment lang das Gefühl, sie schon einmal gesehen zu haben, aber da musste er sich wohl täuschen. Auch hatte er nicht vor, sich mit dem Spruch »Kennen wir uns nicht von irgendwoher?« alle potenziellen Sympathien zu verscherzen. In diesem Fall würde dieses erste Gespräch bestimmt und sofort in eine katastrophale Richtung laufen. Also würde er erst einmal möglichst unverfänglichen Small Talk machen. Doch auch dieses Vorhaben bewahrte Bernd Schmitt nicht davor, mit Anlauf in den erstbesten Fettnapf zu latschen.

»Was, äh, gibt's denn heute beim Herrn Baron, Frau Helga? Bestimmt die arma Doodn fo saaner ledzden Jachdgesellschafd, odder? Haha!« Lagerfeld lachte lauthals über seinen eigenen Witz und die Haushälterin an.

Diese lächelte betont förmlich und ganz und gar nicht amüsiert zurück und überreichte Lagerfeld, statt ihm eine Antwort zu geben, einen kleinen Stapel säuberlich zusammengelegter Kleidungsstücke.

»Nun, bevor wir zum Essen gleich welcher Herkunft übergehen, Herr Kommissar, bietet sich der Herr Baron an, Ihnen aus Ihrer momentanen textilen Unpässlichkeit herauszuhelfen. Sie können sich in der Kammer dort drüben umkleiden.« Ihr frisch frisierter Bubikopf machte eine kaum merkliche Bewegung in Richtung einer alten Tür, die unter einer Treppe halb offen stand, während ihr Lächeln indifferent blieb.

Lagerfeld hatte die Botschaft klar und deutlich vernommen. Obwohl die Worte formal freundlich schienen, versteckte sich dahinter bei Weitem keine Bitte, sondern ein Befehl. Wenn er in diesem adligen Etablissement also etwas für sein körperliches Wohl tun wollte, musste er sich der Kleiderordnung fügen – aber nicht ohne ein Zeichen seines aufbegehrenden männlichen Freiheitswillens. Schließlich befand er sich aus seiner Sicht gerade in einer emanzipatorischen Beziehungsphase.

»Sehr wohl, Frau Baronin!«, rief er pseudoeloquent und schlug akkurat die Hacken zusammen. »Herr von und zu Lagerfeld wird sich dem Anlasse entsprechend dekorieren. Mit Ihrer Erlaubnis, Frau Baroness, ziehe ich mich dann zurück. Und übermitteln Sie dem erschossenen Abendmahl schon mal meine ergebensten Grüße.« Er salutierte und verschwand gemessenen Schrittes zu Umzugszwecken in seine Kemenate.

Helga lächelte versteinert, bis sich die Tür hinter Lagerfeld schloss, dann verwandelte sich ihr Gesicht in eine kalte, teilnahmslose Maske. Regungslos wartete sie noch einen kurzen Moment ab und beobachtete die geschlossene Tür, dann drehte sie sich auf dem Absatz um und ging in Richtung Küche davon.

Das Restaurant war zum Bersten voll und alle Plätze besetzt. Es war früher Abend, die Zeit, in welcher der gemeine Norweger sein Abendessen einzunehmen pflegt. Seine Muscheln mussten also noch warten. Er ging zum langen Tresen, setzte sich auf einen der zwei Barhocker, die gerade frei geworden waren, und schaute sich um. Ihm war, als hätte er nach einem langen Schuljahr endlich wieder Sommerferien und würde sich mit seinen Freunden an einem geheimen, nur ihnen bekannten Platz treffen. In einer Höhle, in der sie sich vor dem Rest der Welt verstecken konnten. Jeder verdammte Balken in dem Gastraum war ihm vertraut, der unverwechselbare Geruch schien ihn zu umarmen.

Er saß mit dem Rücken zur Theke, stützte seine Ellenbogen auf den Tresen hinter sich und lächelte. Sein Instinkt hatte ihn hierhergeführt, in sein Wohnzimmer. Aus dem Augenwinkel sah er, wie sich am hintersten Tisch an der Wand aus massiven Holzbalken ein junges Pärchen erhob, um zu gehen. Flugs glitt er von seinem Barhocker und steuerte den kleinen Tisch an. Während er der jungen Dame in den Mantel half und sich mit seiner spontanen Höflichkeit den Sitzplatz ergaunerte, wurde er aufmerksam von einem ernsten Augenpaar beobachtet, das durch die Scheiben der Küchentür jede seiner Bewegungen verfolgte. Der Mann, der zu den Augen gehörte, drehte sich abrupt um, ging in den hinteren Teil der Küche zu einer unscheinbaren Truhe und nahm etwas heraus.

Als das Pärchen lachend ging, nahm er Platz. Der Tisch war perfekt, von hier aus konnte er den gesamten Raum beobachten.

Als die Bedienung an seinen Tisch kam, bestellte er einen trockenen Weißwein und eine Portion Nordseemuscheln. Er musste gar nicht in die Karte schauen, um zu wissen, dass hier die besten Muscheln von ganz Bergen serviert wurden. Während er auf sein Essen wartete, sog er die Gerüche und Eindrücke des »Bryggen Tracteursted« in sich auf wie ein Schwamm. Seine Erinnerung war kurz davor, zu ihm zurückzukehren – aber eben nur kurz davor.

Als die Bedienung ihm die *skjell* brachte, vergaß er für ein paar Momente die ihn quälenden Gedanken. Er bestellte noch einen Korb mit Weißbrot und gesalzene Butter, dann machte er sich über die Mahlzeit her. Das Vergnügen war allerdings nur von kurzer Dauer. Er aß nicht, nein, er fraß, schlang alles in sich hinein. Ihm war gar nicht klar gewesen, dass er so ausgehungert gewesen war.

Bald schon verlangte der Darm nach seinem Recht. Seine Augen suchten und entdeckten das kleine Schild *»Toilet«* neben der Küchentür. Satt erhob er sich und ging auf den Ort für kleine Königstiger.

Während er sich erleichterte, dachte er, dass, hätte er nicht unter dem Gedächtnisverlust zu leiden, er im Moment ein äußerst zufriedener Mensch sein könnte. Egal, was auch immer er für ein Leben führte. Er wusch sich die Hände und freute sich auf weitere alkoholische Getränke. Vielleicht würde so ein richtiger Suff den Stein der Erinnerung ja wieder ins Rollen bringen?

Er stieß die Tür zur Gaststube auf und blieb wie angewurzelt stehen. Der Raum war nur noch halb voll und die Geräuschkulisse deutlich leiser. Aber das, was ihn wirklich überraschte, war der Mann, der plötzlich an seinem Tisch saß. Er sah aus wie die Forscher auf Fotos von historischen Polarexpeditionen. Zerknittertes, faltiges Gesicht mit eingegrabener Lebenserfahrung. Dunkelblonde, verfilzte Haare mit unübersehbarem Grau-Einschlag, die ihm zerzaust bis auf die Schultern fielen. Die Augen des Mannes lagen tief in ihren Höhlen und starrten ihn unverwandt an.

Doch seltsamerweise fühlte er sich von dieser Erscheinung nicht bedroht. Er atmete tief durch und war wieder fähig, sich zu bewegen. Lächelnd schritt er langsam auf den Mann an seinem Tisch zu. Der Seebär erwiderte sein Lächeln. Als er an dem Tisch Platz nahm, schauten sich die beiden Männer in die Augen. Und plötzlich war die Erinnerung wieder da. Groß und deutlich stand ihm ein Name vor Augen.

»Roald? Roald Hagestad?«, platzte es aus ihm heraus.

»Na, wie geht's, Skipper, du zäher Hund«, erwiderte sein Gegenüber in bestem Deutsch. Skipper, er nannte ihn Skipper. Vor Aufregung wurde er blass. War Skipper sein richtiger Name? Und selbst wenn nicht, dann musste Roald ihn doch wissen.

»Roald, kannst du mir sagen, wer ich bin?«, fragte er mit einer Intensität in der Stimme, dass Roald unwillkürlich einige Zentimeter zurückwich. Es dauerte, bis er die Sprache wiederfand.

»Du hast also tatsächlich dein Gedächtnis verloren«, stellte er nachdenklich fest. »Ich hab damals ja gedacht, du würdest nur wieder einen deiner dummen Scherze machen.«

»Was soll das heißen, Roald? Was habe ich gemacht oder erzählt, verdammt noch mal? Du musst mir alles sagen, Roald. Ich weiß nichts mehr über mich, nichts. Aber meine Intuition hat mich hierhergeführt, und ich spüre, dass ich dir trauen kann. Frag mich bitte nicht, warum.« Er ergriff Roalds Hand so fest, dass dieser vor Schmerz das Gesicht verzog.

»Ist ja gut«, sagte Roald schließlich. »Aber zuerst erzählst du mir alles, woran du dich erinnern kannst. – Meine Güte, hast du einen Griff.« Stöhnend rieb er sich die Hand.

»Das kann aber länger dauern. Der Wirt könnte uns rausschmeißen.«

Roald lachte so laut auf, dass sich die verbliebenen Gäste inklusive Thekenpersonal nach ihnen umdrehten. »Das ist gut, das ist wirklich gut, Skipper«, sagte er dann wieder leiser. »Wenn dich hier jemand rausschmeißt, dann bin ich das. Ich bin der Wirt.« Noch einmal lachte er, aber diesmal mit Nachdenklichkeit im Blick.

»Du scheinst ja wirklich was abbekommen zu haben, mein Guter«, sagte er. »Aber jetzt erzähl mal, Skipper. Ich bin schon ganz gespannt.«

Nachdem er sich kurz gesammelt hatte, begann er seine unglaubliche Geschichte wiederzugeben. »Das Erste, an das ich mich erinnere, ist ein großes Feuer und kurz danach eine Explosion …«

Ute von Heesen legte das Handy auf die Seite und stützte den Kopf in ihre Hand. Bernd war stinksauer. Wegen der Baustelle, wegen ihr und überhaupt wegen allem. Jedenfalls würde er heute Abend mit Franz bei irgendeinem Baron zu Abend essen. Sie hatte gar nicht gewagt zu fragen, ob sie vielleicht auch eingeladen sei. Es war klar wie Kloßbrühe, dass er im Moment keine Begleitung durch sie wünschte. Konnte es etwa sein, dass sie das mit dem Perfektionismus und der Bevormundung ihm gegenüber etwas übertrieben hatte? Seufzend blickte sie auf das Chaos der Baustelle um sie herum. Es half ja nichts, und Tränen brachten sie auch nicht weiter. Entschlossen griff sie sich den Eimer mit der Wandfarbe im Ton »Toskana« und trug ihn in die Küche. Zwei Wände würde sie heute Abend mindestens noch streichen müssen.

Lagerfeld saß mit Haderlein und dem Baron zusammen an einem alten Eichentisch mit heller Ahorntischplatte. Das Zimmer, in dem gespeist werden sollte, wirkte wie der Trophäenraum in einem Jagdschloss. Nur hingen hier statt ausgestopftem Rehwild Baupläne, Skizzen oder Gemälde von der Stufenburg an der Wand. Eine höchst illustre Mischung aus Mittelalter und Moderne.

Der Baron musterte kritisch das äußere Erscheinungsbild Lagerfelds, war aber fürs Erste zufrieden. Lagerfeld im Übrigen auch, denn seine neue Ausstattung passte ihm erstaunlich gut. Frau Helga schien ein ausgezeichnetes Auge für Größe und Passform zu besitzen.

Davon abgesehen hatte Lagerfeld beschlossen, sie nur noch mit Frau Helga anzureden in der naiven Hoffnung, sie damit irgendwann aus ihrer Reserve zu locken. Keine Frau der Welt konnte doch von Grund auf so reserviert und emotionslos sein, dass sie nicht irgendwann seinem unwiderstehlichen Charme erliegen würde. Die Zeit würde für ihn arbeiten, da war er sich sicher.

Und vorerst würde er sich einfach mal voller Konzentration dem neuen Fall zuwenden. Franz hatte ihn ziemlich zusammengeschissen, weil er auf der Bank eingeschlafen war. Jetzt saß der ältere Vorgesetzte neben ihm und plauderte angeregt mit dem Baron, während die Haushälterin das Essen auftrug. Auf der Speisekarte stand Rehrücken, dazu gab es Blaukraut und Kartoffelklöße. Zum Glück war keiner der Beamten Vegetarier, und beide hatten zudem richtigen Kohldampf.

Nachdem der Baron einen guten Appetit gewünscht hatte, erstarb das Gespräch am Tisch für einige Zeit. Auch der Baron war an diesem turbulenten Tag noch nicht dazu gekommen, etwas Magenfüllendes zu sich zu nehmen. Frau Helga hatte sich zu den drei Herren gesetzt, und wieder meinte Lagerfeld, die gute Frau schon einmal gesehen zu haben. Allerdings wäre das in Bamberg und näherer Umgebung nicht gerade etwas Ungewöhnliches gewesen. Nun ja, er würde noch draufkommen.

Der Rehrücken hatte keine realistische Überlebenschance und war nach kürzester Zeit nur noch in Resten vorhanden. Lagerfeld nahm gleich zwei Mal von den Klößen nach. Erst ein strenger Blick seines Chefs brachte ihn dazu, eine höfliche Verdauungspause einzulegen.

Anschließend wurde mit einem sehr alten und teuer aussehenden Rotwein angestoßen, von dem Lagerfeld noch nicht einmal kosten durfte, da er von Haderlein zum Fahren verdonnert worden war. Dann eben nur Wasser. Es wurden ein paar Höflichkeiten ausgetauscht und natürlich die Köchin für ihre Kochkunst gelobt, dann aber kam Haderlein noch einmal auf den vergangenen Tag zu sprechen.

»Herr Baron, obwohl das hier ein privates Essen ist, hätte ich gern noch ein paar Fragen an Sie gerichtet, wenn Sie nichts dagegen haben«, sagte er.

»Aber bitte, Herr Kommissar, tun Sie sich nur keinen Zwang an. Nach diesem Essen bin ich wieder zu allem bereit. Fragen Sie nur, was Sie wollen, und ich werde Ihnen so lange antworten, bis diese Flasche Rotwein leer ist.« Er lachte.

»Wann haben Sie Hans Kiesler das letzte Mal gesehen?«, fragte Haderlein, während er sich den Mund mit seiner Stoffserviette abtupfte.

Die Blicke des Barons und seiner Haushälterin trafen sich. Nach einer kurzen Pause antwortete Helga an seiner statt. »Das müsste vor ziemlich genau zehn Tagen gewesen sein«, sagte sie. »Hans saß so wie Sie jetzt mit uns zum Abendessen an diesem Tisch. Am nächsten Morgen war er dann verschwunden, und wir haben ihn seitdem nicht mehr gesehen.«

Der Baron nickte beipflichtend. »Ja, so war es. Nach diesem Abend war er plötzlich verschwunden.«

»Und worüber wurde an diesem Abend geredet?«, schaltete sich nun Lagerfeld ins Gespräch ein.

Der Baron zog die Augenbrauen hoch, und eine steile Falte erschien mittig über seiner Nasenwurzel. »Nun, wir wollten mit ihm über das Gartenhaus und die Pflege des Grundstücks reden. Ich lege nun einmal größten Wert auf das Äußere meiner Liegenschaften. Aber Hans war ein Absolutist, ein grüner Fundi, was dieses Thema anbelangte. Vor allem diese Biber hatten es ihm angetan, aber das wissen Sie ja bereits. Vielleicht hat er diese Biester ja extra noch angelockt, um mich zu ärgern.«

»Ich finde Biber eigentlich gar nicht so schlecht«, tappte Lagerfeld zielgenau in den Fettnapf, der groß und inklusive rotem Warnschild vor ihm gestanden hatte. Haderlein hätte ihm am liebsten auf der Stelle eine geschallert, aber sein junger Kollege fuhr bereits fort: »Die Nager waren ja fast ausgestorben, von daher ist es beinah ein Wunder, dass sie sich nun wieder ansiedeln. Die Tiere sind bestimmt sehr nützlich in einem Garten, auch wenn man das im ersten Moment nicht merkt. Und so ein kleiner See ist doch nun überhaupt nicht weiter schlimm.«

»Wie bitte?« Der Baron hatte große Mühe, nicht lauthals zu explodieren, während Haderlein vor Scham am liebsten im Boden versunken wäre.

Da hatte er es mühsam geschafft, im Laufe des Tages Gras über die vermaledeite Bibersache wachsen zu lassen, und jetzt kam dieser Esel von Lagerfeld und fraß das Gras genüsslich wieder auf.

»Die Biber sind schuld am Untergang wertvollster Raritäten. Die Obstbäume, die im Wasser stehen, werden wegen dieses verdammten Biberdammes alle elendig zugrunde gehen. Und so etwas nennen Sie nützlich? Nennen Sie mir auch nur eine Kulturpflanze, die im knöcheltiefen Wasser wächst. Nur eine einzige, und Sie dürfen sich eine beliebige Flasche aus meinem Weinkeller aussuchen.« Wütend sprang der Baron auf und funkelte Lagerfeld an.

Der blieb vollkommen ruhig, überlegte kurz und sagte dann, als ob es das Selbstverständlichste von der ganzen Welt wäre: »Reis. Reis braucht genau die Bedingungen, die Sie gerade geschildert haben, und ist meines Wissens eine der am weitesten verbreiteten Kulturpflanzen.«

Dem Baron blieb die Spucke weg, dann musste er sich setzen. »Reis«, wiederholte er apathisch.

»Genau. Sie könnten also der Erste sein, der fränkischen Ökoreis anbaut«, überlegte Lagerfeld ungerührt weiter. Haderlein versuchte unterdessen seinen Kollegen durch Tritte unter dem Tisch zum Halten seiner Klappe zu bewegen, mithin vergeblich: Lagerfeld war in seinem Element – dem Fabulieren.

»Auf der rot-weißen Verpackung bilden Sie einen der haarigen Gesellen von dort draußen ab, und auf der Rückseite steht: ›Fränkischer Biberreis, vom Fuße der Stufenburg‹. Ich wette, der verkauft sich mit der entsprechenden PR besser als jeder Kaviar, Herr Baron.«

Die Haushälterin hielt schon seit Längerem die Luft an, genauso wie Haderlein in Vorahnung des Vulkanausbruchs, der umgehend folgen musste, die Augen geschlossen hatte. Als es still blieb, linste er durch halb geöffnete Lider. Zu seiner Verblüffung sah er einen lächelnden Baron vor sich, dessen Augen vor Tatendrang leuchteten.

»Reis also«, sagte er nachdenklich. »Die Idee ist entweder völlig irre oder visionär, Herr Schmitt, ich möchte aber eher meinen – sie ist irre. Aber wenn sie nun doch visionär wäre«, sagte er fast ein wenig entrückt, »ich liebe visionäre Ideen.« Seine Augen glitten über die Baupläne an den Wänden.

Haderlein war geschockt. Er verstand die Welt nicht mehr. Hatten sich hier etwa zwei Irrgläubige getroffen, um aus zwei Minus ein Plus zu fabrizieren?

»Wenn ich vielleicht vom fränkischen Reisprojekt noch einmal auf Hans Kiesler zu sprechen kommen könnte«, kam er wieder auf das ursprüngliche Thema zurück, »wie endete denn dieses Abendessen, wenn ich fragen darf?«

Der Baron erwachte wie aus einem Traum. Immer noch begeistert blickte er zu Lagerfeld hinüber, als würde er sofort mit ihm losziehen wollen, um Reispflanzen zu kaufen.

»Wie? Oh, ach ja. Ich habe ihm also das Ultimatum gestellt, bis zum Ende des Monats den Rasen in meinem Sinne gekürzt zu haben, ansonsten würde ich meine Konsequenzen ziehen.«

Haderlein bemerkte, dass Helga den Mund noch fester zusammengekniffen hatte als zuvor. »Und am nächsten Tag war er dann weg und kam nicht wieder? Wegen solch einer Lappalie?«, wunderte er sich.

»Ja«, seufzte die Haushälterin, »er war einfach weg. Hat sich noch nicht einmal verabschiedet.«

»Sein Fortgehen hat Helga sehr getroffen«, warf der Baron ein. »Sie hatte sich sehr dafür eingesetzt, dass ich den armen Kerl habe einziehen lassen.«

»Okay, ich verstehe. Und Ihnen ist in den letzten Tagen vor seinem Verschwinden nichts an ihm aufgefallen?«, fragte Haderlein sicherheitshalber noch einmal nach.

Der Baron und seine Haushälterin schüttelten in Einklang ihre Köpfe.

»Nein, Herr Kommissar, Hans war so wie immer. Hier zu Hause und auch auf der Baustelle. Er benahm sich immer gleich und sah auch die ganze Zeit so aus wie auf dem Bild von der Feier.« Von Rotenhenne hob erneut seinen Rotwein zum Mund.

»Bild? Was denn für ein Bild?«, fragte Lagerfeld erstaunt und schaute nun seinerseits den älteren Kollegen ärgerlich an.

»Ach Gott, das Foto hatte ich ja glatt vergessen«, sagte Haderlein entschuldigend und ging zu seiner Jacke, die er an die Garderobe am Eingang gehängt hatte. Er kam mit dem Foto von der burgbaulichen Weihnachtsfeier in der Hand zurück und reichte es Lagerfeld.

»Der Große links hinten mit dem Vollbart, das ist Hans Kiesler«, erklärte Haderlein und deutete auf die entsprechende Person auf dem Bild.

Lagerfeld sah das Gesicht und zuckte zusammen. »Den kenn ich doch.« Wie hypnotisiert starrte er auf die Fotografie. Alle Augen der Anwesenden richteten sich auf ihn.

»Tatsächlich?«, sagte die Haushälterin misstrauisch. »Und woher, wenn ich fragen darf, Herr Lagerfeld?«

Der Angesprochene verzog sein Gesicht. Offensichtlich hatte der Guten niemand gesteckt, dass sein bürgerlich korrekter Name Schmitt war. Bernd Schmitt. Wieder schaute er auf das Foto.

Haderlein hatte nach einer kurzen Schrecksekunde ein auffällig spitzbübisches Grinsen aufgesetzt. »Nun, mein lieber junger Kollege, ich weiß sogar, woher du ihn kennst«, sagte er milde mit väterlichem Lächeln, während Lagerfeld ihn fragend ansah. »Der sieht aus wie der Seewolf aus der gleichnamigen Serie, findest du nicht auch?«

Lagerfelds Blick glich einem Fragezeichen. »Wie wer? Was meinst du damit?«

Haderlein war nun doch frustriert, dass Lagerfeld den Helden seiner Jugend nicht kannte. Schließlich war das damals ein Klassiker gewesen – und zwar sowohl als Buch als auch als Fernsehserie. »Na, der Seewolf«, versuchte er es noch einmal. »Aber eigentlich meine ich den Schauspieler, Raimund Harmstorf. Der sah genau so aus wie dieser Kiesler.«

Lagerfeld überlegte kurz, dann klingelte etwas bei ihm. »Ach, *der* Seewolf«, sagte er schließlich. »Von dem habe ich schon mal dunkel irgendwann irgendetwas gehört. War das nicht der Typ mit den zerrissenen Telefonbüchern?«

»Genau der«, freute sich Haderlein, »jetzt hast du's. Und deshalb kommt er dir auch bekannt vor.« Zufrieden verschränkte er die Arme und schaute vom Baron zurück zu Lagerfeld, der aber noch immer skeptisch das Bild betrachtete.

»Kann auch sein«, murmelte er, »aber im ersten Moment dachte ich, das wäre ein alter Sportkamerad von mir. Natürlich kann ich mich auch irren. Liegt vielleicht tatsächlich an dieser Serie.« Die Haushälterin betrachtete ihn mit unangenehm stechendem Blick, Haderlein eher nachdenklich.

»Den Namen von dem Freund weißt du aber nicht mehr zufällig, oder?«

»Mensch, Franz, hast du eine Ahnung, wie lange das schon her ist? Außerdem bilde ich mir das alles wahrscheinlich eh bloß ein.« Leicht verunsichert gab er seinem Kollegen das Foto zurück und leerte sein Glas Wasser. Helga hatte noch immer nicht ihren Blick von ihm genommen.

»Wie wäre es denn langsam mit Heimgang?«, schlug Lagerfeld unvermittelt vor. Ihm wurde die ganze Situation zunehmend unangenehm. Wer Behauptungen aufstellte, sollte diese in der Regel auch beweisen können, dachte er zerknirscht.

»Ich muss jetzt sowieso den Tisch abräumen«, sagte Frau Helga schnell. Sie stellte ein großes Tablett auf den Tisch und begann das Geschirr darauf zu stapeln.

Und wieder hatte Lagerfeld das unangenehme Gefühl, der Haushaltsdame schon einmal über den Weg gelaufen zu sein. Andererseits wurde ihm das jetzt alles zu viel. Die Speicherkapazität seiner Festplatte war für diesen Tag voll ausgeschöpft, er würde jetzt keinen Gedanken mehr daran verschwenden, schließlich gab es wirklich Wichtigeres zu tun. Pennen in einem richtigen Bett zum Beispiel.

»Nun, Herr Baron, ich denke, mein Kollege hat recht. Wir werden dann mal langsam aufbrechen, auch die Polizei muss schließlich irgendwann einmal schlafen«, sagte Haderlein. »Das Essen war jedenfalls ganz vorzüglich und vor allem der Wein eine ausgesuchte Köstlichkeit. Ich werde mich gern wieder in einem fachlichen Wettstreit mit Ihnen duellieren.« Grinsend gab er dem Baron die Hand.

»Keine Ursache, Herr Kommissar, Sie sind jederzeit herzlich willkommen.«

Der Baron begleitete die beiden Polizeibeamten zur Tür. Haderlein griff sich seine Jacke und Lagerfeld die Jutetasche mit seiner schmutzigen Arbeitskleidung, die ihm die Haushälterin vorbereitet hatte. »Und richten Sie Frau Helga aus, ihre Küche hätte durchaus einen Michelin-Stern verdient«, sagte Lagerfeld noch lässig. »Vor allem das Wasser.«

»Ich werde es ihr sagen«, antwortete der Baron lächelnd, »und über das Reisprojekt müssen wir beide uns in der nächsten Zeit noch einmal unterhalten.«

Sekunden später schloss sich die Tür hinter den beiden Kommissaren, die sich, natürlich mit Lagerfeld am Steuer, in Richtung Judenstraße auf den Heimweg machten. »Wer war denn dieser Freund aus Jugendtagen?«, fragte Haderlein nach einiger Zeit, in der sie nachdenklich und schweigsam Richtung Bamberg gefahren waren. Lagerfeld schreckte aus seinen Gedanken auf, die um geköpfte Leichen, zerrissene Telefonbücher und seine Ute kreisten.

»Ach«, meinte er, »vor meinem Abitur war ich mit ihm zusammen im Judoverein in Bamberg. Ich war nicht besonders gut, aber er hat es damals bis zum Bayerischen Jugendmeister geschafft. Ich war sogar mehrere Male bei ihm zum Abendessen daheim – nach dem Training. Ein Jahr lang haben wir uns ziemlich gut verstanden, aber nach dem Abi bin ich dann weg zur Landesverteidigung nach Hammelburg, und danach haben wir uns nie wieder gesehen. Der auf dem Foto sieht ihm ziemlich ähnlich, aber ich bin mir sicher, der hieß nicht Kiesler, der hieß, Herrschaftszeiten – Hans Günther hieß er, genau! Wir haben ihn immer nur HG gerufen. Der Nachname fällt mir beim besten Willen nicht mehr ein, aber es ist ja auch egal. Keine Ahnung, was aus ihm geworden ist.«

Haderlein nickte, dann schwieg er, bis sie die Judenstraße in Bamberg erreichten. Haderlein stieg aus. »Dann fährst du mit meinem Wagen nach Hause, und ich rufe dich morgen auf deinem Handy an, wenn du mich abholen sollst. Wird wahrscheinlich so gegen acht Uhr sein.« Er ließ die Beifahrertür ins Schloss fallen, winkte noch einmal kurz und verschwand in seiner Haustür.

Lagerfeld legte den ersten Gang ein und gab Gas. Bis zu seiner Noch-Single-Wohnung würde er nicht einmal fünf Minuten –. Lagerfeld stieg so brutal in die Eisen, dass der schwere Geländewagen quietschend zum Stehen kam. Hektisch tastete er seine neue Hose ab. Verdammt, wo war sein Handy? Er durchsuchte erst das Handschuhfach, dann den Stoffbeutel mit seinen verdreckten Sachen. Nichts. Das Handy war weg. Verzweifelt legte er den Kopf aufs Lenkrad. Das war wirklich einer der schlimmsten Tage seines bisherigen Lebens. Ganz bestimmt würde gleich noch ein Meteorit vom Himmel stürzen und den Landrover unter sich begraben – bei dem Glück, das er heute hatte. So ein verdammter Mist. Er versuchte sich zu beruhigen und zu überlegen, wann er das Handy das letzte Mal benutzt hatte. In Gedanken ging er den Tag noch einmal vom schwierigen Anfang bis zum desaströsen Ende hin durch.

»Bist du so sauer?«, hatte die SMS gelautet, die Ute von Heesen schon vor über zwei Stunden abgeschickt hatte. Eine Antwort war bisher ausgeblieben. Sie hatte die Wände fast fertig gestrichen, und die zukünftige Küche strahlte in einem hellen Terrakottafarbton. Eigentlich hätte sie stolz sein können, aber ihre Laune war auf dem Tiefpunkt. Sie vermisste Bernd und seine flapsigen Aufmunterungen. Aber dass er auch immer gleich dermaßen eingeschnappt sein musste. Sie legte den Farbroller weg und tippte eine weitere SMS.

»Okay, du Schmollschranze. Ich simse dir nicht ewig hinterher, mein Guter. Du meldest dich, wenn dir danach ist. Ich habe keine Lust mehr auf diesen Kindergarten. Und einen schönen Gruß von unserer Baustelle.« Dann machte sie noch ein Foto von einer frisch gestrichenen Wand, hängte es an die Nachricht und schickte alles los. Traurig nahm sie wieder den Farbroller in die Hand, um ohne männlichen Fachbeistand den Rest der Küche zu streichen.

Lagerfeld war in seinem Tagesrückblick gerade beim Abzug der Spurensicherung vom Tatort angelangt, als ihm die Erkenntnis wie Schuppen aus den Haaren fiel. Das Handy steckte in seiner Jacke. Er hatte seine Jacke nicht in der Kammer vor dem Essen ausgezogen, und hier im Auto war sie auch nicht. Ganz klar, besagte Jacke lag noch immer auf der Bank im Garten des Barons. Er hatte sie als Kopfkissen für sein spontanes Nickerchen missbraucht und dann in der plötzlichen Hektik dort liegen lassen. Mist! Das bedeutete, er musste jetzt den gleichen Weg noch einmal zurückfahren und vergeudete durch eigene Dummheit wieder mal wertvolle Schlafenszeit. Andererseits fiel ihm auch ein großer Stein vom Herzen, da er jetzt wusste, wo sein teures iPhone abgeblieben war. Mannomann, schimpfte er innerlich mit sich und wendete am Fuße des Stephansberges, um aus der Judenstraße hinaus und wieder zurück nach Baunach zu fahren.

»Was man nicht im Kopf hat, muss man in den Beinen haben«, das hatte schon sein Vater in früheren Tagen des Öfteren zu ihm gesagt, wenn er seine Bücher in der Schule vergessen hatte.

»Und jetzt sitz ich Ahnungsloser hier in deiner Kneipe und sehe dich quasi zum ersten Mal«, sagte er sarkastisch.

Roald hatte sich alles schweigend und mit verschränkten Armen angehört. Das war wirklich die unglaublichste Geschichte, die er in seinem ganzen Leben gehört hatte. Allerdings passte das, was Skipper erzählt hatte, ziemlich genau zu dem, was er von der ganzen Angelegenheit wusste. Jetzt aber war es an der Zeit, das zu tun, worum er vor nicht allzu langer Zeit gebeten worden war. Er griff unter den Tisch und legte ein kleines, in braunes Papier gewickeltes Päckchen auf die Tischplatte, das er mit seiner rechten Hand zu seinem Gegenüber schob. Skipper schaute erst das Päckchen und dann ihn fragend an.

»Für dich«, sagte Roald in einem Tonfall, als hätte er ihm gerade den Ring für einen Heiratsantrag überreicht. »Das Päckchen hast du mir persönlich gegeben. Und zwar mit der Bitte, es so lange für dich aufzubewahren, bis du es wieder abholen würdest. Du hast ziemlich geheimnisvoll getan, und ich habe mir große Sorgen gemacht. Und jetzt frag mich bitte nicht nach dem Inhalt, denn ich habe keine Ahnung. Aber bevor du es aufmachst, erzähle ich dir noch ein paar Dinge, die dir vielleicht weiterhelfen könnten, Skipper.«

Der Angesprochene beäugte mit äußerster Spannung das Päckchen, brachte aber die Disziplin auf, Roald zuzuhören. Mit gespanntem Blick lehnte er sich in seinem Stuhl zurück. Nur die Finger seiner rechten Hand trommelten ungeduldig und nervös auf dem Tisch herum.

»Erstens: Du hast mir irgendetwas von einem gigantischen Deal erzählt, irgendwo im Nordmeer. Zwar nichts Genaues, aber du hast gesagt, dass dir der Job eine Stange Geld einbringen würde. Du hattest schon einen erklecklichen Vorschuss erhalten, warst in Bergen quasi auf Abruf. Den ganzen Juli hast du hier herumgehangen und darauf gewartet, dass irgendein unbekannter Auftraggeber den Startschuss gibt.«

»Und was war das für ein Job, wenn ich fragen darf?«

»Tja, die Info hast du schön geheim gehalten, mein Lieber. Angeblich war das eine der Bedingungen für deine Unternehmung. Absolute Geheimhaltung. Das hatte schon fast etwas Militärisches an sich. Aber den Vorschuss scheinst du tatsächlich bekommen zu haben, denn du hast ganz schön mit Kohle rumgeschmissen. Und aufgeregt warst du wie weiß nicht was. Übrigens auch, weil du eine Frau kennengelernt hattest. Kurz vor deiner Abreise hast du sie auch einmal kurz mitgebracht. Ein ganz heißer Feger, das muss ich schon zugeben.«

»Ach, und wie sah sie aus? Kannst du sie mir genauer beschreiben?«, fragte er verblüfft.

»Eine schwarzhaarige Schönheit aus Stavanger. Ich glaube, du wolltest sie zu deinem großen Auftrag mitnehmen. Ihr habt verdammt verknallt ausgesehen, ihr zwei. Du hast mir damals auch ihren Namen gesagt, aber den hab ich leider vergessen.«

Skipper schluckte. Also hatte ihn die kurze Erinnerung an die Frau doch nicht getrogen. Der Schmerz, den er in ihrem Zusammenhang in seiner Brust gespürt hatte, war geblieben. Dennoch wusste er immer noch nicht, was das alles zu bedeuten hatte. Sein Gedächtnis weigerte sich, die Erinnerung freizugeben.

»Wie ich wirklich heiße und woher ich komme, das habe ich dir nicht zufällig erzählt, Roald?«, fragte Skipper, hatte aber keine große Hoffnung.

»Sagen wir mal so. Letztes Jahr im Sommer, als du hier ankamst, hast du deinen Namen mit Sicherheit kurz erwähnt, aber ich habe ihn nicht behalten. Keiner von uns. Wir alle hier haben dich ziemlich schnell nur noch Skipper genannt. Und du fandest das ja auch toll. Auf jeden Fall bist du Deutscher. Du hast mal erzählt, dass du aus dem Süden Deutschlands, aus Bayern, kommst, aber –«

»Aus Bamberg? Komme ich vielleicht aus Bamberg?« Aufgeregt hielt Skipper Roalds Hand wieder wie ein Schraubstock fest.

»Genau, aber du kannst mich wieder loslassen, Skipper. Und dann hast du andauernd dieses Bamberg mit Bergen verglichen, weil beide Städte Weltkulturerbe sind und so weiter und so fort. Wenn ich ehrlich bin, konnte ich es bald nicht mehr hören. Mitte August hat dich dein Kumpel Tom Romoeren dann endlich abgeholt. Du warst noch hier zum Mittagessen, dann bist du holterdiepolter mit Sack und Pack auf Toms Schiff und los.« Skipper schwirrte der Kopf. Tom Romoeren? Wer war das jetzt schon wieder? »Und damals hab ich dir das Päckchen zur Aufbewahrung gegeben?«

»Nein, nein. Das war viel später.«

»Später?«, echote Skipper zunehmend verwirrt.

Roald fuhr fort in seiner Schilderung der Ereignisse. »Dann hab ich erst einmal nichts mehr von dir gehört, bis du Anfang September plötzlich mit deinem Fischkutter hier wieder aufgetaucht bist.«

»Meinem Fischkutter? Ich kam mit einem Fischkutter zurück?«, fragte Skipper ungläubig. »Was wollte ich denn mit dem, zum Teufel?«

»Tja, da fragst du den Richtigen.« Roald zuckte mit seinen Schultern. »Mir hast du jedenfalls nichts gesagt. Stattdessen wolltest du unbedingt mein Telefon hinten in der Küche benutzen. Von dem hast du dann für über hundert Kronen telefoniert. Nach *tyskland*, aber nicht nur dahin. Du hast ziemlich fertig ausgesehen. Dann warst du mal da, dann wieder nicht, dann warst du da, dann wieder nicht. So ging das drei Tage lang, bis ein blonder Typ mit einem alten Laster aus Deutschland dich abgeholt hat.«

»Ein Typ mit einem Laster? Geht das vielleicht auch genauer?« Er verlor langsam den Überblick. Für jede Antwort tauchten drei neue Fragen auf.

»Nein, leider nicht«, sagte Roald Hagestad. »Ich kann dir nur sagen, dass der Typ in dem Laster etwas kleiner war als du und lange blonde Haare hatte. Ich hab ihn kurz durchs Fenster gesehen, hereingebeten hast du ihn nicht.« Er bedachte Skipper mit einem Blick, der wohl bedeuten sollte: »Wenn du dich mir damals anvertraut hättest, könnte ich dir jetzt vielleicht auch helfen. – Der Laster hatte ein deutsches Nummernschild. BA irgendwas«, fiel Roald noch ein.

»Und dann?« Skipper kam sich immer verlorener in seinem Leben vor.

»Dann seid ihr Richtung Hafen gefahren und verschwunden. Das war die *›Ha det bra, Roald. Jeg bare drar nå, men jeg kan ikke fortelle hvorfor‹-aksjon.* Mitte September letzten Jahres war Skipper dann nur noch Geschichte. Das Einzige, was von ihm übrig geblieben war, lag drüben auf der Theke in einem Briefumschlag. Als ich das Kuvert aufgemacht habe, war das hier drin. Bitte.«

Roald griff in seine Hosentasche und legte einen Schlüssel mit Anhänger vor sich auf den Tisch. Voller Neugier las Skipper, was auf dem alten zerkratzten Anhänger stand. »Papegøyedykker – Ålesund«. Fragend schaute er Roald an.

»Papageientaucher. Das ist der Name von dem Seelenverkäufer, mit dem du Anfang September hier angekommen bist. Liegt unten im Hafen. Und das hier ist der Schlüssel zu deinem abgetakelten Boot«, sagte Roald trocken.

»Was, Boot? Ein Boot habe ich auch?« Die Augen des frisch gebackenen Bootskapitäns wurden immer größer. »Entschuldige, aber ich muss sofort –«

Er machte Anstalten, aufzuspringen, um das Boot zu inspizieren, doch dieses Mal hielt Roald ihn am Arm fest. »Du bleibst schön hier«, sagte er streng. »Ich bin noch lang nicht mit dir fertig.« Er zog ihn wieder zurück auf seinen Stuhl. Die wenigen verbliebenen Gäste hatten wieder ihre Köpfe in ihre Richtung gedreht, aber Roald kümmerte das wenig. Trotzdem fuhr er in einem etwas gedämpfteren Ton fort.

»Ihr zwei wart also weg, verschwunden. Nur das Boot war noch da. Natürlich habe ich den Kahn gründlich untersucht, konnte aber nichts finden, was mir Aufschluss über dein komisches Verhalten gegeben hätte. Aber die vielen Metallteile im Laderaum und der nagelneue Schiffsdiesel kamen mir komisch vor. Eigentlich viel zu groß für den kleinen Kahn …«

»Metallteile?«, wiederholte Skipper völlig überfordert. Das, was er hier erfuhr, war das blanke Chaos.

»Ja, Metall und irgendwelche elektronischen Teile, die im Laderaum herumlagen. Sie sind mir deshalb aufgefallen, weil man so etwas ganz bestimmt nicht zum Fischfang braucht. Überhaupt war nichts Diesbezügliches auf deinem Kutter zu finden. Keine Netze, keine Treibangeln, kein Eis – nichts. Das Scheißding war völlig leer. Nur Wasser im Eisraum und das ganze Metall. Also habe ich dein Boot unten im Hafen vertäut und immer wieder mal nach dem Rechten gesehen. Bis du vor drei Tagen plötzlich wieder aufgetaucht bist.«

Er fiel fast vom Stuhl. »Was? Vor drei Tagen erst? Aber warum?«

»Du fragst mich andauernd Sachen, auf die ich keine Antwort weiß, mein Lieber. Auch darüber hast du mir nichts gesagt. Du hast dich nur tausendmal für die Umstände entschuldigt und mir dieses Päckchen hier gegeben. Du warst noch heftiger durch den Wind als im letzten Sommer. Und zum Schluss hast du mir eingeschärft, niemandem zu sagen, dass du hier warst. Dann bist du auch schon wieder verschwunden. Nicht mal gegessen hast du was.«

Skipper schaute Roald verzweifelt an und beschloss dann, mit offenen Karten zu spielen. Er krempelte den linken Hemdsärmel hoch und streckte Roald die Innenseite hin. »Kannst du mir sagen, was das ist?«, fragte er ihn.

Roald Hagestad betrachtete misstrauisch die Zahlenreihe, dann hatte er tatsächlich eine Idee. »Bevor du hier raus bist, hast du was von einem Treffpunkt gefaselt. Vielleicht haben die Zahlen ja etwas damit zu tun«, meinte er achselzuckend.

Ein Treffpunkt? Roald hatte den richtigen Knopf gedrückt. In Skippers Gehirn kam es zu größeren Turbulenzen. 58 43 4194 009 14 428? Koordinaten? Aber um das überprüfen zu können, musste er zum Pick-up zurück. Er würde sich später darum kümmern und jetzt erst einmal das Päckchen öffnen. Ungeduldig riss er das braune Papier auseinander. Zum Vorschein kam eine kleine weiße Pappschachtel, die mit einem roten Gummiring zusammengehalten wurde, wie man ihn für Einweckgläser verwendete. Er entfernte den Gummi hastig, dann hob er den Deckel.

Lagerfeld stellte das Auto etwa fünfzig Meter von seinem Ziel entfernt ab. Er hatte keine Lust, den Baron noch einmal herauszuklingeln und sich zu blamieren. Stattdessen würde er sich leise durch den Hof und nach hinten in den Garten schleichen, seine Jacke mit dem Handy holen und machen, dass er nach Hause in seine Noch-Single-Wohnung kam. Und dann würde sich endlich der Mantel des verdienten Schlafes über diesen schwärzesten Tag seines Lebens ausbreiten. Nebel war aufgezogen. Er war so dicht, dass Lagerfeld trotz Straßenbeleuchtung kaum die Hand vor Augen sehen konnte.

Seine Netzhaut stellte sich nur allmählich auf die Lichtverhältnisse ein, sodass er nur langsam vorankam. Um das Quietschen des Eingangstores zu vermeiden, stieg er vorsichtig über den hüfthohen Gartenzaun und schlich sich auf Zehenspitzen durch den Hof in den Garten. Dort herrschte eine düster-neblige Stimmung wie in alten Edgar Wallace-Filmen, aber Lagerfelds guter Orientierungssinn und noch besseres Improvisationstalent ließen ihn schließlich die Bank finden. Seine Hände tasteten die Sitzfläche ab – und tatsächlich: Seine Finger fanden das, wonach er gesucht hatte: Er spürte den Stoff seiner geliebten Jeansjacke. Gerade als er nach ihr greifen wollte, ertönte wenige Meter neben ihm ein Knirschen. Sofort erstarrte er und blieb regungslos in der Hocke sitzen.

Nein, bitte nicht! Das musste doch jetzt wirklich nicht sein, dass ihn der Baron nachts in seinem Garten erwischte. Das Knirschen wurde lauter. Ganz eindeutig Schritte auf Kies. Jemand war wie er im Nebel unterwegs und kam langsam und bedächtig näher, steuerte genau auf ihn zu. Lagerfeld überlegte kurz, ob er nicht auf sich aufmerksam machen sollte, überlegte es sich dann aber anders. Für heute hatte er sich häufig genug gerechtfertigt und würde lieber den unauffälligen, aber beschleunigten Rückzug antreten. Vorsichtig nahm er mit beiden Händen seine Jacke von der Bank, als die laute Stimme des Barons nur wenige Meter schräg vor ihm erschallte.

»Wer ist da? Kommen Sie heraus, oder ich schieße!«

Lagerfeld hielt es zwar für unmöglich, dass der Baron mit seiner Drohung ihn meinen konnte, zuckte aber trotzdem so heftig zusammen, dass ihm das Handy aus der Jackentasche rutschte. Mit einem lauten »Pock!« fiel es erst auf die Sitzfläche der Holzbank, dann mit einem kurzen trockenen Knirschen in den Kies.

Sekundenbruchteile später, Lagerfeld hatte keine Chance, auf das Missgeschick zu reagieren, fielen zwei Schüsse. Die beiden Ladungen groben Schrotes zerfetzten die Rückenlehne der Gartenbank, auf der vor einigen Momenten noch Lagerfelds Jacke gelegen hatte. Das zersplitterte Holz flog in alle Richtungen und Lagerfeld vor Schreck auf seinen Allerwertesten. Sein Mund öffnete sich zu einem Warnruf, aber dazu sollte es nicht mehr kommen. Ein starker Arm umschlang ihn von hinten, eine Hand legte sich über seinen Mund, ein zweiter Arm um seinen Brustkorb, dann wurde er in das Dickicht aus Schilf und Gebüsch gezogen.

Erschrocken versuchte Lagerfeld die Pranke zu entfernen, die sich auf seinem Gesicht breitgemacht hatte. Doch gegen solche Bärenkräfte hatte er keine Chance. Als der Angreifer merkte, dass er sich wehrte, packten die Arme noch kräftiger zu und schnürten ihm die Luft ab. All seine erlernten Judo- und Nahkampftechniken hatten gegen eine solche Urgewalt keine Chance. Dann hörte Lagerfeld plötzlich eine männliche Stimme leise an seinem Ohr flüstern.

»Hör mit dem Gezappel auf, Bernd, sonst sind wir beide im Arsch, verdammt noch mal. Hast du verstanden?«

Sofort stellte Lagerfeld alle Befreiungsversuche seinerseits ein, doch die Hand auf seinem Mund verharrte, wo sie war. Plötzlich tauchte nur wenige Meter vor ihm die Silhouette eines Mannes im Nebel auf. Er hielt eine doppelläufige Schrotflinte in der Hand, und Lagerfeld konnte undeutlich das fratzenhaft verzerrte Gesicht des Barons erkennen. Seine hektischen Blicke sprachen eine eindeutige Sprache. Er hatte Angst.

Irgendetwas verdammt Übles ging hier vor sich, das spürte Lagerfeld, während bunte Punkte vor seinen Augen zu tanzen begannen. Dann fiel aus näherer Entfernung ein weiterer Schuss, ein anderes Kaliber als zuvor. Lagerfeld sah, wie die Weste des Barons auf der rechten Brustseite knapp unterhalb der Schulter aufgerissen wurde. Blut quoll heraus. Die Gesichtszüge des Barons erschlafften, er konnte sich noch umdrehen, dann fiel wieder ein Schuss, und er kippte auf die Seite.

Lagerfelds Sauerstoffvorrat neigte sich derweil dem Ende entgegen. Der Nebel war nun überall, und Momente später versank sein Bewusstsein in einem tiefen, weichen Nichts.

In der mysteriösen Schachtel lag auf farbigem Krepppapier eine Ampulle mit einer durchsichtigen Flüssigkeit und ein zigarettenschachtelgroßes Gerät mit einem Display. Er versuchte die Schrift auf der Ampulle zu entziffern, aber der lateinische Fachbegriff sagte ihm nichts. Er legte Ampulle und Gerät vor sich auf den Tisch, merkte aber dann, dass er etwas übersehen hatte. Auf dem Schachtelboden, halb verdeckt vom Papier, lag ein Zettel. Er holte ihn heraus. Es war eine Art Kantinenplan, in dem auf Deutsch die Gerichte der vergangenen Woche aufgeführt waren. Am unteren Rand hatte jemand etwas hingekritzelt. Es sah aus wie eine Telefonnummer, die anschließend durchgestrichen worden war. Ratlos reichte er den Plan Roald.

»Sagt dir das irgendetwas?«, fragte er.

Roald schüttelte den Kopf. »Keine Ahnung. Aber 0049 ist die Landesvorwahl für Deutschland. Und das danach soll wohl eine Handynummer sein. Aber durch diesen dicken Strich kann die ja kein Mensch mehr entziffern.« Er zuckte mit den Schultern und wollte ihm den Kantinenplan zurückgeben, dann stockte er kurz und schaute ihn sich noch einmal genauer an. »Da steht noch etwas«, meinte er mit zusammengekniffenen Augen. »›Zwischen zehn und elf Uhr‹, aber man sieht's nur nicht auf den ersten Blick, da dem Kugelschreiber wohl zwischendurch die Tinte ausgegangen ist. Die Buchstaben haben sich aber trotzdem tief genug in das Papier eingedrückt.« Er gab ihm den Zettel zurück.

»Das ist alles?«, fragte Skipper halblaut. »Damit kann ich auch nichts anfangen. Und wer ich bin, weiß ich immer noch nicht.« Frustriert nahm er die leere Schachtel, drehte sie um und schüttelte sie, bis das Krepppapier herausfiel. Er untersuchte sie von allen Seiten und erstarrte. Auf dem Schachtelboden prangte ein großes schwarzes Hakenkreuz. Darunter standen zwei Buchstaben, groß und fett: »HS«. Und unter ihnen, etwas kleiner: »Deep Blue«.

Sprachlos starrte er das Hakenkreuz an. Weder das Nazisymbol noch der Begriff Deep Blue sagte ihm etwas. Angewidert stellte er die Schachtel auf den Tisch, schob sie von sich und sah zu Roald hinüber, der die plötzliche Stimmungsveränderung seines Freundes bemerkt hatte. Als er sich die Schachtel griff und sah, was auf dem Schachtelboden verewigt worden war, entglitten auch seine Gesichtszüge.

»In was für eine Scheiße bist du da nur hineingeraten, Skipper?«, sagte er tonlos, erhob sich und legte ihm eine Hand auf die Schulter. »Ich werde uns jetzt erst einmal einen Schnaps holen.« Nachdenklich ging er zur Theke und winkte einer seiner Bedienungen.

Am anderen Ende des Raumes, an einem Ecktisch neben der Eingangstür, saß ein Mann mit dunklem Vollbart. Schon seit über zwei Stunden beobachtete er unauffällig und professionell, was sich zwischen Roald und Skipper abspielte. Es war genauso hochinteressant wie rätselhaft. Der Wirt des Restaurants schien im großen Rätsel einen Part übernommen zu haben, von dem sie bisher noch nichts gewusst hatten.

Aber wenn er ehrlich war, wusste niemand im Moment besonders viel. Der Einzige, der das Rätsel lösen konnte und über alles Bescheid wusste, saß wenige Meter von ihm entfernt in diesem Raum. Allerdings war dessen Gedächtnis zweifellos noch immer im Urlaub, ansonsten hätte er ihn mit Sicherheit bereits erkannt. Dann wäre er auf keinen Fall dort drüben sitzen geblieben und hätte sich in aller Ruhe mit diesem wild aussehenden Typen unterhalten.

Seine Blicke hatten ihn bereits mehrfach gestreift, waren aber, ohne an ihm hängen zu bleiben, weiter durch den Raum und über andere Gesichter gewandert. Selbst jetzt, da nur noch wenige Gäste anwesend waren, war er ihm nicht aufgefallen. Die beiden machten einen rat- und hilflosen Eindruck, was nur bedeuten konnte, dass er noch einen langen Weg zu sich selbst vor sich hatte. Und natürlich war ihm nicht klar, dass nur sein Gedächtnisverlust der Grund dafür war, dass er noch lebte. Hätte auch nur der geringste Anlass zu der Annahme bestanden, dass er sein Umfeld verarschte und schon längst Bescheid wusste, würde er nicht mehr in aller Seelenruhe dort drüben sitzen und diese komische Schachtel anstarren.

Nein, er machte sich keine Illusionen: Würde er oder jemand anderes, der hinter ihm her war, ihn zwischen die Finger bekommen, wenn er sich erinnern konnte, dann wäre er so gut wie tot. Man würde ihn zum Reden bringen und dann töten. Und sicherlich würde es kein kurzer, schmerzloser Tod werden, denn er hatte sich mit Menschen angelegt, die gern töteten. Er selbst nahm sich von dieser Art ausdrücklich aus. Er gehörte nicht zu diesen hirnlosen Schlächtern, die Spaß am Morden hatten. Er tötete nur, wenn es die Lage unbedingt erforderte, nicht, weil es ihm irgendeine Befriedigung verschaffte. Wahrscheinlich war es den anderen sogar egal, ob er noch reden würde oder nicht, die würden ihn so oder so töten. Das waren Wahnsinnige.

Aber auch er verspürte Rachegelüste. Er hatte sich nicht an die Abmachungen gehalten. Das zog ganz automatisch ein Todesurteil nach sich, aber immerhin hatte er so viel Verstand, zu wissen, dass er damit noch Geduld haben musste. Das Geschäft hatte Vorrang, und würde er ihn zu früh erschießen, so würde es kein Geschäft mehr geben. Das größte Geschäft seines Lebens. Und zwar nicht nur für ihn, sondern auch für alle anderen. Aber dieser Typ dort drüben würde ihm dieses Geschäft nicht vereiteln, da hätte er schon früher aufstehen müssen. Seine Hände krampften sich um die Waffe unter seiner Jacke. Er würde die Beherrschung nicht verlieren, er war nicht wie die anderen, er nicht. Er atmete tief durch, ließ die Beretta wieder los und nahm mühsam beherrscht einen Schluck von seinem Wein.

Albrecht Kaim, Pilot und Mechaniker in Personalunion der überschaubaren Fluglinie »Fiesder Airlines«, stand in dem kleinen beleuchteten Hangar am Ortsrand von Hohengüßbach. Es war ein harter Tag gewesen. Sein Chef, der Hohengüßbacher Bauunternehmer Georg Fiesder, hatte von Baustelle zu Baustelle geflogen werden müssen. Den letzten Flug hatte Albrecht Kaim bei aufziehendem Nebel und absoluter Dunkelheit absolviert. Es war kurz vor Mitternacht, sein Chef war erst vor wenigen Minuten abgedampft, und es reichte ihm für heute. Den Helikopter hatte er für den morgigen Tag bereits wieder aufgetankt, jetzt trug er in seinem wohlverdienten Feierabend noch die Daten des heutigen Arbeitstages in das Flugbuch ein. Er war fast fertig, als am Rande der kleinen Wiese unter einer Trauerweide direkt am beleuchteten Schild »Flugfeld« ein alter Lastwagen hielt. Albrecht Kaim sah auf, konnte die Beschriftung der Lkw-Plane aber nicht genau erkennen, weil es dunkel war und der Hubschrauber ihm den direkten Blick versperrte. Eine Autotür fiel ins Schloss, dann kam ein großer, kräftiger Mann mit federnden Schritten auf ihn zu. Albrecht Kaim beendete seine Eintragungen ins Flugbuch, dann ging er dem Ankömmling in seinen verölten Flugzeugmechaniker-Klamotten entgegen.

»Was kann ich für Sie tun?«, fragte er höflich und bemerkte, dass die Hose des Mannes bis über die Knie durchnässt war.

Sein Gegenüber schaute sich kurz nach rechts und links um, dann streckte er die Hand aus und sagte freundlich und zuvorkommend: »Schmitt, Bernd Schmitt! Eigentlich wollte ich Ihren Chef sprechen, Herrn Fiesder. Der ist nicht zufällig da?« Wieder schaute er sich nach allen Seiten um.

Albrecht Kaim schüttelte den Kopf. »Nein, um Gottes willen. Auf den Baustellen tut sich in der Nacht nichts, also gibt es keinen Grund für Herrn Fiesder, auf seinen heiligen Schlaf zu verzichten. Worum geht's denn, wenn ich fragen darf?« Wieder beäugte er misstrauisch die patschnassen Beinkleider dieses Bernd Schmitt.

»Ich hatte für morgen früh zehn Uhr einen Rundflug für vier Personen gebucht und wollte sicherheitshalber nachfragen, ob alles klargeht.«

Albrecht Kaim zuckte zusammen. Rundflug? Da war schon wieder etwas schiefgelaufen. Eben noch hatte er den Flugplan für morgen durchgesehen, und ganz sicher war da kein Rundflug mit einem Herrn Schmitt eingetragen gewesen, sondern nur Baustellenbesuche mit seinem Chef, Georg Fiesder. Noch dazu in aller Herrgottsfrühe. Er würde jede Wette eingehen, dass sein egozentrischer Boss den Termin wieder einmal zugesagt hatte, ohne ihn mit ihm abzusprechen. Der Mann würde ihn noch ins Grab bringen.

»Entschuldigen Sie«, sagte er bedauernd, »aber da kann etwas nicht stimmen, Herr Schmitt.« Er bedeutete ihm zu folgen, während er zum Hangar zurückging. Dort beugte er sich über die noch immer aufgeschlagenen Seiten des Flugbuches und zeigte auf die Spalte für den nächsten Tag.

»Sehen Sie hier, Herr Schmitt, leider ist Ihr Flug für morgen nicht eingetragen. Ich weiß ja nicht, mit wem Sie gesprochen haben, Herr Schmitt, aber da muss ganz offensichtlich –« Er hob den Kopf, um seinen spätabendlichen Besuch anzublicken, als ihn ein Faustschlag im Gesicht traf. Albrecht Kaim legte sich flach und machte bewusstseinsmäßig erst einmal eine längere Siesta.

Der Mann mit dem vorgeblichen Namen Schmitt packte den bewusstlosen Kaim und zerrte ihn in den Hangar. Er legte den Bewusstlosen in dem Raum, in dem das Flugbenzin aufbewahrt wurde, auf den staubigen Boden und verriegelte die Tür mit einer massiven Fahrradkette, die er zu diesem Zweck versteckt bei sich getragen hatte.

In dem kleinen Flugplatz-Büro musste er nicht lange nach dem Schlüssel für den Hubschrauber suchen. An einem Brett an der Wand hing ein einziger Schlüsselbund, unter dem groß und breit »Heli« geschrieben stand. Mit diesem ging er zum Hubschrauber, wo der kleine Chip in der Schlüsselummantelung sofort von der Bordelektronik erkannt wurde und die Tür sich mit einem leisen Piepen entriegelte. Er nahm auf dem Pilotensitz Platz und versorgte die Instrumente mit einer halben Drehung des Schlüssels erst einmal mit Strom. Die Elektronik erwachte blinkend und aufleuchtend zum Leben.

Ein verhaltenes Lächeln stahl sich auf sein Gesicht. Das hier war nicht irgendein Wald- und Wiesenhüpfer, nein, Bauunternehmer Georg Fiesder hatte sich einen Eurocopter gegönnt, einen EC-135. Als er die gelbe Lackierung gesehen hatte, hatte er sich allerdings das Lachen verbeißen müssen: definitiv ein ausrangierter Rettungshubschrauber vom ADAC. Auf der einen Seite war noch der Name »Christopher« zu lesen, der auf der anderen großzügig mit plakatähnlichen Konterfeis des Bauunternehmers überklebt worden war. Trotzdem war der Heli ein richtiges Lasttier und fast dreihundert Kilometer pro Stunde schnell. Genau das, was er jetzt brauchte. Der Tank schien voll zu sein, also würde er damit circa sechshundert Kilometer weit kommen. Bis zu seinem Ziel musste er ihn noch irgendwo auftanken, aber auch das würde er schon hinkriegen. Es gab genügend einsame Flugplätze, von denen er wusste und auf denen er sich Flugbenzin beschaffen konnte. Und vor morgen früh würde hier niemand den fehlenden Hubschrauber bemerken. Das Zeitfenster für sein Vorhaben war groß genug.

Er startete das Triebwerk. Während er es warm laufen ließ, stieg er wieder aus der Pilotenkanzel und sprintete zum Lastwagen zurück. Mit leichtem Schlingern brachte er das schwere Fahrzeug neben dem bereits laut pfeifenden Hubschrauber zum Stehen und schlug eine der seitlichen Lastwagenplanen mit der Aufschrift »Kaliko« zurück. Obwohl die Rotoren sich nur im Leerlauf drehten, bereitete ihm die schwere Plane größte Mühe, da sie von den Böen, die die Rotorblätter erzeugten, hin und her flatterte.

Auf der Ladefläche lag ein bewusstloser Mann, sein Kopf war auf eine Jeansjacke gebettet. Er packte den Mann, hievte ihn sich über die Schulter, dann griff er mit der freien Hand seine Jacke und schleppte alles zusammen zum Hubschrauber hinüber. Er legte den Mann in den großen Laderaum, der bis zu eineinhalb Tonnen Nutzlast befördern konnte, bettete seinen Kopf wieder auf die zusammengefaltete Jacke, dann warf er die Schiebetür des Laderaums zu und setzte sich in die Kanzel. Kurz überprüfte er die Papiere des Helikopters, bevor er sich grimmig lächelnd den Pilotenhelm aufsetzte. Er hatte das Fliegen eines Hubschraubers von der Pieke auf gelernt. Bei all dem ganzen Wahnsinn, der gerade in seinem Leben passierte, war das Helifliegen eher als ein positiver Höhepunkt zu verbuchen.

Bevor er startete, führte er noch ein kurzes Gespräch über den Bordfunk. In Deutschland gab es Formalitäten, die immer und überall eingehalten werden mussten. Nach wenigen Minuten war endlich alles bereit. Er überprüfte die Instrumente am Panel vor sich, zog am Steuerknüppel, und der gelbe Helikopter des oberfränkischen Bauunternehmers Georg Fiesder hob bereitwillig von seinem betonierten Standplatz ab. Zügig beschleunigte er auf über zweihundertfünfzig Stundenkilometer und schoss dann in Richtung Norden davon. Nur ein Lkw mit einer vom Wind der Rotoren zerfetzten Plane, auf der mit viel Mühe die Aufschrift »Kaliko« zu entziffern war, zeugte einsam und verlassen in der Dunkelheit von dem Vorfall.

Die Biber waren verärgert. Nein, eigentlich war das der falsche Ausdruck: Sie waren bis aufs Äußerste genervt. Erst waren sie mühsam vom Main aus in dieses kleine Flüsschen abgebogen und es hinaufgewandert, dann, nachdem sie eine laute Menschensiedlung hinter sich gelassen hatten, hatte sich vor ihnen urplötzlich das Paradies aufgetan. Hinter dem letzten Haus eines Ortes weitete sich die Landschaft zu einem idyllischen Tal. Das Flüsschen mäanderte sanft durch Wiesen, und Bäume, die man für diverse Biberzwecke fällen konnte, gab es auch genug. Besonders der große Garten mit den Obstbäumen sah sehr vielversprechend aus. Deren Holz war wahrscheinlich zu hart, um es durchzunagen, aber im Schatten der Bäume konnte man bestimmt gut Pause machen. Eine richtige Bibercasa mit Ringelpiez und Anfassen.

Da der Platz ideal war, fingen sie umgehend an, das Stück Natur in ihrem Sinne umzugestalten. Zuallererst musste ein Damm her, denn bevor man an die Gründung einer Bibersippe denken konnte, musste das Zuhause gesichert sein. Nach alter Sitte musste der Wasserspiegel dafür drastisch erhöht werden. Zwei arbeitsreiche Nachtschichten und ein paar gefällte Erlen später war sie denn auch schon bezugsfertig: die Biberburg à la Baunach.

Jetzt konnte man also unverzüglich zum schönsten Teil der Übung übergehen: der Bibervermehrung, im Nageridiom auch einfach »Bibern« genannt. Schon nach wenigen Tagen bemerkte die Biberin, dass sie trächtig war, somit konnte das Bibern, sehr zum Missfallen des Herrn der Schöpfung, umgehend eingestellt werden. Ein bisschen Bibern auf der Baustelle war stets eine willkommene Abwechslung, um Streit zu schlichten oder einfach nur den Stress abzubauen, denn auch bei Bibers herrschte auf dem Bau nicht immer eitel Sonnenschein. Besonders dann, wenn man seine allererste Biberfamilie in Angriff nahm. Der junge Biber wollte einerseits natürlich auch in der Bauphase seinem Weibchen imponieren, andererseits so schnell wie möglich die Baustelle abhaken, damit er mit seiner Angebeteten endlich wieder bibern konnte. Allerdings bedeutete das in ihren kritischen Augen eindeutig Schluderei. Außerdem war sie bereits trächtig, wozu also noch bibern? Im Gegensatz zu ihrem männlichen Part war sie genau und äußerst strukturiert. Hier war ein Zweig zu viel, dort ein Ast zu dick. Pausenlos hatte sie etwas zu meckern und verlangte Nachbesserungen in ihrem Sinne. Das nervte. Und wenn er sich dann mal unter einen Haselnussbusch am Ufer zurückzog, um sich zu erleichtern und ein wenig zu meditieren, kam sie auch schon nach wenigen Minuten wieder angewatschelt und machte Ansagen, er solle endlich wieder arbeiten. Er habe jetzt genug herumgehockt, kaute sie ihm ein Ohr ab. Inzwischen ging ihm das alles gründlich auf den Senkel, und er versank in einer massiven Sinnkrise.

Und dann kam auch noch dieser Mensch. Dieser neidige Nachbar und Besitzer des Obstgartens. Fürs Erste konnte man ja einfach untertauchen, wenn der Typ antrabte und irgendetwas herüberschimpfte, aber dann rückte er mit so einem Minibagger an und zerstörte den mühsam gebauten Damm komplett, sodass sie ihn wieder errichten mussten. Zwei Mal hintereinander ging das Spielchen so, aber nachdem sie die Biberburg zum dritten Mal wiederaufgebaut hatten, größer und schöner als je zuvor, gab der Mensch endlich auf und zog ab.

Aber was heißt eigentlich, »sie hatten die Biberburg wiederaufgebaut«? Ganz allein hatte er in drei Nächten alles wieder reparieren müssen, denn *sie* konnte ihm dabei ja nicht helfen, *sie* war ja trächtig, *sie* musste ja stolz wie Harry mit vorgerecktem Bauch durch die Gegend stolzieren.

Nach der dritten Nacht war er so platt gewesen, dass er nur noch schlafen hatte wollen – und zwar allein. Und natürlich war sie ausgerechnet da zu ihm gekommen und hatte angedeutet, mit ihm bibern zu wollen. Als Belohnung sozusagen. Aber er hatte sich nicht mehr dazu aufraffen können, beim besten Biberwillen nicht. Deshalb war sie nun sauer, fühlte sich zurückgewiesen und verletzt. Der Biberburgsegen hing also mächtig schief.

Und dann waren plötzlich diese ganzen Menschen auf dem Gartengrundstück erschienen. Überall herrschte mit einem Mal Krach und Hektik. Sie mussten an den berühmten Biberdichter Wilhelm Busch denken, der einmal, so oder so ähnlich, gesagt hatte: »Der Mensch wird meist als Lärm empfunden, weil er mit Geräusch verbunden.«

Und diese lärmenden Geräusche schienen den ganzen Tag lang kein Ende nehmen zu wollen. Erst gegen Abend, als die Sonne langsam am Horizont verschwand und sich die Frühjahrsnebel über das Geschehen legten, kamen auch die Menschen langsam wieder zur Ruhe. Aber die friedliche Stille währte nicht lang.

Der Bibermann hatte nur kurz den Wasserspiegel kontrollieren wollen, als er die lauernde Gefahr spürte. Ein leises, regelmäßiges Knirschen im Kies, er kannte das Geräusch. Es stammte von einem schleichenden Raubtier. Er presste sich, so platt er konnte, auf den nassen Wiesenboden und horchte in die Dunkelheit hinein.

Eine Minute lang passierte nichts, dann hörte er plötzlich ein lautes »Pock!«. Etwas war heruntergefallen. Erschrocken hielt er den Atem an. Eine Sekunde später fiel ein Schuss, dann noch einer und anschließend etwas sehr Schweres zu Boden. Vorsichtig glitt er ins Wasser zurück. Nur seine Augen und die Schnauze schauten noch heraus. Seine Neugierde überwog seine Angst: Er wollte wissen, was hier vor sich ging. Er beobachtete, wie eine Gestalt mit einer Art langem Rohr in der Hand im Nebel auftauchte, dann gingen in den Nachbarhäusern die Lichter an, und man konnte die aufgeregten Stimmen von Menschen hören. Die Gestalt mit dem Rohr drehte sich um und verschwand mit schnellen Schritten.

Kurze Zeit später erschien aus derselben Richtung, in die der Mann zuvor verschwunden war, ein weiterer Mann, der einen anderen auf der Schulter trug. Er lief bis zum Ufer und durchquerte direkt vor dem Biberdamm das kleine Flüsschen. Der Bibermann hielt seine Schnauze in die Luft, und tatsächlich kam ihm der Geruch des Mannes bekannt vor.

Erst jetzt tauchte seine verschlafene Frau aus dem Bau auf und fragte, was überhaupt los sei. Im Garten waren mittlerweile schon wieder Menschen, und kurz danach tauchte auch ein Auto mit Blinklicht auf, das einen kranken Mann mitnahm.

Der Bibermann kapierte überhaupt nichts mehr. Jedenfalls konnten sie diese Nacht vergessen, denn bei diesem Halligalli konnte ja kein Biber schlafen – nicht mal seine Frau. Gemeinsam zogen sie sich ins Innere der Biberburg zurück und schmollten ob der Störung ihrer Nachtruhe. Irgendwie hatten sie sich den Beginn ihres Biber-Start-ups anders vorgestellt.

Er hatte noch einen Apfelbrand mit Roald getrunken, der ihm lächelnd erklärt hatte, er selbst habe das Destillat im letzten August mitgebracht. Damals habe er Roald auferlegt, ausschließlich dann von diesem Brand zu trinken, wenn er dabei sei. Da die Flasche bereits zur Hälfte geleert war, musste er mit Roald schon des Öfteren gebechert haben.

Roald hatte ihm anschließend angeboten, bei ihm zu übernachten. Er hatte das Angebot dankend angenommen, aber vorher wollte er noch zum Pick-up, um die Zahlen zu überprüfen, und danach zu seinem Boot. Vielleicht fand er dort ja etwas, was seinem Gedächtnis auf die Sprünge helfen würde.

Die beiden Männer erhoben sich und gingen zum Ausgang des »Tracteursted«. Außer ihnen waren nur noch zwei Gäste im Raum, die nun aber auch aufbrachen. Schweigend ging Skipper mit Roald durch die alten Gassen zu seinem Pick-up, setzte sich ins Auto, bat Roald, auf dem Beifahrersitz Platz zu nehmen, und krempelte dann den linken Hemdsärmel nach oben, sodass die Zahlen zum Vorschein kamen. Es war immerhin eine Möglichkeit.

Er kramte den Garmin aus dem Handschuhfach und schaltete ihn ein. Nach wenigen Sekunden leuchtete das Display auf und zeigte einen großen digitalen Kompass. Darunter war ein Eingabefeld für etwaige GPS-Daten. Skipper trug die Zahlen 58 43 4194 009 14 428 ein, dann berührte er das Feld »Berechnen« auf dem Touchscreen. Nach nur wenigen Sekunden erschien ein geografischer Punkt auf dem kleinen Bildschirm.

»Das gibt's ja nicht!«, entfuhr es Roald. »Das kann kein Zufall sein, dass deine Zahlen Koordinaten sind. Jede Wette, dass das dein Treffpunkt mit wem auch immer ist.« Er fühlte sich in seine Kinderzeit zurückversetzt, als er noch von Schatzkarten und Seeräuberschiffen geträumt hatte.

Skipper hatte es derweil die Sprache verschlagen. Um seine Hoffnung zu dämpfen, hatte er sich eingeredet, wenn es denn Koordinaten wären, würden sie zu einem Punkt irgendwo im Atlantik oder der Ostsee gehören. Aber mitnichten. Das karierte Fähnchen auf dem Display steckte in einer Stadt. Und zwar exakt im Stadtkern einer der südlichsten Städte Norwegens: Risør.

»Dann eben Risør«, sagte Skipper schließlich. Er kam sich vor wie bei einer Schnitzeljagd. Er würde jetzt von einem Hinweis zum nächsten eilen, und wehe, er würde das Rätsel der jeweiligen Station nicht lösen, dann hätte er ein Problem. Aber zumindest das Geheimnis der Zahlen hatte sich ihm jetzt offenbart.

Er atmete tief durch, schaltete den Garmin wieder aus und stopfte ihn zusammen mit seinen wenigen Habseligkeiten in einen alten abgewetzten Seesack, den ihm Roald gegeben hatte. Gemeinsam machten sie sich anschließend auf den Weg zu seinem Boot, das nur etwa hundertsiebzig Meter Luftlinie von seinem Pick-up entfernt am alten Hafenkai vertäut lag, direkt vor der traumhaften Kulisse der Altstadt Bryggen.

Beim Anblick des Kutters bildeten sich zahlreiche Falten auf seiner Stirn. Der Name »Papegøyedykker – Ålesund« war nur noch mit gutem Willen und reichlich Phantasie am Bug zu erkennen. Außerdem stank es aus dem Unterdeck anmaßend penetrant nach Trockenfisch. Das Schiff sah aus, als würde es jeden Moment den Löffel abgeben. So ein Wrack hatte er in seinem Leben noch nicht gesehen – jedenfalls nicht in dem Leben, an das er sich erinnerte. Seufzend kletterte er an Bord und sah sich um. Der Kahn bestand nur mehr aus Rost und abgenutztem Holz, das zudem noch ungepflegt war. Das Boot war zwar keine Schönheit, entpuppte sich aber bei genauerem Hinsehen als überraschend robust. Vor allem der Diesel musste erst neu eingebaut worden sein. Als Skipper schließlich nach unten in den Laderaum des Seelenverkäufers stieg, wartete Roald am Kai.

Im hintersten Eck des Raums, aus dem es am schlimmsten nach Fisch stank, lagen die besagten Metallteile in einem großen Behälter, der eigentlich für die Eisaufbewahrung gedacht sein musste. Das Holz am Boden der großen Eiskiste war grün von dickem Algenbelag. Vor Kurzem musste die Kiste noch voller Wasser gewesen sein. Dann betrachtete Skipper das Metall. Aber abgesehen davon, dass er keine Ahnung hatte, wofür diese Art Metall einmal gedient haben konnte, war auch das so voller Algen, als hätte es bereits hundert Jahre am Meeresboden gelegen. Zudem hafteten an dem Blech noch kleine Muscheln und sonstiger Bewuchs. Nein, auch dieses Boot brachte ihn nicht weiter.

Nach einer Stunde gründlichster Suche hatte er genug, steckte ein kleines Stück Blech in seine Hosentasche und kletterte wieder an Land. Roald, der sich auf die Hafenmauer gehockt hatte, erkannte an seinem enttäuschten Gesichtsausdruck, dass er auf keine weiteren Informationen gestoßen war.

»War wohl ein Schlag ins Wasser?«, fragte er mitfühlend und Skipper nickte. »Wie wär's jetzt mit ein bisschen Schlaf? Morgen ist auch noch ein Tag.«

Skipper überlegte. Eigentlich war er völlig übermüdet und könnte die Ruhe gut gebrauchen. Dennoch schüttelte er nach einem Blick auf seine Armbanduhr entschlossen den Kopf. »Nein, Roald, geh allein nach Hause. Du hast genug für mich getan, und ich kann jetzt sowieso nicht schlafen. Ich werde mich auf den Weg nach Risør machen. So wie es auf dem GPS aussah, brauche ich bis dahin mindestens acht Stunden. Wenn ich die Nacht durchfahre, werde ich morgen früh dort sein. Außerdem will ich dich nicht weiter in diese Sache mit hineinziehen.«

Roald nickte langsam. Er wusste, dass Skipper recht hatte. Hier in Bergen vergeudete er nur seine Zeit. Er umarmte ihn. *»Pass pa deg, min ven.«*

Skipper hielt ihn einen Moment lang sehr fest. Mit Roald verabschiedete er sich gerade vom einzigen Menschen auf dieser Welt, dem er im Moment vertrauen konnte.

»*Jeg kommer tilbake.* Dann wirst du alles erfahren, und wir werden die Flasche Apfelbrand zusammen leeren, das verspreche ich dir, Roald.«

Er wandte sich um und ging zu seinem Wagen zurück. Er musste noch volltanken, und die Tankstellen in Bergen würden wahrscheinlich bald schließen.

Roald schaute ihm mit einem unguten Gefühl hinterher. Aber was hätte er noch für ihn tun können? Seufzend ging er durch die Gassen zum »Bryggen Tracteursted« zurück. Die Restaurantbeleuchtung war bereits ausgeschaltet, seine Bedienung hatte alles für den morgigen Tag vorbereitet und Feierabend gemacht. Als er durch den Hintereingang eingetreten und die Tür hinter ihm ins Schloss gefallen war, spürte er plötzlich, dass er nicht allein war. Irgendwer oder -etwas lauerte vor ihm in der Dunkelheit. Seine linke Hand tastete nach dem Lichtschalter neben der Tür, doch bevor sie auch nur in dessen Nähe kam, traf ihn ein brutaler Schlag gegen das Knie. Er spürte, wie ihm das Bein mit einem furchtbaren Schmerz nach außen wegknickte, dann kippte er mit einem lauten Stöhnen auf die Seite und ging zu Boden. Seine Augen suchten in der Dunkelheit vor ihm verzweifelt nach seinem Angreifer, aber erfolglos. Der zweite Tritt mit einem schweren Stiefel traf ihn direkt im Gesicht. Er hörte, wie sein Nasenbein brach, dann lief ihm Blut seitlich über das Gesicht und tropfte auf den Boden. Mit dem darauf folgenden Schlag verlor Roald Hagestad das Bewusstsein.

An der Ausfallstraße Richtung Ytre Arna fand er eine Tankstelle, die ihm noch Benzin verkaufte. Dort erfuhr er auch, dass die Tankstelle in Odda die ganze Nacht hindurch geöffnet hatte. Also konnte er den Wagen dort wieder auftanken und auf jeden Fall bis zur Südküste durchfahren.

Seine Hände schlossen sich fest um das Lenkrad des Pick-ups. Auf dem Zettel, den er in der Schachtel gefunden hatte, war notiert worden: »zwischen zehn und elf Uhr«. Er würde den Termin einhalten, und wenn er dafür eine Koffeinvergiftung in Kauf nehmen musste. Dann konnte er nur noch hoffen, dass die angegebene Zeit auch für morgen galt und jemand am Treffpunkt auftauchte.

In dem Tankstellen-Shop hatte er sich einen starken Kaffee genehmigt, und auf dem Beifahrersitz kullerten vier Dosen Red Bull. Das sollte reichen, um wach zu bleiben.

Das monotone Brummen des Wagens half ihm, innerlich ruhiger zu werden. Er gab Gas. Er musste sich beeilen und das eine oder andere Tempolimit ignorieren, sonst würde er die letzte Fähre von Eidesvagen über den Hardanger nach Jondal verpassen, was einen gigantischen Umweg über Lillehammer oder Skien zur Folge haben würde. Zusätzliche Fahrtstunden konnte er heute nicht gebrauchen. Kurz hinter Ytre Arna ließ er die urbane Bebauung des Großraumes Bergen hinter sich und tauchte mit seinem Nissan ein in die nächtliche norwegische Fjordlandschaft.

Kriminalhauptkommissar Franz Haderlein hatte trotz des brutalen Mordfalles tags zuvor sehr gut geschlafen. Der Rotwein des Barons war ein ausgezeichneter Stimmungsaufheller gewesen, ein wirklich guter Tropfen – und dazu noch eines der besten Schlafmittel, das ihm bisher untergekommen war. Kaum dass er die Haustür hinter sich geschlossen hatte, hatte ihn auch schon eine bleierne Müdigkeit überfallen. Ausnahmsweise hatte er auf die paar Minuten Fernsehen verzichtet, die er normalerweise zum Müdewerden und Abschalten brauchte, und war gleich zu seiner Manuela ins Bett gekrochen. Sie hatten sich noch ein paar Nettigkeiten zugeflüstert und waren dann beide sanft entschlafen.

Als weniger sanft erwies sich allerdings die Aufwachprozedur in der Judenstraße 1, die mitten in der Nacht stattfand. Zuerst klingelte lästigerweise ein Handy, dann, als Haderlein sich im Halbschlaf zu seiner Manuela umdrehte, spürte er nicht etwa wohlriechende, zarte Frauenhaut unter seiner suchenden Hand, sondern die eines sehr erfreuten und kurzhaarigen rosa Ferkels.

»Riemenschneider!«, rief er empört mit halb geöffneten Augen. »Du weißt ganz genau, dass du in unserem Bett nichts verloren hast. Los, raus hier! Und zwar sofort!«

Auch Manuela Rast gab daraufhin im Halbschlaf einen protestierenden Laut von sich und versuchte mit einer ungelenken Bewegung den kleinen ungebetenen Störenfried zu entfernen. Doch Riemenschneider machte keinerlei Anstalten, den dringlichen Aufforderungen ihrer Herrchen Folge zu leisten, sondern stakste stattdessen mit ihren vier kurzen Beinchen quer über das Bett. Die wilden Proteste der beiden übermüdeten Bettbewohner, die weiterschlafen wollten, störten sie nicht im Mindesten. Bald darauf spürte Haderlein eine kleine raue Zunge, die über die Bartstoppeln seiner einen Gesichtshälfte fuhr. Genauso wie Beethovens Neunte, die sein Handy als Klingelton permanent absonderte, versuchte er auch die Zunge zu ignorieren, doch als Riemenschneider sich seiner Nase näherte, war der Spaß endgültig vorbei.

»Jetzt reicht's aber!«, donnerte er und richtete sich im Bett auf. Manuela Rast drehte sich auf der anderen Bettseite zwar missmutig zu ihm um, wollte aber ansonsten mit dem Radau nichts zu tun haben. In ihrer Beziehung mit einem Kriminalbeamten war sie an nächtliche Spektakel dieser Art gewöhnt, wies allerdings jegliche Einmischung ihrerseits weit von sich. Sie hatte wahrlich andere Arbeitszeiten als ihr Liebster.

Die Riemenschneiderin saß derweil vor Haderlein auf der Bettdecke und schaute erst ihn und dann sein Mobiltelefon vorwurfsvoll an. Jetzt erst realisierte er, dass sein Handy klingelte. Verzweifelt blickte er auf die Uhr. Es war kurz vor Mitternacht, er hatte gerade mal zwei Stunden geschlafen. Was war denn jetzt schon wieder los, verdammt noch mal?

»Was gibt's?«, bellte er ins Telefon, während Riemenschneider vom Bett hüpfte und sich mit einem triumphierenden Gesichtsausdruck vor das Nachtkästchen hockte. Ihrem Herrchen beim Telefonieren zuzusehen war immer sehr unterhaltsam, besonders wenn es nicht ausgeschlafen war – so wie jetzt, denn Herrchen Haderlein war ja gerade erst ins Bett gegangen. Hätte Riemenschneider grinsen können, so hätte sie es jetzt getan, doch selbst hochbegabten Polizeischweinen bleiben gewisse Dinge aus anatomischen Gründen auf ewig verwehrt. Haderlein für seinen Teil stand in Unterhose mittlerweile auf dem Flur und sprach mit dem Anrufer. Nein, sprechen war der völlig falsche Ausdruck, viel eher fauchte Franz Haderlein sein Gegenüber an und hätte wohl am liebsten und auf der Stelle sein Handy gefressen.

»Was, bitte? Wer? – Der Baron liegt im Krankenhaus? – Hoher Blutverlust? – Wird gerade operiert? – Jetzt reden Sie doch nicht so durcheinander, verdammt noch mal, das ist ja völlig chaotisch, was Sie da erzählen. Geht das vielleicht auch ein bisschen präziser?«

Riemenschneider beobachtete, wie ihr Kommissar zuhörte und sich seine Miene währenddessen immer mehr verdunkelte. Es dauerte nicht lang, dann unterbrach er seinen Gesprächspartner wieder.

»Was soll das heißen, Schussverletzung? Gibt's denn irgendwelche Zeugen für den ganzen Vorfall? – Aha, und wo ist seine Haushälterin jetzt? – Wird psychologisch betreut und ist nicht vernehmungsfähig? Na super. Ist die Spurensicherung schon da? – Gut, dann komm ich gleich vorbei. Oder nein –« Ihm war eingefallen, dass er ja gar kein Auto hatte. »Habt ihr schon den Kollegen Lagerfeld angerufen, der soll mich von zu Hause abholen. – Wie, der geht nicht ran?« Haderlein kochte vor Wut. Wie er Lagerfeld kannte, hatte der sich entweder in seinen Schmollwinkel zurückgezogen und alle Kontakte zur Außenwelt abgebrochen oder aber sich spontan mit seiner Ute versöhnt – was allerdings zum gleichen Ergebnis führte. Na, das würde er ihm irgendwann heimzahlen. Warum war er nicht Postbeamter, Bankkaufmann oder irgendetwas anderes mit geregelten Arbeitszeiten geworden, wenn er keine Lust hatte, nachts geweckt zu werden?

»Okay, dann schickt mir eben eine Streife vorbei. Und lasst Lagerfeld pennen«, sagte er in einem spontanen Anfall von Gutherzigkeit, »der arme Kerl hatte gestern wirklich einen Scheißtag. Der wär wahrscheinlich noch ungenießbarer drauf als ich, und ich kann mir kaum vorstellen, dass ihr das wollt.«

Riemenschneider beobachtete, wie sich das Gesicht ihres Kommissars während der erschrockenen Antwort des Gesprächspartners sichtlich aufhellte. Wortlos grinsend legte er auf, dann drehte er sich zu ihr um und beäugte sie mit nachdenklichem Blick.

»Du und Honeypenny, ihr seid wirklich das Hartnäckigste, was auf Gottes Erdboden herumläuft«, stellte er fest, dann kalkulierte er den weiteren Ablauf durch. Jemand hatte auf den Baron geschossen. Warum? Gute Frage, nächste Frage. Er würde sich erst einmal alles vor Ort besehen. Apropos Ort, es war an der Zeit, die Toilette aufzusuchen.

Als er sich auf dem Ring der Erleichterung niederlassen wollte, stand da allerdings schon ein Ferkel, die Vorderfüße auf den Toilettendeckel gestützt, und schaute ihn hoffnungsfroh an. Er wusste, was das bedeutete. Seufzend klappte er den Klodeckel nach oben, hob Riemenschneider hoch und hielt ihr kleines Hinterteil direkt über das Becken. Riemenschneider spreizte ihre Hinterfüße weit nach außen und entleerte sich ausgiebig und mit einem seligen Gesichtsausdruck. Anschließend nahm ihr Herrchen etwas von dem Toilettenpapier, legte sie trocken und stellte sie dann wieder auf den Boden der Tatsachen zurück. Hoch erhobenen Hauptes entschwand das kleine Ferkel seinem Sichtfeld.

Endlich konnte Haderlein sich niederlassen. Es hatte lange gedauert, seinem Ferkel diese Technik beizubringen, aber es ersparte ihm das langwierige Gassigehen durch die Bamberger Innenstadt und außerdem sehr viel Ärger mit einer gewissen Lebenspartnerin, die dagegen protestiert hatte, dass in ihrem Wohnbereich kleine Ferkel wie ein Mensch auf den Toilettendeckel gesetzt wurden. Wie dem auch sei, das Problem war durch diese Technik erfolgreich behoben worden.

Anschließend machte er einen Abstecher ins Bad, das von der Toilette getrennt war, da dort Hosen und Hemden für den Notfall lagen, wenn er sich nicht im Schlafzimmer anziehen konnte. Seine Arbeitszeiten waren schon schlimm genug, da musste er nicht auch noch Manuela wecken. Er war kaum manierlich angezogen, da klingelte es auch schon an der Haustür. Na gut, dann würde er eben mal wieder arbeitsmäßig die Nacht zum Tage machen.

»Komm, wir haben Dienst«, sagte er aufmunternd und nahm seine Riemenschneiderin an die Leine.

Roald Hagestad kam unter unglaublichen Schmerzen wieder zu sich. So ziemlich alles an seinem Körper tat ihm weh, außerdem lief Blut an seinem Kopf herunter und über sein linkes Auge, das aber schon allzu stark geschwollen war, als dass er es noch hätte öffnen können. Sie hatten ihn auf einen Stuhl in der Küche des »Tracteursted« gesetzt und mit einer Wäscheleine an der Lehne desselben festgebunden. Das Deckenlicht der Küche war ausgeschaltet, stattdessen pendelte direkt vor ihm von der Decke eine Stablampe, wie man sie gern für Autoreparaturen verwendete, und leuchtete ihm direkt ins Gesicht. Mit seinem einen verbliebenen Auge blinzelte er in das kalte Licht und versuchte zu erkennen, wer sich da so rührend um ihn gekümmert hatte. Schemenhaft und undeutlich konnte er zwei dunkel gekleidete Gestalten erkennen. Niemand sprach ein Wort, aber eine der Personen kam nun auf ihn zu und schüttete ihm etwas über den Kopf. Es war Skippers Apfelbrand. Was für eine sinnlose Verschwendung, dachte er noch, bevor sein Kopf wie Feuer zu brennen begann. Dann ergriff eine Hand seine vom Blut verklebten Haare und riss Roalds Kopf brutal nach hinten. Er litt Höllenqualen, aber er bemerkte die große Tätowierung auf dem Unterarm seines Peinigers. Das Zeichen hatte er erst vor Kurzem gesehen, auf dem Boden der Schachtel, die ihm Skipper zur Aufbewahrung überlassen hatte. Den Unterarm, der seinen Kopf so brutal nach hinten zog, zierten ein tätowierter Totenkopf sowie ein Hakenkreuz. Plötzlich erschienen zwei glühende Augen über seinem Gesicht – oder dem, was davon übrig war.

»Hvor han er?«, stellte der Mann in gebrochenem Norwegisch eher fest, als dass er fragte.

Der Typ war kein Norweger, sondern hatte so einen ähnlichen Zungenschlag wie Skipper, wenn er holpriges *norsk* sprach. Roald war für einen Moment versucht, sich dumm zu stellen und zurückzufragen, wen er denn eigentlich meinte. Aber es war klar, dass die beiden von Skippers Anwesenheit wussten und er und sein dunkles Geheimnis der Anlass ihres unerfreulichen Besuchs waren. Zum Glück waren sie zu spät gekommen.

»Dette er et svært uflatterende kort hår frisyre«, bemerkte er zynisch. Dann entrang sich etwas wie ein Kichern seiner Kehle. Wahrscheinlich der Schock, der sich bemerkbar machte. Aber er hatte sich vorgenommen, es ihnen nicht zu leicht zu machen. Als alter Fahrens-

mann zur See und auf diversen Ölplattformen hatte er schließlich schon die eine oder andere Schlägerei überlebt. So etwas härtet ab.

Der Mann ließ ihn los. Die fremden Augen verschwanden aus Roalds Blickfeld, dafür traf ihn von links die Unterseite einer seiner eigenen gusseisernen Bratpfannen mit voller Wucht an seinem sowieso schon malträtierten Schädel. Wieder zuckte ein unerträglicher Schmerz durch seinen Körper, für einen kurzen Moment verschwamm alles vor seinem Auge, und die gerade noch so eherne Festung seines Willens begann zu bröckeln. Verdammt noch mal, die meinten es wirklich ernst. Was für eine Höllenbrut hatte Skipper da nur aus ihrem Loch gelockt?

Noch immer lief ihm das Blut über das Gesicht, er schmeckte die metallische Wahrheit in seinem Mund. Wieder näherten sich die Augen unerbittlich seinem Gesicht, wieder zog der Nazi seinen Kopf nach hinten, und wieder wurde ihm die gleiche Frage gestellt. Keine Spur von Ungeduld in der Stimme, nur die kalte Gleichgültigkeit eines Mannes, der wusste, dass er seine Antwort früher oder später erhalten würde.

»Wo ist er?«

Roald Hagestad wurde immer panischer. Er wollte seinen Freund nicht einfach so verraten, aber er war auch kein Übermensch, der brutale Schmerzen ignorieren konnte. Als die Augen sich ein weiteres Mal von ihm entfernten und der nächste Schlag – womit auch immer – drohte, kapitulierte er.

»Risør«, presste er leise und stöhnend hervor.

Wieder die Augen. »Wie war das? Wo ist er?«, fragte die Stimme kalt.

»Risør«, wiederholte Roald Hagestad resigniert.

»Und weiter? Was für ein Auto fährt er? Oder hat er sich wieder einen bescheuerten Heli besorgt?« In die Augen des Mannes war ein hasserfülltes Glühen getreten, sein Griff wurde schmerzhafter.

Roald hatte keine Kraft mehr, Widerstand zu leisten. Er wusste nicht, was die noch mit ihm vorhatten, aber sein Körper war am Ende. Er wollte nur noch, dass das alles hier ein Ende hatte, und dann schlafen.

»Ein Nissan Pick-up«, sagte er erschöpft.

Die Hand ließ auf der Stelle von ihm ab. Niemand schien sich mehr für ihn zu interessieren, im Hintergrund war eine leise, aber hektische Diskussion im Gange, dann schloss sich die Tür des Hintereinganges und es herrschte eine tiefe Stille. Von einem Moment auf den anderen war er allein mit der pendelnden Stablampe.

Unter Schmerzen versuchte er sich auf seinem Stuhl aufzurichten, aber jede auch noch so kleine Bewegung verursachte seinem geschundenen Körper kaum zu ertragende Qual. Er wollte einen neuen Versuch wagen, als von draußen erneut Geräusche zu hören waren. Kamen sie zurück? Erschrocken zuckte er zusammen.

Auch diesmal waren sie zu zweit. Er konnte beide sehen, als sie durch die Küchentür kamen. Glatzköpfige Typen mit schwarzen Lederjacken. Sie trugen große Kanister, deren Inhalt sie erst über ihn und dann in der ganzen Küche verschütteten. Das Benzin tränkte seine Kleidung bis auf die Unterhose und verteilte sich in jedem verdammten Winkel.

Als sie die entleerten Kanister abstellten, ertönte zwei Mal das typische »Plopp!« einer Handfeuerwaffe, deren Knall durch einen Schalldämpfer minimiert worden war. Einer der Lederjacken-Typen wurde von zwei Treffern sofort gegen die Wand geschleudert, wo er mit leerem Gesichtsausdruck nach unten sank. Eine breite Blutspur dokumentierte seine Rutschpartie an den weißen Fliesen entlang.

Der noch lebende Nazi starrte unverwandt auf den Mann, der durch die Tür gekommen war und eine Waffe auf ihn gerichtet hatte. Es folgte ein heftiger Wortwechsel auf Deutsch, an dessen Ende Roald mehrmals deutlich das Wort Risør vernahm. Dann hörte er wieder einen Schuss, dann noch einen, und der letzte Lederjackenträger fiel mit dem Gesicht voraus auf den Küchenboden.

Der Mann mit der Beretta und dem dunklen Bart trat auf Roald zu. »Was will er in Risør?«, fragte er.

Roald zuckte schweigend mit den Schultern.

Dag betrachtete den Mann vor sich eingehend. Das Auge des erschöpften Wirtes begann sich zu schließen. Lange war der Mann nicht mehr ansprechbar.

Roald spürte, wie er von dem Typen genauso an den Haaren gepackt wurde wie von dem vorherigen. Die Schmerzen waren grenzenlos. Laut stöhnte er auf.

»Risør also. Aber wo will er danach hin? Er will doch bestimmt nach Deutschland zurück, oder? Zum letzten Mal: Wohin will er?«

Roald stieg ein intensiv duftendes Parfüm in die Nase. »Wahrscheinlich nach Bamberg, *tyskland*«, kam es leise über Roalds Lippen. Schwarze Punkte tanzten vor seinen Augen, und ihm wurde kalt. Als der elegant gekleidete Mann ihn losließ, sank Roald Hagestad voller Erleichterung zurück auf seinen Stuhl. Der Mann blickte ihn noch einmal kurz an, bevor er die Waffe hob und damit direkt auf Roalds Kopf zielte.

Aber er verspürte keine Angst mehr, nur noch eine unerklärliche Leere und Kälte. Als der Bärtige zu zögern schien, hob Roald den Blick. Die Augen seines Gegenübers waren das Letzte, was er in diesem Leben sah.

Dag schloss die Tür des Hintereingangs, während die ersten Flammen schon aus der Küche heraus in den Flur züngelten. Zügig lief er die Gasse hinunter zum Jeep, in dem Sedat auf dem Beifahrersitz auf ihn wartete.

»Wo sind sie hin?«, fragte Dag.

»Mit zwei Volvos da lang verschwunden.« Er deutete mit dem rechten Arm in Richtung Ausfallstraße. »Aber jetzt frag ich dich mal was, Dag: Wie haben die uns gefunden?«

Dag schüttelte den Kopf. »Die haben nicht uns gefunden, sondern ihn beziehungsweise seinen Freund. Weiß der Teufel, wie sie das geschafft haben. Ich glaube, Rutger hat gar nicht geschnallt, dass wir auch hier sind. Zwei von seinen Nazi-Arschlöchern hab ich grad noch erledigt. Der Wirt hat bei Rutger wahrscheinlich gequatscht, aber bei mir auch – genauso wie seine Helfershelfer. Wir wissen also, wohin wir müssen.« Kurz lächelte er kalt.

»Unser Ziel ist Risør. Ich kann nur hoffen, dass wir ihn vor Rutger finden. Los jetzt.« Er startete den Motor und lenkte den Jeep aus der kleinen Seitenstraße. Kurze Zeit später stiegen helle Flammen aus einem Restaurant namens »Bryggen Tracteursted«.

Als Haderlein am Ort des Geschehens eintraf, wurde ihm bewusst, dass er jetzt bereits zum dritten Mal innerhalb von vierundzwanzig Stunden das Grundstück des Barons von Rotenhenne betrat. Auf dem Anwesen waren großzügig Strahler verteilt worden, sodass mehrere tausend Watt die Szenerie beleuchteten. Der Hauptkommissar hatte den Innenhof noch nicht richtig betreten, da eilte ihm schon der

Chef der Spurensicherung entgegen. Auch Ruckdeschl konnte man die viel zu kurze Nacht ansehen.

»Hallo, Franz. Da hat wohl jemand etwas gegen die Polizei und will uns partout nicht schlafen lassen«, grüßte er sarkastisch.

Doch Haderlein war hellwach und hatte sich gedanklich bereits wieder in den Fall vertieft. Als Ruckdeschl bemerkte, dass Haderlein nicht zum Scherzen aufgelegt war, wandte er sich wortlos um und ging ihm und Riemenschneider voraus, um ihnen im Garten hinter dem Haus den Tatort zu zeigen. Sie durchquerten das komplette Grundstück, um dann am Ufer des Sees knapp neben einer Holzbank stehen zu bleiben. Deren Rückenlehne hing zerfetzt rechts und links von der Grundkonstruktion herunter. Um die beiden Männer herum schlichen Mitarbeiter der Spurensicherung hoch konzentriert durch die Wiese und suchten jeden Quadratzentimeter ab.

Haderlein schaute zu Boden und bemerkte, dass das Gras niedergedrückt war. Auch die feuchte Erde daneben war auffallend platt getrampelt – und voller Blut. An die Sicherung von Fußabdrücken war nicht zu denken. Fragend blickte er Ruckdeschl an.

»Das waren die Sanitäter«, kam dieser der Frage Haderleins zuvor, bevor er zu einer grundsätzlichen Erklärung ausholte. »Für mich stellt sich der Ablauf in etwa so dar: Der Baron war aus irgendwelchen Gründen nach eurem Abendessen mit seiner Schrotflinte hier im Gartenbereich unterwegs. Warum auch immer hat er dann auf diese Bank geschossen, einen Menschen hat er nicht getroffen, davon können wir anhand der Spuren ausgehen.« Ruckdeschl verdrehte die Augen, so als stünde zu befürchten, dass der Baron im Laufe des Abends schwachsinnig geworden war.

»Wie auch immer«, fuhr er fort, »kurz danach wurde der Baron seinerseits von hinten von einem Schuss in die Schulter getroffen. Anschließend muss er sich umgedreht haben, denn der nächste Schuss traf ihn von vorn. Durchschuss, rechte Brustseite, durch die Lunge. Erst danach fiel er auf den Rücken – und zwar genau hierhin.« Ruckdeschl deutete mit einer energischen Handbewegung auf das platte Gras.

»Hier blieb er liegen, bis ihn die Nachbarn fanden. Der Notarzt konnte ihn zwar stabilisieren, aber er hat ziemlich viel Blut verloren. Ich fürchte, es wird eng für ihn werden«, sagte Ruckdeschl eher fachmännisch denn mitleidig. »Immerhin hat er seinen Kopf noch.«

Ruckdeschl grinste wie ein Honigkuchenpferd, denn ein so guter Witz war in seinem beruflichen Umfeld nicht alltäglich.

Ein vernichtender Blick Haderleins ließ den Chef der Spurensicherung sofort wieder ernst werden. Er begann etwas sehr Wichtiges in seinen Unterlagen zu studieren, während Haderlein mit seinen Überlegungen schon wieder bei der aktuellen Problemlage angelangt war. »Hast du eine Ahnung, woher der Schütze gekommen sein könnte?«, fragte der Hauptkommissar nachdenklich, während er den Tatort überblickte.

Sofort zog Ruckdeschl eine genervte Miene. »Du kannst wirklich Fragen stellen, Franz«, seufzte er. »Aber ich hab ja gewusst, dass du mir damit kommen würdest. Folge mir.« Er ging etwa sieben Meter am Wasser entlang, blieb dann stehen und schaute in die Richtung zurück, aus der sie gekommen waren. »Also, wenn ich jetzt schätzen müsste, ich betone, grob schätzen müsste«, er schaute Haderlein mit dem deutlichen Hinweis im Blick an, dass er nur äußerst ungenaue Angaben machen konnte, »dann würde ich denken, dass der Schütze irgendwo hier stand. Aber nagel mich bitte nicht darauf fest. Genauere Angaben können wir erst machen, wenn wir hier fertig sind, und das kann noch eine Weile dauern.« Ruckdeschl schnaufte durch. Er hatte sich die Nacht auch arbeitsärmer vorgestellt, weiß Gott.

»Okay.« Haderlein blickte nachdenklich zu der zerschossenen Bank hinüber. Irgendwie ergab das doch alles keinen Sinn. Wieso sollte der Baron nach dem gemeinschaftlichen Essen noch mit seinem Jagdgewehr durch seinen Garten geschlichen sein? Und wieso sollte ihn dann jemand –?

»Aber das Beste kommt ja noch«, unterbrach Ruckdeschl seine Überlegungen. »Komm mal mit, Franz.« Er ging am »Liegeplatz« des Barons und der zerschossenen Bank vorbei und trat ein paar Schritte vor bis an den Rand des Schilfs. Wortlos deutete er auf den Boden. Haderlein kniete sich hin. Jemand hatte hier gestanden. Außerdem gab es tiefe Fußspuren, die sich nach wenigen Metern im Schilf verloren.

»Hier standen zwei Personen«, erklärte ihm Ruckdeschl. »Aber nur eine davon ist durch das Schilf verschwunden. Der Tiefe der Fußabdrücke nach würde ich mich zu der Vermutung hinreißen lassen, dass die eine Person die andere getragen hat.«

»Ach, und gibt's zufällig irgendwelche Blutspuren?«, fragte Haderlein sofort.

Ruckdeschl schüttelte vehement den Kopf. »Du meinst also, einer der beiden konnte nicht mehr laufen? Der Gedanke kam mir auch schon, aber die Einzigen, die hier verletzt wurden, sind das Fichtenholz der Bank und unser Baron. Wenn bei einem anderen der Anwesenden eine Gehbehinderung vorlag, dann bestimmt nicht durch eine Schussverletzung. Es gibt keine Blutspuren. Wer auch immer hier weggetragen wurde, war entweder unverletzt oder schon länger tot. Jedenfalls hat der große Unbekannte mit seiner Fracht dort unterhalb des Biberdammes die Baunach durchquert und ist auf der anderen Seite verschwunden. Wir haben am anderen Ufer schon alles abgesperrt, aber können es erst genauer untersuchen, wenn es hell ist.«

Haderlein richtete sich auf und klopfte Ruckdeschl anerkennend auf die Schulter. »Das ist doch schon mal eine ganze Menge. Allerdings kapiere ich jetzt noch weniger als vorher, wenn ich ehrlich bin. Was ist hier abgelaufen? Ich war doch kurz vorher noch mit Lagerfeld zum Essen hier. Wir haben die ganze Show also nur knapp verpasst. Hat das alles womöglich etwas mit unserem Besuch zu tun?« Nachdenklich legte er eine Hand ans Kinn, dann leuchteten seine Augen auf. »Eigentlich ist das ja eine ausgezeichnete Gelegenheit, unser hochbegabtes und teuer ausgebildetes Spürhundeschwein zum Einsatz kommen zu lassen!« Er sah sich nach Riemenschneider um, aber das kleine Ferkel war verschwunden. Was sollte das denn schon wieder? Das war doch gar nicht Riemenschneiders Art, so einfach abzuhauen. Erneut suchte er mit seinen Augen im wabernden Nebel die Wiese ab, bis er Riemenschneider endlich entdeckte. Sie saß verängstigt zwanzig Meter weit entfernt. Ihr verstörter Blick schweifte an ihrem Kommissar vorbei und weit auf den künstlichen See hinaus.

Haderlein drehte sich um und erkannte den Grund für Riemenschneiders emotionales Chaos. Knapp über der Wasseroberfläche leuchteten ihm zwei Augenpaare entgegen. Biber. Offensichtlich taten sie sich das grandiose Schauspiel als Zaungäste aus sicherer Entfernung an.

Ruckdeschl lachte laut auf und schlug Haderlein aufmunternd auf die Schulter. »Das ist schon eine richtige Heldin, deine Riemenschneiderin, also wirklich!« Amüsiert verschränkte er die Arme, während er zwischen Riemenschneider und den Bibern hin und her feixte.

Haderlein sagte lieber nichts, sondern machte sich stattdessen auf den Weg zu seinem Ferkel. Während der Hauptkommissar den leichten Anstieg hochstapfte, entdeckte Ruckdeschl plötzlich etwas matt Glänzendes neben sich im Schilf. Er hob es auf und hielt es ins Licht der Scheinwerfer. Es handelte sich um eine Art Schutzhülle aus gummiartigem Material für ein Handy. Nun gut, sie würden das im Labor untersuchen. Er markierte die Fundstelle und ging mit der Fundsache zurück zu seinen Kollegen.

Als Haderlein seine Riemenschneiderin erreichte, hob er sie hoch. Ein kleines verängstigtes rosa Etwas kuschelte sich sofort in die hintersten Falten seiner Jackenärmel. Haderlein seufzte resigniert. Was hatte Riemenschneider nur für ein traumatisches Erlebnis mit Bibern gehabt, dass sie jetzt eine derartige Panik vor ihnen entwickelte? Kurz schoss ihm die Frage durch den Kopf, ob es vielleicht einen Tierpsychologen für solch dramatische Fälle gab. Einen Schweinepsychiater vielleicht, eine Art Ferkelflüsterer. Schnell verwarf er derlei Gedankengänge wieder. Er würde sich erst einmal mit der Haushälterin befassen, vielleicht war die ja inzwischen wieder ansprechbar und hatte mehr Sachdienliches beizutragen als seine schweinische Superheldin, die vor Bibermonstern beschützt werden musste.

Er ging auf das Gebäude zu, in dem er noch vor wenigen Stunden im Beisein von Lagerfeld, dem Baron und Frau Helga ganz hervorragend und vor allem entspannt gespeist und getrunken hatte.

Er kam zügig voran. In Odda hatte er noch einmal getankt, und jetzt fuhr der Nissan nicht sehr schnell, aber stetig Richtung Risør. Ein teilweise elendes Gegurke durch die Nacht war das, aber der Wagen war bequem und die Übersicht vom Fahrersitz aus grandios. Und die war auch nötig, denn trotz fortgeschrittener Stunde und ländlicher Umgebung war man nicht allein unterwegs. Mehrmals schon war er von schnelleren Fahrzeugen überholt worden.

Als es langsam hell wurde, verdichtete sich der Verkehr. In der vergangenen Nacht hatte er zwei kurze Pausen eingelegt, weil ihm trotz Kaffee und Red Bull fast die Augen zugefallen waren, aber jetzt, kurz vor Risør, kamen die Motivation und die Lebensgeister wieder zurück.

Beunruhigt schweifte sein Blick immer wieder zu den beiden schwarzen Volvos, die ihm seit ein paar Kilometern folgten. Wieso überholten die nicht? Seit seinem mysteriösen Erwachen vorgestern hatte er gelernt, auf sein Gefühl zu hören, und das sagte ihm ganz deutlich, dass mit diesen beiden Fahrzeugen etwas nicht stimmte. Seit er die beiden Wildhüter, oder was auch immer sie gewesen waren, am Fjord erledigt hatte, hatte er das Gefühl nicht abschütteln können, dass noch mehr finstere Figuren hinter ihm her waren. Dass mit den beiden Dilettanten auch alle anderen Probleme aus der Welt geschafft worden waren, konnte er nicht glauben.

Obwohl er die Geschwindigkeit erhöhte und die Pneus des Pick-ups an ihrer Haftungsgrenze um die Kurven quietschten, klebten die Volvos noch immer wie Kletten an ihm dran. Er wollte sich schon einreden, dass er vielleicht nur an einem durch Übermüdung hervorgerufenen Verfolgungswahn litt, dann sah er ausgangs einer Kurve etwas im Rückspiegel, was ihn erstarren ließ. Der Mann auf dem Beifahrersitz des Volvos direkt hinter ihm hielt eine Maschinenpistole in der Hand.

Verdammt. Sein Gefühl hatte ihn also nicht getrogen. Das waren die Nächsten, die ihm ans Leder wollten. Er blendete jegliche Emotionen aus und überlegte. Bis nach Risør waren es vielleicht noch zwei Stunden. Würde er wie bisher weiterfahren, würden sie ihn mit Sicherheit vorher stellen. Also musste er sie irgendwie loswerden. Aber wie? Gegen eine Maschinenpistole konnte er nichts ausrichten, also ergriff er seine einzige Chance: Er trat das Gaspedal voll durch, und der Nissan driftete mit quietschenden Reifen um eine lang gezogene Biegung. Auch die beiden Volvos erhöhten die Geschwindigkeit, und das hintere der beiden Fahrzeuge setzte in der Kurve sogar noch zum Überholen an. Was sollte das denn werden?

Er hatte seinen Blick etwas zu lange den Verfolgerfahrzeugen im Rückspiegel gewidmet, als er am Ende der Kurve wieder nach vorn schaute und sah, dass ihm ein Wohnmobil entgegenkam – und zwar rückwärts. Auf seiner Fahrspur. Eine Schrecksekunde lang war er unfähig zu reagieren, dann schaltete er auf Automatik um. Er riss das Steuer scharf nach links und schrammte mit einer Schaukelbewegung, bei der beide rechte Reifen des Pick-ups für einen kurzen Moment den Kontakt zum Teer verloren, gerade so an der linken Seite des Wohnmobils vorbei. Mit heftigen Lenkbewegungen hielt er den schweren Wagen auf der Straße, konnte aber alsbald im Rückspiegel beobachten, dass die Volvos nicht so viel Glück hatten. Hinter ihm flogen die Fetzen – vor allem aber die Plastikverkleidungen des Wohnmobils – durch die Gegend.

Als sich sein Puls wieder beruhigt hatte, breitete sich ein zufriedenes Grinsen auf seinem Gesicht aus. Welcher Wahnsinnige auch immer dieses Wohnmobil rückwärts über diese Straße gesteuert hatte, ihn hatte der Himmel geschickt. Normalerweise gehörte so ein geistesgestörter Irrer natürlich auf der Stelle eingesperrt, aber dem hier würde er glatt einen ausgeben. Die Volvos waren jedenfalls aus seinem Rückspiegel verschwunden.

»Da vorn ist er«, knurrte Rutger auf dem Beifahrersitz und deutete auf den Nissan, dessen Umrisse vor ihnen im Morgengrauen auftauchten. Er nahm das Funkgerät und gab den beiden hinter ihnen Bescheid, dass sie sich bereithalten sollten. Dann legte er das Funkgerät auf die Seite und entsicherte die Maschinenpistole, die auf seinen Knien lag. Die Lippen des kurzhaarigen Fahrers neben ihm waren nur noch ein dünner Strich. Am liebsten hätte er den Nissan auf der Stelle gerammt und in den Fluss gestoßen, der neben der Straße verlief. Er spürte nichts als Hass und den Wunsch nach Vergeltung. Alle von ihnen hatten mit ihm noch eine Rechnung offen. Eine sehr teure, sehr blutige Rechnung.

Rutger war erst beunruhigt, dann sauer, dann wieder verunsichert. Klaus und sein Bruder hatten sich nicht mehr gemeldet. Eigentlich hatten sie nur das Restaurant anzünden und dann nachkommen sollen, aber bisher waren sie nicht aufgetaucht, und auf sämtlichen Kanälen, egal ob Funk oder Handy, meldete sich auch niemand. Etwas musste schiefgelaufen sein. Langsam hatte er die Schnauze wirklich gestrichen voll. Dieses ganze Unternehmen kotzte ihn nur noch an.

»Jetzt fahr schon, verdammt noch mal«, blaffte er seinen tätowierten Fahrer an. »Die Drecksau soll endlich blutend vor mir liegen.« Der Fahrer gab sofort Gas, wodurch Rutger für einen kurzen Moment das Gleichgewicht verlor und mit erhobener Maschinenpistole die Fliehkräfte ausgleichen musste. »Verdammt, holst du den jetzt endlich ein, oder soll ich –«

»Das Schwein hat was gemerkt! Der haut ab!«, rief der Fahrer, und freudige Erregtheit schwang in seiner Stimme mit. »Aber den werde ich gleich haben! Jetzt ist er fällig, jetzt kriegen wir ihn am Arsch!«

Rutger schien zwar ob der Fahrkünste seines tätowierten Kameraden seine Zweifel daran zu haben, aber jetzt gab es keine Alternativen mehr. Sie durften ihn auf keinen Fall entkommen lassen. Nicht nach alldem, was passiert war. Wieder hob er das Funkgerät. »Es geht los, nach der nächsten Kurve überholt ihr ihn und blockiert die Straße. Dann haben wir den verdammten Wichser und machen die Drecksau fertig!« Rutger warf das Funkgerät auf die Polster des Rücksitzes, dann umschlossen seine muskulösen Hände die Maschinenpistole.

Endlich war es so weit. Der Nissan vor ihnen driftete mehr um die Kurve, als dass er fuhr. Doch dann, als die Kameraden hinter ihnen mit ihrem Volvo ausscherten, um zu überholen, machte der Nissan urplötzlich und völlig unerwartet einen Schlenker nach links auf die andere Straßenseite.

Das Einzige, was Rutger von diesem Vorfall später noch in Erinnerung bleiben sollte, war das Heck eines Wohnmobils und ein Nummernschild, das rasend schnell näher kam, bis es auf Kopfhöhe in die Windschutzscheibe des Volvo krachte. Kreischend wurde Metall verbogen, Körper wurden durch Fahrzeuge geschleudert, knallend öffneten sich die weißen Ballons in den Fahrzeugen.

Als Rutger wieder zu sich kam, fiel sein Airbag mit einem zischenden Geräusch in sich zusammen. Vor seinem Gesicht, nur wenige Zentimeter entfernt, sah er die zackigen Glasränder der ehemaligen Windschutzscheibe, und dort, wo einmal der Rückspiegel befestigt gewesen war, prangte jetzt ein verbogenes Kfz-Kennzeichen.

»Scheiß Tourist«, flüsterte er gequält, während die Ziffern und Zahlen schärfer wurden. Es war ein deutsches Autokennzeichen. »HAS«, konnte Rutger lesen, der Rest war zur Unkenntlichkeit verbogen.

Er quälte sich aus dem Auto und tastete sich ab. Offensichtlich war er unverletzt. Anton, sein Fahrer, stand zwar benommen, aber anscheinend ebenso ohne körperliche Schäden neben dem Volvo. Im Führerhaus des ehemaligen Wohnmobils tat sich unterdessen nichts. Die Wahnsinnigen, die das Gefährt gesteuert hatten, trauten sich wohl nicht an die frische Luft. Wütend wollte er sehen, wer da rückwärts auf der falschen Straßenseite unterwegs gewesen war, und sah im Vorbeilaufen, dass sich sein eigener Wagen bis zur Windschutzscheibe unter den hinteren Teil des völlig zerstörten Wohnmobils geschoben hatte und die Hinterräder in der Luft schwebten. Gemeinsam versperrten beide Fahrzeuge die gesamte Straße und verhinderten jegliches Weiterkommen.

Im Führerhaus saß ein mindestens siebzig Jahre alter Rentner mit Hut völlig verkrampft hinter dem Steuer. Daneben hockte eine mindestens genauso alte Frau, die sich kreidebleich noch immer mit beiden Händen auf dem Armaturenbrett abstützte. Sie war den Tränen nahe.

Rutger klopfte an die Seitenscheibe, doch der alte Herr mit dem verbissenen Blick reagierte nicht. Er unterdrückte den Wunsch, die beiden Alten einfach abzuknallen. Es wäre ein riesiger Fehler gewesen, denn bald schon würde die norwegische Polizei hier auftauchen, und sie durften keinen unnötigen Verdacht erregen. Er ging zu den anderen zurück und verschaffte sich einen Überblick über die Lage. Alle waren unverletzt, der zweite Volvo hatte sogar noch rechtzeitig ausweichen und bremsen können, aber die Straße war bis auf Weiteres unpassierbar.

Rutger beschloss, mit dem intakten Volvo über einen Umweg nach Risør zu fahren. Zwei Stunden würden dafür zwar draufgehen, aber die würden ihm lästige Formalitäten und Fragen ersparen. Die anderen beiden sollten den Unfall mit der Polizei regeln und später nachkommen.

Sie packten sämtliche Waffen in den unversehrten Volvo, und wenige Sekunden später waren Rutger und sein Fahrer verschwunden.

Dag registrierte den Volvo und seine beiden Insassen erst, als der Wagen bereits an ihnen vorbeigerauscht war.

»Das war Rutger«, stieß Dag verblüfft aus. »Aber wieso fährt er wieder zurück?« Er schaute Sedat fragend an, doch der zuckte nur ahnungslos mit den Schultern.

Rutger bremste ab, blieb am Straßenrand stehen und überlegte fieberhaft. Viele Szenarien, die Rutger zum Umdrehen gezwungen haben könnten, gab es nicht. Vor allem, weil der Nissan noch immer schnurgerade nach Risør fuhr, wenn das GPS nicht log.

Hatte Rutger neue Informationen erhalten? Hatte er etwas in Bergen vergessen? Oder machte er sich vielleicht Sorgen um seine beiden Helfershelfer, die sich nicht mehr gemeldet hatten? Aber wieso war ihnen nur Rutger entgegengekommen? Wo war der zweite Volvo mit den beiden anderen abgeblieben?

»Wir fahren weiter«, beschloss Dag nach einer Minute des Schweigens. »Keine Ahnung, was passiert ist, aber wir werden dem Signal folgen.« Er trat aufs Gas, und der Jeep beschleunigte wieder.

Die Erklärung für Rutgers eigenartiges Verhalten offenbarte sich ihnen einige Kilometer später. Es hatte sich ein Stau von vielleicht zwanzig Fahrzeugen gebildet, was in Norwegen zu dieser frühen Stunde bedeutete, dass seit dem Unfall circa eine Stunde vergangen sein musste. Ein Abschleppwagen mit aufgebautem Kran schaffte gerade ein deutsches Wohnmobil auf die Seite. Direkt dahinter stand ein zerstörter Volvo, neben dem zwei kurz geschorene Typen in schwarzen Jacken in eine heftige Diskussion mit den Besitzern des Wohnmobils und der norwegischen Polizei verwickelt waren. Fünfundvierzig Minuten später war die Unfallstelle passierbar, und die Autoschlange setzte sich langsam wieder in Bewegung. Dag und Sedat konnten einen älteren Herrn sehen, der wild herumfuchtelnd den norwegischen Polizisten den Unfallhergang aus seiner Perspektive schilderte.

Jetzt wusste Dag, was passiert war. Rutger konnte sich keinesfalls mit der norwegischen Polizei einlassen, da er schon seit Längerem gesucht wurde. Also war er umgekehrt und nahm notgedrungen einen Umweg in Kauf. Das verschaffte Dag einen grob geschätzten Vorsprung von einer Stunde, wenn er selbst ohne weitere Unterbrechungen bis Risør durchkam.

Sedat grinste auf dem Beifahrersitz. »Wer lenken kann, ist klar im Vorteil.«

Dags Miene blieb versteinert. Humor gehörte nicht zu seinem Gefühlsrepertoire. Dass sie vor Rutger in Risør sein würden, war alles, was zählte. Und vielleicht würden sich ja dort bereits all ihre Probleme lösen. Vielleicht würden sie dort finden, wonach alle suchten.

Als Haderlein mit Riemenschneider den Raum betrat, in dem er noch vor wenigen Stunden gesessen und gespeist hatte, drehten sich alle Anwesenden nach ihm um. Im Zimmer befanden sich Helga, die Haushälterin, die mit starrem Blick in einem alten Polstersessel saß, eine junge Polizeipsychologin, die ihre Hand hielt, ein Kollege der Spurensicherung, der den Raum untersuchte, und ein zweiter, der auf dem Flur umherschlich und nun ins Zimmer spähte. Riemenschneider hatte in den Armen des Hauptkommissars ihre Schockstarre überwunden, also setzte Haderlein das Ferkel ab. Die Riemenschneiderin schüttelte sich kurz und begann schnurstracks ihre Umgebung zu erkunden. Haderlein ging derweil zu der Haushälterin hinüber.

»Wie geht es Ihnen?«, fragte er mitfühlend und zog sich einen Stuhl heran, um sich ihr gegenüber niederzulassen.

Die Haushälterin sah ihn mit einem wächsernen Gesichtsausdruck an. »Wie geht es ihm? Wird er es überleben?«, fragte sie tonlos.

Haderlein schaute zu Boden. »Ich weiß es nicht«, sagte er ehrlich. »Ich fürchte, es wird eine sehr schwierige Nacht für den Baron werden. Tut mir leid.« Bedauernd kniff er die Lippen zusammen, dann schaute er ihr in die Augen.

Die Haushälterin wich seinem Blick zwar nicht aus, wurde aber noch eine Nuance blasser. Hilflos wanderte ihr Blick zwischen der Polizeipsychologin und Haderlein hin und her.

»Sagen Sie, wie ist eigentlich Ihr vollständiger Name?«, fragte der Hauptkommissar unvermittelt, als ihm auffiel, dass er nicht wusste, wie er die Haushälterin korrekt anreden sollte.

Die Angesprochene wirkte, als wäre ihr Geist just in diesem Moment für immer eingefroren. Haderlein wartete eine Weile, aber nichts geschah. Dann hakte er, so vorsichtig es eben ging, nach. Schließlich waren die persönlichen Verhältnisse der unmittelbar Beteiligten grundsätzliche Angaben, die es abzufragen galt.

Die Augen der Haushälterin leuchteten für einen kurzen Moment auf, als würde sie aus einer Starre erwachen, dann kamen die Worte leise über ihre Lippen: »Falkenberg, Helga Falkenberg. Mit mehr Namen kann ich nicht dienen, ich war nie verheiratet.«

»Wunderbar, Frau Falkenberg. Und seit wann stehen Sie schon in den Diensten des Barons?« Er formulierte seine Frage so langsam und unaufgeregt wie möglich, um die Konstitution der Frau nicht noch stärker ins Wanken zu bringen. Die Polizeipsychologin hatte ihm sowieso schon einen drohenden Blick zugeworfen.

»Seit etwa zwei Jahren«, sagte Helga Falkenberg nun etwas lauter.

»Seit er dieses Projekt auf der Burg begonnen hat und hier eingezogen ist. Und wir stehen in keinem verwandtschaftlichen oder anderweitigen Verhältnis, falls das Ihre nächste Frage wäre.«

Haderlein nickte und lächelte amüsiert. Diese Frau hatte eine gute Erziehung genossen und achtete ergo auf eine korrekte Einstufung ihrer sozialen Verhältnisse sowie ihrer Beziehung den Baron betreffend. Trotzdem musste Haderlein nun zum Kern des Gespräches vordringen, zu den Geschehnissen der heutigen Nacht. Wenn überhaupt, dann konnte nur Frau Falkenberg ihnen weiterhelfen. Vielleicht hatte sie ja irgendetwas gesehen.

»Also, Frau Falkenberg«, begann Haderlein seine heikle Mission, »wie haben sich die Dinge heute Nacht denn aus Ihrer Sicht abgespielt?«

Haderleins Sorge schien umsonst gewesen zu sein. Überraschenderweise erzählte die Haushälterin dem Kriminalhauptkommissar bereitwillig, wie sich alles abgespielt hatte.

Kurz bevor sie zu Bett hatte gehen wollen, habe der Baron sich angezogen, sein Gewehr genommen und gesagt, Reis hin oder her, er wolle jetzt endlich etwas gegen diese Biber unternehmen. Dann sei er nach draußen gegangen und sie ins Bett. Kurz darauf habe sie zwei Schüsse gehört, sich aber keine Sorgen gemacht, weil sie ja dachte, der Baron würde nur die Biber aufs Korn nehmen. Als aber gleich darauf noch zwei Schüsse aus einer anderen Waffe fielen, habe sie das doch stutzig gemacht, und sie sei aus dem Bett gestiegen, um nachzusehen, was eigentlich los sei. Als sie in den Hof trat, seien schon die Nachbarn angerannt gekommen, weil auch sie die Schüsse gehört hatten. Die hätten dann auch die Polizei und die Sanitäter gerufen. Sie selbst habe völlig geschockt im Haus gewartet, bis die Polizisten eingetroffen waren.

Erschöpft beendete die Haushälterin ihre Schilderung. Haderlein hatte sich währenddessen Notizen gemacht. Gerade als er fragen wollte, ob sie nicht irgendeine Idee hätte, wer denn auf den Baron geschossen haben könnte, drang vom Flur her ein protestierender Schrei und das Knurren eines Hundes.

Der Mann von der Spurensicherung drehte sich verwundert um, während Haderlein schon aufgesprungen war. Im Gang bot sich ihm ein absonderliches Bild: Unter der hölzernen Treppe, die ins erste Geschoss führte, stand Riemenschneider breitbeinig wie ein aufgeputschter englischer Kampfhund und knurrte den zweiten Kollegen von der Spurensicherung an, der sich mit schmerzverzerrtem Gesicht die blutende Hand hielt. Haderlein suchte noch nach Worten, als es hinter ihm plötzlich aufblitzte. Erschrocken fuhr er herum. Der Spurensichererkollege hatte grinsend ein hochauflösendes Foto von der skurrilen Situation geschossen.

»Für die Annalen«, sagte er.

»Was ist hier los?« Fragend blickte Haderlein von Riemenschneider zu dem blutenden Michael Lehnert.

»Ihr gemeingefährliches Schwein hat mich gebissen!«, rief dieser und funkelte das kleine Ferkel mit offensichtlichen Rachegelüsten an.

»Riemenschneider beißt niemanden grundlos, das hat sie noch nie gemacht, das ist überhaupt nicht ihre Art«, verteidigte Haderlein seine tierische Helferin, obwohl er sich bei Riemenschneiders momentanem Allgemeinzustand nicht so sicher war.

»Ach so, ist also nicht ihre Art«, wiederholte Spurensicherer Lehnert sarkastisch. »Nun, meine Hand blutet normalerweise auch nicht einfach so, Haderlein, das ist auch nicht ihre Art!« Widerstandslos wollte er diesen Angriff nicht auf sich sitzen lassen. »Vielleicht hat sie ja ihre Tage, die Frau Riemenschneider, und zickt deshalb so rum! Aber das werde ich –«

»Vielleicht erzählen Sie uns einfach mal, was passiert ist, Lehnert«, unterbrach ihn der Kommissar sanft, um die Wogen zu glätten.

»Was passiert ist? Ich werde Ihnen sagen, was passiert ist. Ihr verdammtes Schwein ist völlig durchgeknallt, das ist passiert! Ich wollte nur diese Zigarette da unter der Treppe aufheben, die ihr Schwein durch Zufall gefunden hat, und dann hat mich dieses … dieses Drecksvieh einfach ohne Vorwarnung in die Hand gebissen.« Michael Lehnert musste sich beherrschen, um nicht noch einmal zu explodieren. Er vertiefte sich darin, mit einer Stoffbinde das Blut von der Hand zu tupfen. Die sogenannte Wunde war eigentlich nicht der Rede wert. Insgesamt sah sie ganz nach einem Riemenschneider'schen Warnbiss aus, also nach genau dem, was man ihr in der Polizeihundeschule beigebracht hatte zu tun, wenn sie etwas gefunden hatte und sichern sollte.

Michael Lehnert verließ leise fluchend den Raum, gefolgt von seinem noch immer grinsenden Kollegen. Das würde wohl die eine oder andere Bemerkung der anderen Spurensicherer nach sich ziehen, wenn die spitzbekamen, was sich hier ereignet hatte.

Haderlein ging in die Knie. Die Riemenschneiderin stand noch immer stocksteif unter der Treppe, hatte die Ohren steil aufgerichtet und stellte einen energischen, fast triumphierenden Gesichtsausdruck zur Schau. Sie hätte wohl auch eine Siegeszigarre nicht abgelehnt, hätte ihr jemand eine gereicht.

Haderlein tätschelte ihr den rosa Kopf. »Gut gemacht, du Polizeihund, sehr gut gemacht. Bist ein ganz braves Schweinchen.« Zur Belohnung holte er ein paar Nüsse aus der Jackentasche, die er für solche Zwecke stets bei sich trug. Sofort entspannte sich das Ferkel, und der siegesstolze Blick in seinen Äuglein wich einer freudigen Erregung, die sich in Schwänzchenwedeln und Haderleins-Hand-ablecken äußerte.

Als der Hauptkommissar endlich nach dem Grund des Disputes griff, war seine Gelassenheit schlagartig verschwunden. Er fröstelte, ein sicheres Zeichen, dass er einer indifferenten dunklen Gefahr auf der Spur war. Was er vorsichtig mit einem Papiertaschentuch in seinen Fingern hielt, war eine russische Zigarette, eine Belomorkanal mit einer Banderole, welche die alte Flagge der Sowjetunion zierte. Eine gelbe Sichel auf rotem Grund. Die Art von Zigaretten, die den Enthaupteten zuhauf in seiner Kiste bedeckt hatte. Aber wie kam diese Zigarette unter die Treppe im Haus des Barons? Haderlein überlegte, während er die Belomorkanal in eine kleine Plastiktüte fallen ließ.

Draußen übergab er sie der Spusi mit dem Hinweis, das Ding genauestens auf DNA-Spuren untersuchen zu lassen, ging dann, einer plötzlichen Eingebung folgend, zurück ins Haus und stieg die Treppe hinauf.

Das Schlafzimmer der Haushälterin war schnell gefunden. Leise ging er hinein und schaute sich um. Hatte er es sich doch gedacht. Das Zimmer war ordentlich und aufgeräumt. An den schmucklosen Wänden hingen ein paar eingerahmte unpersönliche Fotografien. Weder war das Bett zerwühlt, noch sah sonst etwas auch nur irgendwie benutzt aus. Nein, Frau Falkenberg hatte heute Abend mit Sicherheit noch nicht in diesem Bett gelegen. Stattdessen hatte sie ihm Mist erzählt. Ihn von Angesicht zu Angesicht angelogen.

Haderlein schlich die Treppe wieder hinunter und trat dann in die gute Stube. Dort verabschiedete er sich umgehend von der Haushälterin, ohne sich etwas von seiner Entdeckung anmerken zu lassen, und überließ sie der Obhut der Polizeipsychologin. Dann leinte er Riemenschneider an und begab sich in den Garten, wo er der Spurensicherung Bescheid gab, den ersten Stock des Hauses, besonders das Zimmer von Frau Falkenberg, aufs Gründlichste nach Spuren abzusuchen und alle Räume abzufotografieren. In Gedanken versunken steuerte er mit Riemenschneider das Eingangstor an.

»Na, Herr Kommissar, endlich Schluss für heute Nacht? Fahren Sie jetzt nach Hause?«, fragte ihn ein Polizist.

»Wie bitte?«, schreckte Haderlein aus seinen Gedanken hoch, die noch immer bei Frau Falkenberg und ihrem unbenutzten Bett geweilt hatten. »Äh, nein, jemand von euch müsste bitte Riemenschneider und mich heimfahren.« Haderlein war doch etwas müde. Sein Adrenalinpegel begann zu sinken, und der lange Tag machte sich in seiner nachlassenden Konzentrationsfähigkeit bemerkbar.

»Ja, haben Sie etwa was getrunken, Herr Haderlein, oder haben Sie Ihren Autoschlüssel verloren?«, fragte der Polizist.

Der Hauptkommissar blickte ihn verwirrt an. Was sollte denn jetzt der Quatsch? Der Typ hatte ihn doch heute vor nicht allzu langer Zeit auch hergefahren. Er musste doch wissen, dass er gerade über kein Auto verfügte. Aber in dem Gesicht des Beamten war nichts Scherzhaftes zu erkennen. Haderlein rieb sich die Schläfe, wahrscheinlich redeten sie nur gerade aneinander vorbei.

»Nein, ich habe nichts getrunken, aber der Kollege Lagerfeld hat sich heute Abend meinen Landrover ausgeliehen. Also kann ich im Moment nicht über ihn verfügen und bin deshalb auf Ihre Hilfe angewiesen. Wenn Sie also so freundlich wären?«

Jetzt müsste es eigentlich auch der Blödeste begriffen haben, und trotzdem machte der Polizeibeamte keinerlei Anstalten, ihn zu seinem Streifenwagen zu begleiten, sondern betrachtete ihn vielmehr wie einen Geistesgestörten, der nicht mehr Herr der eigenen Sinne war.

»Aber, äh, Herr Kriminalhauptkommissar«, sagte der Beamte fast entschuldigend, »Ihr Landrover steht doch da vorn, nur fünfzig Meter von hier.«

Haderlein schaute ihn an, als hätte er gerade von der sensationellen Landung außerirdischer Wesen mit durchsichtigen Köpfen erzählt. Mit durchsichtigen Köpfen mit einem riesigen Vakuum als Inhalt.

»Sie können ihn nur nicht sehen, weil der Nebel so dicht ist«, fuhr er fort und schaute den Hauptkommissar mitleidig an. Es war ja auch schon sehr spät, und der Jüngste war Haderlein auch nicht mehr.

Dieser irrwitzige Tag schien und schien kein Ende nehmen zu wollen. Aber das hier war nun wirklich lustig. Da hatte der Lauf des Lebens mal, egal wie und warum, ein Streifenhörnchen in eine Sackgasse geführt. Super. Aber der Hauptkommissar wusste schon, wie er wieder Klarheit in dessen Gedankengänge bringen konnte.

»Fünfzig Euro, dass da vorn nicht mein Landrover steht«, sagte er lakonisch. »Dort steht vielleicht ein Auto, vielleicht sogar ein Landrover, irgendein Landrover, vielleicht sogar einer in der gleichen Farbe wie meiner, aber nie und nimmer mein eigener Freelander mit meinem Kennzeichen. Und wenn ich recht habe, dann werden Sie mich als Gegenleistung einen Monat lang durch die Gegend kutschieren, klar?«

Der Polizist feixte ihn etwas verunsichert an. »Wenn Sie meinen, Herr Kriminalhauptkommissar. Ich glaube, Sie sind ein wenig überarbeitet und unausgeschlafen. Und wir wissen ja alle, wie Sie drauf sind, wenn Sie zu wenig –«

»Mitkommen! Jetzt!«, befahl Haderlein barsch, und sie machten sich umgehend auf den Weg in die angegebene Richtung.

Der Polizist leuchtete mit einer großen Taschenlampe vorneweg und blieb schließlich an einem grauen Landrover Freelander mit Haderleins Kennzeichen stehen. Der Hauptkommissar war wie vom Donner gerührt. Die Außerirdischen hatten sich als real erwiesen. Das konnte doch unmöglich wahr sein! Aber nichtsdestotrotz – das hier war sein Wagen. Er erkannte ihn sofort an dem Dreck, der noch von der Fahrt zur Burgbaustelle an ihm klebte. Wortlos öffnete er seine Brieftasche und zahlte wie betäubt seine Wettschuld an den sehr zufriedenen Kollegen. Als er den Griff der Fahrertür betätigte, öffnete sie sich. Der Freelander war nicht einmal abgeschlossen gewesen! Drinnen allerdings fehlte der Zündschlüssel – genauso wie Lagerfeld.

In Haderleins Kopf begann es zu rotieren. Was hatte das jetzt schon wieder zu bedeuten? Wieso stand der Wagen hier? Und wo steckte sein junger Kollege? Er holte sein Handy heraus, versuchte Lagerfeld zu erreichen, erhielt aber nur eine automatische Nachricht, dass dieser *»temporarily not available«* sei. Wütend beendete er die Verbindung.

»Und wie lange steht mein Wagen schon hier?«, fragte er den Beamten.

»Seit der Einsatz läuft. Wir sind doch direkt an ihm vorbeigefahren, als wir ankamen.«

Haderlein stutzte. »Sie meinen, der Wagen war schon hier, bevor wir eintrafen?«, fragte er entgeistert.

Der Beamte nickte. Wäre Haderleins Gehirn ein Atomreaktor gewesen, hätte in diesem Moment die sofortige Kernschmelze eingesetzt. Das, was sich hier abspielte, war doch völlig unmöglich und unlogisch. Der Super-GAU, der unter normalen Umständen nie hätte eintreten dürfen. Haderlein überlegte fieberhaft. Wenn der Freelander hier stand, musste auch Lagerfeld in der Nähe sein, was aber nicht der Fall war. Außerdem war er telefonisch nicht zu erreichen.

Der Hauptkommissar ließ sich auf dem Fahrersitz nieder, um die Gesamtsituation zu verdauen. Sein Blick wanderte über die Konsolen und den vorderen Innenraum in der Hoffnung, etwas zu entdecken, was ihm zu einer sofortigen und allumfassenden Aufklärung verhelfen könnte. Aber das Einzige, was ihm ins Auge fiel, waren Lagerfelds Zigaretten inklusive Feuerzeug auf dem Beifahrersitz. Die Zigaretten, das war's. Er nahm die Schachtel an sich, sprang aus dem Auto und hielt die Schachtel Riemenschneider unter die Nase.

»Such, Riemenschneider!«, rief er und griff sich die Leine des Suchferkels. Das ließ sich den Befehl nicht zwei Mal sagen und schnüffelte kurz an der Packung – der Geruch war ihr ja hinlänglich bekannt. Dann ging sie ab wie eine Rakete – mit zwei Männern des polizeilichen Personals im Schlepptau.

Die wilde Fahrt fegte den gleichen Weg zurück, den sie gekommen waren, durchs Rotenhenne'sche Hoftor hindurch, am Haupthaus vorbei durch den Hof bis in den Garten. Riemenschneider hatte sich in ihre Aufgabe hineingesteigert und lief in kurzem Galopp schnurstracks zu der zerschossenen Holzbank, neben der man den Baron gefunden hatte. Dort blieb sie kurz stehen und beschnüffelte intensiv den Boden. Schließlich bog sie im Neunzig-Grad-Winkel nach rechts ab und folgte den tiefen Fußspuren bis zum Ufer der Baunach. Dort blieb sie stehen, schaute zum gegenüberliegenden Ufer und knurrte tief und drohend in die neblige Nacht. Schwer atmend hielten auch der Polizist und Franz Haderlein inne. Letzterer wollte seiner Riemenschneiderin gerade belobigend über den Kopf streichen, als diese plötzlich erstarrte. Sämtliche Haare standen ihr kerzengerade zu Berge, ihr kleiner Rüssel schnüffelte panisch. Bevor Haderlein noch reagieren konnte, rannte sie wie ein Windhund davon. An der Bank rutschte sie in der Kurve aus und schlitterte mehrere Meter weit in die feuchte Wiese, berappelte sich aber sofort wieder und blieb erst wieder an genau der Stelle stehen, an der Haderlein sie heute schon einmal gerettet hatte.

Der Hauptkommissar ging mit dem Polizisten bis zur Bank zurück, neben der er kopfschüttelnd stehen blieb. Auch Ruckdeschl gesellte sich dazu und erkundigte sich, was der hektische Auftritt eben zu bedeuten habe. Doch niemand hatte eine Erklärung. Haderlein rekapitulierte, was er wusste: Lagerfeld war also nicht nach Hause, sondern heimlich zum Anwesen des Barons zurückgefahren, zu der Bank hier gelaufen, dann zur Baunach und nun verschwunden. Der Hauptkommissar richtete seinen Blick in die dunkle Finsternis des gegenüberliegenden Ufers.

»Kann mich mal jemand aufklären, warum ihr hier meine Spuren ruiniert?«, fragte Ruckdeschl einigermaßen genervt.

»Lagerfeld war heute Nacht hier. Zumindest behauptet Riemenschneider das«, antwortete Haderlein.

Ruckdeschl bemerkte nicht nur die Ratlosigkeit in seinem Blick, sondern auch die Sorgen, die sich Franz um seinen jungen Kollegen machte. »Lagerfeld? Jetzt warte mal, Franz. Ich glaube, ich hab da was gefunden«, sagte er plötzlich und ging davon. Kurz darauf erschien er mit einem kleinen Plastikbeutel in der Hand, in dem sich ein schwarzer Plastikschutz mit dem Aufdruck »Marlboro«, Lagerfelds bevorzugte Zigarettenmarke, befand.

»Die Schutzhülle von Bernds iPhone.« Haderlein war verblüfft. »Wo hast du die gefunden?«

»Hier im Schilf«, sagte Ruckdeschl. »Nachdem du mit Riemenschneider ins Haus gegangen bist.«

Haderlein starrte ihn fassungslos an. Lagerfeld war also tatsächlich hier gewesen, daran bestand jetzt kein Zweifel mehr. Aber warum und zu welchem Zweck? Und wieso hatte er ihn nicht wenigstens angerufen? Je mehr der Hauptkommissar über die ganze Sache nachdachte, desto ungemütlicher wurden seine Schlussfolgerungen.

»Du machst dir Sorgen um Bernd?«, fragte Ruckdeschl.

»Die mache ich mir allerdings«, sagte Haderlein durch zusammengebissene Zähne, »und zwar in mehrerlei Hinsicht.« Zum x-ten Mal in den letzten fünf Minuten fuhr sich Haderlein mit der Hand durch die vom Nebel feuchten Haare.

»Wie meinst du das, Franz?«

»Ganz einfach«, knurrte Haderlein. »Entweder er ist unfreiwillig in diese Geschichte hier hineingeraten, dann ist er jetzt womöglich verletzt oder – noch schlimmer – tot. Oder er war mit voller Absicht hier und steckt irgendwie in der Sache mit drin.«

Ruckdeschl sah ihn ungläubig an. »Das ist doch nicht dein Ernst, Franz!«

Doch Haderlein schaute ihn mit traurigen Augen an. »Das ist sogar mein voller Ernst. So oder so, wir werden jetzt alle miteinander Lagerfeld suchen. Und wenn er bis zum Morgen nicht aufgetaucht ist – und zwar mit einer verdammt guten Erklärung –, dann werde ich ihn zur Fahndung ausschreiben, so wahr ich hier stehe.«

Haderlein ging schweigend davon, und der Streifenpolizist folgte ihm. Der Hauptkommissar klaubte noch Riemenschneider auf, dann verschwand er im nächtlichen Nebel Richtung Hoftor. Ruckdeschl stand allein und verloren neben einer von Schrotkugeln zerstörten Bank und hatte ein schlechtes Gefühl.

Er war noch einmal davongekommen. Durch seinen Instinkt, in diesem Fall aber eher mit Hilfe eines großen Zufalls. Wäre dieser Irre mit seinem Wohnwagen nicht aufgetaucht, wäre seine Lage wahrscheinlich nicht mehr so entspannt. Zwar hatte er die Verfolger erst einmal abgeschüttelt, aber die Frage blieb, wer sie überhaupt gewesen waren. Und wie hatten sie ihn so zielgenau finden können? Der Einzige, der wusste, wohin er unterwegs war, war Roald. Aber Roald war absolut vertrauenswürdig. Wenn er ihn hätte hochgehen lassen wollen, dann hätte er das schon früher tun können. Nein, Roald steckte nicht dahinter. Es sei denn, die hätten ihn –? Er verbot sich, den schrecklichen Gedanken weiterzudenken. Da musste etwas anderes dahinterstecken, aber auch das würde er, verdammt noch mal, herausfinden. Wütend trat er aufs Gaspedal und ließ Geschwindigkeitsbeschränkung Beschränkung sein.

Kurz vor neun Uhr morgens erreichte er die Stadtgrenze von Risør. In einer kleinen Straße namens »Storgata« parkte er den Nissan neben einer schneeweißen alten Villa. Sofort holte er den Garmin hervor, schaltete ihn ein und drückte einen kleinen, unscheinbaren Button auf dem Touchscreen, der mit »Scan« belegt war. Sofort begann das Navigationsgerät alle Frequenzen abzugleichen, derer es habhaft werden konnte. Nach siebenundzwanzig Sekunden wurde es fündig und zeigte einen roten Pfeil genau dort, wo der Nissan stand. Das Auto war verwanzt.

Kalte Wut stieg in ihm hoch. Wie hatte er nur so blöd sein können? Warum hatte er den Test nicht gleich am Fjord oder in Bergen gemacht? Tja, nachher war man immer schlauer, doch in diesem Fall hätte seine Nachlässigkeit tödlich enden können.

Er lief um den Wagen herum, doch der Zeiger des Scanners drehte sich immer in Richtung Führerhaus des Pick-ups. Sicherheitshalber ließ er das Gerät noch einmal suchen, aber das Ergebnis blieb gleich. Immerhin war die gute Nachricht, dass ansonsten keine versteckten Peilsender angezeigt wurden. Weder am Wagen noch an ihm selbst. Da er keine Lust verspürte und erst recht keine Zeit hatte, das Auto nach dem Sender abzusuchen, und sein unbekannter Feind sowieso wusste, mit welchem Fahrzeug er unterwegs war, gab es nur eine richtige Entscheidung.

Er nahm den Seesack mit seinen wenigen Habseligkeiten, zog sich eine gefleckte Tarnjacke über, die er hinten im Pick-up gefunden hatte, und schloss den Wagen ab. Dann folgte er den Koordinaten seines Armes, die er in das Navigationsgerät eingegeben hatte. Während er mit der Tasche über der Schulter und dem Navi in der Hand zum Hafen lief, machte er sich ein Bild von der Stadt. Schließlich hatte er sich – aus was für Gründen auch immer – selbst hierhergeschickt.

Risør, die auch »weiße Stadt am Skagerak« genannt wurde, lag an der äußersten Spitze einer Halbinsel zwischen dem Søndeled- und dem Sandnesfjorden und war eine der ältesten und schönsten Städte Südnorwegens. Große Patrizierhäuser säumten die Ufer des *»Indre Havn«*. Hier, so würde er bald feststellen, sprach man nicht mehr den Sørlan-Dialekt, da er die geografische Grenze zwischen den hart und weich gesprochenen Konsonanten bereits hinter sich gelassen hatte.

Im Sommer musste die Stadt einen für nordländische Verhältnisse fast südländischen Charme entfalten. Schon jetzt herrschte auf der Uferpromenade in der Frühlingssonne ein reges Treiben, das aber von dem Betrieb auf dem Wasser noch übertroffen wurde. Am Südufer hatten meist größere Motorboote festgemacht, während an den Bootsstegen des Nordufers etliche kleinere und größere Ruder- und Motorboote lagen. Im Hafenbecken allein herrschte mehr Verkehr als auf einer Kleinstadtkreuzung. Doch egal, ob Kinder in kleinen motorbetriebenen Ruderbooten oder Möchtegernkapitäne auf großen Jachten. Alle schienen ihr Handwerk zu verstehen. Insgesamt machte Risør den Anblick einer putzigen norwegischen Hafenstadt.

Er blickte auf seine Armbanduhr. Kurz vor zehn Uhr an einem Sonntag, und er stand mitten in einem Gewimmel von Menschen. Unauffällig beugte er sich über den Rand der Hafenmole und ließ bei dieser Gelegenheit den Zündschlüssel vom Nissan ins Wasser fallen. Zufrieden lehnte er sich zurück und sah sich um. Niemand hatte etwas bemerkt, niemand schaute sich nach ihm um, niemand interessierte sich für ihn, denn ganz Risør war damit beschäftigt, diesen grandiosen Frühlingstag zu genießen. Sein Navigationsgerät wies ihn eindeutig nach links zum nördlichen Hafen. In circa hundertzwanzig Metern würde er laut Angabe sein Ziel erreicht haben. Er bemerkte, wie er nervös wurde und seine Hände zu zittern begannen. Was würde ihn erwarten? Wahrscheinlich nichts, wie er sein Glück kannte, doch wenn er sich nicht bald in Bewegung setzte, würde er es nie erfahren. Was hatte er schon zu verlieren? Entschlossen machte er einen weiten Bogen nach links auf die kleine Uferstraße mit dem Namen Solsiden. Das hier war wirklich die Sonnenseite des Lebens. Überall standen kleine Bänke, auf denen man sich niederlassen konnte. Alle waren bereits von Norwegern belegt, die die Sonne aufsogen.

Plötzlich überkam ihn eine große Ruhe. Ein Gefühl, das er auch in Bergen gespürt hatte, als er vor dem »Bryggen Tracteurstedt« gestanden hatte. Geborgenheit. Auf der Stelle hätte er vor Glück losheulen können. Er fühlte sich wie ein kleines Kind, das voller Angst durch die Welt geirrt war und nun endlich das sichere elterliche Haus erreicht hatte.

Tausend Gedanken gingen ihm durch den Kopf. Wann würde wohl die Erinnerung an seine Vergangenheit zurückkehren? Wer war er gewesen? Wie und wo war er aufgewachsen? Wer waren seine Eltern? Hatte er Geschwister? Regungslos und versonnen blickte er auf das Treiben im Hafen. Für einen Moment rückte alles, was ihn belastete, in den Hintergrund. Er wollte einfach nur noch hier stehen und glücklich sein. Und dennoch, die Fragen …

»Servus, HG, schö, dass du widder amal aufdauchsd«, sagte plötzlich eine männliche Stimme hinter ihm.

Reflexartig fuhr er herum und nahm eine gebückte Verteidigungshaltung ein. Doch der Mann, der vor ihm stand, machte keine Anstalten, ihn anzugreifen. Im Gegenteil, der Typ grinste ihn fröhlich an und hielt ihm eine Flasche Bier hin.

»Und, wie war's? Erzähl. Übrigens auch schö, dass du noch leben dusd, echt glasse!«

Vorsichtig richtete Skipper sich auf. HG? Der Typ hatte ihn HG genannt. Türen seiner Erinnerung wurden geöffnet, Mauern eingerissen, eine weitere Kammer mit Licht geflutet. Fassungslos nahm er das ihm gereichte Bier und betrachtete den Mann: Jeans, Cowboystiefel und eine sehr neu wirkende, übergroße Sonnenbrille.

»Bernd?«, brach es aus ihm hervor.

»Genau der«, antwortete Lagerfeld lachend. »Mensch, bin ich froh, dass du endlich da bist! Ich wart fei jetzt seid fast vier Tagen weg. Jeden Tag Fisch und ohne gscheites Bier. Die Brüh da is ja zum Abgewöhna. Ich hab scho gedacht, du kommst gar nimmer. Des war heut deine letzte Chance, Alter. Wärst du heut net aufgetaucht – aber etzerd du mer erscht amal was drinken. Auf deine wohlbehaldene Rückkehr. Prost!« Er hob das Fläschchen mit dünnem norwegischem Bier in die Höhe.

Der frisch namensgekürte, immer noch sprachlose HG tat es ihm verdattert gleich. Während ihm das Bier die Kehle hinunterrann, hatte er Zeit, um nachzudenken. Er hatte den Mann sofort erkannt und gespürt, dass es eine positive Verbindung mit diesem Bernd gab. Er konnte ihm vertrauen. Aber wer war er? Woher kannte er ihn? Und wieso war er hier? Es war an der Zeit, das herauszufinden.

Als beide die kleine Flasche in einem Zug geleert und gleichzeitig wieder abgesetzt hatten, wich die spontane Wiedersehensfreude aus Lagerfelds Gesicht, und sein besorgter Blick schweifte von rechts nach links über die Uferpromenade. Als er nicht das fand, wonach er suchte, verdüsterte sich sein Gesicht.

»Ich weiß, du hast keinen Plan, HG, weil dir die Typen die Festplatte gelöscht und poliert haben. Aber ich muss dir diese Frage stellen: Wo sind Ewald und Marit?«

Der Kommissar konnte seinem alten Freund ansehen, dass er keine Ahnung hatte, wovon er sprach. Dann, gerade als er die Frage ausführlicher wiederholen wollte, ging eine drastische Veränderung mit dem großen kräftigen Mann vor. Sein Gesicht wurde maskenhaft starr. Es schien, als ob die Erinnerung erst langsam, dann aber gewaltig über ihn kam. Tränen liefen sein Gesicht hinunter, und HGs durchtrainierter Körper bebte in einem lautlosen Weinkrampf. In seinen Augen spiegelte sich abgrundtiefe Traurigkeit.

Spontan nahm Lagerfeld den alten Freund in den Arm. Der ließ es willenlos geschehen. Als HG sich wieder einigermaßen im Griff hatte, drehte Lagerfeld sich um und winkte der jungen Frau, die sich bisher dezent im Hintergrund gehalten hatte. Sie erhob sich von einer Bank und kam mit ernster Miene auf sie zu. HG schaute sie verständnislos an.

»HG, darf ich vorstellen? Das ist Tina«, erklärte Lagerfeld.

HG zuckte zusammen. Er wusste, wer sie war. Und da er auch wusste, was sie ihn gleich fragen würde, stiegen ihm erneut die Tränen in die Augen.

»Wo ist mein Vater? Wo ist Ewald, Hans Günther? – Und wo ist deine Marit?«, fügte sie leise hinzu.

Lagerfeld packte HG an den Schultern und schüttelte ihn, so fest er konnte. HG leistete keinen Widerstand.

»Jetzt red schon, Alter!«, rief Lagerfeld so laut, dass die ersten norwegischen Sonnenanbeter sich nach ihnen umdrehten. Der Kommissar ließ nicht locker, drosselte aber seine Stimme. Das, was er und Tina wissen wollten, war nun wirklich nicht für die Allgemeinheit bestimmt. Lagerfeld musterte den bedauernswerten HG. Es würde nicht mehr lange dauern, dann würde ihm der Typ hier umkippen. »Eure Nummer da oben ist gründlich schiefgelaufen, richtig?«

Stumm blickte ihn der gepeinigte HG aus tränennassen Augen an.

Dann ergriff die junge Frau wieder das Wort. »Das heißt, du bist allein zurückgekommen?«, stellte sie mit mühsam beherrschter Stimme fest.

HG nickte, und Lagerfeld und Tina wussten, was das zu bedeuten hatte.

»Scheiße«, rutschte es Lagerfeld heraus, und auch Tina fand, dass damit die Situation allumfassend beschrieben war. »Dann geht's jetzt erst richtig los.«

Georg Fiesder war stinksauer. Seit einer halben Stunde stand er in aller Herrgottsfrühe auf seiner Baustelle in Naisa nahe Litzendorf und versuchte seinen Hubschrauber anzufordern. Aber er konnte es versuchen, so lange er wollte, niemand hatte das Bedürfnis, mit ihm zu sprechen. Sein Pilot schien noch im Tiefschlaf zu verweilen, ans Handy ging er jedenfalls nicht, und auch das Telefon am Hubschrauberlandeplatz klingelte sich schier zu Tode. Natürlich, er hätte gern noch länger dem hiesigen Straßenbau zugesehen, aber er hatte noch anderes zu tun, weiß Gott. Auf diversen anderen Baustellen wartete man auf seine, Georg Fiesders, Anwesenheit. Zum wiederholten Mal drehte er den schwarzen Hut, der zu seinem Markenzeichen geworden war, nervös zwischen den Fingern, als das Taxi, das er schlussendlich bestellt hatte, in die Straße einbog. Auf dem Laster, neben dem er gerade stand, prangte noch ein Wahlplakat von seinem längst vergangenen Versuch, Bürgermeister von Breitengüßbach zu werden. Obwohl das nicht geklappt hatte, war Georg Fiesder im Bamberger Landkreis trotzdem in etwa so bekannt wie das HI-Virus. Kein Bürgermeisteramt, aber dafür Inhaber einer eigenen Fluglinie mit Hubschrauber. Gewinn machte er mit der »Fiesder Airlines« allerdings nicht, viel eher haushohe Verluste, die man aber praktischerweise bei der Steuererklärung geltend machen konnte. Zudem war es extrem cool, auf einer Baustelle mit dem eigenen Helikopter zu landen, kurz viel Wind zu machen, das Bier für die Arbeiter abzuladen und dann mit schwarzem Hut und einem lässigen Spruch wieder davonzufliegen.

Nach lässiger Konversation war dem schwarz behüteten Chef der »Fiesder Airlines« in diesem Moment allerdings wirklich nicht. Als ihn das Taxi an der Halle des Landeplatzes in Hohengüßbach absetzte, war er innerlich auf einhundertachtzig, und als weder Hubschrauber noch Pilot zu sehen waren, durchbrach er mit Wucht die Zweihundert-Grenze. Statt eines Helis stand mitten auf dem Landeplatz ein schrottreifer alter Lastwagen mit zerfetzter Plane, den er noch nie zuvor gesehen hatte. Auch dieser Umstand konnte die Laune Georg Fiesders nicht in den grünen Bereich anheben. Mit der Anmut eines Leopard Panzers walzte er in Richtung Büro, um endlich herauszufinden, was, verdammt noch mal, in seiner Firma eigentlich los war.

Im kleinen Büro des Hangars fiel ihm sofort auf, dass der Schlüssel für den Helikopter am Brett fehlte. Außerdem brannte überall das Licht, sowohl in der Halle als auch hier im Büro. Auf dem Schreibtisch neben dem Flugbuch stand noch eine halb volle Flasche Bier. Ein furchtbarer Verdacht keimte in ihm auf. Hatte sich sein teuer bezahlter Pilot Albrecht Kaim etwa einen hinter die Binde gekippt und unternahm jetzt einen kleinen Privattrip? Georg Fiesder schwoll der Kamm. Womöglich hatte sein Knecht sich auch noch irgendeine Architektenschnecke auf irgendeiner Baustelle aufgerissen und machte jetzt einen auf »Hasch mich, ich bin der Frühling«? Konnte man sagen: »Hi, ich bin Pilot, willste mal mitfliegen?«, dann war das mit den Mädels wesentlich einfacher als beispielsweise mit einem Fiat Panda.

Fiesder verließ das Flugbüro und blieb im hubschrauberleeren Hangar stehen, um sich sein weiteres Vorgehen zu überlegen. Sehr viele Möglichkeiten gab es nicht. Er konnte die Polizei rufen, allerdings konnte das teuer für ihn werden, wenn die eine Hubschraubersuche starteten, oder er konnte abwarten, aber das konnte noch teurer werden. Vielleicht hatte der liebe Albrecht den Heli ja auch einfach geklaut? Dann könnte er ein paar billige Schlagetots aus der Zapfendorfer Unterwelt organisieren, die dem guten Kaim nach seiner Rückkehr mal so richtig …

Aus dem hinteren Teil der Halle drang ein leises Klopfen an sein Ohr. Misstrauisch wandte Fiesder sich um, aber das Klopfen wiederholte sich. Jemand schien von innen gegen die Metalltür des Raumes für das Flugbenzin zu hämmern. Als der Bauunternehmer in Richtung des Geräuschs ging, sah er, dass die Tür mit einer massiven Fahrradkette gesichert war. Zum Glück steckte in ihrem Schloss noch der Schlüssel, sodass er sie schnell entfernen konnte.

Als er die Tür öffnete, traute er seinen Augen nicht. Vor ihm, auf dem staubigen Betonboden des Benzinraumes, lag sein Albrecht Kaim, die Hände waren ihm mit Kabelbindern auf den Rücken gefesselt worden. Der Anblick, den sein Pilot bot, war als erbärmlich zu bezeichnen. Seine Kleidung war durchgescheuert und voller Staub, die Haare hingen ihm wirr und zerzaust ums Gesicht. Und das, was er am Boden liegend an Sprache absonderte, war absolut unverständlich. Die Stimmbänder Kaims waren durch stundenlanges verzweifeltes Rufen völlig derangiert und hissten bereits seit Längerem die weiße Flagge. Als er seinen Chef erkannte, entrang sich seiner gequälten Kehle eine Art freudiges Grunzen, und er versuchte sich mit der letzten Kraft, die ihm noch verblieben war, an der Wand aufzusetzen. Erfolglos.

Als Kaims Oberkörper zum wiederholten Mal auf die Seite kippte, beugte sich Georg Fiesder zu ihm hinunter und schaute ihm streng in die verquollenen Augen. »Du, horch amal, Albrecht, wo issn mei Hubschrauber?«

Kaim brachte etwas heraus, was sich so ähnlich anhörte wie: »Loofdinden, urschd, inken. Loofdinden.« Jedem seiner Worte folgte eine kleine, feine Staubwolke.

Georg Fiesder konnte mit derlei undeutlicher Aussprache nicht das Geringste anfangen. Vielmehr steigerte er sich in einen für seine Untergebenen allseits bekannten Zustand hinein, der gemeinhin als »net gut drauf« bezeichnet wurde.

»Loofdinden? Was soll des denn etzerd haasen, Albrecht? Des is doch kaa Deudsch. Jetzt reiß dich amal zam und sach mir, wo mei Hubschauber is, Herrschaftsakrament! Und zwar bidde so, dass mer des a versteht! Oder is des dei komisches Biloden-Englisch?«

Die Adern am Hals des Angesprochenen traten vor lauter Anstrengung hervor. Kaim machte einen erneuten Versuch trotz des Staubes, der sich in seinem Mund befand, deutlich zu sprechen. »Glaud. Fodflogn, fodflogn. Glaud. Bemd Schid fodflogn«, krächzte er, während sein Gesicht die Farbe von Roter Beete annahm und seine Augen Anstalten machten, sein Gesicht fürderhin als Trabanten zu umkreisen.

»Bemd Schid? Is des a Israeli, oder was? Mensch, Albrecht, jetzt red halt amal Deudsch, sonst wer ich fei echt sauer!« Wütend packte Georg Fiesder seinen Hut und begann in dem beengten Raum auf und ab zu laufen, während Kaim es endlich schaffte, sich an der Wand in eine Art Sitzhaltung hochzuarbeiten.

Er pumpte wie ein Maikäfer auf dem Rücken, vor seinen Augen erschienen ineinanderfließende Punkte, hinter denen sein Herr und Meister wutentbrannt auf und ab stolzierte, irgendetwas von unfähigen Mitarbeitern und alles selber machen müssen vor sich hin murmelte und schließlich mit seinem schwarzen Hut mehrfach gegen den unschuldigen Benzintank schlug. Dann kam er wieder auf den armen Kaim zu, bückte sich und packte ihn am Kragen.

»Und wann is dieser Bemd Schid ford, Albrecht? Los, sach hald! Seit wann isser denn scho ford mit meim Heli? Hä, wann war des?«

Albrecht Kaim schluckte zwei Mal krampfhaft Staub hinunter, bevor er ein letztes Mal versuchte sich halbwegs verständlich zu artikulieren. »Esdern. Esdern. Fff… eieramend, unkel, naffd. Ffffeieramend, esdern.«

Fiesder stand kurz vor einer Explosion, die die Welt noch nicht gesehen hatte – und der liebe Albrecht erst recht nicht. Ganz offensichtlich wollte der ihn verarschen. Das hier war doch kein Ratespiel für fränkische Analphabeten. Mühsam beherrschte sich Fiesder und tätschelte intensiv die Wange seines Piloten, denn der machte allen Ernstes Anstalten, sich in den Schlaf zu verabschieden. Und das während der Arbeitszeit! »Albrecht!«, schrie Fiesder ihm direkt ins Ohr. »Albrecht, wie viel Stunden is des jetzt her? Verstehst du – Stunden!«

Der Pilot konnte nur noch mit Mühe die Augen offen halten. »Geine Ahng, geine Ahng. Esdern, unkel, naffd.«

Das war's. Georg Fiesder war bedient. Albrecht Kaim konnte oder wollte ihm, seinem Chef und Lohnbezahler, nichts sagen. Wieder mal ein Mitarbeiter, den er als unfähig abhaken konnte. Also gut. Der Akku seines Handys war leer, und das Firmentelefon im Büro war von diesem Unbekannten zerstört worden. Er würde jetzt zur Polizei fahren müssen, um den Diebstahl zu melden. Und wehe, er würde diesen Bemd Schid jemals in die Finger bekommen.

Bevor er dieses Ansinnen allerdings in die Tat umsetzte, ging er noch einmal ins Büro zurück und öffnete dort einen kleinen Schrank. Darin hingen sauber in einer Reihe etwa fünfzehn exakt gleich aussehende schwarze Hüte. Er suchte sich einen aus und warf den alten verstaubten aus dem Benzinraum in den Abfalleimer. Während er aus der Halle hinausstürmte, konnte er hinter sich noch die verzweifelte Stimme seines Piloten Albrecht Kaim vernehmen, der schon wieder irgendetwas Undefinierbares daherkrächzte: »Looofdinden, Looofdinden!«

Doch Georg Fiesder war in Eile und hatte auch keine Lust mehr, sich mit den Problemchen seines Mitarbeiters zu beschäftigen. Er hoffte für seinen Albrecht nur, dass die Halle und der Benzinraum aufgeräumt waren, wenn er zurückkam, sonst würde er ihm was erzählen.

Er lief um den Hangar herum in eine zweite, kleinere Halle, die vor einiger Zeit angebaut worden war, und fummelte ungeduldig mit seinem Schlüsselbund herum, bis er den entsprechenden Schlüssel gefunden hatte. Er öffnete die quietschende Tür und sah sich um. Die Halle war gefüllt mit Oldtimern aller Art. Pkw, Motorräder, Traktoren. Eigentlich hielt alles noch Winterschlaf, und bei den meisten der Fahrzeuge war sogar die Batterie noch ausgebaut, doch dann fiel sein Blick auf einen Traktor, an dem noch frischer Boden von einem Einsatz klebte. Es war ein silbergrauer Eicher, mit dem er erst letzte Woche Holz aus seinem Wald in Zapfendorf gerückt hatte. Das gute Stück aus dem Jahre 1959 war wahrscheinlich das einzig fahrbereite Gefährt in der Halle. Egal, ein Taxi würde er jedenfalls nicht mehr benutzen. Viel zu teuer, diese Gauner.

Er schob das Rolltor der Halle auf und startete den alten Traktor. Der Auspuff des Eicher spuckte dreißig Zentimeter oberhalb des schwarzen Fiesder'schen Hutes eine dunkle, schwarze Rauchwolke aus, während der Vierzylinder mit einem schwerfälligen »Gulp, gulp!« zu laufen begann. Der ungeduldige Bauunternehmer steuerte den Oldtimer aus seiner Halle hinaus und machte sich umgehend mit durchschnittlich circa zweiundzwanzig Stundenkilometern auf den Weg zur Polizeiinspektion in Bamberg.

Sie schaffte es gerade noch, mit einem erschrockenen Pfeifen das gut getarnte Nest zu verlassen, als ein stinkendes graues Eisenmonster mit großen Rädern an ihr vorüberrollte, auf dem ein kleiner, zornig blickender Mann mit schwarzem Hut saß.

So schnell, wie es gekommen war, so schnell verschwand das Monster mit dem schwarzhütigen Giftpilz am Steuer auch wieder mit einem leiser werdenden »Gulp, gulp, gulp!« am Horizont.

Als sich die Flussregenpfeifferin nach einigen Schrecksekunden wieder ihrem Nest zuwandte, blickte sie in zwei große, lange und tiefe Canyons, die das ehemals schmucke Feld von links nach rechts durchzogen. In einem der beiden Gräben waren die Umrisse ihres Nestes samt Inhalt noch am Grund zu erkennen. Das Nest lag nun zwar besser geschützt tief in der Erde, war allerdings auch nur noch zweidimensional existent und bildete das Profil eines grobstolligen Traktorreifens der Firma Goodyear ab.

Die Flussregenpfeifferin war höchst verärgert und aufs Tiefste frustriert. Der Frühling ging ja wieder gut los. Schlagartig kam ihr eine Idee. Wie war das noch mal? Ein Blitz schlug niemals zwei Mal in den gleichen Baum ein, und sehr wahrscheinlich verhielt es sich mit menschlichen Traktoren nicht anders. Entschlossen begab sie sich auf den Grund der Traktorspur und begann auf den Fundamenten des alten Nestes ein neues Zuhause zu errichten.

Die Flussregenpfeifferin bewegte sich auf einem für ihre Vogelgattung sehr ungewöhnlichen Gebiet. Normalerweise beliebten die kleinen scheuen Vögel, ihr Gelege in Flussniederungen wie etwa am Main, der Itz oder der Baunach zu platzieren. Aufgrund traumatischer Erlebnisse in den letzten Jahren, die die übliche Flussregenpfeiffer-Vermehrung mittels Eierlegen und dem anschließenden Ausbrüten verhindert oder zumindest massiv erschwert hatten, hatte sich dieses weibliche Muttertier zu einem radikalen Umdenken entschlossen. Zertretene Brut, Frauenleichen auf dem Gelege, rabiate Biberfamilien? Nein, es war Zeit, im Zuge der evolutionären Weiterentwicklung ihrer Art neue Wege zu beschreiten. Raus aus den beengten Flusstälern voller Naturgewalten und naiv-fränkischer Tollpatsche. Auch wenn es gegen ihre ureigensten Instinkte verstieß, konnte das so auf keinen Fall weitergehen. Außerdem war dieses hübsche Feld auf einem Höhenrücken mit vielen kleinen Steinen, die Flusskies ähnelten, fast genauso gut wie eine Kiesbank am Fluss.

Aufgeregt scannte sie noch einmal die Umgebung. Nichts und niemand war zu sehen oder zu hören, nur das leise Rauschen des Windes. In der freudigen Erwartung, die jeder werdenden Mutter innewohnt, spreizte sie die Flügel und ruckelte sich auf dem Nest zurecht. In allernächster Zeit würde sie nun ihre Eier in dieses wundervolle, gut getarnte Nest legen. An den Vater der Brut verschwendete sie allerdings keinen Gedanken mehr. Der war ein absoluter genetischer Fehlgriff ihrerseits gewesen, ein unüberlegter One-Night-Stand in einem Holunderstrauch nahe Ebensfeld. Eigentlich war er ein hübscher Kerl, aber den tiefen Teller hatte er nicht gerade erfunden. Außerdem war er sehr unzuverlässig und allgemein eine rechte Schlappsau. Schon sein dämlicher Anmachspruch hätte sie stutzig machen müssen. »Hi, Süße. Ich bin so schlecht im Bett, das muss ich dir unbedingt mal zeigen.« Kaum zu glauben, dass der bei ihr gezogen hatte. Zudem hatte das, was anschließend passiert war, auch voll und ganz seiner Ankündigung entsprochen. Bevor sie sich noch ein weiteres Mal mit ihm einließ, würde sie lieber eine Woche lang Maden fressen. Nun gut, Schwamm drüber. Sie duckte sich in die Traktorspur.

Kreuzflug

Haderlein hatte alle aus dem Bett gescheucht: die komplette Mannschaft der Dienststelle sowie Ute von Heesen, die versteinert im verdreckten Blaumann auf einem Stuhl saß und wiederholt ihren Bernd auf dem Handy zu erreichen versuchte. Aber sein iPhone war noch immer ausgeschaltet, wieder sprach sie mit weinerlicher Stimme auf die Mailbox.

Fidibus ergriff als Erster das Wort. »Nun, auch wenn unser lieber Kollege Schmitt vielleicht eine etwas extravagante Lebensführung praktiziert, in irgendeine krumme Sache verwickeln lassen würde er sich mit Sicherheit nicht.«

Alle Anwesenden nickten beipflichtend, nur Ute von Heesen starrte apathisch Löcher in die Luft. Auch Haderlein nickte, obwohl er von Berufs wegen stets alle Möglichkeiten in Betracht ziehen musste. Spätestens seit Lagerfelds Verschwinden war dieser Fall ein einziges Tohuwabohu.

»Wenn Sie mich fragen, ist dieser ganze Fall ein einziges Wohubotohu«, sagte Robert Suckfüll resigniert, bevor er stutzte, weil er selbst gemerkt hatte, dass etwas mit diesem Begriff nicht stimmte. »Ein Bohuwatobu«, verbesserte er sich, doch niemand amüsierte sich über seinen erneuten sprachlichen Fauxpas. Dafür war die Lage viel zu ernst.

»Wir werden Folgendes machen«, verkündete Haderlein wild entschlossen. Er hatte zwar auch keine wirkliche Idee, aber wenn man einen hohen Berg besteigen wollte, musste man ja auch mit dem ersten kleinen Schritt anfangen. »Zuerst werden wir die Spurensicherung auf die andere Seite der Baunach schicken. Mal schauen, was die herausfinden. Ich für meinen Teil werde die Gerichtsmedizin besuchen und brauche anschließend einen Spezialisten, der mir alles über diese russischen Zigaretten erzählen kann.

Dann wird es Zeit, jeden, der auf dieser Burgbaustelle arbeitet oder gearbeitet hat, zu überprüfen. Von allen brauche ich die Personalien und außerdem eine lückenlose –« Haderlein unterbrach seine Rede, weil vor der Tür des Büros Lärm und Geschrei ertönte.

Als sich alle danach umdrehten, wurde die Tür von einem kleinen Mann mit schwarzem Hut und hochrotem Kopf aufgestoßen. Zwei

Polizisten ohne Jacke und Dienstmütze hatten verzweifelt versucht Georg Fiesder davon abzuhalten, in die Büroräume der Dienststelle einzudringen, waren aber kläglich gescheitert. Sie hatten sich nicht getraut, grobe Gewalt anzuwenden, schließlich war der Mann ja leidlich prominent und CSU-Kreisrat noch dazu. Die oberfränkische Lokalprominenz stand somit jetzt von zwei reichlich schuldbewusst dreinblickenden Polizisten flankiert mitten im Raum und brüllte hemmungslos durch das Büro.

»Sach amal, schlaft ihr bei der Bolizei, oder was is los? Da kaa irchendsoa dahergelaufener Bemd Schid mein Hubschrauber klemma, und die Bambercher Bolizei hoggd stinkfaul da in der Gechend rum! Ich verlang, dass sofort eine groß angelechte Offensive gedädigt wird, damit mir der Hubschrauber widder beikumma dud!«

Mit einer beschwichtigenden Geste wagte sich Fidibus in die Nähe des Aufsässigen. »Jetzt beruhigen Sie sich doch erst einmal, Herr Fiesder. Alles noch einmal der Reihe nach. Habe ich das richtig verstanden, dass Ihr Hubschrauber widerrechtlich entwendet wurde?« Beruhigend legte er die Hand auf Fiesders Schulter und gab den beiden Polizisten mit einer Kopfbewegung Bescheid, dass sie hier nicht mehr benötigt wurden. Und tatsächlich wurde Georg Fiesder etwas leiser. »Ja, genau. Von einem gewissen Bemd Schid. Zumindest hat des mei Bilod so erzählt.« Immer noch ziemlich gereizt rückte er sich seine Jacke zurecht, an der er von den beiden Polizisten gezogen worden war.

Haderlein war aufgesprungen. »Bemd Schid?«, fragte er aufgeregt. »Könnte er nicht vielleicht Bernd Schmitt heißen? Wie hat der Mann ausgesehen?« Er stand jetzt dicht vor dem kleinen Bauunternehmer und blickte auf ihn hinunter.

Georg Fiesder war aufgrund des massiven Auftretens von Franz Haderlein etwas verunsichert. »Na, des waaß ich doch ned«, sagte er beinah entschuldigend. »Des müssd ihr mein Albrecht fragen. Aber der is ned da, der lichd noch gfesselt obe im Benzinraum vom Fluchblatz.« Er zuckte mit den Schultern.

Robert Suckfüll war entsetzt. »Gefesselt in Ihrem Benzinraum? Ja, aber wollen Sie ihn nicht vielleicht mal losbinden?«

Auf Georg Fiesders Gesicht erschien ein Leuchten der plötzlichen Erkenntnis. Er nahm sogar seinen schwarzen Hut ab, um sich lachend am Kopf zu kratzen. »Losbinden, genau, des sollte des haaßen! Ich hab erscht gar ned kapiert, was der Albrecht mit seim ewichen ›Loofdinden!‹ gemaant hat. Wahrscheinlich hat er ned gscheid reden gekonnt, weil er den ganzen Staub nunnerschlucken gemusst hat.«

Georg Fiesder trafen Blicke der Ungläubigkeit, als hätte er soeben die Homosexualität des Papstes verkündet. Aber der Bauunternehmer war noch nicht am Ende seiner abwegigen Gedankengänge und plauderte munter weiter. »Erscht hab ich ja gedachd, des wär sei komisches Hubschrauber-Englisch. Und des versteh ich ja ned, weil mir früher in der Haubdschul ja ned –«

Weiter kam er nicht in seinen Ausführungen. Haderlein hatte ihn mit beiden Händen am Kragen gepackt. »Fiesder, wo ist dieser Pilot?«, fragte er mit unverhohlen drohender Stimme.

Der Bauunternehmer erschrak. »Na, obe aufm Fluchblatz im Benzinraum. Hab ich doch grad scho gsacht.«

Eine Kolonne aus zwei Dienstwagen der Kriminalpolizei, der Spurensicherung und zwei Streifenwagen fuhr mit Blaulicht und in Höchstgeschwindigkeit hinter Breitengüßbach die steile Waldstraße nach Hohengüßbach hinauf.

Am Flugplatz fiel Haderlein der Laster mit der zerfetzten Plane ins Auge, und er gab der Spurensicherung den Befehl, sich sofort darum zu kümmern. Georg Fiesder ging allen voran zum Benzinraum, wo Albrecht Kaim schlafend am Boden lag. Haderlein schnitt ihm die Kabelbinder durch, richtete ihn an der Wand auf und weckte ihn vorsichtig. Als der verstaubte Pilot zu sich kam, lächelte er hocherfreut in die Runde, und Fidibus schickte Huppendorfer sofort Wasser besorgen.

»Na, Albrecht, wie geht's dir? Ich bin's, dei Chef! Is dir jetzt eigfallen, wo mei Hubschrauber is?«, fragte Georg Fiesder. Seine bisher so erregte Miene hatte sich in die eines Honigkuchenpferds verwandelt. »Döffst vo mir aus aach heut freimachen, Albrecht«, säuselte er seinem erschöpften Piloten zu.

Sofort verdunkelte sich Kaims Miene. »Fegisses. Albecht gündicht!«, brachte er mühsam hervor, bevor er einen gigantischen Hustenanfall bekam, der den Bodenstaub im Raum aufwirbelte, sodass alle Anwesenden bis zu den Knien in eine feine weiße Wolke gehüllt wurden.

Fidibus tippte Fiesder von hinten auf die Schulter. »Herr Fiesder,

Sie gehen jetzt in Ihr Büro und halten sich zu unserer Verfügung«, sagte er in einem sehr amtlichen Tonfall. »Die Einzigen, die jetzt mit Ihrem Piloten sprechen werden, das sind wir.«

Fiesder hob an zu protestieren, aber diesmal griffen zwei Polizeibeamte kompromisslos zu und schoben den um sich schlagenden Bauunternehmer zur Tür des Benzinraumes hinaus.

Lagerfeld erwachte mit einem Gefühl, als hätte er die letzte Nacht durchgesoffen. Der Länge nach ausgestreckt fand er sich auf einem mit Stoff bespannten Untergrund wieder, sein Kopf war auf seine zusammengerollte Jacke gebettet. Ein bleiernes Gefühl hatte sich seiner bemächtigt, ein merkwürdiger Geruch stieg ihm in die Nase, die Augen weigerten sich, die Lider zu heben, und sein Kopf dröhnte. Er musste wirklich einen gewaltigen Kater haben. Zu dieser Theorie passte auch, dass er sich nicht die Bohne an die gigantische Zecherei erinnern konnte, die da abgelaufen sein musste.

Schließlich konnten sich die Befehle seines Gehirns doch bis zu den adressierten Rezeptoren durchschlagen, und er öffnete mühsam die Augen. Gleich mehrere Dinge verwirrten ihn. Erstens: Das Dröhnen schien nicht von seinem Kopf herzurühren, sondern von diesem Raum, in dem er auf einer Art Pritsche lag. Zweitens: Die kleine Kammer vibrierte ganz gewaltig, was bei ihm in Rückenschmerzen resultierte. Permanente kleine Schläge. Aber wieso gab es denn keine Tür hier, sondern nur diesen kleinen Durchgang? Ächzend wie ein alter Mann richtete er sich auf der Liege auf und rieb sich mit beiden Händen das Gesicht. Eins war klar: Hatte man einen Kater, so musste man systematisch vorgehen. Also: Was war das Letzte, woran er sich erinnern konnte? Baron, Essen, Haderlein abliefern – Stück für Stück kramte er die Ereignisse des letzten Abends aus seinem Gedächtnis hervor, bis, ja, bis seine Erinnerung die Gartenbank samt Schrot, der in die Bank einschlug, und zersplittertem Holz, das ihm um die Ohren flog, zutage förderte.

Lagerfeld war sofort hellwach, seine Hände krampften sich um das Metallgestänge der Liege. Er hatte begriffen, dass er nicht durchgezecht hatte und dies hier auch keine Ausnüchterungszelle war. Das hier war ein Helikopter, und der befand sich im fliegenden Zustand.

Er erhob sich und wankte auf den schmalen Durchgang zu. Ab

und an musste er sich mit ausgestrecktem Arm an der Wand abstützen, da ihm doch etwas schwindelig war. Als er in die Kanzel schlurfte, drehte sich der Pilot, der sich auf dem linken Sitz gerade noch mit den Instrumenten beschäftigt hatte, zu ihm um.

»Hi, Bernd«, sagte der muskulöse Mann lächelnd, der den Hubschrauber steuerte. »So sieht man sich wieder. Setz dich, aber fass bitte nichts an.«

Lagerfeld nahm das Angebot dankend an und ließ sich auf dem extrem bequemen Gestühl des Kopiloten nieder. Draußen rauschte der Wind vorbei, und weiter unten, unter der Nebeldecke, konnte er diffuse Lichter erkennen. Er blickte zur Seite. Obwohl der Mann einen Pilotenhelm trug, hatte er ihn sofort erkannt. Zweifellos handelte es sich bei ihm um seinen alten Kumpel Hans Günther aus seinem Judoverein. Da er ihn leibhaftig vor sich sah, fiel ihm auch wieder sein voller Name ein. Jahn, Hans Günther Jahn. Bayerischer Jugendmeister im Judo, Mädchenschwarm und der garantierte Türöffner für jede Art von Fete, zu der man sonst vielleicht nicht zugelassen worden wäre. Allerdings hatte er schon immer überhöhte Ansprüche an das weibliche Geschlecht gestellt und war zu Zeiten ihres Abiturs im Vergleich zu dem austrainierten Muskelpaket, das jetzt neben Lagerfeld saß, ein Spargeltarzan gewesen.

»Hallo«, grüßte Lagerfeld etwas gequält zurück, denn er hatte eine dringender werdende Unpässlichkeit bemerkt. »Ich müsste mal pissen, HG, und zwar relativ bald. Gibt es irgendeine Möglichkeit hier in deinem Schraubhuber, oder muss ich eine Windel anlegen?«

Hans Günther Jahn blickte ihn von der Seite mit einem schelmischen Grinsen an. »Immer noch der gleiche Scherzkeks wie früher«, stellte er fest. »Wir werden in circa acht Minuten landen. Wenn du es dir bis dahin verkneifen kannst, kannst du deinen Strahl sofort in die Ecke stellen, wo er keinen stört.«

Lagerfeld ließ diese Aussichten unkommentiert. Seine Gedanken schlugen bereits Purzelbäume. Fragen über Fragen brannten ihm auf der Zunge. »Wo sind wir, HG, und was hast du mit mir vor?«, wollte er wissen.

Sofort wurde HG Jahn ernst. Er wirkte leicht geistesabwesend, als er antwortete: »Wir sind im Norden und brauchen Treibstoff. Alles Weitere werde ich dir später erklären, Bernd. Nur so viel jetzt: Ich will dir nichts Böses, ganz und gar nicht. Ich brauche dich. Du musst mir helfen. Ich stecke ziemlich in der Scheiße, aber mehr kann ich dir im Moment nicht sagen.«

Jetzt war es an Lagerfeld, laut loszulachen. »So so, ziemlich in der Scheiße steckst du also? Du hast ja wohl den Arsch offen, HG, oder? Erst sehen wir uns fünfzehn Jahre nicht, und dann entführst du mich, einen ermittelnden Kriminalbeamten aus Bamberg, mir nichts, dir nichts in deinem Hubschrauber und bildest dir auch noch ein, dass ich dich aus irgendeiner Scheiße rausholen soll? Und das Ganze ohne jegliche Infos, worum es überhaupt geht! Du hast ja echt einen an der Erbse, HG! Das ist eine verdammt dürftige Informationspolitik, die du da betreibst, Alter. Ich hoffe, das weißt du?«, ereiferte sich Lagerfeld, während Hans Günther Jahn schweigend vor seinen Instrumenten saß und geradeaus in die Nacht starrte.

»Von was für einer Art Scheiße reden wir denn, wenn ich fragen darf?«, bellte Lagerfeld erbost vor sich hin. »Eine finanzielle, eine kriminelle, hast du jemand sehr Gefährlichem die Frau ausgespannt, oder hast du einfach nur generelle Frauenprobleme? Sollte der Fall so geartet sein, bin ich jedenfalls der völlig Falsche, der zur Lösungsfindung beitragen kann.« Er lachte bitter, meinte aber bemerkt zu haben, dass HG bei dem Wort »Frau« kurz zusammengezuckt war.

Als er sich zu Lagerfeld umdrehte, sah der junge Kommissar abgrundtiefe Hoffnungslosigkeit in seinem Gesicht. Lagerfeld spürte ein leises Frösteln an sich hochkriechen, während der Blick des alten Freundes wie Blei auf ihm ruhte.

»Bernd«, sagte HG mit Grabesstimme, »das hier ist nicht irgendein Firlefanz. Hier geht's um Leben und Tod. Wir reden von einer absoluten Megascheiße. Du musst mir dabei helfen, die Welt zu retten!« Sein Blick wurde erst zynisch, dann eisern, und Lagerfeld wusste, dass es HG verdammt ernst war mit seinen Worten. Der coole, abgezockte Hans Günther Jahn, den er von früher kannte, befand sich in allergrößter Not.

»Ich kann dir alles bald ausführlicher erklären, Bernd, aber jetzt müssen wir erst mal landen. Halt die Klappe und schnall dich an.«

HG umfasste den Steuerknüppel des Helikopters, und der Heli begann umgehend zu sinken. Zwei Minuten später setzte er auf dem betonierten Untergrund eines Lagerfeld unbekannten Flugfeldes auf, und die Rotoren liefen langsam aus.

Albrecht Kaim saß auf dem Boden an der geöffneten Heckklappe des vor Kurzem eingetroffenen Krankenwagens. Seine Füße baumelten in der Luft, über seine Schultern hatte man ihm eine graue Filzdecke des Roten Kreuzes gelegt, und die zweite Wasserflasche hatte er bereits zur Hälfte geleert. Vor ihm auf der Wiese des Landeplatzes standen Sanitäter, Polizisten und Kriminalbeamte und warteten darauf, dass der arme Kaim endlich wieder normal kommunizieren konnte.

Der Pilot war sichtlich fertig mit der Welt. Durst hatte er zwar keinen mehr, aber dafür war er unendlich müde. Er spürte jede Faser seines Körpers und wollte nur noch schlafen, allerdings schwante ihm, dass diese Menschen, die da so erwartungsvoll um ihn herumstanden, erst noch ein paar Auskünfte von ihm wollten.

Ein großer, durchtrainiert aussehender Mann in den späten Fünfzigern kam auf ihn zu.

»Na, wie geht es Ihnen, Herr Kaim? Ich hoffe, Sie sind wieder einigermaßen auf dem Damm?«

Der Pilot brachte ein gequältes Lächeln zustande und nahm sicherheitshalber noch einmal einen großen Schluck aus der Wasserflasche.

»Mein Name ist Haderlein, ich leite die Ermittlungen«, fuhr der Mann fort. »Es tut mir leid, Herr Kaim, aber wir müssten Ihnen dringend noch ein paar Fragen stellen. Ich kann Ihnen jedoch versichern, dass eine Streife Sie nach Hause bringen wird, sobald wir fertig sind.«

»Und zusätzlich stellen wir einen Wachposten vor Ihre Tür, damit Ihr Chef nicht noch einmal vorbeikommt«, bemerkte Huppendorfer.

Niemand konnte sich ein Grinsen verkneifen, nur Albrecht Kaim konnte kein bisschen darüber lachen

»Dann erzählen Sie mal, was gestern Abend passiert ist. Und schön langsam und der Reihe nach, lassen Sie sich Zeit.« Haderlein setzte sich neben ihn auf den Boden des Krankenwagens, während Huppendorfer sein Notizbuch zückte.

Albrecht Kaim erzählte von der Ankunft des Lastwagens, der angeblichen Reservierung und dem gekonnten Niederschlag durch den fremden Mann. Im Benzinraum war er wieder aufgewacht und hatte feststellen müssen, dass er gefesselt am Boden lag. Die ganze Nacht hatte er damit verbracht, um Hilfe zu rufen. So lange, bis sein Chef ihn in der Früh gefunden hatte.

»Nun gut, und wie hieß dieser Mann jetzt genau?«, wollte Haderlein wissen. »Herr Fiesder hat uns etwas von einem gewissen Bemd Schid erzählt. War das der Name, den der Mann angegeben hat, der Sie niedergeschlagen hat, oder war das nur etwas undeutlich formuliert?«

»Ich sag Ihnen mal was!«, fauchte Kaim ihn böse an. »Ich möchte Sie mal sehen, was Sie für Quark zusammenfaseln, wenn Sie einen Zentner Staub im Mund haben.«

»Ist ja gut, Herr Kaim, ist ja gut. Es tut mir leid, wenn ich mich missverständlich ausgedrückt habe, aber ich wäre Ihnen jetzt wirklich sehr verbunden, wenn Sie uns den korrekten Namen des Mannes mitteilen könnten. Ihr Chef kann Sie nicht mehr stören, also frei heraus mit der Sprache.«

Kaims Augen wanderten in Richtung des hell erleuchteten Büros, wo man hinter der großen Frontscheibe einen heftig mit seinen Polizeibewachern diskutierenden Georg Fiesder sehen konnte. Dann drehte er sich wieder zu Haderlein. Seine Gesichtszüge hatten plötzlich etwas Lauerndes an sich, seine Augen blitzten.

»Versprechen Sie mir, dass Sie ihn über Nacht einsperren und erst morgen, gleiche Zeit, wieder rauslassen?«, fragte Kaim. »Als Genugtuung oder Wiedergutmachung sozusagen? Kündigen tu ich sowieso.«

Haderlein war verdutzt ob der unerwarteten Bitte und schaute zu Fidibus.

»Also, wenn's der Wahrheitsfindung dient, dann dürfte das kein Problem sein«, sagte der Chef. »Widerstand gegen die Staatsgewalt, unterlassene Hilfeleistung, Verdacht auf Drogenkonsum. Das kriege ich schon hin. Ich glaube, vierundzwanzig Stunden Untersuchungshaft täten ihm ganz gut. Ich werde das mit dem Staatsanwalt abklären.«

»Gut.« Das aufgequollene Gesicht des Piloten strahlte. »Schmitt. Der Mann, der mir den Schwinger verpasst hat, heißt Bernd Schmitt.« Kaum dass er seine Aussage gemacht hatte, bemerkte er, wie die Umstehenden zusammenfuhren und die Luft anhielten.

»Sind Sie sicher?«, fragte Haderlein Kaim in der Hoffnung, er könnte sich getäuscht haben. »Bernd Schmitt?«

»Absolut sicher«, bekräftigte der Pilot seine Aussage. »Mein ganzes Leben werde ich dieses Gesicht und diesen Namen nicht mehr vergessen. So wahr ich hier sitze und Albrecht Kaim heiße.« Wie zur Bekräftigung nahm er einen weiteren tiefen Schluck aus der Wasserflasche.

Haderlein stand auf, begab sich zu seinem Chef Robert Suckfüll und winkte auch Huppendorfer dazu. »Lagerfeld hat doch keinen Pilotenschein, oder weiß hier jemand mehr als ich?«, fragte er in die Runde, aber sein Chef und Huppendorfer verneinten. Entweder war der Schlag auf den Kopf des Piloten doch von größerer gesundheitlicher Tragweite, als es zunächst schien, oder die Sache war noch weitaus komplizierter als ohnehin schon. Haderlein beschloss zu improvisieren. Eigentlich war Improvisation ja Lagerfelds Terrain, aber warum nicht auch einmal seinem jungen Kollegen nacheifern?

Er setzte sich wieder neben Kaim und zog das Foto heraus, das ihm die Architektin von der Weihnachtsfeier auf der Stufenburg gegeben hatte. »Schauen Sie sich dieses Foto doch einmal genau an, Herr Kaim. Ist dieser Bernd Schmitt vielleicht irgendwo darauf zu sehen? Lassen Sie sich ruhig Zeit, seien Sie gründlich beim Betrachten.«

Doch Albrecht Kaim hielt sich nicht unnötig auf. »Da hinten, der Große mit dem Bart. Das isser. Das ist Bernd Schmitt!«, rief er. »Nur der Bart ist jetzt weg. Jetzt ist er mehr so unrasiert. Trägt einen Dreitagebart. Aber er ist es, ganz sicher.«

Haderlein nahm das Foto wieder an sich. »Nein, das ist er nicht«, widersprach er grimmig, während Huppendorfer und Fidibus mit fragendem Blick näher gekommen waren. »Der Mann, der gestern hier war, hat sich nur den Namen meines Kollegen ausgeliehen. Sagen Sie, Herr Kaim, und Sie sind sich ganz sicher, dass der Mann allein war? Da saß nicht noch jemand im Lastwagen?«

Der Pilot schüttelte den Kopf. »Nee, der war allein. Und im Führerhaus hat auch niemand gesessen, das hätte ich doch gesehen.«

»Gut, Herr Kaim, letzte Frage: Gibt es eine Möglichkeit, festzustellen, wo der Hubschrauber hingeflogen ist?« Erwartungsvoll blickte Haderlein den Piloten an.

Kaim nickte bereits heftig. »Normalerweise schon. Jedes motorbetriebene Fluggerät in Deutschland hat einen sogenannten Transponder an Bord. Dieser Transponder sendet während des Fluges ein Signal an die Flugsicherung, sprich den nächstgelegenen Flughafen, damit die Flugsicherung jederzeit weiß, wer wo im deutschen Luftraum unterwegs ist. Um es ganz genau zu sagen: Der Flug, egal wohin, hätte sogar angemeldet werden müssen. Man könnte den Transponder natürlich auch abschalten, aber wenn ein Fluggerät ohne Transponderkennung vom Radar erfasst wird, steigen fünf Minuten später ein paar Tornados oder Eurofighter auf, um zu überprüfen, wer sich da in der Luft rumtreibt. Keine Chance, unentdeckt zu bleiben. Dieser Hubschrauber und seine Flugroute sind mit Sicherheit dokumentiert.«

Haderlein erhob sich so abrupt, dass der Krankenwagen aufgrund des plötzlichen Gewichtsverlustes kurz nach oben wippte. »Gut, Herr Kaim, das war's dann. Einer der Kollegen wird Sie nun nach Hause bringen, dann können Sie sich erst einmal ausschlafen. Wenn wir noch Fragen haben, werden wir uns wieder bei Ihnen melden. Vielen Dank.« Haderlein gab ihm kurz die Hand, dann versammelte er Fidibus und Huppendorfer um sich, zeigte ihnen das Bild und klärte sie über die Herkunft des Fotos auf.

»Dann hat also dieser Kiesler den Hubschrauber entführt«, stellte Huppendorfer fest. »Aber was spielt Lagerfeld für eine Rolle in der ganzen Angelegenheit? Wieso hat Kiesler seinen Namen benutzt?«

»Tja, das ist die Eine-Million-Dollar-Frage«, sagte Haderlein, der bereits eine Vermutung hatte. »Aber ehe wir die klären, wirst du, Cesar, herausfinden, ob dieser Hubschrauber bei der Flugsicherung registriert wurde. Wenn ja, dann bin ich sehr gespannt, wohin die Reise ging.«

Während Huppendorfer eilig abdampfte, sagte Fidibus: »Gut, Haderlein, dann werde ich mal den sehr geschätzten Kreisrat Georg Fiesder in sein Verlies begleiten. Das wird sicher ein sehr kurzweiliges Unterfangen. Und bevor ich es vergesse: Sie wollten von mir doch eine fachkundige Adresse wegen der russischen Zigarettenfrage. Ich glaube, ich habe den Richtigen für Sie an der Hand. Und lassen Sie sich nicht abschrecken, Haderlein, der Mann ist kompetenter, als er vielleicht wirkt.« Er reichte Haderlein eine Visitenkarte, die dieser flüchtig besehen wegsteckte. »Tabakwaren Breithut, Coburg«, hatte er gelesen, aber mit diesem Thema würde er sich erst zu einem späteren Zeitpunkt beschäftigen können.

Fidibus seinerseits machte sich umgehend und freudig auf den Weg zum Büro des kleinen Flugfeldes. Georg Fiesder über seine Rechte zu belehren war mal etwas anderes als die übliche Aktenwälzerei.

Haderlein hatte derweil andere Pläne. Er würde sich den Lastwagen vornehmen. »Irgendetwas muss der doch zu erzählen haben«, brummte er zu sich selbst und beobachtete die Spurensicherung, die bereits intensiv am und im Laster zugange war. Nur Ruckdeschl stand als Chef daneben auf der Wiese und notierte eifrig etwas vor sich hin. Haderlein ging wortlos an ihm vorbei und schaute sich den Laster von vorn bis hinten an. Ein altes MAN-Modell mit grobstolligen Zwillingsreifen hinten. Das dunkle Grün der Lackierung hatte sich schon an vielen Stellen mit einem roten Rostton arrangiert, die alte grüne Lkw-Plane hing an allen Seiten nur noch in Fetzen herunter, die Aufschrift »Kaliko Bamberg« war aber noch gut zu lesen. An der Rückseite des Lkws fehlte die Plane allerdings völlig. Die Ladefläche des Lastwagens war weitestgehend frei. Haderlein entdeckte eine Holzkiste, aus der ein paar Werkzeuge herausschauten, eine selbst gebastelte Liege aus Bundeswehrbeständen und etwas, das er erst bei genauerem Hinsehen identifizieren konnte: ein Schlitten. Ein großer Kinderschlitten aus Holz mit rund gebogenen Kufen an der Front, wo er mit einem relativ dicken Seil am Lkw befestigt war. Es war ein kräftiges Kunststoffseil von der Art, die normalerweise zum Bergsteigen und Klettern benutzt wird. Für das ordinäre Ziehen eines Schlittens war das Ding jedenfalls absolut überdimensioniert. Haderlein stellte sich auf die Zehenspitzen und konnte auf der hölzernen Sitzfläche des Schlittens massive Abriebspuren eines bunten Lackes erkennen. Bevor er sich eingehender damit befassen konnte, wurden seine Beobachtungen durch Ruckdeschl unterbrochen, der ihm von hinten auf die Schulter tippte. Als der Hauptkommissar sich umdrehte, stand der Chef der Bamberger Spurensicherung mit einer mittelgroßen Blechdose in der Hand vor ihm.

»Na, Franz«, sagte er, »wie es aussieht, werden wir nur noch am Ende des Monats schlafen.«

Haderlein konnte darüber nur müde lächeln. Den Spruch hatte er schon öfter von Kollegen gehört. »So ist das halt bei unseren Berufsbildern. Aber der Fall kann sich tatsächlich noch eine ganze Weile hinziehen, so wie die Dinge sich jetzt verhalten. Für jede Antwort tauchen zwei neue Fragen auf. Im Moment blicke ich überhaupt nicht mehr durch.« Haderlein sprach's und zuckte etwas ratlos mit den Schultern. Dann fiel sein neugieriger Blick auf die Blechdose. »Und was hat es mit deiner Konserve auf sich, wenn ich fragen darf?«

»Das ist wirklich interessant, Franz. Die Dose ist eigentlich fast leer, aber vom ursprünglichen Inhalt ist noch genug übrig, um ihn zu identifizieren. Schau her!« Ruckdeschl holte einen kleinen Pinsel aus seiner Overalltasche und tauchte diesen tief in die alte Dose hinein. Als er ihn wieder herauszog, befand sich an den Pinselhaaren ein glitzernder bunter Staub. Dann hielt er den Pinsel ins Licht und blies kräftig. Sofort bildete sich eine grünlich schillernde Wolke, ein buntes Feuerwerk im Miniformat. Doch der glitzernde Staub sank schnell zu Boden, und die Show war flugs vorbei.

»Wirklich hübsch«, sagte Haderlein. »Aber was, bitte, ist das für Zeug?« Ruckdeschl hielt ihm die Dose vor die Nase. Haderlein kniff die Augen zusammen und konnte mit ein bisschen gutem Willen die verblichene Schrift auf dem Etikett der Dose entziffern.

»Colibri-Effekt«, stand da und darunter in etwas kleinerer Schrift: »Pigment«. Haderlein schaute fragend zu Ruckdeschl, der ihn sogleich aufklärte.

»Das ist ein Farbpigment, das für Lackfarben verwendet wird«, sagte er fachmännisch. »Es wird in einen farblosen Lack gemischt, und schon hat man die gewünschte Farbe oder in diesem Fall einen besonders schönen Metallic-Effekt. Die Kollegen haben auf dem Lkw auch einen Eimer mit eingetrocknetem Pinsel gefunden. Irgendwer muss also die Farbpigmente in einen Lack gerührt und irgendetwas damit bepinselt haben. Frag mich allerdings nicht, was das war, das kann ich dir noch nicht sagen. Aber wir kriegen es heraus.«

Haderlein machte ein einigermaßen enttäuschtes Gesicht. Wäre ja auch zu schön und einfach gewesen. Attribute, die zu diesem Fall bisher so überhaupt nicht passten.

Doch Ruckdeschl hatte noch zwei kleine Bonbons zur Gemütsaufhellung seines langjährigen Kriminalhauptkommissars parat. »So viel kann ich dir immerhin schon sagen: Das lackierte Teil muss ziemlich schwer gewesen sein. Du hast ja auf der Ladefläche schon den Schlitten gesehen. Es muss auf ihm transportiert worden sein, da sich eindeutige Spuren von abgeriebenem Lack auf der Sitzfläche befinden. An den tiefen Riefen im Holz des Schlittens erkennt man, dass das Ding ziemlich schwer gewesen sein muss. Ansonsten gibt es im Führerhaus des Lkws, auf der Dose und auch sonst überall haufenweise Fingerabdrücke«, beendete Ruckdeschl seinen Vortrag.

Haderlein lächelte ihn dankbar an. »Na, das ist ja schon mal was«, seufzte er. Das war zwar auch nicht gerade der Durchbruch und die Lösung aller Fragen, die sich ihm stellten, aber immerhin kam ein bisschen Bewegung in die Sache. Kiesler hatte etwas lackiert, um es mit einem Kinderschlitten irgendwohin zu transportieren. Aber warum ein Schlitten? Vielleicht war das, was er transportiert hatte, zu schwer für Räder oder der Untergrund für Räder nicht geeignet gewesen. Aber Schnee und Eis lagen jetzt schon fast ein Vierteljahr zurück. Nun gut, es galt also, noch ein weiteres Rätsel zu lösen, doch das war er ja gewohnt. Nichts Neues in diesem Theater, das sich Polizeiarbeit schimpfte. Allein die Frage, was mit Lagerfeld geschehen war, bereitete ihm körperliche Schmerzen. Er machte sich große Sorgen.

»Und dann hab ich noch etwas für dich, was dich außerordentlich interessieren dürfte«, überraschte ihn Ruckdeschl lächelnd. Wieder griff er in die Tasche seines weißen Overalls und holte einen mittelgroßen Plastikbeutel hervor. Darin befand sich etwas, das Haderlein nur allzu gut kannte. Adrenalin schoss durch seinen Körper, plötzlich war er wieder hellwach.

»Wo habt ihr das gefunden?«, rief er aufgeregt und rupfte Ruckdeschl die Plastiktüte aus den Fingern. In den Händen hielt er die in Plastik verpackte Sonnenbrille seines jungen Kollegen Bernd Schmitt, auch genannt Lagerfeld. Für die Authentifizierung des Teiles brauchte er noch nicht einmal eine umständliche Diagnose der Spurensicherung abzuwarten. Das hier war Lagerfelds Brille, ganz klar. Er würde sie immer und überall unter Tausenden von anderen zweifelsfrei erkennen. Niemand sonst trug so etwas Abartiges.

»Sie lag hinten auf der Ladefläche. Und ich würde mal sagen, wenn die Brille dort gelegen hat, dann war dein junger Kollege auch nicht weit.«

»Allerdings«, knurrte Haderlein wie ein alter Wolf auf der Jagd. »Freiwillig hat er die dort bestimmt nicht liegen lassen. Oder aber, er wollte, dass wir sie finden. Auf jeden Fall war er hier und wurde bisher nicht irgendwo anonym verscharrt. Ich werte das einmal als eine gute Nachricht.« Haderlein wurde fast euphorisch. Er bedankte sich bei Ruckdeschl und gab die neuen Erkenntnisse per Telefon an Honeypenny durch. Dann atmete er erst einmal tief durch. Er war sicher, dass Lagerfeld noch lebte, und das war wirklich positiv.

Er schaute auf seine Uhr und überlegte, dann zog er die Visitenkarte heraus, die ihm Fidibus gegeben hatte. »Tabakwaren Breithut«, stand darauf. »Markt 5, Coburg«. Einerseits war die Frage nach den Zigaretten ziemlich wichtig, andererseits lag der Laden mitten in der Fußgängerzone, es kostete also viel Zeit, ihn zu erreichen. Zudem hatte er gar keine dieser ominösen russischen Zigaretten dabei, die er diesem Breithut hätte zeigen können. Also musste vorher noch ein Exemplar aus der Asservatenkammer in der Dienststelle besorgen. Er beschloss, stattdessen seiner »heimlichen Liebe« in der Gerichtsmedizin in Erlangen einen Besuch abzustatten. Professor Siebenstädter vermisste ihn bestimmt schon sehnlichst. Immerhin war es bereits Wochen her, dass sie sich dienstlich gesprochen hatten. Siebenstädter litt wahrscheinlich schon unter Entzug. Als Dauersingle hatte er ja niemanden sonst, den er piesacken konnte. Haderlein machte einen neuen Plan: Erst würde er in die Dienststelle zurückkehren, um die neuesten Informationen zu erfahren und sich eine dieser Zigaretten zu schnappen, dann würde er sich nach Erlangen zu Siebenstädter auf den Weg machen, vielleicht hatte der ja etwas herausgefunden, und schlussendlich, wenn noch Zeit war, den Tabakwarenladen besuchen. Er griff sich den Ersatzschlüssel des Freelanders und ging gedankenverloren zu seinem Wagen zurück.

Lagerfeld stieg aus dem immer noch pfeifenden Hubschrauber, erleichterte sich und folgte dann Hans Günther Jahn, bis dieser an einer beleuchteten Stahlsäule etwa fünfzehn Meter entfernt stehen blieb, eine ordinäre Visa-Karte in einen Schlitz steckte und ein paar Zahlen eintippte.

»Und was machen wir hier auf diesem verlassenen Flugplatz?«, fragte Lagerfeld argwöhnisch.

»Tanken«, antwortete Jahn, als wäre es das Selbstverständlichste der Welt. Kurz darauf ertönte ein leises Piepen, und etwa zehn Meter neben dem Hubschrauber fuhr eine weitere Säule aus dem Boden. HG kletterte derweil auf den Hubschrauber, dessen Rotoren sich nur noch unmerklich drehten und öffnete an dessen Oberseite eine Art Bajonettverschluss.

»He, Bernd, reich mir doch bitte mal den Einfüllstutzen!«, rief er und deutete auf die rot-weiße Säule.

Lagerfeld ging um das merkwürdige Objekt herum, in das wie an jeder üblichen Tankstelle ein ganz normaler Tankstutzen integriert war. Er staunte und zog an dem Tankschlauch, der mit erstaunlicher Leichtigkeit aus der Säule herausglitt. Er reichte den Schlauch Jahn, der ihn in die Öffnung hinter den Rotorblättern steckte, bevor er vom Helikopter heruntersprang, zur Tanksäule ging und auf den großen roten Knopf drückte. Sofort erzitterte der schwarze Tankschlauch, und ein beleuchtetes Zählwerk in der Säule begann zu laufen.

»Praktisch, nicht wahr?« Jahn rieb sich zufrieden die Hände »Da gehen ziemlich viele Liter rein, wir haben also ein paar Minuten Zeit. Frag mich jetzt, was du fragen willst, denn nachher muss ich mich wieder aufs Fliegen konzentrieren. Aber ich sag dir lieber gleich, dass ich nicht alle Fragen beantworten werde.«

»Na, super«, giftelte Lagerfeld ironisch, der sich inzwischen seine Jacke geholt und übergezogen hatte. Es war kalt geworden. »Du redest wie ein aalglatter Provinzpolitiker, HG. Das kannst du dir wirklich schenken, von denen hab ich nämlich daheim genug. Sag mir lieber, was du vorhast. Du wirst weiterfliegen, richtig?« Gespannt wartete er auf die Antwort seines Gegenübers.

»Ja, das werde ich. Und ich bitte dich mitzukommen. Ich brauche dich, Bernd, in deiner Funktion als Polizist, Freund und Lebensversicherung.«

»Für gleich so viel also, so so.« Lagerfeld kramte hektisch seine zerknautschte Packung Zigaretten aus der Jacke hervor, er hatte ganz dringend eine zur Beruhigung nötig. »Tsts, Lebensversicherung«, echote er ungläubig und schüttelte verärgert den Kopf.

»Nicht für mich, sondern für viele andere, Bernd.«

»Na, super!« In gespielter Verzweiflung warf Lagerfeld die Arme in die Luft. »Das klingt ja überaus schrecklich. Also sollen gleich ganz viele umkommen. Aber ganz bestimmt kann mir Herr Jahn jetzt nicht sagen, wie, weshalb, warum oder wo. Und trotzdem soll ich für dich den Affen spielen? Warum, denkst du, sollte ich das tun, hä? Bin ich dir vielleicht irgendetwas schuldig, was ich vergessen habe, HG?«

Jahn schaute ihn überrascht an. »Ich habe dir das Leben gerettet, Bernd. Schon vergessen? Ohne mich würdest du schon längst im Garten vom Rotenhenne liegen.«

Lagerfeld beeindruckte der Einwand nicht, ganz im Gegenteil. »Aha, sehr schön, mir das Leben gerettet hast du also. Und wer hat es auf mich abgesehen gehabt, du Klugscheißer? Kannst du mir das vielleicht auch sagen? Ich wollte mich dort jedenfalls nicht umbringen lassen, HG. Ich wollte nur meine Jacke und mein Handy holen. Wollte der Baron mich vielleicht abknallen? Und wenn nicht der, wer dann? Verrat mir halt wenigstens, wer auf Rotenhenne geschossen hat.«

Aber Jahn schüttelte mit traurigem Gesichtsausdruck den Kopf. »Das kann ich nicht, Bernd. Ich habe mich dort mit jemandem treffen wollen, um das Schlimmste zu verhindern. Hat aber nicht geklappt, wie du ja gemerkt hast. Ich kann dir nur sagen, dass du durch puren Zufall da hineingeraten bist und mir das leidtut. Du warst nicht das Ziel, genauso wenig wie der Baron. Sie hatten es auf mich abgesehen. Aber das zu erklären, dauert jetzt viel zu lange. Immerhin kann ich dir sagen, dass in Nullkommajosef die Sanis da waren und den Baron abtransportiert haben. Vielleicht ist er ja durchgekommen. Der ist zäh.« Er schwieg einen Moment lang.

»Bernd, ich werde dich jetzt nach Norwegen bringen. Ich selbst muss dann weiter, aber ich bitte dich inständig, dort auf mich zu warten. Wenn ich nach spätestens drei Tagen nicht zurück bin, kannst du heimfahren und benachrichtigen, wen du willst. In diesem Fall werde ich nämlich tot sein. Hast du alles verstanden? Ich habe etwas zu erledigen, was nur ich tun kann. Nur ich allein. Bitte, Bernd, du musst mir einfach vertrauen.« Er atmete tief durch, dann fiel das große starke Bild von einem Mann in sich zusammen.

»Norwegen? Was, zum Teufel, willst du denn in Norwegen? Ich kapier einfach nicht, warum du mir nicht sagst, was los ist, HG. Vertraust du mir so wenig? Ich bin doch einer von den Guten, ein Polizist, verstehst du?«

»Darum geht's doch gar nicht. Würdest du alles wissen und würden die dich erwischen, dann wärst du fällig. Denen ist das doch scheißegal, ob du Polizist bist oder Konditor. Die machen dich fertig, bis du plauderst. Und haben sie dich in ihren Händen, wirst du plaudern, das verspreche ich dir. Heutzutage muss man dafür nicht einmal mehr Gewalt anwenden, inzwischen gibt es die Chemie. Glaub mir, ich weiß, wovon ich rede. Und wenn sie von dir erfahren haben, was sie wissen wollen, dann bist du tot und dann –« Er hielt inne, als an der Tanksäule ein regelmäßiges Piepen ertönte. Jahn kletterte wieder auf den Helikopter, entfernte den Tankstutzen und verschraubte die Tanköffnung ordnungsgemäß. Dann sprang er herunter, tippte erneut ein paar Zahlen in das Hauptterminal, und die Säule verschwand im Boden.

»Hat was von James Bond, das muss ich schon zugeben.« Lagerfeld wurde etwas neidisch. »Kannst du mir wenigstens sagen, wo wir hier sind und wieso du einen Hubschrauber fliegen kannst?«

Endlich stahl sich etwas wie der Ansatz eines Lächelns in Jahns Gesicht. »Das kann ich dir gern erzählen, Bernd. Von mir aus kannst du meine gesamte Lebensgeschichte bis vor acht Monaten erfahren. Aber mit der fang ich erst an, wenn der Heli wieder in der Luft ist. Also, was ist? Kommst du jetzt mit?«

Der Kriminalkommissar stutzte und überlegte. In ihrer Jugendzeit war Hans Günther Jahn zuverlässig, ehrlich und vor allem, was das Training betraf, regelrecht besessen gewesen. Nicht umsonst war er damals bei dem Wettkampf in Ansbach Bayerischer Judomeister in seiner Altersklasse geworden, während er, Bernd Schmitt, in seinen Vorrundenkämpfen bereits nach wenigen Sekunden auf dem Kreuz gelegen hatte. Aber HG hatte sich durchgebissen. Wenn er etwas gewollt hatte, hatte er es auch bekommen. Außer bei den Frauen, da war er wegen seiner Ansprüche weniger erfolgreich gewesen. Zudem war er das Thema Beziehung stets genauso verbissen angegangen wie einen Wettkampf.

Insgesamt kam Lagerfeld zu dem Schluss, dass, wenn ein so konsequenter und prinzipientreuer HG vor ihm stand und nebulöse Andeutungen machte, es ganz sicher einen triftigen Grund dafür geben musste. Lagerfeld war sich sicher, erstens nicht von ihm verarscht zu werden und zweitens mit seiner Person dem Schlüssel zu dem verworrenen Fall sehr nahe zu sein. Sein Entschluss stand fest.

»Das soll also heißen, wenn ich wollte, könnte ich jetzt gehen, wohin ich möchte. Habe ich dich richtig verstanden?«

»Bis Flensburg sind es nicht einmal zehn Kilometer. Und in drei Kilometern sollte es auch eine Bushaltestelle geben.«

»Flensburg? Wir sind in Flensburg? Bei den Muschelschubsern?« Lagerfeld war baff. Wieder überlegte er, kam aber zu dem gleichen Ergebnis, das für ihn im Grunde schon von Anfang an festgestanden hatte. Manchmal konnte man dem Gefühl also auch trauen.

»Dann komme ich mit dir nach Norwegen. Ich will nur hoffen, dass auch du wirklich einer von den Guten bist, HG. Ansonsten war es das nämlich mit meiner Polizeilaufbahn. Dann kann ich gleich dort oben bleiben, ein neues Leben beginnen und Trockenfische züchten.«

Jetzt musste auch Jahn lachen. »Klingt doch gar nicht nach einem so schlechten Lebensentwurf. Was wäre denn deine Alternative in Bamberg?«, fragte HG grinsend, während er wieder in den Hubschrauber stieg.

»Eine Küche zu streichen«, erwiderte Lagerfeld trocken, erzählte seinem alten Freund allerdings nichts von Ute und dem Haussegen, der sich in seiner Beziehung schief gelegt hatte. Dann stieg er zu HG in den Eurocopter.

Es war das vorläufige Ende jeglicher Unterhaltung auf deutschem Boden. Der Hubschrauber erhob sich und flog in Richtung Westen. Nach kurzer Zeit befanden sie sich über der Nordsee, und Jahn begann über Funk mit hektischer Stimme zu sprechen. Was er wem genau erzählte, konnte Lagerfeld bei dem lauten Rotorengeräusch nicht verstehen. Dann stöpselte Jahn etwas am Cockpit aus, woraufhin eine Kontrollleuchte am Panel und eine kleine Anzeige mit mehreren Ziffern erloschen. Er drückte den Steuerknüppel nach vorn, und der Hubschrauber senkte sich im Sturzflug, bis HG ihn knapp über dem Meeresspiegel abfing und sie in dieser Höhe weiterflogen.

»Was machst du da?«, brüllte Lagerfeld, dem das alles überhaupt nicht gefiel, von seinem Kopilotensitz misstrauisch hinüber.

»Ich habe den Transponder ausgeschaltet und uns tot gestellt«, antwortete Jahn. »Wir befinden uns über internationalem Gewässer und sind ab jetzt auf uns allein gestellt. Offiziell gibt es uns nicht mehr.« Er lächelte Lagerfeld aufmunternd zu, aber der Kommissar spürte, dass das, was HG da vorhatte, gelinde gesagt ziemlich abenteuerlich war.

Während des Fluges über das offene Meer kam es zu keiner weiteren Konversation, da Lagerfeld schlicht die Müdigkeit übermannte. Das Schlafdefizit der letzten Tage war einfach zu groß und der Kopilotensitz zu bequem. Er erwachte erst wieder, als sie sich im Anflug auf ein Tal befanden, an dessen Ende ein überschaubarer Flugplatz immer näher kam. Der Helikopter landete am Rande zwischen kleinen Flugzeugen und allerlei anderem Gerät. Als er aus dem Seitenfenster sah, konnte Lagerfeld auf dem Hauptgebäude des Flugplatzes die Aufschrift »Risør Airfield« erkennen.

Nachdem die Kufen des Helis den Beton berührt hatten, kam aus dem Gebäude ein Mann gelaufen. HG legte seinen Pilotenhelm ab, stieg aus und winkte Lagerfeld, ihm zu folgen. Die beiden Männer umarmten und unterhielten sich kurz, bevor der durchtrainierte Typ mit den dunklen Haaren auf den Kommissar zukam und ihn begrüßte.

»*God dag*«, schallte es Lagerfeld entgegen, der sofort entschuldigend die Hände hob.

»Ich kann leider kein Norwegisch. English, Deutsch?«, ließ er den Versuchsballon steigen.

»*Ikke noe problem*«, antwortete der Mann lächelnd und drückte ihm kurz und kräftig die Hand. »Ich bin Ewald. Ewald Schweigert. Ich spreche noch Deutsch, auch wenn ich schon seit über zehn Jahren hier wohne, keine Sorge.«

»Das ist gut, dann kannst du mir ja vielleicht bei Gelegenheit erklären, was hier eigentlich los ist«, legte Lagerfeld sofort los, was bei Ewald Schweigert einen fragenden Blick in Jahns Richtung hervorrief, der jedoch unmerklich den Kopf schüttelte.

»*Vel, venner*, dann lasst uns erst einmal nach drinnen gehen und etwas Warmes essen. Anschließend schauen wir dann weiter.«

Im Gebäude nahmen sie in einer Art Gemeinschaftsraum Platz, der einfach eingerichtet, aber sauber war. HG und Lagerfeld setzten sich ans Kopfende des hölzernen Tisches, während Ewald Schweigert die Verpackungen von drei Fertiggerichten entfernte. Hans Günther sah auffallend mitgenommen aus. Auch er hatte in der letzten Zeit anscheinend wenig geschlafen, und eine unbekannte schwere Last hobelte an seiner Konstitution, das wurde für Lagerfeld immer deutlicher.

»Wer ist denn jetzt dieser Ewald?«, fragte Lagerfeld, frisch und ausgeschlafen, seinen Freund leise.

»Ewald ist einer meiner alten Kumpels vom KSK aus früheren Zeiten. Er hatte genauso die Schnauze von dem Verein voll wie ich.«

Lagerfeld bekam große Augen. »Vom KSK? Wir reden vom KSK der Bundeswehr? Der Eliteeinheit?«

Jahn nickte – allerdings nicht begeistert. »Nach dem Abi war ich beim Bund und habe dort eine Ausbildung zum Hubschrauberpiloten gemacht. Das war eine geile Zeit, aber danach hat mich der Teufel geritten, und ich bin zum ›Kommando Spezialkräfte‹ gewechselt.

Mich haben sie in die Marineeinheit gesteckt. Wir waren so eine Art Kampftaucher mit Universalausbildung. Die Bezahlung war besser, aber der Job war«, er rang um Worte, »der Job war knüppelhart. Doch das Allerschlimmste waren die Konsequenzen für das Privatleben. Das gab es schlicht und einfach nicht mehr. Das Ergebnis waren eine gescheiterte Beziehung, eine Scheidung und Freunde, die ausschließlich aus der Bundeswehrzeit stammten.«

Im Hintergrund konnte man hören, wie Ewald die Fertiggerichte in die Mikrowelle schob und diese leise zu summen begann.

»Wie muss ich mir das vorstellen, Spezialkräfte? Wart ihr auch in Afghanistan?« Gespannt schaute Lagerfeld seinen alten Freund an.

»Ja, waren wir, nur nicht offiziell, verstehst du? Wir waren stets zu viert in den Teams unterwegs. Es gab einen Leadman, einen Sprengstoffexperten, einen Funker und einen mit erweiterter Sanitätsausbildung. Kämpfen konnten wir alle, aber jeder verfügte sozusagen nur über eine Zusatzqualifikation.« Jahn schaute gedankenversunken auf die Tischplatte, während sich hinter ihnen die Mikrowelle mit einem leisen »Ping!« ausschaltete. Wenn er von dieser Zeit erzählte, kamen jedes Mal diese unangenehmen, teilweise quälenden Erinnerungen zurück.

Lagerfeld ließ ihm einen Moment Zeit, dann wollte er es genau wissen. »Und welche Rolle hattest du in diesem Team?«

»Hans Günther war unser Leadman«, antwortete Ewald und stellte drei dampfende Hühnchengerichte mit Nudeln auf den Tisch. »Ich war der Medi.« Er lächelte. »Eigentlich bin ich sogar fast fertig ausgebildeter Arzt, aber danach fragt dich in diesem Job keiner.«

Lagerfeld nickte, dann konzentrierten sich die drei Männer minutenlang schweigend auf das Essen. Der Erste, der Messer und Gabel weglegte, war Ewald Schweigert. Er stand auf und kam mit drei gefüllten Gläsern zurück.

»Das nennt sich hier Bier, aber eigentlich ist es eher so eine Art Hopfenblütentee«, grinste er. »Ursprünglich wollten wir uns ja zusammen hier niederlassen und eine Fluglinie gründen, HG und ich. Aber mein lieber Leadman a. D. hat es sich dann doch anders überlegt und bei ›Norsk Oil‹ angeheuert. Schließlich hat er sich selbstständig gemacht und übernimmt jetzt Tauchfahrten, die der Tiefseeerkundung dienen, richtig?«

Hans Günther Jahn nickte mit einem schiefen Grinsen, während er mit dem letzten Rest des Hühnchens kämpfte. Das Fleisch des Fertiggerichtes war ein zäher Gegner, aber er war sicher, er würde schlussendlich obsiegen.

»Und sein alter Kumpel Ewald fliegt stattdessen Touristen durch die Gegend«, frotzelte Ewald Schweigert.

»Und was ist mit der Frauenthematik, jetzt, wo die Bundeswehr passé ist? Seid ihr beiden verheiratet, habt ihr Kinder?«, fragte Lagerfeld und bemerkte wieder, wie HG zusammenzuckte. Hektisch hob Ewald sein Bierglas. Alles klar, die beiden wollten nicht über das Thema reden.

»Also, Freunde, lasst uns trinken auf die Guten und Aufrechten in dieser Welt, *skål!*«, rief Ewald und führte das Glas an seine Lippen. HG tat es ihm nach, und auch Lagerfeld trank mit tiefen Zügen das bierähnliche Gebräu. Für einen Bamberger Bierkenner war das eine absolute Zumutung, allerdings waren die alkoholischen Alternativen, war man in jenem Bierparadies aufgewachsen, von jeher beschränkt. Nun gut, der Höflichkeiten waren jetzt genug gewechselt worden. Es war die Zeit für konkrete Antworten gekommen.

»Also, HG, ich möchte jetzt doch etwas Konkretes von dir erfahren. Ich bin ja nicht zum Urlaub hier, und bei aller Freundschaft: Das hier kann mich erstens meinen Job kosten, und zweitens habe ich noch einen Mordfall aufzuklären«, ereiferte er sich. »Wenn ich jetzt nichts Genaueres von dir zu hören bekomme, werde ich daheim in Deutschland anrufen und mich abholen lassen.« Er griff demonstrativ in seine Jacke, um das Handy herauszuholen, musste jedoch feststellen, dass es nicht da war. Weder in der Jacke noch in der Hose. Dann fiel es ihm wieder ein: Sein Telefon musste noch immer bei der Holzbank im Garten liegen, wo es ihm bei dieser Nacht-und-Nebel-Aktion herausgefallen war. Verdammter Dreck!

HG musste lachen. »He, Bernd, dann versuch's doch mal mit Rauchzeichen. Sind ja nicht mehr als tausendfünfhundert Kilometer Luftlinie.«

Lagerfeld schaute grimmig von einem zum anderen.

»Weißt du was? Wir fahren jetzt in die Innenstadt, dann erkläre ich dir auch, wie wir weitermachen«, schlug HG einen versöhnlicheren Ton an. »Tina wird uns begleiten und so lange auf dich aufpassen, bis wir wieder da sind.« Er erhob sich, und Ewald und ein granteliger Lagerfeld folgten ihm. Seine Stimmung hob sich allerdings flugs in unerwartete Höhen, als sich vor dem Gebäude Tina vorstellte. Eine schlanke, gut aussehende junge Frau mit langen braunen Haaren streckte ihm lächelnd ihre gepflegte Hand entgegen.

»Hallo, Bernd«, grüßte sie ihn. »Mein Vater hat mich gebeten, dir Risør zu zeigen, während er mit Hans Günther unterwegs ist.«

Ewald lächelte wissend, und der überraschte Kommissar schüttelte mit unbeholfenem Lächeln die dargebotene Hand. Er wusste nicht so recht, was er sagen sollte, was selten genug vorkam. Aber für Plaudereien war sowieso keine Zeit, denn Jahn drängte zur Eile und verfrachtete sie in einen älteren VW Golf, in dem sie umgehend das Gelände verließen und die Richtung nach Risør einschlugen.

In der Stadt verabschiedeten sich Ewald und seine Tochter mit dem Hinweis, noch Erledigungen tätigen zu müssen. Jahn ging derweil mit Lagerfeld zum Hafen hinunter und setzte sich mit ihm bei schönstem Sonnenschein auf eine Bank, von der aus man einen Blick über den alten Hafen und dessen geschäftiges Treiben hatte. In Lagerfeld machte sich eine innere Ruhe breit, dafür konnte man HG eine immer größere Nervosität anmerken.

»Ich muss noch jemanden zurückbringen, Bernd. Jemanden, der mir sehr viel bedeutet. Wenn ich es nicht zumindest versuche, würde ich es mir niemals verzeihen.«

Lagerfeld zog die Augenbrauen hoch. »Also doch eine Frauengeschichte?«

Jahn nickte. »Wenn du es so nennen willst. Ich hatte bisher nie Glück mit Frauen. Aber jetzt habe ich die Richtige gefunden – und sie gleich in den größten Sumpf mit hineingezogen, den man sich nur vorstellen kann.«

»Und du willst mir nicht vielleicht endlich sagen, von was für einem Sumpf wir da reden? Vielleicht kann ich dir ja doch helfen.« Lagerfeld meinte seine Worte in diesem Fall sogar ehrlich und verfolgte keine kriminalistisch taktischen Absichten. Hans Günther Jahn blickte auf das Wasser hinaus, griff in seine Lederjacke und holte einen Notizblock hervor. Aus einer anderen Jackentasche zog er einen dicken Edding-Filzstift und ein kleines GPS-Gerät. Er schaltete es ein und wartete einen Moment, dann krempelte er seinen linken Hemdsärmel hoch und schrieb mit dem Stift langsam und genau die Zahlen, die das GPS-Gerät anzeigte, auf seinen Unterarm. Er schien einen Entschluss gefasst zu haben. Als er fertig war, krempelte er den

Ärmel wieder zurück und notierte mit dem Edding noch etwas in seinen Notizblock. Dann riss er das beschriebene Blatt aus dem Block und reichte es wortlos Lagerfeld herüber. Verdutzt nahm der junge Kommissar das Blatt und las.

»Bryggen Tracteursted, Bergen.
Nach Roald fragen. Päckchen.
Gruß, Skipper«

»Bernd, ich bitte dich, auf mich zu warten. Hier an dieser Bank. Drei Tage lang von heute an, immer zwischen zehn und zwölf Uhr. Wenn ich währenddessen nicht wieder auftauche, ist es nicht so gelaufen wie erhofft. Und selbst wenn ich es schaffe, könnte es sein, dass ich nicht mehr der Gleiche bin.« Er stockte für einen Moment, bevor er leiser fortfuhr. »Aber wenn alles schiefgeht, dann werde ich gar nicht wiederkommen, Bernd. In diesem Fall fahr nach Bergen und hol das Päckchen ab, Roald weiß Bescheid. Den Rest wirst du dann schon irgendwie rausfinden, du bist ja ein guter Polizist. Alles klar?«

Lagerfeld sah ihn zerknirscht an. Nein, nichts von dieser Geschichte war klar. Was ihm allerdings *sofort* klar war, war der Umstand, dass er von nun an erst einmal nichts mehr aus HG herausbringen würde. Denn der würde seinen Plan durchziehen, koste es, was es wolle. So war er halt, so war er schon immer gewesen.

»Schreib wenigstens noch meine Handynummer auf, HG, nur für alle Fälle«, sagte er noch. Er gab ihm ein Stück Papier, das er zufällig in der Jacke hatte, und ein weiteres – den Kantinenplan der Bamberger Polizeidienststelle – als Schreibunterlage. Während er Jahn die Nummer diktierte, fiel ihm alles wieder ein. »Mist, HG, du kannst die Nummer gleich wieder vergessen, das Handy hab ich ja gar nicht mehr.«

HG strich die Nummer wieder mit seinem dicken Filzstift durch, als Ewald mit seiner hübschen Tochter Tina zurückkam. Anscheinend waren ihre Einkäufe zur vollsten Zufriedenheit verlaufen. Gemeinsam gingen sie zum Auto und fuhren wieder zum »Airfield Risør«. Kaum waren sie in dem kleinen Gebäude des privaten Flugplatzes von Ewald Schweigert angelangt, ging Tina mit ihrem Vater in die Küche, und HG packte ihn von hinten mit einem eisenharten Griff.

»Was soll der Scheiß?«, rief der Kommissar empört, aber reichlich hilflos. Er konnte noch sehen, dass Ewald mit einer kleinen Spritze in der Hand aus der Küche kam, dann versenkte der ehemalige KSK-Spezialist für Medizin schon die Nadel durch die Hose hindurch in seinen Allerwertesten. Lagerfeld bewegte sich noch eine knappe Minute in Jahns Armen und belegte alle Anwesenden mit den wüstesten Drohungen und Flüchen, dann bemächtigte sich seiner eine bleierne Müdigkeit, und seine Augenlider schlossen sich gnädig.

Als Haderlein in der Dienststelle eintraf, war es bereits kurz vor Mittag. Er hatte jetzt über vierundzwanzig Stunden voller Tod, Stress und Irrsinn hinter sich – und das mit gerade einmal zwei Stunden Schlaf. Ein Erfolgserlebnis wäre jetzt echt nicht schlecht, ganz egal, von welcher Sorte, da war er gerade nicht sonderlich wählerisch.

Er hatte die Bürotür noch nicht richtig geschlossen, da kam auch schon sein Chef Robert Suckfüll auf ihn zu, der den Flugplatz mit Fiesder früher als Haderlein verlassen hatte. Sein Blick sprach eine eindeutige Sprache. Er erwartete Ergebnisse von seinem Hauptkommissar, aber bis jetzt türmten sich in diesem Mordfall nur Tote, Rätsel und Leerstellen ungeordnet übereinander. Fidibus hasste Unordnung in jeder Lebenslage, in beruflichen Dingen aber im Besonderen, und so viel Unordnung in einem Fall hatte es noch nie gegeben.

»Der liebe Fiesder sitzt jetzt in seiner Zelle«, sagte er. »Allerdings wird das ein Nachspiel für uns haben, Haderlein. Die U-Haft war ein sehr gewagtes Manöver. Ich habe dem Staatsanwalt eine äußerst exotische Begründung geliefert, um den Schwarzhutträger bis morgen hierbehalten zu können. Das kann aber so richtig ins, also, das Auge … äh, einen Moment.« Er überlegte kurz, verhedderte sich gedanklich aber nur umso stärker. »Ich wollte damit nur sagen, wir sollten die Schulter dieses Fiesder nicht auf die, äh, leichten Schuhe nehmen.« Das war natürlich totaler Quatsch, aber zu Suckfülls Glück hörte Haderlein nicht mehr richtig hin, sondern war bereits zu seinem Schreibtisch unterwegs. Fidibus blieb nichts übrig, als ihm zu folgen.

Der Kriminalhauptkommissar winkte Honeypenny und Huppendorfer dazu. Fidibus stellte sich etwas abseits ans Fenster und war innerlich noch mit dem Sortieren seiner letzten Sinnsprüche beschäftigt beziehungsweise der semantischen Wracks derselben. Die Stimmung war merklich gedrückt, was aber weniger mit dem Mordfall als solchem als vielmehr mit dem unerklärlichen Verschwinden Lagerfelds zusammenhing. Natürlich traute niemand Bernd Schmitt wirklich eine kriminelle Verwicklung zu, aber nichts Genaues wusste man eben nicht. Und alle von ihnen hatten in diesem Beruf schon Pferde kotzen sehen.

Wie bei allen anderen Kollegen überwog auch bei Haderlein die Sorge. Und die beste Möglichkeit, diese Sorge zu vertreiben, war, diesen unheimlichen Fall aufzuklären und Lagerfeld zu finden. Er änderte seinen zuvor gefassten Plan, alle würden jetzt mithelfen müssen.

»Also, Leute, dann sagt jetzt mal jeder, was er hat. Ich will alles jetzt und hier auf dem Tisch haben – jede auch noch so kleine Kleinigkeit. Honeypenny, schreib doch bitte alles mit, ich habe im Moment wirklich nicht den Nerv dafür.«

Marina Hoffmann hatte sich als Bürochefin in weiser Voraussicht bereits ihren großen Block unter den Arm geklemmt und zückte nun ihren Kugelschreiber in Erwartung dessen, was da kommen sollte. Das Erste, was kam, war ein kleines Ferkel namens Riemenschneider. Es trabte einfach durch die Beine der Umstehenden und unter dem Tisch hindurch zu ihrem Kriminalhauptkommissar. Müde lächelnd wollte er ihr den kleinen rosa Kopf streicheln, doch Riemenschneider begann sofort die Hand ihres geliebten Herrchens zu lecken. Sie spürte, dass er gerade ein wenig Zuspruch nötig hatte, versuchte ihm den auf ihre schweinische Art zu vermitteln und war damit tatsächlich erfolgreich. Haderlein hob sie gerührt auf seinen Schoß und verwöhnte sie mit den kleinen Nüssen, die er immer dabeihatte.

Bei Fidibus löste das Verhalten nur einen missbilligenden Blick aus, und er murmelte irgendetwas Leises und Unverständliches, von wegen, man müsse das Schwein doch mal im Dorf lassen oder so ähnlich, aber niemand hörte ihm zu. Vor allem, da Huppendorfer nun mitzuteilen begann, was er herausgefunden hatte.

»Okay, wenn ich dann also mal um Aufmerksamkeit bitten darf? Ich habe tatsächlich Informationen darüber, wohin dieser Hubschrauber geflogen ist.« Alle Augen richteten sich gespannt auf ihn, und Haderlein stellte die Riemenschneiderin flugs wieder zurück auf den Büroboden der Tatsachen.

»Tja«, sagte Huppendorfer schon fast stolz, »wir Deutschen sind ein gründliches Volk, sodass auch unser Luftraum rund um die Uhr überwacht wird. Da fliegt ein Hubschrauber nicht einfach so unerkannt durch. Wir reden übrigens von einem Eurocopter EC-135, einem ehemaligen Christoph-Rettungshelikopter des ADAC. Der Flug wurde ordnungsgemäß am Nürnberger Flughafen angemeldet, exakt zu dem Zeitpunkt, den uns dieser Pilot vom Fiesder, Herr Kaim, genannt hatte. Um dreiundzwanzig Uhr siebenundvierzig.«

»Unglaublich«, meldete sich Fidibus beeindruckt zu Wort.

»Und wohin ist die späte Reise gegangen? Ist das auch dokumentiert?«, fragte Haderlein, der nicht so recht wusste, ob er sich über die eher naive Vorgehensweise dieses Kiesler freuen sollte.

»Nach Flensburg«, antwortete Huppendorfer prompt. »Laut Flugplan und Radarüberwachung ist er um vier Uhr siebenundfünfzig auf einem kleinen Nebenflugplatz der Bundeswehr nahe Flensburg gelandet. Was er dort gemacht hat, das weiß im Moment noch niemand.«

»Sehr fein, mein lieber Huppendorfer, sehr fein«, unterbrach ihn Fidibus ungeduldig. »Dann wollen wir doch umgehend mal die Kollegen in Flensburg zu ihrem Flugplatz schicken, um diesen«, er stockte kurz und rang um den richtigen Begriff, »um diesen Hubkopter sicherzustellen.«

Doch Huppendorfer schüttelte den Kopf. »Da gibt's leider keinen Helikopter der Firma Fiesder mehr. Dort geblieben ist er jedenfalls nicht. Kiesler meldete genau eine halbe Stunde später, um fünf Uhr siebenundzwanzig, einen Rundflug zur Küste an und ist dann umgehend gestartet.«

Alle schauten Huppendorfer erwartungsvoll an.

»Und bevor ihr mich löchert, wohin Kiesler geflogen ist – ich weiß es nicht.« Bedauernd zuckte der Halbbrasilianer mit den Schultern.

»Wie, du weißt es nicht?«, ereiferte sich Honeypenny. »Ich dachte, das ist so ein gründliches Land hier? Wieso soll niemand mehr mitgekriegt haben, wohin der Hubschrauber geflogen ist?«, fragte sie entrüstet, da alles doch gerade so schön angefangen hatte mit Fluganmeldung, Luftraumüberwachung und so weiter.

»Nun, der Helikopter ist in direkter Linie aufs Meer hinausgeflogen. So weit ist noch alles in Ordnung und dokumentiert, aber um kurz vor sechs Uhr morgens meldete der Pilot des Eurocopters plötzlich per Funk Triebwerksprobleme. Bald darauf brach der Funkkontakt ab, der Helikopter verschwand von den Radarschirmen, und auch das Transpondersignal wurde nicht mehr gesendet. Alles spielte sich kurz vor der internationalen Seegrenze auf dem offenen Meer ab. Die Küstenwache hat zwar sofort ein Suchflugzeug losgeschickt, aber das konnte nichts mehr von dem Hubschrauber finden. Das ist alles, was ich in der Kürze der Zeit herausfinden konnte.« Huppendorfer verstummte, und auch die restliche Belegschaft hüllte sich in Schweigen. War der Hubschrauber tatsächlich abgestürzt, so bedeutete das für Lagerfeld den sicheren Tod.

Auch der Leiter der Dienststelle machte keinen Hehl aus seiner Bestürzung. »Aber das ist ja schrecklich. So ein … ein Schraubkopter kann doch nicht einfach so dich nichts, mich nichts im Meer, äh, versickern.« Man konnte ihm ansehen, dass der womögliche Tod eines seiner Mitarbeiter, war er ihm im Laufe der Jahre auch noch so auf den Keks gegangen, ihn bis ins Mark erschütterte. Auch die anderen Anwesenden kämpften mit ihren Gefühlen. Alle, bis auf einen erfahrenen alten Kriminalhauptkommissar, der zur Überraschung aller ruhig blieb.

»Der Helikopter ist nicht abgestürzt. Da ist einfach nur ein ganz abgezockter Pilot unterwegs. Der ist wer weiß wohin geflogen, aber ganz bestimmt nicht abgesoffen. Hat kurz mal die ganze Seenotrettung an der deutschen Nordseeküste aufgescheucht und sich selbst derweil anderweitig unter dem Radar hindurch in die Büsche geschlagen. Da ist jemand ganz Gewieftes am Werk, und das stimmt mich schon wieder regelrecht optimistisch, was unseren Bernd betrifft. Warum sollte der ihn mitnehmen, wenn er ihn töten wollte? Und dass Bernd in eine krumme Sache verwickelt ist, das kann ich mir beim besten Willen nicht vorstellen. Trotzdem erwarte ich von jedem hier«, bei diesen Worten schaute er allen, Fidibus eingeschlossen, in die Augen, »erwarte ich, dass weiterhin in jede mögliche Richtung ermittelt und gedacht wird. Keine Tabus mehr, wir halten uns an die Fakten, und niemand von uns wird irgendwelchen Sympathien oder Wunschvorstellungen folgen, verstanden?« Der strenge Blick Haderleins legte sich auf den dunkelhäutigen Huppendorfer.

»Das ist alles, was ich in der Kürze der Zeit herausfinden konnte«, beeilte der sich mitzuteilen.

Haderlein nickte. »Gut, Cesar, dann hängst du dich jetzt ans Telefon und wirst gemeinsam mit den Kollegen aus Flensburg herausfinden, warum Kiesler auf ihrem Flugplatz zwischengelandet ist. Ich vermute zwar, dass er nur aufgetankt hat, aber wer weiß … Und sie sollen bitte gleich die Spurensicherung mit einbinden.«

Dann richtete sich sein Blick auf Marina Hoffmann alias Honeypenny. »Nun, mein Augenstern, und was kannst du uns berichten?«, flötete er. Er wusste genau, dass er bei ihr mit Strenge und Hektik nicht weit kam. Honeypenny reagierte nur auf Zuckerbrot ohne Peitsche. Na ja, eigentlich mehr Honigbrot, wenn er es recht bedachte.

Honeypenny zupfte sofort nervös an ihrer Bluse. So gleichberechtigt mitarbeiten zu dürfen, das passierte ihr nicht allzu oft. Aber jetzt musste sie ja quasi den vermissten Lagerfeld ersetzen. »Also, zuerst wollte ich sagen, dass es dem Baron so weit gut geht. Er liegt zwar noch auf der Intensivstation, aber die Ärzte haben ihn stabilisiert, und er schwebt nicht mehr in Lebensgefahr. So viel dazu. Das mit den bisherigen Ergebnissen der Spurensicherung ist eine andere Sache. Die haben alles und nichts gefunden. Fangen wir mal mit dem Gartenhaus an: Das ist quasi leer geräumt, aber voller Fingerabdrücke. Die neueren davon stammen von genau drei Personen. Dem Baron und zwei weiteren. Einer der beiden Letzteren ist auf jeden Fall unser kopfloser Toter, der andere eine unbekannte Person. Zu der Holzkiste, der Spieluhr und den Zigaretten kann niemand etwas Genaues sagen. Die Holzkiste wurde aus ganz normalen Fichtenbrettern zusammengenagelt, mit Nägeln, die es in jedem x-beliebigen Baumarkt zu kaufen gibt. Die Spieluhr ist ein uraltes Blechspielzeug. Da bräuchten wir einen Fachmann, um rauszukriegen, wann und wo die hergestellt wurde. Und diese Zigaretten werden nur in Russland produziert, mehr wissen wir erst einmal nicht darüber. Ansonsten gibt es von der dortigen Ermittlungsfront nichts Nennenswertes zu berichten, die weitere Auswertung läuft noch. – Doch noch mal zurück zu den gefundenen Fingerabdrücken. Die beiden unbekannten Personen beziehungsweise ihre Fingerabdrücke haben wir durch unsere Computer gejagt, aber nichts gefunden. Das bedeutet, dass in Deutschland für beide Personen keine Straftaten vorliegen, leider.«

Honeypenny blätterte eine Seite ihres Blocks um und trug dann weiter vor. »Allerdings haben wir von dem Gesicht der Leiche, soweit es noch zu rekonstruieren war, eine Phantomzeichnung anfertigen lassen.« Sie nahm ein paar DIN-A4-Blätter und gab sie herum. Die Zeichnung zeigte einen etwa dreißigjährigen Mann mit langen blonden Haaren.

Haderlein nahm das Blatt Papier, faltete es zusammen und steckte es ein. »Das Phantombild sofort vervielfältigen und veröffentlichen. Vielleicht fällt ja irgendjemandem was zu dem Typ ein«, ordnete er an, und Honeypenny machte sich eine Notiz, bevor sie fortfuhr.

»So, und jetzt zu dem zweiten Tatort nahe dieser Holzbank.

Fest steht, dass der Baron mit einem seiner eigenen Gewehre kurz hintereinander zwei Schüsse auf die Bank abgegeben hat. Der grobe Schrot hat sie völlig zerfetzt, und kurz darauf wurde der Baron selbst zwei Mal von Kugeln des Kalibers neun Millimeter getroffen. Die Ballistiker überprüfen gerade, ob es bei den Projektilen Übereinstimmungen mit früheren Morden gibt. Zum Thema Lagerfeld wurde bisher die Hülle seines Handys gefunden, das direkt neben der zerschossenen Holzbank lag. Neue Erkenntnisse gibt es bezüglich der Fußspuren im Garten. Ich fasse mal kurz zusammen: Nach bisherigem Ermittlungsstand der Spurensicherung waren vier Personen anwesend, als der Baron niedergeschossen wurde. Unser lieber Bernd, der durch den Grundstückseingang kam und schnurstracks bis zu der Gartenbank ging. Was er dort allerdings wollte, das ist noch völlig unklar. Irgendwer betrat außerdem das Gartengrundstück von der anderen Seite. Er kam aus der Richtung des Gartenhauses und kletterte über den Zaun. Die Person muss auf dem gleichen Weg dann wieder verschwunden sein. Außer ein paar Fußabdrücken im Gras hat sie nichts hinterlassen. Ob diese Person geschossen hat oder nicht, das bleibt erst mal im Dunkeln. Dann der Baron. Nach Aussage der Haushälterin verließ er das Haus und ging direkt zum See. Anschließend muss er Richtung Holzbank gegangen sein, was die Analyse der Fußabdrücke bestätigt. Eine weitere fremde Person kam von Nordosten, durchquerte unterhalb des Biberdammes die Baunach und ging dann bis zu der Bank, wo sich auch Bernd aufgehalten hat. Und jetzt kommt's!« Honeypenny machte ein bedeutungsvolles Gesicht. »Es kann nicht festgestellt werden, wie Bernd das Gelände wieder verlassen hat. Keine Fußspuren, nichts. Allerdings hat Person Nummer vier den gleichen Weg durch die Baunach zurück genommen, und die

Spurensicherer haben festgestellt, dass sie auf dem Rückweg etwas relativ Schweres getragen haben muss, da die Fußabdrücke knapp doppelt so tief wie die auf dem Hinweg waren.«

»Jemand hat Bernd also fortgetragen«, stellte Haderlein fest. Doch in welchem Zustand sein Kollege gewesen war, das war noch nicht geklärt.

»Am gegenüberliegenden Ufer hat die vierte Person ihre Last dann quer über die Wiese bis zur angrenzenden Straße getragen. Dort hat die Spusi die Reifenspuren eines Lkws sichern können, die zu denen des Lasters von Hans Kiesler passen.«

»Alles klar«, sagte Haderlein, »dann muss Kiesler dort gewesen sein. Er hat Lagerfeld, warum auch immer, aus dem Garten des Barons verschleppt und ist mit seinem Lkw und Lagerfeld direkt nach Hohengüßbach gefahren, um den Hubschrauber zu klauen.« Ein weiteres Puzzleteil in der verworrenen Geschichte, freute sich der Kriminalhauptkommissar.

Honeypenny klappte ihren großen Notizblock zu, nahm ihre Lesebrille ab und blickte stehend sehr streng auf den sitzenden Haderlein hinab, der nicht so recht wusste, womit er den Blick verdient hatte. Doch Marina Hoffmann klärte ihn umgehend auf.

»Außerdem soll ich von Herrn Ruckdeschl ausrichten, dass sein Tatort von Fußspuren eines gewissen Franz Haderlein und dessen Ferkel massiv verunstaltet wurde. Er besteht darauf, das nächste Mal etwas mehr Vorsicht walten zu lassen, sonst müsse er sich ernsthaft aufregen, wie er sich mir mitgeteilt hat.«

Haderlein grinste. Was für ein Quatsch. Ohne die feine Nase Riemenschneiders hätten sie die Spuren, die über die Baunach führten, gar nicht erst gefunden, und Ruckdeschl hätte ergo nichts zum Untersuchen gehabt. Er sollte mal halblang machen.

»Okay!«, rief Haderlein in die Stille, sprang auf und klatschte in die Hände. »Wir haben jetzt also neue Hebel, mit denen wir ansetzen können. Machen wir das Beste draus. Huppendorfer hat einen Hubschrauber in Flensburg zu untersuchen, ich werde mich nach Erlangen in die Gerichtsmedizin begeben, und unser lieber Chef und Trockenraucher sieht zu, was er bei dem Breithut in Coburg über gewisse russische Papirossis herausfinden kann. Alles klar?« Spontan hatte Haderlein seinen Plan geändert und grinste Suckfüll breit an, der nicht wusste, was er dazu sagen sollte.

Auch alle anderen im Raum zeigten Anzeichen von Verwirrung. Fidibus war der Chef und Haderlein nur Kommissar – und nicht etwa umgekehrt. Seit wann gab Haderlein die Tagesorder für den Chef heraus?

»Mein lieber Haderlein, ich kann Ihnen da jetzt nicht ganz folgen«, sagte Fidibus etwas störrisch. In seinen Augen lief gerade etwas grundlegend verkehrt, aber sein altgedienter Kriminalhauptkommissar lieferte sofort eine Erklärung.

»Wir müssen jetzt alle an einem Strang ziehen, Chef. In unserem Team fehlt ein Ermittler, und schließlich geht es darum, unseren lieben Bernd zu finden. Unter diesen Umständen ist es nur angebracht, dass jeder tut, was er kann. Oder hat jemand eine andere Meinung dazu?«

Honeypenny und Huppendorfer zogen sofort die Augenbrauen nach oben und sahen sich verunsichert an. Tun, was er kann? Und ihr Chef sollte ermitteln? Aber das konnte der doch gar nicht! Auch Suckfülls Zweifel ob Haderleins Idee wuchsen tsunamiartig.

»Mein lieber Franz«, versuchte er es weiter auf der vertraulichen Schiene, »ich weiß nicht, ob ich dafür der Geeignete … also, wer hat Ihnen eigentlich diese Eule ins Ohr gesetzt, ich im Außendienst? Das wäre ja, also, mein lieber Franz, Sie wollen mir doch nicht etwa den schwarzen Petrus zuschieben, oder? Das soll doch sicher nur ein Scherz sein?« Er schielte zu Haderlein hinüber und rollte nervös seine Trockenzigarre zwischen den Fingern.

Haderlein verzog keine Miene und schüttelte nur andeutungsweise den Kopf. Es war sein voller Ernst, schließlich ging es um das Verschwinden eines Kollegen, der womöglich in Gefahr war.

Fidibus gab umgehend auf. Er kannte ihn und wusste, Franz Haderlein würde nicht lockerlassen, bis er bekam, was er wollte. »Na schön, mein lieber Haderlein«, sagte er jovial, während sich die teure Zigarre unter dem Druck seiner nervösen Finger auflöste. »Dann werde ich mich mal, äh, auf die Socken meiner Strümpfe machen. Eigentlich sollte das ja kein Problem für mich sein, das Ermitteln, meine ich. Na ja, ich hoffe nur, dass dieses Süppchen nicht nach hinten losgeht.« Er versuchte noch ein kurzes verzweifeltes Lächeln, dann drehte er sich auf dem Absatz um und stürmte in sein gläsernes Büro. Schließlich musste er sich auf seine Ermittlungen in Coburg vorbereiten.

Haderlein schmunzelte, während er sein Handy herausholte. Der Mann brauchte ab und zu Ansagen dieser Art, sonst würde er gar nicht mehr am normalen menschlichen Leben teilnehmen. Außerdem konnten sie jede helfende Hand gebrauchen.

Nach dem kurzen Zwischenspiel seines Chefs konzentrierte sich Haderlein schnell wieder auf seine eigenen Aufgaben und kramte in seiner Hosentasche nach dem Mobiltelefon. In den vergangenen Stunden hatte er schon mehrfach versucht Bernd zu erreichen. Aber obwohl das Handy klingelte und klingelte, meldete sich nur die Mailbox, und auf der hatte er vergeblich schon zig Nachrichten hinterlassen.

Also würde er es jetzt mit einer SMS versuchen. »Hallo, Bernd«, tippte er, »ich weiß, dass du mit deinem alten Kumpel nach Norden geflogen und in Flensburg gelandet bist. Leider haben wir eure Spur über der Nordsee verloren. Schade eigentlich. Wo bist du? Mach bloß keinen Quatsch! Bitte melde dich, ich will dir helfen! Gruß, Franz.«

Er steckte das Handy wieder weg und holte seine Jacke. Auf dem Weg nach draußen hielt ihn Honeypenny kurz zurück, um mit ihm unter vier Augen zu sprechen. Sie machte sich große Sorgen um Ute von Heesen und wollte sich die nächsten Tage ein wenig um sie kümmern. Wenigstens sie abends besuchen, damit sie die Sorgen um ihren Bernd teilen konnte, bis er wieder auftauchte. Haderlein hatte nichts dagegen, im Gegenteil. Er bat sie sogar, Manuela mitzunehmen. So ein Plausch unter Frauen würde Ute bestimmt etwas ablenken. Allerdings sollte sie davon noch Fidibus in Kenntnis setzen, sonst fühlte der sich am Ende wieder übergangen. Damit verschwand Haderlein aus dem Büro.

Als Erstes würde er nun seinen herzallerliebsten Siebenstädter in der Gerichtsmedizin Erlangen mit seiner Anwesenheit beehren und dann sehen, wie es dem Baron ging.

Rutger und sein Fahrer waren gefahren wie die Teufel. Den eigentlichen Umweg von fast zwei Stunden hatten sie auf knapp eine einzige zusammengeschrumpft. Kurz vor Risør hielten sie an, da Rutger hier auf die anderen beiden warten wollte. Von den zwei Kameraden in Bergen, die eigentlich nur das Restaurant hatten anzünden sollen, hatte er nichts mehr gehört, und zu erreichen waren sie auch nicht.

Ihm war klar, dass irgendetwas gewaltig schiefgelaufen sein musste. Womöglich hatte sie die norwegische Polizei geschnappt. Aber er hatte nicht die Zeit, darüber nachzugrübeln. Immerhin waren sie noch zu viert. Roland und Meik hatten die Unfallstelle schon seit Längerem mit Hilfe des Abschleppdienstes verlassen und mussten eigentlich jeden Moment hier eintreffen. Die Geschichte über den Hergang des Unfalls, die sie ihm am Telefon erzählt hatten, klang geradezu unglaublich.

Der Mann des Rentnerehepaares aus dem Haßfurter Landkreis, der sie gerammt hatte, hatte sich anscheinend verfahren. Herr und Frau Stenglein waren eigentlich auf dem Weg zur Fähre über den Lysefjord Richtung Preikestolen gewesen, einem der bekanntesten Naturdenkmäler Norwegens. Als sie irgendwann merkten, dass sie in die falsche Richtung fuhren, beschloss Herr Stenglein nicht etwa zu wenden, sondern die knapp zweihundertsiebzig Kilometer im Rückwärtsgang zurückzulegen. Auf Nachfrage der norwegischen Polizeibeamten hatte der Senior zu Protokoll gegeben, zu Hause nur mit Automatik zu fahren und mit einem Schaltgetriebe nicht wenden zu können. Bereitwillig hatte er dem Polizeibeamten das am Lenkrad klebende Blatt Papier gezeigt, auf dem er mit Bleistift die Funktion und Anordnung einer Fünfgangschaltung skizziert hatte. Die Idee, auf der Gegenfahrbahn längere Strecken rückwärts zurückzulegen, fand er nicht weiter ungewöhnlich, in seiner Heimat, den Haßbergen, würde das eigentlich jeder so machen.

Die Polizei hatte daraufhin den Führerschein des Rentners sichergestellt und Herrn und Frau Stenglein ins Auto geladen. Im Moment befanden sie sich auf dem Weg zur Deutschen Botschaft in Oslo, wo sich die diplomatische Bürokratie mit ihnen beschäftigen würde.

Rutger Kesselring brachte diese Geschichte schier zur Weißglut. Auch er stammte zwar aus Franken, aber im Fichtelgebirge bekam man Gerüchte über die Haßfurter nur sehr spärlich mit. Jetzt jedoch hatte ihn die unterfränkische Wirklichkeit eingeholt. Ausgerechnet in Norwegen. Nur wegen der beiden senilen Tattergreise hatten sie Jahn aus den Augen verloren. Nicht nur, dass er jetzt etwa eine Stunde Vorsprung auf sie hatte, er wusste nun auch, dass sie ihn aufgespürt hatten.

Die ganze Sache war von vornherein mysteriös gewesen. Eigentlich müsste Jahn schon längst kalt und tot sein – und wenn das schon nicht, dann doch zumindest als plappernder, hilfloser Idiot durch die arktische Welt stolpern. Aber nichts davon war eingetreten: Hans Günther Jahn war quicklebendig und seiner Sinne sehr wohl mächtig. Er musste irgendetwas gedreht haben, von dem sie bisher noch nichts wussten. Er hatte einen gigantischen Deal platzen lassen und der großen Sache, die ihn, Rutger, und die Kameraden umtrieb, immensen Schaden zugefügt. Rutger ging es nicht um die verlorene Kohle, sondern um die gerechte Sache. Jahrelang hatte Rutger an diesem Projekt gefeilt. Dafür hatte er gelitten, gekämpft, betrogen und getötet. Und jetzt kam dieser kleine, durchtriebene, arrogante Arsch daher und versaute ihnen alles. Der geheime Plan der Division war von einem dahergelaufenen Deutschen vereitelt worden.

Er hätte damals besser gleich auf die Zwillinge hören sollen, vor allem Moritz hatte den richtigen Riecher gehabt. Wenn es nach ihm gegangen wäre, hätten sie Jahn schon nach wenigen Tagen eine Kugel in den Kopf gejagt. Könnte er die Zeit noch einmal zurückdrehen, würde er diesen Job liebend gern gleich selbst erledigen. Aber jetzt war es zu spät, und das Schicksal hatte die Karten neu gemischt. Jahn war am Drücker. Immerhin hatten sie noch mindestens einen Trumpf in der Hand, von dem Jahn nichts zu wissen schien: Moritz. Aber inzwischen war Rutger fast sowieso alles egal: Wenn Jahn nicht mit dem, was sie haben wollten, herausrückte, dann würde er sterben müssen. Niemand bestahl Rutger Kesselring und die Hammerskins. Niemand zerstörte ungestraft den großen Plan der Division Hess. Aber noch war nichts verloren. Sie mussten ihn nur wieder in die Finger kriegen.

Seine Gedankengänge wurden jäh unterbrochen, als die zurückgebliebenen Kameraden mit einem Abschleppwagen nahten. Sofort stiegen die beiden in den Volvo, und Sekunden später rasten vier glatzköpfige deutsche Hammerskins in dem unbeschädigten Volvo Richtung Risør davon.

Zur gleichen Zeit stiegen Dag Moen und Sedat Yilmiz in der Altstadt von Risør aus ihrem Jeep. Ihrem GPS-Gerät nach musste das Zielobjekt weiter vorn in der Straße stehen. Sie verteilten sich auf beide Straßenseiten. Bereits nach fünfzig Metern sahen sie den Nissan. Dag musterte die Umgebung gründlich, bevor er sich an dem

Wagen zu schaffen machte. Er hatte keine Lust, unvorbereitet in eine Falle zu tappen. Doch seine Sorge war unbegründet, er konnte nichts Verdächtiges entdecken.

Das Fahrzeug war fast leer, nur das Gewehr lag noch hinter den Sitzen. Weit konnte Jahn jedenfalls nicht sein, so groß war Risør nicht. Sie würden sich trennen müssen und die Augen aufsperren. Sedat würde in Sichtweite des Nissan bleiben, während er selbst einen kleinen Streifzug durch die Stadt unternahm. Er entsicherte seine Waffe und steckte sie hinter seinem Rücken in den Hosenbund. Unter seiner Jacke war die Beretta unsichtbar. Er nickte Sedat zu und ging los. Zuerst würde er sich den kleinen Hafen anschauen.

Lagerfeld erwachte mit einem gewaltigen Brummschädel. Die Erinnerung an das Vorgefallene kehrte nur langsam und widerwillig zurück. Trotz heftigem Schwindel schaffte er es, sich auf die Bettkante zu setzen.

»Gut geschlafen?«, meldete sich eine zarte Frauenstimme. Mühsam machte sich Lagerfelds Blick auf den langen Weg von dem Bettvorleger vor seinen Füßen zu der jungen Frau mit den langen braunen Haaren, die an einem Tisch neben ihm saß und offensichtlich in einem Buch gelesen hatte.

»Ich mache dir erst einmal einen Kaffee«, kündigte sie an und legte das Buch auf die Seite. Lagerfeld hielt das für eine verdammt gute Idee, musste allerdings vorher noch dringend aufs stille Örtchen. Er konnte sich noch ungefähr erinnern, wo das in dem Flugplatzgebäude untergebracht war, umschiffte aber den direkten Weg zur Toilette in großzügig weiten Kurven. So ganz wollten ihm die Beine noch nicht gehorchen. Den Toilettenaufenthalt nutzte er für eine gründliche Bewertung seiner Lage. Bei Licht besehen stellte sie sich als ziemlich ambivalent dar. Zwar befand er sich im Zentrum des Geschehens und an der Quelle aller Informationen, doch schienen die beiden Schlüsselfiguren, die den Fall hätten aufklären können, beschlossen zu haben, ihn nicht mitspielen zu lassen. Die beiden Herrschaften hatten ihn mit irgendeinem Mittelchen einfach außer Gefecht gesetzt.

Wieder wurde ihm schwindlig, und er musste sich am Toilettendeckel festhalten. Als er es nach mehreren Anläufen geschafft hatte, seine Beinkleider wieder zu befestigen, machte er sich auf die abenteuerliche Expedition zurück zu Tina, die ihm bereits eine große Tasse Kaffee auf den Tisch gestellt hatte. Daneben lag ein Briefumschlag, der sich auffällig wölbte, und ein schwarzes Mobiltelefon von HTC. Als er sich auf seinen vier Buchstaben niedergelassen und den ersten Schluck vom Kaffee getrunken hatte, schaute er Tina erwartungsvoll an.

»Wie lange habe ich eigentlich gepennt?«, fragte er. Irgendwie musste er ja mit Tina ins Gespräch kommen.

»Fast zwei Tage«, meinte sie lächelnd, während Lagerfeld schier die Augen aus den Höhlen traten.

»Zwei Tage? Das kann doch gar nicht sein«, entfuhr es ihm, und der Kaffee drohte über den Rand der Tasse zu schwappen. Blitzartig durchfuhren ihn Gedanken an Ute, Haderlein und all die anderen, die daheim auf ein Lebenszeichen von ihm warteten.

»Na ja, es waren eineinhalb Tage«, sagte Tina Schweigert gnädig und lächelte ihn an. »Schau raus, es ist schon dunkel. Die Welt schläft, und ihr seid gestern Morgen hier gelandet. Du hast dich wirklich sehr lange ausgeruht.« Sie lächelte milde. »Mein Vater ist sehr gut in solchen Dingen.«

Lagerfeld lachte zynisch. »Du meinst, er ist gut in solchen medizinischen Dingen, die man sonst nur im Kriegsgeschäft braucht, oder?«

Tina ignorierte ihn und goss sich Tee aus ihrer Kanne nach. Dann zog sie ihren Stuhl näher an den Tisch. Ihr sonst so hübsches Gesicht war eine undurchdringliche Maske. »Ich glaube, es ist an der Zeit, dass du etwas erfährst«, sagte sie und schob den Umschlag und das Handy näher zu ihm. Lagerfeld öffnete den Umschlag: Es befand sich ein Geldbündel norwegischer Kronen darin.

»Die Kronen und das Handy sind für dich. Einen schönen Gruß von meinem Vater und Hans Günther soll ich dir ausrichten.« Sie lehnte sich in ihrem Stuhl zurück. »Du kannst damit und mit dem, was ich dir jetzt sagen werde, machen, was du willst.« Sie sammelte sich kurz, dann begann sie zu erzählen.

Als Haderlein die Gerichtsmedizin in Erlangen betrat, fröstelte er. Das tat er immer, auch im Sommer bei tropischer Hitze. Dass jetzt nur frühlingshafte Temperaturen herrschten, machte es nur noch unangenehmer. Nie würde er begreifen können, warum jemand einen solchen Beruf ergriff. Gerichtsmedizin. Damit ging es ihm wie mit

Angeln. Da saß man oft stundenlang am Ufer eines Gewässers – und hatte immer noch nichts gefangen. Hauptsache, man sonderte sich von dieser Welt ab und hatte mit dem restlichen Lumpenpack nichts zu tun.

Gerichtsmediziner waren so ähnlich drauf wie Angler. Auch sie bewegten sich nicht gern in der real existierenden Welt. Die nettestmögliche Kommunikation bestand für einen Gerichtsmediziner in der mit einem Toten. Die erzählten einem so viel, sagte Siebenstädter immer. Natürlich war das aus der Sicht eines Bauchaufschneiders richtig, aber für einen Normalbürger nicht nachvollziehbar. Es gab nicht wenige dieser Zunft, die ernsthaft mit den Ausgebluteten, die vor ihnen lagen, plauderten, während sie in ihren Eingeweiden herumwühlten. Immerhin waren die Leichen in der Regel ja zu keiner Widerrede fähig. Eigentlich paradox, das Ganze, da Medizinerehefrauen in der Regel ganz anders drauf waren.

Mit solch philosophischem Gedankengut umwölkt, begab sich Haderlein in die Katakomben von Siebenstädters Reich. Seine Schritte hallten laut und einsam durch die Gänge. Das Institut wirkte ausgestorben, nur eine Putzfrau wischte einsam und verlassen am Ende des langen Flurs den Boden. Er wollte sie schon fragen, wo denn alle wären, als er leises Lachen und Gläserklirren hörte. Misstrauisch ging er die Treppe zum Sezierraum hinunter, während die Geräusche lauter wurden. Er hatte sich nicht geirrt. Hier war eine Betriebsfeier oder Ähnliches im Gange. Wie er befürchtet hatte, kam das Gelächter aus dem Sezierraum der Gerichtsmedizin. Was gab es da bloß zu lachen und zu glucksen, um Himmels willen? Vorsichtig stieß Haderlein die Pendeltür auf – und traute seinen Augen nicht.

Der ansonsten kahle und sterile Raum war mit Girlanden und bunt leuchtenden Lämpchen geschmückt. Die meisten Anwesenden trugen zwar ihre weiße Dienstkleidung, aber zusätzlich runden Blumenschmuck im Haar, sodass sie aussahen wie frisch aus dem Grab gestiegene hawaiianische Ureinwohner. Getrunken wurde ein abstruser Cocktail türkiser Farbe, und aus den Lautsprechern eines Gettoblasters, der auf einem seitlichen Ablagetisch aus Edelstahl stand, wurde der Raum mit Bluegrass-Rhythmen beschallt. Professor Siebenstädter stand etwas weiter hinten im Raum in einem billigen Frankensteinkostüm und unterhielt sich angeregt mit einer jungen Studentin, die ihn mit ergebenem Dackelblick anhimmelte.

Haderlein ging als Erstes zur Schallquelle, um diese leiser zu drehen. Dieses Waschbrettgekratze hatte er noch nie ausstehen können. Auf dem Weg zu Siebenstädter wurde ihm von einer ziemlich angetrunkenen Medizinstudentin ein bunter Blumenkranz auf dem Kopf befestigt. Haderlein befürchtete schon irgendwelche Annäherungsversuche der leicht schwankenden Halbnacktschnecke, doch die gesellte sich wieder kichernd zu ihren Kommilitoninnen zurück. Er hatte Siebenstädter fast erreicht, als dieser ihn entdeckte.

»Ah, unnnser Subberbulle aus Bambeeerch!«, rief der Gerichtsmediziner fröhlich, allerdings ohne Studentin oder den türkisfarbenen Longdrink loszulassen. Er strahlte übers ganze Gesicht.

»Siebenstädter, was ist hier los, zum Teufel?«, fragte Haderlein in einem Tonfall, als hätte er seine fünf Kinder beim Bemalen der gefesselten Mutter mit Wandfarbe erwischt.

Doch Siebenstädter wirkte wenig schuldbewusst. »Was hier los is? Ich hab Gebrutstach, Enschulligung, Gebrurtssach, das sollas heißen. Meinen fünffuchsigsten, Herr Hadderein.« Er schwankte schwer, dann setzte er eine plump spitzbübische Grimasse auf, näherte sich mit seinen haifischähnlichen Zähnen Haderleins Ohr und flüsterte: »Eine Schnapssahl, Hadderein.« Dann richtete er sich urplötzlich wieder auf und rief laut und fröhlich: »Eine Schnapssahl, Hadderein! Wolln Sie auch nenen Schnaps, Sie Suppenbulle?« Das Dackelchen in seinem Arm fing hemmungslos zu kichern an.

»Äh, nein danke, ich bin ja im Dienst«, antwortete Haderlein etwas überrascht von der lässigen Stimmung im Sezierraum. Das skurrile Ambiente und das pubertäre Gehabe des Chefs der Erlanger Gerichtsmedizin behagten ihm ganz und gar nicht. Doch Siebenstädter hatte nicht die Absicht, daran etwas zu ändern. Jedenfalls nicht an seinem Schnapszahl-Geburtstag.

Er nahm ein Glas von einer Art Buffet, das auf einem weißen Leichentuch aufgebaut war, welches etwas Gewölbt-Längliches bedeckte. Haderlein vermutete die Nachspeise darunter. Um dieses verborgene längliche Gebilde herum türmten sich Berge bereits schmelzender Eiswürfel, in denen die Gläser mit den türkisfarbenen Cocktails standen. Siebenstädter drückte ihm das Glas in die Hand und hob dann so ruckartig dozierend einen Finger in die Luft, dass ihm die Kappe des Frankensteinkostüms nach hinten rutschte.

»Unnd jesst noch nenen Wüffel für unnsenen Suppenbullen!«, rief er euphorisch und warf Haderlein einen Eiswürfel vom Buffet ins Cocktailglas, dass es nur so spritzte. Die Dackelstudentin nahm dies zum Anlass, wieder in einen längeren Kicheranfall auszubrechen, während Siebenstädter den Kommissar erwartungsvoll ansah. Wahrscheinlich wartete er auf einen Trinkspruch im Namen der Bamberger Kriminalpolizei? Haderlein würde den Teufel tun.

Widerwillig nippte er an dem Gebräu, damit Siebenstädter endlich Ruhe gab und ihm nicht irgendwann einen Strick daraus drehen würde. Das Zeug schmeckte nach einer Kreation aus Acrylfarbe mit sehr viel Zucker. »Was ist denn da drin?«, fragte er, um der Höflichkeit Genüge zu tun.

Wieder setzte Siebenstädter seinen spitzbübischen Blick auf. »Fannz, das willsu gar nich wissen, hihi. Da is nämich ga nis drin, wassu da draußen gaufen ganst, Suppenbulle. Das Seug is einmalich, gibb's bloß hier.«

Haderlein räusperte sich, um sein Entsetzen zu überspielen, und stellte das Glas mit dem pathologisch-chemischen Experiment schnell wieder aufs Buffet zurück. Dann löste er Siebenstädter aus den Armen der Studentin, die ihn frustriert anstarrte, und zerrte den Professor mit sanfter Gewalt auf die Seite, fort von Bluegrass und eigenhändig gepanschtem Alkohol.

»Schüss, Engelchen!«, flötete Siebenstädter der schwer beduselten Madam sichtlich enttäuscht noch zu.

»Enkelchen würde es wohl eher treffen«, knurrte Haderlein, aber zu seinem Glück war der Chef der Erlanger Gerichtsmedizin gerade nicht besonders aufnahmefähig. Also versuchte er sich ihm gegenüber kurz zu fassen. »Herr Professor, ich wollte eigentlich nur wissen, ob Sie bei dem Kopflosen schon etwas herausgefunden haben?«, rief er dem Angetrunkenen ins Ohr.

»Habbich«, verkündete Siebenstädter stolz und nippte an seiner Mixtur. Damit verebbte seine plötzliche Auskunftsfreude auch schon wieder, und sein Blick ging erneut auf Wanderschaft.

Doch Haderlein blieb hartnäckig und drehte Siebenstädters Kopf in seine Richtung. »Und was? Bitte konzentrieren Sie sich, Herr Professor.« Haderlein versuchte verzweifelt geduldig zu bleiben.

»Dod«, kam die knappe Auskunft des Professors, dann schien ihm noch etwas einzufallen, denn er zerrte Haderlein am Ärmel wieder zum Buffet zurück und sagte theatralisch: »War schafes Messer, gaaanz schaaf. Soo lang unnefähr.« Er wollte mit beiden Händen die Länge der Klinge darstellen, hatte aber größte Mühe, das Gleichgewicht zu halten.

Dadurch bedingt variierte die Schwankungsbreite der Angabe nach Haderleins Schätzung um bis zu vierzig Zentimeter. Das schien ihm dann doch etwas zu ungenau. Haderlein gab es auf. Vielleicht war es ja doch besser, morgen noch einmal vorbeizukommen, wenn hier alle wieder nüchtern waren. Ein scharfes Messer, aha. So genau hatte er es eigentlich gar nicht wissen wollen, dachte Haderlein sarkastisch.

Siebenstädter musste seinen enttäuschten Blick bemerkt haben. Plötzlich krallte er sich in seiner Jacke fest und plapperte etwas vor sich hin, das in etwa so klang: »Zseigen. Suppenbulle kannowas lennen bei Siemmenstädter.« Dann ließ er vom Kommissar ab und hob das weiße Tuch am Kopfende des vermeintlichen Buffets nach oben. Rechts und links fielen Eiswürfel sowie türkisfarbene Cocktailgläser auf den steinernen Boden des Sezierraumes und zersprangen klirrend.

Haderlein glaubte, seinen Augen nicht zu trauen, als er den durchtrennten Hals des Kopflosen aus seinem Mordfall vor sich erblickte.

»Senn Sie?«, fragte Siebenstädter, während sich nach und nach immer mehr interessierte Gäste dieses abstrusen Events um den Buffettisch scharten. Siebenstädter deutete so gezielt wie möglich auf den Hals des Toten. »Ganns schaaf. Keine Fannsen. Wie ein Messger smachen würde. Und sswar ein guter«, brabbelte der Professor.

Haderlein war das jetzt zu viel. Das hier war ganz und gar nicht nach seinem Humor. »Siebenstädter, Sie haben eine Leiche als Deko für Ihre durchgeknallte Feier missbraucht! Wie abgefahren ist das denn?« Entsetzt blickte er den Gerichtsmediziner an. Er hatte ja gewusst, dass Siebenstädter etwas gaga war, aber das hier schlug dem Fass den Boden aus.

Doch der Mediziner zeigte sich nicht im Mindesten schuldbewusst und schüttelte vehement den Kopf. »Nix Deko, auff ga keinen Fall. Eine Demonsration fü schbäder, fü meine Schudenden«, erklärte er sich.

Der Professor tat dem Kommissar fast schon leid. Bei irgendeiner Zutat zu diesem Cocktail musste er sich vergriffen haben – aber so was von. Doch darauf konnte er jetzt beim besten Willen keine Rücksicht nehmen. Haderlein wandte sich um und verließ fluchtartig den Sezierraum, während die Medizinstudentin mit Dackelblick Anstalten machte, einen bunten hawaiianischen Blumenkranz um den kaum noch vorhandenen Hals des Toten zu legen.

Haderlein wusste nicht, ob er lachen oder sich ärgern sollte. Ein paar mehr Informationen hatte er sich schon von seinem Besuch bei Siebenstädter erhofft. Andererseits lieferte die erbärmliche Vorstellung des Professors ein gigantisches Arsenal an Munition für die Gesprächsduelle, die sie sich in Zukunft weiterhin regelmäßig liefern würden. Den nächsten Disput würde Siebenstädter jedenfalls aus einer sehr unbequemen Verteidigungsposition heraus bestreiten müssen. Der Leiter der Gerichtsmedizin im geburtstäglichen Drogenrausch, mein Gott, Siebenstädter konnte froh sein, wenn die Öffentlichkeit keinen Wind davon bekam. Haderlein war sich zwar relativ sicher, dass die Wirkung des künstlichen Gebräus Siebenstädters so nicht beabsichtigt gewesen war, trotzdem würde seine Geburtstagsfeier auf fragwürdige Weise in die Annalen des aus gänzlich anderen Gründen so renommierten Institutes eingehen.

Um die Zeit des restlichen Tages sinnvoll zu nutzen, stattete Haderlein dem Baron im Bamberger Klinikum einen Besuch ab, der sich allerdings als eine sehr einseitige Angelegenheit erwies. Der Baron war noch immer alles andere als vernehmungsfähig. An Schläuche, Kabel und sonstige Apparaturen angeschlossen lag er im künstlichen Koma auf der Intensivstation. Zwar habe man ihn stabilisiert und er sei außer Lebensgefahr, berichteten ihm die Ärzte, aber das sei auch schon alles Positive, was man über seinen Zustand sagen konnte.

Haderlein verließ das Klinikum unverrichteter Dinge und machte sich erneut zur Burgbaustelle der Stufenburg nach Baunach auf. Er wollte sehen, wie die Arbeiten dort ohne den Spiritus Rector Rotenhenne vorankamen, und den Anwesenden das Phantombild von dem Geköpften zeigen. Vielleicht wusste ja einer der Arbeiter irgendetwas über den Mann. Jede Kleinigkeit musste jetzt effizient verwertet werden.

Auch über seine eigene Verzweiflung machte er sich Sorgen. In seiner gesamten Berufslaufbahn hatte er sich bisher nie zu tief in einen Fall hineinziehen lassen, niemals war es zu persönlich für ihn geworden. Mit dem Verschwinden Lagerfelds hatte sich das geändert. Wenn ein Kollege augenscheinlich in Lebensgefahr stecken konnte, dann war das eine andere Situation. Er schaffte es nicht, sich wie sonst gefühlsmäßig herauszuhalten.

Als er den Weg hinter Baunach zur Baustelle hinaufgefahren war, sah er schon von seinem Parkplatz vor dem Burgtor aus, dass die Baustelle ruhte und stattdessen eine Art Betriebsversammlung im Gange war. Als er durch das Tor trat, löste sich die Versammlung gerade auf, und die Architektin kam mit einem Handwerker, mit dem sie heftig diskutierte, in seine Richtung gelaufen. Sie bemerkte Haderlein erst, als sie ihn fast umrannte.

»Ach, Herr Kommissar!«, rief sie erschrocken. »Ich habe Sie überhaupt nicht gesehen. Lassen Sie uns doch gleich in den Bauwagen gehen, da sind wir ungestört.«

»Sie meinen die Bauleitung?«, meinte Haderlein ironisch, und die junge Architektin musste lachen.

»Genau, die Bauleitung. Das hier ist übrigens Horst Geißendörfer, Herr Kommissar, unser Arbeitervertreter.« Haderlein schüttelte dem stämmigen jungen Mann mit dem gelben Bauhelm die Hand.

»Sagen Sie, was war das für eine wichtige Versammlung, die gerade abgehalten wurde? Die Leute sahen ja nicht allzu glücklich aus.«

Statt der Architektin antwortete Horst Geißendörfer. »Wir haben eine Grundsatzdiskussion führen müssen. Hildegard hat die Versammlung einberufen, um darüber abstimmen zu lassen, ob wir weiterarbeiten sollen oder nicht. Wir können doch nicht einfach zur Tagesordnung übergehen, während der Baron um sein Leben kämpft.«

»Aha«, sagte Haderlein neugierig, »und wie ist das Ergebnis ausgefallen?«

»Die Mehrheit hat gegen meinen Willen beschlossen, die Arbeiten fortzuführen«, erwiderte die Architektin sichtlich enttäuscht.

»Aber doch nur, weil wir der Meinung sind, dass das im Sinne des Barons wäre. Er würde wollen, dass wir weitermachen«, schaltete sich Geißendörfer wieder ein. »Außerdem würde das Projekt ja faktisch sterben, würden wir die Bauarbeiten unterbrechen. Würden wir alle freiwilligen Arbeiter nach Hause schicken, hätte das das Aus für das Burgprojekt zur Folge. Hildegard war zwar der Meinung, dass es sich verbietet, auch nur einen Handschlag zu machen, solange der Baron im Koma liegt, aber na ja, eine Zwischenlösung gibt es in so einem Fall eben nicht.«

Haderlein schaute zur Architektin hinüber, die resigniert mit den Schultern zuckte. Nun gut, der Hauptkommissar konnte die Zwangslage verstehen, und beide Standpunkte hatten ihre Berechtigung. Das mussten die Beteiligten unter sich ausmachen, da würde er sich nicht einmischen.

»Ich möchte Ihnen etwas zeigen«, wechselte er das Thema und zog das Phantombild hervor, das die Spezialisten von dem Kopf des Getöteten erstellt hatten. »Es ist nur eine Phantomzeichnung, aber vielleicht kommt die Person Ihnen oder einem Ihrer Arbeiter ja bekannt vor.« Er hatte die Zeichnung kaum auf den Tisch des improvisierten Büros gelegt, als Hildegard sie umdrehte. »Es tut mir leid, Herr Haderlein, aber ich kann das heute nicht mehr ertragen.« Sie kämpfte sichtlich mit den Tränen. »Aber ich werde das Bild morgen den Arbeitern zeigen, okay? Sie gehen sowieso gerade nach Hause.« Sie schien der völligen Erschöpfung nahe zu sein.

»Das ist kein Problem«, beruhigte Haderlein sie sofort. »Rufen Sie mich einfach an, wenn es jemanden gibt, der mit der Zeichnung etwas anfangen kann.« Er gab Horst Geißendörfer sein Kärtchen und verließ mit einem angedeuteten Kopfnicken den Bauwagen.

Völlig verschwitzt stellte Robert Suckfüll sein Auto auf der obersten Ebene des Parkhauses »An der Mauer« ab. Das allein war für ihn schon eine Expedition Richtung Nervenzusammenbruch gewesen. Sein Mercedes war nicht gerade ein Kleinwagen und dieses Parkhaus offensichtlich für die Normgröße Fiat Panda gebaut worden. Um die ansteigenden Kurven in dem Puppenhaus zu bewerkstelligen, hatte er sich schließlich dazu entschlossen, Dauerhupe und Aufblendlicht zu Hilfe zu nehmen, was in wüste Beschimpfungen wie »Drecks Brose-Ingenieur!« oder »Blinder HUK-Arsch!« gemündet hatte. All das hatte ihn erstaunlich kaltgelassen, aber als ihn eine ältere Dame in einem Polo als »Haßfurter Waldbewohner« betitelt hatte, war er doch sauer geworden. Wahrscheinlich durfte er froh sein, wenn die aufgebrachten Parkhausbewohner sein Auto nicht zwischenzeitlich mit üblen Sprüchen beschmiert hatten, wenn er später zurückkam. Wenn er überhaupt zurückkam. Zuallererst musste er diesen Breithut in der Coburger Innenstadt finden und dann auch wieder den Rückweg. Er verfügte über kein Navigationsgerät, das ihm den Weg wies. Früher hatte ja seine Frau diese Rolle bei Außenterminen übernommen, doch die war nun dummerweise mit Kinderaufzucht beschäftigt. Aber gut, er würde sich der Herausforderung stellen und sie bewältigen – auch wenn er sich nur zu Hause und in seinem Büro wirklich sicher fühlte. Ansonsten neigte er überall schon mal gern zu Hektik und Orientierungslosigkeit.

Robert Suckfüll war hochintelligent, er hätte genauso gut Notar werden können, doch sein Innerstes hatte ihn davor gewarnt – und es hatte recht gehabt. Als Notar wäre er ziemlich sicher als bleiche und weltfremde Hinterzimmerschranze geendet. Er brauchte ein Leben, das ihn permanent forderte, sowie Menschen, die ihm mehrmals am Tag auf die Sprünge halfen. Diese undankbaren Rollen hatten gleich zwei Frauen in seinem Leben übernommen. Seine Gattin und Honeypenny. Wie gesagt, Fidibus war nicht dumm, sonst hätte er es nie bis zum Leiter der Bamberger Dienststelle geschafft, aber in seinem doch relativ kleinen Hirn waren viel zu viele Gedanken unterwegs. Alles, was sich jenseits von Paragrafen und ordnungspolitischen Dingen wie Uhrzeit oder Dienstzeiten bewegte, wurde von seinen zwei Herzdamen mühsam kanalisiert und ihm nahegebracht. Sein Büro hatte er damals abgefackelt, weil er seine glimmende Zigarre vergessen hatte, weil ihn irgendetwas auf der Einkaufsliste seiner Frau irritiert hatte. Irgendwann hatte er herausgefunden, dass es keine Einkaufsliste, sondern ein Strafzettel vom letzten Jahr in der Bamberger Sandstraße gewesen war, doch im Augenblick der späten Erleuchtung war bereits alles zu spät gewesen. Sein Büro hatte in Schutt und Asche gelegen. Seitdem musste er in einem Glaskasten leben – unter der Oberaufsicht Honeypennys, welche das Sorgerecht für ihn abends an seine Frau abtrat.

Das waren die schwierigen Grundvoraussetzungen für seinen heiklen Tagesauftrag. Ohne weiblichen Beistand sollte er den Coburger Markt finden. Nun gut, er hatte ein Studium beendet, und er hatte einen Stadtplan. Wenn er alles richtig analysiert hatte, waren es vom Parkhaus bis zum Tabakwarenladen nur etwa hundertachtzig Meter. Ein zuversichtliches Lächeln machte sich auf seinem Gesicht breit, und der Leiter der Polizeidienststelle Bamberg, Robert Suckfüll, stürzte sich in die Menschenmassen, die den Moloch Coburg durchströmten. Mit dem Finger auf der Karte schritt er zielsicher voran –

und hatte sich binnen Minuten genauso zielsicher verirrt. Verbissen versuchte er die kryptischen Hinweise und Zeichen auf Karte und Verkehrsschildern zu entschlüsseln, dann stand er plötzlich vor einer Tafel »FH Coburg Haupteingang«, und ein hilfsbereiter Student der Innenarchitektur fuhr ihn zum Parkhaus mit dem Hinweis zurück, dass er von hier aus eigentlich am schnellsten in der Innenstadt sei. Fidibus bedankte sich überschwänglich und musste frustriert statuieren, dass er ungefähr zwei Stunden verschenkt hatte. Noch einmal durfte ihm das nicht passieren, er musste seine Navigationsstrategie ändern, seinen inneren Schweinehund überwinden und etwas tun, woran sein männliches Ego noch lange zu knabbern haben würde, aber egal.

Er würde jetzt jemanden nach dem Weg fragen. Kurzentschlossen trat er auf einen jungen dunkelhaarigen Mann zu, der den Weg zum Parkhaus recht lässig herauflief.

»Entschuldigung, könnten Sie mir vielleicht sagen, wie ich von hier am schnellsten zum Marktplatz komme?«

Der Mann mit der XXXXL-Hose und bunten Baseballmütze, die er sich wohl aus modetechnischen Gründen auch noch quer auf den Kopf gesetzt hatte, musterte ihn skeptisch von oben bis unten. »Ey, Alter, willst du mich anmachen, oder was? Is ja voll krass, ey, du weißt die Tour zum Markt nicht? Is voll easy, kostet dich aber 'nen Euro, alles klar, Bruder?«

Sein Gesichtsausdruck signalisierte Fidibus eine hundertprozentige Intoleranz die Verhandlungen den Preis der Auskunft betreffend. Konsterniert gab er dem Freizeitrapper einen Fünf-Euro-Schein, da er es nicht kleiner hatte.

»Ey, cool, Alter, echt fettes Trinkgeld.« Vor Freude boxte der Eminem-Verschnitt Fidibus kumpelhaft gegen die Schulter.

Robert Suckfüll begann nervös zu werden. Was war das für eine merkwürdige Kommunikationsweise, was für ein seltsames Outfit? War der Kerl womöglich gar nicht echt? Vielleicht war er ein Spion, ein Doppelagent? Vielleicht war alles nur eine Falle, und er befand sich völlig auf sich allein gestellt in der Coburger Innenstadt und war, wie ihm jetzt schmerzhaft bewusst wurde, auch noch unbewaffnet. So unauffällig wie möglich sondierte er die in Frage kommenden Fluchtmöglichkeiten.

»Da vorn links, nach hunnert Meter noch amal links, und dann biste voll am Ziel, Bruder, klar?« Mit diesen Worten und einem extrem wiegenden Schritt ging der 007 für Arme davon.

Fidibus atmete tief durch und wischte sich mit einem Taschentuch den Schweiß von der Stirn. Das war ja gerade noch einmal gut gegangen. Er steckte das durchfeuchtete Tuch wieder weg und folgte der Wegbeschreibung des jungen Mannes. Und siehe da, nach zwei Minuten öffnete sich vor ihm ein großer Platz mit dampfenden Bratwurstbuden und fröhlichen Menschen. Direkt daneben, welch glückliche Fügung des Schicksals, entdeckte er ein Eckhaus mit einem kleinen Geschäft, auf dessen Schaufensterscheibe in dezenter Schrift geschrieben stand: »Breithut – Tabakwaren«.

Sein erster Reflex war es, sofort in das Geschäft zu stürmen und seine Aufgabenstellung abzuarbeiten, aber sein Kopf wurde unwiderstehlich um neunzig Grad nach links zu den Bratwurstbuden gezogen. Er hatte Hunger. Schließlich war er jetzt seit über zwei Stunden zu Fuß unterwegs, das hatte er das letzte Mal in seinem Studium gemacht. Er hatte Unterzucker, er brauchte jetzt unbedingt eine Mahlzeit. Er war es gewöhnt, jeden Tag exakt zur gleichen Zeit zu essen, vormittags kalt, mittags warm und abends wieder kalt, und sein Mittagessen war mehr als überfällig. Aber wenn er jetzt zu dieser Bratwurstbude ging, und bis zu der waren es locker fünfzig Meter über den Platz, dann würde er womöglich diesen Breithut nicht mehr wiederfinden. Egal, sein Stoffwechsel befand sich im Ausnahmezustand. Den Tabakladen immer im Auge behaltend ging er rückwärts bis zur nächstgelegenen Bratwurstbude, an deren Holzwand er mit einem lauten »Pock!« seinen Hinterkopf anschlug. Er rieb sich die schmerzende Stelle und wandte sich der Budenbesitzerin zu. Der Abzug des kleinen Kamins im Wagen musste wohl irgendwie kaputt sein, denn es qualmte mehr vorn aus der Bude heraus als aus ihrem kleinen Schornstein.

Fidibus ließ einen Hustenanfall über sich ergehen, dann keuchte er mühsam: »Eine Bratwurst ohne Senf.«

»Is recht«, erhielt er von der rundlichen Budenbetreiberin die Antwort. »Macht dann zwei Euro.«

Während Fidibus nach dem Geld fummelte, bemerkte er etwas sehr Gefährliches am betriebenen Grill der Bude, das die einfältige Frau wohl nicht zur Kenntnis nehmen wollte. »Entschuldigen Sie, gute Frau, aber Ihre Kohle brennt. Schaun Sie doch mal die Flammen an. Die Bratwürste werden schon ganz dunkel. Das ist doch sehr gefährlich.«

»Des kört so, des sin Kiefernzapfen, mei Guder«, fertigte sie ihn ab. »Des muss so sei, sonst werd die Worscht nix Gscheiits.«

»Aber offenes Feuer am Grillgut, das verstößt doch sicher gegen irgendeine EU-Verordnung«, zweifelte Fidibus weiter. Am liebsten hätte er einen Eimer Wasser über die Brandstelle geschüttet.

»Vo mir aus. Was geht mich die EU a, guder Mo. Die solln lieber guggen, dass se ihr Geld vo die Griechen griechen. – Der Nächste!«, rief sie dann und hatte Robert Suckfüll bereits vergessen.

Der war ob ihrer Uneinsichtigkeit irritiert und noch dabei, sein Wechselgeld einzustecken, als ihm an seiner original Coburger Bratwurst zwei Dinge auffielen. Erstens: Diese Wurst war viel zu groß. Die Dimension des Grillgutes überstieg die EU-Normgröße der fränkischen Rostbratwurst um ein Vielfaches. Wer sollte so etwas denn essen? Zweitens: Die Budenfrau hatte das Brötchen, in dem die Wurst lag, völlig falsch aufgeschnitten. Nicht etwa der Länge nach, sodass die Wurst bequem zwischen den beiden Hälften zu liegen kam, nein, sie hatte das Gebäck von oben nach unten geteilt. Das war ja nun vollkommen sinnlos und unpraktisch noch dazu. So konnte die Riesenwurst ja jederzeit herausfallen. Da musste ein Versehen vorliegen.

»Entschuldigung«, meldete Fidibus sich erneut an. Vorsichtshalber baute er in den folgenden Satz einen klaren fränkischen Begriff ein. »Mein, Brötchen … also, äh, Brödla, das ist in der falschen Richtung durchtrennt. So kann ich diese Bratwurst auf gar keinen Fall –«

Die Budenbesitzerin drehte sich so ruckartig um, dass Suckfüll tatsächlich fast die Coburger Spezialität aus seinem Brödla gefallen wäre. Ihre kleinen Schweinsäuglein blitzten, und ihre Worte waren so schneidend wie eindeutig. »Ja, wen hammer denn da, hä? An richtichen Gluchscheißer, oder was? Du dusd jezd dei Worschd so essen oder lässt es. Außerdem heißt des Semmel in Coburch und net ›Brötchen‹ oder – noch schlimmer – ›Brödla‹, du Bambercher Breußenkopf. Und wenn dir des ned bassd, dann hol ich mein Mo, der machd nacherd aus dir a weng a Gluchscheißergrillgud, streng nach EU-Norm! Jetzd schleich dich, du Kaschber. – Der Nächste!«

Erschrocken und eingeschüchtert verließ Fidibus den Bratwurststand und begab sich auf den Weg zu dem Tabakwarenladen. Da hatte man nur mal eine Frage, und dann passierte einem so etwas. Das war ja mal wieder typisch für die Gegend.

Nun gut, wenigstens hatte er jetzt endlich etwas zu essen. Er würde sich mit dem Gehen Zeit lassen, damit er dieses Monster von einer Bratwurst auch bis zum Laden vernichtet hatte. Gerade wollte er genüsslich in das unbekannte Geschmackserlebnis hineinbeißen, als er laute Schlagermusik vernahm und Sekundenbruchteile später von hinten angerempelt wurde. In hohem Bogen flog die Wurst davon und landete vor der Eingangstür des Tabakwarenladens im Dreck – was einen großen struppigen Hund nicht davon abhielt, sich diesem unerwarteten Leckerbissen sofort dankbar zuzuwenden. Dann rollte auch noch ein Fahrrad knapp und fahrerlos an Fidibus vorbei, bevor es klappernd zu Boden fiel.

Als Robert Suckfüll sich verblüfft umdrehte, stand ein mittelgroßer Mann mit Sonnenbrille vor ihm und schaute ihn verärgert an.

»Bass halt auf!«, rief er laut und schrill. »Da is so viel Platz auf dera Welt, und du musst dich grad dahie stelln.« Dann fing der seltsame Mann wieder laut mit einer Art gebrülltem Gesang an, der sich schmerzhaft in Suckfülls Gehörgänge bohrte.

»Hören Sie auf!«, rief er entsetzt. »Hören Sie sofort auf!«

Schlagartig verstummte die gebrüllte Version von »Bridge over Troubled Water«, und der Mann starrte ihn hasserfüllt an.

»Wie? Wieso aufhörn?« Seine beiden Hände ballten sich zu Fäusten zusammen.

Suckfüll war nicht schon wieder bereit, seine Selbstachtung irgendeinem Spinner preiszugeben. Was wahr war, musste auch wahr bleiben. »Wieso Sie aufhören sollen? Was für eine blöde Frage. Sie beleidigen meine Trommelfelle. Das ist kein Gesang, sondern eine Zumutung, Sie akustischer Taliban!« Diesmal war er sich sicher, dass er sich auf der guten Seite der Macht befand, denn mehrere der Umstehenden, die die Szene mittlerweile beobachteten, klatschten und nickten zustimmend. Und trotzdem schwante Fidibus, dass er sich in der seltsamen Coburger Innenstadtetikette schon wieder zu seinen Ungunsten vertan hatte. Der Mann kam mit einem fanatischen Blick auf ihn zu, der jedem islamistischen Selbstmordattentäter zur Ehre gereicht hätte. Seine Augen loderten voller Entrüstung, mit seinem rechten Zeigefinger deutete er wie mit einer Speerspitze angriffslustig auf Suckfülls Kopf.

»Fei Obacht, gell! Niemand tut mir des Singen verbieten, klar? Niemand, aach du net, du Grawattenarsch! Den Gasseddenrekorder habt ihr mir scho abgenomma, aber des Singen kann mir kaaner verbieden. Und wenn ich übermorchen weiderkomm, dann werd ihr sowieso alle nur noch glodzen.« Er hob den Kopf und bedachte die Umstehenden mit einem wilden Blick. »Glodzen werd ihr! Ich bin nämlich der Auserwählte!«, rief er noch einmal wutentbrannt, dann stieg er auf sein Fahrrad und fuhr laut grölend davon. Einen Moment lang klang es nach einem alten Schnulzenhit der Münchner Freiheit, aber sicher war sich niemand auf dem Platz.

Fidibus hatte jetzt genug. Er warf das wurstlose Brötchen weg, das er immer noch in der Hand hielt, und flüchtete sich in den Tabakwarenladen Breithut. Schwer atmend presste er sich mit dem Rücken gegen die Glastür des Geschäftes und versuchte das soeben Erlebte zu verdauen. Es war doch immer das Gleiche. Er brauchte weder Zoo noch gefährliche Safaris in fremden Ländern, schon wenn man sich hier in Franken außerhalb von geschlossenen Gebäuden bewegte, befand man sich in einer anderen, seltsamen Welt. Eine Welt, die den Filmen aus seiner Kindheit von Professor Grzimek oder der Serie »Daktari« nicht unähnlich war. Wenn er ganz ehrlich war, wären ihm die echten Löwen sogar lieber gewesen.

Wie auch immer, als Robert Suckfüll sich einigermaßen gefangen hatte, schaute er sich in dem Laden um. Er wirkte eher wie eine alte Apotheke als ein Tabakgeschäft. Auf beiden Seiten des Raumes standen hölzerne Schränke mit unzähligen Schubfächern aus altem dunklem Holz, die bis zur Decke reichten. Fidibus wollte gar nicht darüber nachdenken, wie viele unbekannte Kostbarkeiten in diesen kleinen Schüben mit den elfenbeinfarbigen Knöpfen lagerten. Dazu duftete es nach vielen Jahrzehnten Tabakverkauf. Er, der mit der Nase eines Kenners gesegnet war, fühlte sich plötzlich wie im siebten Himmel. Eine Aromenvielfalt, die einen zum Verweilen und Träumen und vor allem Kaufen einlud. Für Fetischisten der rauchenden Zunft eine ganz gefährliche Lokalität – vor allem für deren Geldbeutel.

Obwohl Suckfüll Haderlein die Adresse des Ladens genannt hatte, kannte er diesen bisher nur aus der Theorie. Breithut hatte ihm bisher seine wertvollen Zigarren immer postalisch geschickt – und Robert Suckfüll bestellte nicht gerade wenig davon, da er durch das

Trockenrauchen mit meist anschließender Zerbröselung im Büro stets einen hohen Schwund der teuren Havannas zu verzeichnen hatte. Breithut kannte er bisher lediglich von seinen telefonischen Bestellungen, wusste aber, dass der Mann in Fachkreisen einen außerordentlich guten Ruf genoss. Zudem hatte ihm Philipp Breithut bisher alles Rauchbare besorgen können, nach dem er verlangt hatte, und da war schon das eine oder andere exotische Blatt dabei gewesen.

Durch das Klingeln der Eingangstür animiert betrat der Inhaber des Geschäftes seinen Verkaufsraum. Robert Suckfüll war auf der Stelle enttäuscht: Philipp Breithut war nicht gerade eine imposante Erscheinung, sondern ein kleines hageres Männchen mit dünnen angegrauten Haaren, Stirnglatze und einer Nickelbrille auf der Nase. Die untere Gesichtshälfte zierten circa einen Tag alte gräuliche Bartstoppeln. Die Ärmel seines ebenfalls grauen Hemdes waren hochgeschlagen, um den Bauch hatte er sich eine abgenutzte blaue Schürze gebunden. Der höchstens eins sechzig kleine Mann hätte auch ein zäher, abgehärmter fränkischer Dorfschmied sein können. Fidibus wusste im ersten Moment gar nicht, was er sagen sollte. Über die Nickelbrille hinweg betrachtete ihn Breithut abschätzend. Aus seinem fragenden Blick sprach ein ganzes Lebensalter an Verkaufs- und Kundenerfahrung.

»Werden Sie verfolgt?«, fragte er höflich.

Fidibus schaute verdutzt, verließ dann aber die Tür und richtete sich in einer Übersprungshandlung umständlich seine Krawatte.

»Äh, nein, nicht direkt beziehungsweise irgendwie doch. Ich bin gerade von einem Verrückten umgerannt worden, der in sinnloser Lautstärke alte Schlager aus der musikalischen Steinzeit –«

»Von dem Sänger?«, unterbrach ihn Breithut sofort. »Irgendwann wird den einer noch von seinem Drahtesel schießen, den Depp. Das ist ja nicht zum Aushalten, wenn ich ehrlich bin. Geradezu geschäftsschädigend.« Breithut redete sich in Rage, und Fidibus war sehr erleichtert, eine geistige Verwandtschaft zwischen ihnen entdeckt zu haben, was diesen brüllenden Affenmenschen dort draußen betraf.

»Er erwähnte irgendetwas davon, dass er der Auserwählte sei und so weiter?«

Auf dem Gesicht Breithuts erschien ein schmallippiges Grinsen, das jedoch so schnell verschwand, wie es gekommen war, um einem strengen Ausdruck zu weichen. »Auserwählt, sagt er? Das Einzige, wozu der jemals gewählt wird, ist zum König der Idioten!«

Dann stahl sich wieder ein kaum wahrnehmbares Lächeln in seine Augen. »Philipp Breithut, was kann ich für Sie tun?« Mit ausgestreckter Hand ging er auf seinen Kunden zu.

Fidibus war positiv überrascht, von Breithut in dieser lebensfeindlichen oberfränkischen Umgebung so freundlich begrüßt zu werden.

»Robert Suckfüll aus Bamberg. Frau Hoffmann, meine Sekretärin, hatte heute Vormittag bereits angerufen und mich angekündigt.« Freudig erregt schüttelte er dem Ladenbesitzer die Hand.

Die Augen Breithuts wurden groß und größer. »Suckfüll? Wollten Sie nicht schon vor zwei Stunden hier sein?«, fragte er nachdenklich. Aber bevor Fidibus noch antworten konnte, ging Breithut ein Licht auf. »Etwa *der* Robert Suckfüll, dem ich auch die Zigarren schicke?«

»Ja, allerdings, genau dieser«, beeilte sich Fidibus, seine Identität zu bestätigen.

Auf Breithuts Gesicht erschien erneut das schmale Lächeln. »Herr Suckfüll, so so. Schön, dass wir uns endlich persönlich kennenlernen.«

»Ja, nicht wahr?«, strahlte ihn Fidibus an und wagte schon, auf eine lebenslange Freundschaft mit einem Bruder im Geiste zu hoffen.

Doch Breithut wollte auf etwas anderes hinaus. »Sie sind einer meiner besten Kunden, Herr Suckfüll, aber ich muss Sie etwas fragen, das mir schon sehr lange auf der Seele liegt.«

Fidibus richtete sich voller Befriedigung erneut seine Krawatte. Bestimmt hatte der Mann schon von ihm und seiner berühmten Dienststelle in Bamberg gehört, war beeindruckt von seinen persönlichen Erfolgen und wollte sich jetzt stellvertretend für die Gesellschaft bei ihm bedanken oder vielleicht sogar ein Autogramm.

»Sagen Sie, Herr Suckfüll, rauchen Sie die ganzen Havannas wirklich selbst, oder verfüttern Sie die an irgendwelche Haustiere?«, erkundigte sich Breithut lakonisch.

Von einem Moment auf den anderen schaute Suckfüll nicht mehr gönnerhaft prominent, sondern nur noch verblüfft. »Wie, äh, meinen Sie das jetzt, Herr, äh, Breithut?«, stotterte er.

»Nun, kein normaler Mensch raucht in so kurzer Zeit eine derartige Menge an Zigarren. Aber falls doch, dann würde ich Sie dringend um ein Interview mit dem ›Tabakmagazin‹ bitten. Sie könnten berühmt damit werden, so viel in so kurzer Zeit konsumiertes Nikotin zu überleben.«

Fidibus starrte sein Gegenüber ein paar Sekunden lang fassungslos an, dann fing er sich wieder. Er räusperte sich, zog sein noch immer feuchtes Taschentuch heraus und tupfte sich damit erneut die Stirn ab. »Nun, das verhält sich alles so«, begann er seine Erklärungen. »Diese Zigarren werden, nun, sozusagen nicht alle direkt geraucht. Sie dienen, äh, anderen Zwecken. Wie soll ich Ihnen das nur verständlich erklären? Sie sind für eine Art feuerlose, äh, Ausstellung, ja, das ist der richtige Begriff.« Erleichtert über diesen Einfall betupfte er sich wieder die Stirn.

»Eine feuerlose Ausstellung?«, echote Breithut ratlos. Seit wann wurden seine Zigarren für Ausstellungen verwendet, und wieso hatte er von diesen Ausstellungen noch nie etwas gehört oder gelesen?

»Ja, Ausstellungen«, echote Fidibus Breithuts Echo hinterher, während sich sein Taschentuch langsam dem physikalischen Sättigungspunkt näherte.

»Ausstellungen über ein überwachungstechnisches, äh, Experiment des Trockenrauchens. Sozusagen für geschlossene Kreise, also, die Ausstellungen sind eher geschlossene Veranstaltungen im, äh, kleinen Kreise, im Prinzip ausschließlich für weibliche Insider, also quasi ohne die Herstellung irgendeiner allgemeinen Öffentlichkeit, wenn Sie verstehen, was ich meine.« Ein Tropfen Schweiß verließ Suckfülls Taschentuch in Richtung Erdmittelpunkt und traf mit einem leisen »Plitsch!« auf dem steinernen Ladenfußboden auf.

Und nein, Breithut verstand nicht, was Fidibus meinte. Nicht das Geringste. Aber es deuchte ihm, besser nicht weiterzubohren. Dieser Suckfüll war zwar etwas absonderlich, aber schließlich war er Kunde und damit König. »Na gut, Herr Suckfüll, ist ja auch nicht so wichtig«, wechselte er das Thema. »Was genau führt Sie denn heute zu mir?« Er wandte sich um und ging hinter seinen alten Ladentresen.

Erfreut legte Fidibus das durchnässte Taschentuch auf die Theke. »Nun, es geht um eine ganz spezielle Zigarette, die in einem Mordfall eine Rolle spielt. Meiner unmaßgeblichen Meinung nach handelt es sich um eine russische Papirossi, deren genaue Herkunft wir aber dringend klären müssen. Wenn Sie uns dabei helfen könnten, Herr Breithut, dann wären wir schon einen großen Schritt weiter.

Aber ich vertraue da ganz auf Ihre Fachkompetenz. Sie werden mir sicherlich sofort sagen können, was für eine Tabakware das ist, wenn Sie sie sehen.« Fidibus strahlte den kleinen Mann an, was auch dem Stolz darüber geschuldet war, dass er sich endlich zum Kern der heutigen Tagesaufgabe vorgearbeitet hatte.

Leider reagierte Breithut nicht im Sinne Suckfülls, sondern schaute ihn nur abwartend an. Fidibus blickte einige endlos lange Sekunden zurück, dann wollte er wissen, was dieses Starren zu bedeuten hatte.

»Äh, ja, Herr Breithut, ich weiß jetzt nicht, wie wir – also, was ist jetzt?«, fragte er ratlos. Seinen Teil der Absichten hatte er doch klar und deutlich artikuliert, oder etwa nicht?

»Die Zigarette«, sagte Breithut geduldig, »die müsste ich schon sehen, Herr Suckfüll. Ich bin Fachhändler und kein römischer Augur, Sie verstehen?«

Wieder dauerte es drei Sekunden, bis das große Begreifen bei Fidibus einsetzte. Dann jedoch fuhr seine rechte Hand blitzartig in die Innentasche seines Jacketts, holte eine kleine Plastiktüte mit der russischen Zigarette hervor und legte diese vorsichtig auf die Ladentheke zwischen sich und Philipp Breithut.

Der nahm die Tüte, öffnete sie und schüttelte sie vorsichtig. Die Zigarette rollte in die Mitte des Tresens und blieb dort liegen. Breithut berührte sie nicht etwa, sondern holte aus einer Schublade eine große Lupe, mit der er das gute Stück langsam und gründlich von allen Seiten betrachtete. Als er sich wieder aufrichtete, murmelte er etwas in seinen nicht vorhandenen Bart, das wie »hochinteressant« klang. Dann trat er hinter seinem Tresen hervor und ging zur großen Rollleiter, die an dem einen Wandschrank angelehnt war. Er schob die abgewetzte Leiter ungefähr einen Meter auf die Seite und stieg das Monstrum bis ganz nach oben hinauf, wo es keine Schubladen mehr gab, sondern nur noch alte Ordner- und Fachliteraturstapel. Mit einem dünnen Buch mit kyrillischer Beschriftung kletterte Breithut die Leiter wieder herunter, um sich sofort wieder hinter die Theke zu begeben.

Fidibus besah sich die ganze Szenerie und hielt lieber erst einmal den Mund. Breithut wirkte so konzentriert, als wäre er in einer anderen Welt. Tief über das aufgeschlagene Buch gebeugt verglich er die Abbildungen Seite für Seite mit der Zigarette, bis er schließlich etwas gefunden zu haben schien, denn er verschwand samt Zigarette und Buch in seinen nicht öffentlichen Gemächern. Kurz darauf konnte Suckfüll hören, dass er telefonierte. Das Gespräch zog sich hin, sodass Fidibus zwischendurch immer wieder durch die Schaufensterscheibe nach draußen schaute, um zu eruieren, ob gewisse Verrückte noch in der Nähe herumlungerten, um ihn eventuell später wieder akustisch zu belästigen. Doch der Sänger war nirgendwo mehr zu sehen. Plötzlich wurde es im Hinterzimmer still, Breithut kam mit seinen Utensilien zurück in den Verkaufsraum und legte alles wieder vor sich auf den großen Tresen.

»Und?«, fragte Fidibus. Er war sehr gespannt, ob Breithut es tatsächlich geschafft hatte, die Herkunft der Zigarette zu klären.

»Wirklich knifflig«, erwiderte der Tabakexperte ruhig, und Suckfülls Hoffnung begann gleich wieder zu schwinden. »Knifflig, aber nicht unmöglich. Ich hatte schon einmal eine Schachtel ähnlicher Zigaretten hier im Laden. Das war kurz nach der Grenzöffnung in den Neunzigern. Aber bei uns wollte das Zeug niemand rauchen. Ist eher was für Sammler. Den Händler von damals aus Jena gibt's allerdings noch. Der besorgt die Dinger aus der Ukraine. Soll heißen, ich kann Ihnen mit fünfundneunzigprozentiger Wahrscheinlichkeit sagen, wie alt die Zigarette ist und für wen sie hergestellt wurde.« Er lächelte Fidibus an, welcher freudig zurücklächelte. Doch so einfach war die Sache nicht. Es galt, einen Preis zu zahlen. »Ich mache Ihnen einen Vorschlag, Herr Suckfüll. Ich verzichte für die Auskunft auf ein Beraterhonorar, dafür darf ich die Zigarette behalten. Was sagen Sie dazu?«

Fidibus überlegte kurz. Sie hatten von den Dingern massenweise im Gartenhaus des Barons sichergestellt. Da kam es auf diese eine wirklich nicht an. »Abgemacht, Herr Breithut«, sagte er sehr dienstlich und war damit in der Welt angelangt, in der er sich auskannte.

»Wunderbar«, sagte das kleine Männlein erfreut, »dann will ich Sie also mal aufklären. Sie hatten recht. Die Zigarette ist in der Tat eine russische Papirossi. Die Papirossi – oder auch Papirosa – ist eine Zigarettenart, die eigentlich aus Polen stammt, heutzutage aber zum Großteil in der ehemaligen Sowjetunion hergestellt und geraucht wird. Sie gilt bis zum heutigen Tag als die wahrscheinlich stärkste Zigarette der Welt. Bei der Herstellung wird, wie Sie hier sehen, ein Mundstück aus Pappe geformt und nur der äußere Teil des Röhrchens mit kurzfaserigem Presstabak, der sogenannten Machorka, gefüllt. Will man rauchen, so knickt man das Pappröhrchen zwei Mal ein, sodass eine Luftkammer entsteht, die den Rauch abkühlt. Bekannte Marken der Sorte sind Belomorkanal und Herzegowina Flor, seinerzeit übrigens die Lieblingsmarke von Josef Stalin. Das, was hier vor uns liegt, ist ganz eindeutig eine Belomorkanal, wahrscheinlich aus dem Jahre 1984. Das Datum kann ich deswegen relativ genau sagen, weil die Zigaretten oft zu einem ganz speziellen Anlass hergestellt wurden.«

»Ach, und der wäre in diesem Fall?«, fragte Robert Suckfüll, der bereits fleißig mitschrieb.

»Es war jedes Mal die Jungfernfahrt eines Schiffes der Nordmeerflotte der Sowjetunion. Zu jeder Schiffstaufe wurde eine ganz spezielle Papirossi hergestellt und mit einem besonderen Aufdruck versehen. Diese Zigaretten waren und sind bei Sammlern sehr begehrt, da die Belomors ausschließlich an die Besatzung des jeweiligen Bootes bei der Jungfernfahrt ausgegeben wurden. Dadurch war es sehr schwer, an die Zigaretten heranzukommen. Einfacher wurde es, wenn ein Schiffstyp sehr oft gebaut wurde, dann gab es die Zigaretten der gleichen Art öfter. Aber diese Belomor hier ist extrem selten. Mein Kollege in Jena kann sie deswegen so genau zeitlich einordnen, weil er über eine Liste aller Papirosas verfügt, die für die russische Flotte hergestellt wurden.«

»Tatsächlich?«, meinte Fidibus erstaunt. »Und um was für ein Exemplar handelt es sich genau?«

Philipp Breithut setzte seine Nickelbrille wieder auf und hielt sich einen kleinen Zettel, auf dem er etwas notiert hatte, dicht vor seine kurzsichtigen Augen.

»Diese Belomor ist deswegen so begehrt, weil es nur ein einziges Schiff gab, für das diese Zigarette hergestellt wurde. Und zwar das russische U-Boot ›Komsomolez‹. Von ihm wurden später keine weiteren Modelle gebaut. Warum und weshalb, das kann ich Ihnen leider auch nicht sagen.« Er ließ das Papier wieder sinken und nahm die Nickelbrille ab. »Das ist alles, was ich Ihnen jetzt und hier dazu mitteilen kann, Herr Suckfüll«, vollendete Breithut seinen Vortrag.

Doch das war mehr, als Fidibus zu hoffen gewagt hatte. Überschwänglich bedankte er sich bei Breithut und verabschiedete sich von dem stolzen neuen Besitzer eines gefragten Sammlerstückes.

Als der Chef der Bamberger Kriminalpolizei vor der Ladentür stand, ließ er sich die geballten Informationen noch einmal durch den Kopf gehen. Die Zigaretten stammten also aus dem Jahr 1984 und waren an die Besatzung eines russischen U-Bootes namens »Komsomolez« ausgegeben worden. Aber was hatte das alles mit einer enthaupteten Leiche in einem Baunacher Gartenhaus zu tun? Grübelnd machte sich Fidibus zurück auf den langen Weg zum Parkhaus.

Zurück in die Zukunft

Inzwischen war es dunkel geworden, und die Nacht legte sich wie ein schwerer Mühlstein auf die Seele Haderleins. Als der Kriminalhauptkommissar mit seinem Landrover den Berg von der Stufenburg durch den Dreck wieder hinabfuhr, merkte er, dass sich so etwas wie Verzweiflung in ihm breitmachte. Sie kamen entweder nur in winzig kleinen Schritten oder gar nicht voran. Auf dem Weg in die Dienststelle schaute er noch kurz zu Hause in der Judenstraße bei seinem Weib vorbei. Doch die Mühe hätte er sich sparen können. Seine liebe Manuela hatte ihm einen Zettel auf den Küchentisch gelegt, auf dem geschrieben stand, dass sie zusammen mit Marina Hoffmann den Abend, wahrscheinlich sogar die Nacht, bei Ute von Heesen verbringen würde. Für alle Fälle habe sie ihren Schlafsack mitgenommen, er solle sich keine Sorgen machen.

Aber genau die machte er sich, allerdings eher um Ute von Heesen. Er hatte sie heute bereits zwei Mal kurz angerufen, um ihr den Stand der Ermittlungen, soweit sie Bernd betrafen, mitzuteilen. Aber er konnte ihr so oft erzählen, wie er wollte, dass Bernd seiner Meinung nach putzmunter mit seinem alten Sportkameraden unterwegs war, allein, es fehlte ihr der Glaube. Im Gegensatz zu ihrem Liebsten ging sie im Leben prinzipiell immer vom schlimmsten Fall aus. Für den Job als Leiterin der Revision in der HUK Coburg war sie als eisenharte Pessimistin die Idealbesetzung, für das Leben als solches allerdings oft eher nicht. Wenn man immer schön fest an das *»worst case scenario«* glaubte, dann trat es auch irgendwann ein. Ausgelöst durch die Kraft der Eigensuggestion. Da war es nur gut, dass mit Manuela Rast und Honeypenny jetzt zwei Damen an ihrer Seite waren, die mit ihren Beinen fest auf dem Boden der Lebenswirklichkeit standen und durchaus einen Hang zum Optimismus hatten. Mit dem beruhigenden Gefühl, sich ganz auf seinen Job konzentrieren zu können, stieg Haderlein also wieder in seinen Freelander.

Auf dem Weg in die Dienststelle ordnete er noch einmal grob alle Fakten. Viel gab es nicht zu ordnen, dazu war das meiste zu mysteriös und erschien noch immer zusammenhangslos. Und doch musste da irgendwo eine Verbindung sein, ein *»missing link«*.

Seinen Kollegen hatte er sein Eintreffen angekündigt und sie zu einer dringenden Lagebesprechung geladen. Als er die Tür zur Dienststelle aufstieß, warteten Fidibus und Huppendorfer schon sehnsüchtig auf ihn.

»Na, endlich! Wir hatten schon befürchtet, du wärst auch entführt worden.« Ungeduldig ging Huppendorfer mit einem ganzen Stapel Papiere sowie seinem Laptop voraus in Suckfülls Büro, wo er alles auf dem Tisch ablegte und sich setzte. Haderlein nahm neben ihm Platz, Suckfüll dahinter. Haderlein hatte sofort bemerkt, dass Fidibus keine seiner üblichen Zigarren zwischen seinen Fingern malträtierte, sondern mehr oder minder auffällig bemüht war, seine Hände still zu halten, was ihm nur leidlich gelang. Er wirkte fast, als wollte er sich das Trockenrauchen abgewöhnen.

»Dann fangen Sie doch gleich mal an.« Fidibus fuchtelte mit einer Hand in Huppendorfers Richtung.

»Okay«, sagte der bereitwillig und legte los. »Es gibt einiges zu berichten, beispielsweise haben wir bereits sieben Anrufe bezüglich unserer Phantomzeichnung erhalten. Ich habe die gemeldeten Personen überprüft, die aber leider alle noch leben. Erst vor einer Stunde habe ich mit Ruckdeschl telefoniert. Die Analyse hat ergeben, dass diese Farbe, der Colibri-Effekt, die auf dem Laster gefunden wurde, erst vor Kurzem, einer Woche maximal, angerührt und verstrichen wurde. Ansonsten handelt es sich um Farbpigmente, die früher haufenweise verkauft wurden. Die Firma, die die Dose produziert hat, gibt es allerdings seit 1983 nicht mehr. Auch da stecken wir in einer Sackgasse. Auf dem Boden des Lastwagens fanden sich blaue Stofffasern, die mit denen von Lagerfelds Hose übereinstimmen«, fuhr Huppendorfer in seinem Bericht fort. »Wir konnten das überprüfen, weil Ute noch ein paar Stoffreste vom Kürzen der Hose übrig hatte. Bernd war also ganz sicher auf dem Laster und hat dort auch noch seine Sonnenbrille verloren, wie wir alle wissen. Jetzt zu den Projektilen, die den Baron getroffen haben: Das Gewehr, aus dem die Kugeln abgefeuert wurden, ist polizeilich leider nicht bekannt. Ich habe unsere Laborergebnisse jedoch an Interpol weitergegeben, vielleicht taucht die Waffe ja noch woanders auf.«

Haderlein runzelte die Stirn, schwieg aber erst einmal.

»Dann zu meiner eigentlichen Aufgabe, dem Hubschrauber. Die Kollegen in Flensburg haben noch einmal wegen des Flugplatzes recherchiert. Er gehörte noch vor ein paar Jahren der Bundeswehr, die ihn als Hubschrauberstützpunkt nutzte, wurde aber inzwischen für den öffentlichen Flugverkehr freigegeben. Hauptsächlich wird er von Geschäftsleuten und Sportfliegern genutzt. Aber nun kommt's: Der Flugplatz verfügt über eine vollautomatische Zapfstelle inklusive unterirdischem Tank mit Flugbenzin. Wer sich auskennt und eine registrierte Kreditkarte besitzt, kann dort landen und tanken, wann immer er will. Die Kollegen in Flensburg haben durchgegeben, dass der Flugplatz zwar nachts unbemannt ist, aber per Video überwacht wird, um Missbrauch zu verhindern. Die Überprüfung der Kreditkarte dauert wahrscheinlich noch bis morgen, weil das Konto auf einer ausländischen Bank liegt, aber«, Huppendorfer hob demonstrativ den Finger, »aber dafür haben mir die Flensburger Kollegen vorhin schon diese Videodatei gemailt.« Stolz drehte er den Laptop um, sodass Suckfüll und Haderlein einen guten Blick auf den Bildschirm hatten, drückte die Enter-Taste, und ein Filmchen begann zu laufen.

Haderlein und Fidibus zuckten synchron zusammen, als sie die zwei Personen auf dem Laptop sahen. Die Aufnahme war aus der Perspektive einer Dachkamera gemacht worden. Der entführte Hubschrauber Fiesders war genauso eindeutig zu erkennen wie auch der Mann, der oben am Dach einen Tankstutzen einschraubte. Als er damit fertig war, sprang er zu Boden und gesellte sich zu dem anderen Mann, der an einer Art Zapfsäule stand. Man konnte sehen, wie der größere der beiden etwas in die Säule eintippte, dann spannte sich der Schlauch, und die beiden Männer begannen eine lebhafte Unterhaltung. Als Huppendorfer zwei Mal kurz auf die Tastatur tippte, wurde das Bild herangezoomt.

»Das ist ja der Kollege Schmitt!«, entfuhr es Robert Suckfüll.

»Allerdings«, knurrte Haderlein, dessen Augen sich am Computerbildschirm regelrecht festsogen. »Und Bernd scheint nicht besonders mit dem einverstanden zu sein, was ihm Kiesler da erzählt. Auf jeden Fall lebt unser lieber Kollege, das wollen wir als positiv verbuchen.«

Kurz darauf war der Tankvorgang beendet, und die beiden Männer kletterten wieder in den Hubschrauber. Doch bevor der abhob, endete das Video abrupt.

»Das war's«, schloss Huppendorfer seinen Vortrag und lehnte sich zurück.

Zum Erstaunen der beiden anderen sprang Haderlein wie von einer Tarantel gestochen auf und stürmte zu seinem Schreibtisch. Gleich darauf kam er mit einer Europakarte plus einer Rolle Paketschnur in der Hand zurück. Die Karte faltete er komplett auseinander und legte sie auf den Fußboden vor dem Schreibtisch.

»Wie weit kann der vollgetankte Hubschrauber fliegen?«, wollte Haderlein ungeduldig von Huppendorfer wissen.

»Stimmt, das hatte ich ja ganz vergessen«, sagte Huppendorfer schuldbewusst. »Ich habe bei Eurocopter angerufen. Da die Karosserie von dem Teil fast vollständig aus Carbon besteht, dadurch sehr leicht ist und –«, Huppendorfer schwieg, weil ihn sowohl Haderlein als auch Fidibus strafend ansahen.

»In der Würze liegt die Kürze«, gab Fidibus von sich.

»Okay, okay«, sagte Huppendorfer diensteifrig. »Der Hubschrauber besitzt eine Standardreichweite von circa sechshundertfünfzig Kilometern bei einer Höchstgeschwindigkeit von knapp dreihundert Stundenkilometern. Mit leerem Heli und bei intelligenter Flugweise, zum Beispiel dicht über der Oberfläche und vor allem bei günstigen Windbedingungen, können es allerdings auch fast achthundert Kilometer sein.«

»Dann liefer uns jetzt mal sofort Windrichtung und Stärke über der Nordsee, Cesar.« Haderlein wurde immer ungeduldiger.

Während Huppendorfer umgehend seinen Laptop bearbeitete, nahm Haderlein die Paketschnur zur Hand und schnitt sie maßstabsgetreu auf eine Länge zurecht, die achthundert Kilometern auf der Landkarte entsprach. Das eine Ende der Paketschnur fixierte er mit einer Nadel auf Flensburg, dann zog er darum herum mit der abgelängten Schnur einen Kreis. Alles, was in dem Kreis lag, lag also in Reichweite des vollgetankten Helis.

»Zu der Zeit ging Wind in der Stärke zwei bis drei aus Südsüdwest«, meldete sich Huppendorfer.

»Das heißt, am weitesten kam man, wenn man grob Richtung Nordnordost geflogen ist. Ungefähr nach hier.« Haderlein steckte eine kleine rote Nadel in die Südküste Norwegens nahe dem Oslofjord. Er erhob sich und betrachtete sich die Karte aus stehender Perspektive.

»Ich bitte um eine Meinungsabgabe, die Herren. Ich für meinen Teil denke Folgendes: Nach Deutschland zurückgeflogen sind sie nicht. Mittels Radar hätte man sie sofort entdeckt. Das Gleiche gilt für Dänemark. Aufgrund des Windes konnten sie es nicht bis nach

England schaffen. Das heißt, es bleiben uns drei Möglichkeiten. Entweder sind sie auf einer Ölplattform oder einem Schiff in der Nordsee gelandet, oder ihr Ziel lag irgendwo in Südnorwegen oder Schweden.« Erfreut über seine Erkenntnis rieb Haderlein sich die Hände, aber Suckfüll konnte seine Begeisterung nicht wirklich nachvollziehen.

»Entschuldigung, mein lieber Haderlein, doch ich weiß wirklich nicht, ob und wie uns das weiterhilft.«

»Da muss ich dem Chef recht geben«, sagte Huppendorfer. »Deine geografische Ortung in allen Ehren, aber ein wirklicher Durchbruch ist sie auch nicht.«

»Ähem, vielleicht könnte ich die ganze Sachlage doch etwas erhellen«, sagte Fidibus plötzlich. »Durch Einsatz meines gesamten Könnens und der mir eigenen, angeborenen Navigationsfähigkeiten konnte ich nämlich –«

Huppendorfer unterbrach ihn nun seinerseits mit einer ungeduldigen Handgeste.

»In der Würze liegt die Kürze, Chef«, fügte Haderlein mit gewisser Ironie hinzu, die Fidibus jedoch entging, konzentriert, wie er war.

»Also gut, ich konnte heute mitten in der Coburger Innenstadt Licht in das Dunkel um diese Zigarette bringen«, sagte er stolz.

Haderlein und Huppendorfer sahen sich verblüfft an und setzten sich erwartungsvoll in ihre Sessel. Geschahen doch noch Zeichen und Wunder auf dieser Welt?

Robert Suckfüll ließ sich vom Verhalten seiner Untergebenen nicht im Geringsten beeindrucken und gab die ganze Geschichte seiner Erlebnisse in Coburg zum Besten, erwähnte auch die – seiner Meinung nach – katastrophale Beschilderung der dortigen Verkehrswege, vor allem aber erzählte er von der russischen Papirossi und schloss seinen Bericht mit dem U-Boot »Komsomolez«. Als Fidibus geendet hatte, blickte er nicht wie erwartet in freudig erstaunte, sondern in nachdenkliche Gesichter.

»Was soll denn ein russisches U-Boot mit unserem Fall zu tun haben?«, fragte Huppendorfer ratlos in die Runde.

»Das würde ich auch gern wissen«, stöhnte Haderlein, der schon wieder ein Puzzleteil serviert bekommen hatte, mit dem er nichts anfangen konnte.

Einen Moment lang standen sie schweigend da. Lagerfeld ergriff schließlich die Initiative.

»Du wirst also von schwerbewaffneten Typen verfolgt, weißt aber nicht, wer sie sind. Außerdem hast du einen Peilsender an dir und an diesem Pick-up gefunden. Richtig?« HG nickte.

»Das heißt, die können jederzeit hier auflaufen und uns alle umbringen?«

Wieder nickte HG rat- und hilflos. Bis hierher hatten seine Fähigkeiten gereicht, aber jetzt ging ihm die Luft aus. Und Bernd schien das zu bemerken.

»Wo steht dein Auto, HG?«, fragte er.

»Da vorn links rein. ›Sundgata‹, so heißt die Straße, glaub ich.«

»Und der Sender an deinem Fahrzeug ist noch aktiv?«, bohrte Lagerfeld weiter.

»Leider ja. Es hätte zu lang gedauert, nach dem Ding zu suchen«, entschuldigte sich Jahn erschöpft. »Was hast du vor?«

Doch er bekam keine Antwort, sondern musste zusehen, wie sein alter Vereinskamerad ein Handy hervorzog und mit jemandem hektisch telefonierte. Als er das Gespräch beendet hatte, wandte er sich ihm wieder zu.

»Du hast echt Schwein, dass du einen alten Kumpel hast, der bei der Polizei seine Brötchen verdient, HG. Mit den Informationen von unserer lieben Tina konnte ich schon ein paar Vorarbeiten leisten. Das heißt allerdings, dass für dich das Spiel hier erst einmal zu Ende ist. Jetzt übernehmen die Norweger die Angelegenheit, und wir zwei werden uns in Sicherheit bringen, alles klar?«

»Und wo soll dieses sichere Versteck sein?«, fragte HG.

»Es geht nach Hause, HG, nach Bamberg, wenn du es genau wissen willst.« Lagerfeld winkte kurz mit der rechten Hand, und vier Zivilbeamte der norwegischen Polizei erhoben sich von ihren Bänken, auf denen sie unauffällig gewartet hatten. Tina wechselte ein paar Worte mit ihnen, dann ging die ganze Gruppe zu einem Kleinbus, der keine zehn Meter entfernt parkte. Die norwegischen Polizisten schauten sich noch einmal um, dann stiegen sie als Letzte ein, und der Bus setzte sich in Bewegung.

Dag Moen schlenderte langsam am nördlichen Hafenkai entlang, als er Jahn entdeckte. Er stand auf der anderen Hafenseite und unterhielt sich intensiv mit einem Mann und einer jungen Frau. Das Gespräch schien nicht besonders erfolgreich zu verlaufen, denn schließlich standen sie wortlos da und starrten auf den Boden.

Blitzschnell zog er sein Handy hervor und machte ein Foto von dem Mann, bevor er Sedat eine Nachricht schickte: »Hab ihn. Bleib beim Wagen!« Dann steckte Dag das Handy weg und beobachtete die Szene weiter. Der unbekannte Mann hatte zwischenzeitlich telefoniert. Als jetzt vier andere Männer zu der Gruppe stießen, sah Dag auf den ersten Blick, dass es sich um Polizisten handelte. Es war die Art, wie sie sich bewegten und sich umschauten. Dann ging die gesamte Gruppe zu einem VW-Bus und stieg ein. Mist. Von nun an gab es nur zwei Möglichkeiten: Entweder behielt die Polizei Jahn hier in Norwegen, dann brachten sie ihn mit Sicherheit nach Oslo, oder sie verfrachteten ihn zurück nach Deutschland. Aber das konnte er nur herausfinden, wenn er dem Bus folgte. Zum Glück gab es nur eine Ausfallstraße aus Risør, die alle Fahrzeuge nehmen mussten. Er drehte sich um und lief zu Sedat zurück. Noch war nichts verloren. Hauptsache, sie konnten ihren Vorsprung vor Rutger halten.

Er konnte Sedat schon sehen, der mit dem Rücken zu ihm ganz in der Nähe von Jahns Nissan stand. Von den dann folgenden Ereignissen wurde er allerdings überrascht. Er sah noch, dass Sedat von einem Mann angesprochen wurde, den er nicht richtig erkennen konnte, da Sedat ihn verdeckte. Dann versuchte Sedat urplötzlich seine Waffe zu ziehen, drehte sich aber schließlich mit merkwürdig gekrümmtem Körper zu dem Mann um und fiel zu Boden. Jetzt hatte Dag freie Sicht. Er blickte einem alten Bekannten direkt in die Augen: Rutger Kesselring. Hinter dem Hammerskin hatten sich drei seiner muskelbepackten Kameraden mit gezogenen Schusswaffen aufgebaut, Rutger selbst stand mit einem blutverschmierten Kampfmesser der deutschen Wehrmacht da und fixierte Dag voller Hass. Von einem nüchternen Deal zwischen wohlmeinenden Geschäftspartnern konnte keine Rede mehr sein.

Rechts und links von ihnen stoben die Menschen auseinander. In ihren panischen Gesichtern konnte man ihre Gedanken lesen: Nicht schon wieder ein Breivik in diesem Land, nicht schon wieder ein Utøya. Das Massaker auf der Ferieninsel im August 2011 hatte sich tief in die norwegische Seele eingebrannt. Niemand in diesem friedlichen Land wollte ein solches Trauma noch einmal durchleben müssen, und doch stand jetzt ein glatzköpfiger Nazi mit einem bluttriefenden Messer mitten in einer kleinen Einkaufsstraße im Touristenstädtchen Risør und beugte sich über einen Mann, den er gerade niedergestochen hatte. Dicht dahinter drei schwer bewaffnete Hammerskins.

Rutger ließ das Messer fallen und griff an den Hosenbund nach seiner Pistole. Auch Dag hatte die Beretta gezogen, doch bevor er abdrücken konnte, verspürte er schon einen heftigen Schlag. Er taumelte zurück, dann traf ihn eine weitere Kugel in die Brust. Er sank auf die Knie, und die Waffe entglitt seinen Händen. Rutger Kesselrings Gesicht verschwamm vor Dags Augen, dann waren plötzlich Befehle zu hören. Dag Moen kippte tot nach vorn auf den kalten Teer, während wie aus dem Nichts schwarz gekleidete Männer einer norwegischen Spezialeinheit beide Seiten der Sundgata blockierten. Rutger und seine Kumpane saßen in der Falle.

Doch die Hammerskins hatten nicht die geringste Absicht, sich kampflos zu ergeben, und sprangen hinter die geparkten Autos in der inzwischen menschenleeren Straße. Etwa eine Minute lang versuchten die Norweger vergeblich die Nazis zum Aufgeben zu bewegen, also wechselten sie die Strategie und warfen Tränengasgranaten. Das hatte Folgen. Rutger war der Erste, der sich mit einem kalten Lächeln hinter einem Kombi erhob und das Feuer auf die norwegischen Polizisten eröffnete. In der kleinen Einkaufsstraße brach die Hölle los.

Rutger ahnte, dass es vorbei war. Die Drecksbullen hatten sie umzingelt. Jahn hatte sie in eine Falle gelockt. Er hatte gewollt, dass sie sein Auto fanden. Rutger selbst hatte erst geahnt, dass hier etwas faul war, als Sedat, dieser kleine, stinkende Türke, vor ihm stand. Aber den hatte er gleich mal erledigt. Dass Dag ebenso hier war, konnte nur bedeuten, dass auch er Jahn gefolgt war. Sofort wusste Rutger, warum sich die Kameraden aus Bergen nicht mehr gemeldet hatten – sie waren tot. Aber jetzt würden sie ihre Haut so teuer wie möglich verkaufen. Sie waren Hammerskins, Mitglieder der Division Hess. Sie würden so viele wie möglich mit in die Hölle nehmen. Er klappte sein Handy auf und tippte kurz und knapp eine SMS-Botschaft: »Kommen nicht mehr. Jahn lebt. Operation Heimatschutz, sofort. Rutger.«

Dann ließ er das Mobiltelefon auf den Teer fallen und zerstörte es mit ein paar Schlägen seines Gewehrkolbens. Die norwegische Polizei hörte nicht auf, ihnen etwas zuzurufen, was er aber ignorierte.

Dann sah er neben sich eine Granate vorbeirollen, aus der beißendes Tränengas strömte.

»Endsieg, Kameraden!«, schrie er, erhob sich aus seiner Deckung und begann zu feuern.

»Was ist los?«, fragte Lagerfeld den Zivilbeamten neben sich, der gerade telefoniert hatte.

»Ihre Befürchtungen haben sich leider bewahrheitet, Herr Schmitt. Das Spezialkommando hat mehrere schwer bewaffnete Männer in der Nähe des Nissan gestellt. Es kam zu einem massiven Feuergefecht, bei dem alle Männer getötet wurden. Auch zwei meiner Kollegen sind verletzt worden, einer davon sogar schwer. Aber Hauptsache, wir haben sie.«

»Und jetzt? Was machen wir jetzt?«, fragte Hans Günther Jahn. Lagerfeld drehte sich zu ihm um. »Es bleibt dabei: Wir beide werden von einem norwegischen Piloten nach Dänemark geflogen. Nördlich von Ålborg gibt es einen kleinen Flughafen, dort werden wir ein deutsches Flugzeug besteigen, das die deutsche Polizei organisiert hat. Ist bereits arrangiert. Ich erklär dir alles Weitere, wenn wir in der Luft sind, HG. Jetzt müssen wir erst einmal die Fliege machen, nicht dass hier noch mehr Irre herumlaufen, die dich abknallen wollen.«

Unbehelligt trafen sie am »Risør Airfield« ein, wo bereits weitere Polizeibeamte und ein Hubschrauber auf sie warteten. Lagerfeld musste zwei Dokumente unterschreiben, dann war der Moment des Abschieds gekommen. Während er Hans Günther in den Helikopter verschwinden sah, drückte er Tina Schweigert, der rechts und links die Tränen hinunterliefen, noch einmal fest an sich.

»Noch wissen wir zwar nicht, was mit deinem Vater passiert ist, Tina«, versuchte er sie zu trösten, »aber du darfst die Hoffnung nicht aufgeben, ja? Versprich mir das!«

Tina nickte und brachte ein gequältes Lächeln zustande. Lagerfeld strich ihr noch einmal kurz über den Kopf, dann verschwand auch er im Heli. Sekunden später drehte der Hubschrauber die Nase in den Wind und startete in Richtung Meer.

Haderlein saß noch allein im Büro, als Huppendorfer und Fidibus sich schon längst verabschiedet hatten. Inzwischen war es fast elf Uhr geworden, draußen herrschte undurchdringliche Dunkelheit. Der Kriminalkommissar grübelte über die zusammenhanglosen Indizien und Erkenntnisse nach, die so gar nicht ineinandergreifen wollten. Keins seiner Denkmodelle, keine seiner Theorien mündete in eine logische Schlussfolgerung. Es war zum Haareraufen. Als sich seine Stimmung wieder einmal einem Tiefpunkt näherte, klingelte sein Handy, und auf dem Display leuchtete eine ihm unbekannte Nummer auf. Einen Moment lang überlegte er, ob er überhaupt rangehen sollte, tat es dann aber doch. Wahrscheinlich hätte er es für den Rest seines Lebens bitter bereut, hätte er es nicht getan, denn aus dem Telefon ertönte die so lang vermisste Stimme eines jungen Beamten der Kriminalpolizei Bamberg mit dem schönen Namen Bernd Schmitt.

»Hallo, Franz«, sagte er, »hier ist dein Kollege Schmitt. Hast du mich vermisst?«

Seit Tagen schon hatte Kriminalhauptkommissar Franz Haderlein darüber nachgedacht, was er Lagerfeld sagen würde, würde der sich endlich melden. Seine geplante Tonart lag irgendwo zwischen Anschiss und Freude – je nach Stimmungslage –, doch jetzt, da der Moment gekommen war, war er einfach nur erleichtert, ein Lebenszeichen von seinem unorthodoxen Kollegen zu hören.

»Mensch, Bernd, bin ich froh, deine Stimme zu hören!«, rief er und sprang vor Freude von seinem Stuhl auf. »Wo steckst du, und was ist überhaupt passiert, zum Teufel? Ich will sehr für dich hoffen, dass dein Verschwinden etwas mit dem Fall zu tun hat und du nicht spontan beschlossen hast, mit deinem alten Kumpel Kiesler deinen Jahresurlaub abzufeiern!«

Er erntete ein kurzes Lachen, dann wurde Lagerfeld sehr ernst. »Du willst Antworten, Franz? Nun gut, die kannst du haben. Vielleicht noch nicht auf alle Fragen, aber auf sehr viele. Wo bist du eigentlich gerade?«

»Noch immer im Büro. Wegen dir müssen ja alle hier Sonderschichten einlegen – und ich im Besonderen.« Er ging zu Honeypennys verwaistem Schreibtisch und schnappte sich ihren großen Notizblock sowie einen Kugelschreiber. »Schieß los, Bernd, ich bin ganz Ohr.«

»Gut, aber kannst du zuallererst Ute Bescheid geben, dass es mich noch gibt?«, bat ihn Lagerfeld. »Und sag ihr, die Küche streiche ich später.«

Haderlein bejahte, hatte im Moment aber keinen Sinn für Humor dieser Art.

»Dann zu diesem Kiesler. Mein alter Freund aus Judotagen, der mich sozusagen entführt hat, heißt im wahren Leben nicht Hans Kiesler, sondern Hans Günther Jahn. Hat damals im Hain gewohnt, ich glaube, seine Eltern besaßen einen Zimmereibetrieb in Hallstadt. Aber das kannst du alles überprüfen. Du wirst es nicht glauben, aber grad bin ich in Norwegen an der Südküste, in einer Stadt namens Risør. In der Nähe gibt's auch einen Flugplatz für Hubschrauber und Kleinflugzeuge, er heißt ›Risør Airfield‹. Dort bin ich gerade untergebracht und werde ganz hervorragend von einer jungen hübschen Frau versorgt, hehe.«

Auch darüber konnte sich Haderlein nur begrenzt amüsieren, hatte aber keine Zeit, sich aufzuregen, da er zu sehr mit dem Notieren von Lagerfelds Ansagen beschäftigt war. Und der fing gerade erst an zu erzählen.

»Und Franz, bevor ich weiterrede: Hier läuft eine ziemlich heftige Show ab. Ganz genau blicke ich auch noch nicht durch, aber dass das nichts für Warmduscher ist, das ist sicher. Mein Handy habe ich in der Hektik leider irgendwo verschlampt, aber unter der Nummer, mit der ich dich gerade anrufe, bin ich jederzeit erreichbar. Kommst du noch mit?«

»Klar«, knurrte Haderlein hektisch, da er in der Tat größte Mühe hatte, dem Redeschwall Lagerfelds schriftlich zu folgen. Trotzdem brannte ihm etwas unter den Nägeln. »Sag mal, ist dein alter Kumpel Jahn in der Nähe? Ich hätte da so einige Fragen an ihn.« Haderlein konnte ein eher gequältes Lachen Bernds vernehmen.

»Du kannst mir glauben, Franz, die habe ich auch. Auf dem Flug hierher hat er mir ein bisschen was erzählt, aber zum Kern der Sache bin auch ich noch nicht vorgestoßen. Fakt ist, Hans Günther ist mit seinem Exkollegen von der Bundeswehr, Ewald Schweigert, irgendwohin aufgebrochen, um eine ganz gefährliche Nummer abzuziehen. Ich glaube, es handelt sich um eine Art Befreiungsaktion, aber das weiß ich auch nur aus dritter Hand. Tina hat es mir erzählt.«

So langsam kam Haderlein wirklich nicht mehr mit. Ewald? Befreiungsaktion? Tina? Was war bei Lagerfeld los, zum Teufel?

»Wer ist denn jetzt schon wieder diese Tina? Du redest in Rätseln, Bernd. Und was hat sie dir alles erzählt, diese Tina?«

Zum ersten Mal machte Lagerfeld eine kurze, nachdenkliche Pause. »Tina ist die Tochter von Ewald und sitzt mir gerade gegenüber. Was sie mir erzählt hat, willst du wissen? Tja, Franz, das wirst du nicht glauben.«

Tina faltete die Hände und legte sie auf den Tisch. Lagerfeld spürte, dass es ihr schwerfiel, darüber zu reden, aber für sich behalten wollte sie ihr Wissen offensichtlich auch nicht.

»Es begann alles im letzten Sommer im August. HG, also Skipper, wie sie ihn hier alle nennen, hat uns seine neue Freundin vorgestellt. Marit Evensen aus Stavanger. Er landete hier mit dem Hubschrauber, und als er ausstieg, war sofort klar: Skipper ist glücklich. Mit Marit war es dasselbe, aber sie ist eher der zurückhaltende Typ. Beide waren so verliebt, das war richtig süß. Skipper war aufgeregt und wollte ihr hier alles zeigen. Ich habe mich für ihn gefreut, weil Hans Günther sich bisher immer schwergetan hatte, die Richtige zu finden.«

»Das kann ich mir vorstellen«, warf Lagerfeld mit einem leichten Lächeln ein. »Er war schon in seiner Jugend ein Perfektionist, selbst was die Frauen betraf. Wenn ihm ein Grübchen hinterm Ohr nicht gefallen hat, ließ er das Mädel eben sausen. Die hättest du ihm dann nackt auf den Bauch binden können, er hätte sie nicht angerührt. So ist er halt, der HG.« Versonnen schlürfte Lagerfeld an seinem Kaffee.

»Eben«, nahm Tina Schweigert ihre Erzählung wieder auf, »aber im letzten Sommer hatte Amors Pfeil ihn mit voller Wucht getroffen. Die zwei waren wie Magnete, die du nicht mehr auseinanderbringst. Und sie haben ja auch wirklich gut zueinandergepasst. Skipper ist im Grunde ein Abenteurer, wie er im Buche steht, aber Marit war auch nicht ohne. In Stavanger hat sie als Personalchefin auf einer Ölbohrinsel draußen auf dem Meer gearbeitet. Sechs Wochen Arbeit, sechs Wochen frei, allein unter Männern. Damit muss man als Frau erst einmal klarkommen – noch dazu, wenn man so gut aussieht wie Marit.«

»Und wie haben sich die beiden kennengelernt?«, wollte Lagerfeld wissen.

»Skipper hatte gerade mit seinem Partner und dessen Schiff in Stavanger festgemacht, als die Hubschrauberpiloten und ein Teil der Besatzung der Bohrinsel, für die Marit zuständig war, mit einem Magen-Darm-Virus infiziert wurden und Marit einen Ersatz suchen musste. Sie fand Skipper, der sie anschließend zwei Tage lang durch die Gegend flog. Das war's. Von da an waren Skipper und seine Marit ein Herz und eine Seele.« Sie lächelte Lagerfeld traurig an.

»Sag mal, hast du eigentlich ein Foto von Marit?«, fragte Lagerfeld plötzlich.

Tina überlegte, stand dann kommentarlos auf und verschwand in ihrem Zimmer. Als sie zurückkam, hielt sie ein Bild in einem Aluminiumrahmen in der Hand. Sie legte es auf den Tisch, setzte sich auf ihren Stuhl und nahm einen langen Schluck von ihrem Tee.

Lagerfeld zog das Bild zu sich und ließ es auf sich wirken. Ewald, Tina, HG und Marit Evensen standen lachend vor einem Helikopter. Marit Evensen war eine verdammt gut aussehende Frau mit langen schwarzen Haaren. Ihre Augen waren so dunkel wie ihre Haare und blickten zurückhaltend, aber fröhlich. Sie sah nicht so aus, wie man sich eine Norwegerin gemeinhin vorstellte. Sie war weder groß noch blond und trug auch keinen Norwegerpulli, sondern ein weißes Hemd, das sie lässig in ihre ausgewaschene Jeans gesteckt hatte. HG hatte seinen Arm um sie gelegt, als hätte er gerade eine Gefangene gemacht, die er nie mehr loslassen wollte. Tina hatte recht. Das hier war zwar nur ein Foto, ein Schnappschuss, und trotzdem wirkten die zwei wie aneinandergeklebt. Selbst ein Blinder konnte sehen, dass Yin hier auf Yang getroffen war. Lagerfeld legte das Bild wieder auf die Seite und schaute Tina erwartungsvoll an. »Und wie ging's dann weiter?«

Tina musste tief durchatmen, bevor sie ihm antworten konnte. »Skipper hatte mit seinem Geschäftspartner diesen Job im Nordmeer angenommen. Irgendetwas mit Meeresbodenuntersuchung, Manganknollen, glaube ich. Genaueres hat er mir nie erzählt, es hat mich aber auch nicht besonders interessiert, wenn ich ehrlich bin. Der Job sollte maximal vier Wochen dauern, er und sein Geschäftspartner Tom Romoeren hätten richtig gut verdient. Eine Anzahlung hatten sie schon bekommen und warteten im Prinzip nur auf gutes Wetter. Oben im Nordmeer brauchst du gutes Wetter mit wenig Wellengang, sonst macht dich die See fertig. Der arktische Sommer ist nicht wirklich warm, und das Wasser hat vielleicht fünf Grad, wenn's hochkommt. Marit hatte ihn anscheinend gefragt, ob sie nicht mitkommen könne. Sie hatte noch knapp sechs Wochen frei, und die

Arbeit würde sie auch interessieren. Du kannst dir vorstellen, wie begeistert Skipper war, als er das hörte. Seit er wusste, dass Marit ihn begleiten würde, betrachtete er den Job eher als Urlaub denn als Arbeit. Obwohl so ein Mini-U-Boot, weiß Gott, eine hoch komplizierte Sache ist. Selbst für so einen sorgfältigen, peniblen Perfektionisten wie Skipper.«

»Moment mal«, warf Lagerfeld ein, »ein Mini-U-Boot? Was hat HG mit einem Mini-U-Boot zu schaffen?«

Tina lächelte müde. »Dein alter Kumpel ist nicht nur ein ausgezeichneter Hubschrauberpilot, sondern auch ein cleverer, weitsichtiger Geschäftsmann. Er hat sich ein sogenanntes ROV gekauft. Ein ferngesteuertes kleines U-Boot, mit dem man auch in großen Tiefen arbeiten kann, ohne dass ein Mensch runtergeschickt werden muss. Er hat das ROV sogar noch eigenhändig umgebaut und verbessert, sodass er als einziger privater Unternehmer in ganz Europa in großer Tiefe flexen und sogar schweißen kann. Das ROV wird einfach auf ein Schiff geladen und zu seiner Einsatzstelle gebracht. Dort hebt es ein Kran ins Wasser – den Rest besorgt dann Skipper mittels Fernsteuerung von einem ganz normalen, aber umgebauten Schiffscontainer aus. Seine gesamten Ersparnisse hat er in dieses Projekt gesteckt. Allerdings kamen zuerst nur ein paar kleinere Aufträge von Ölfirmen und Forschungsgesellschaften rein, die ihn anmieteten. Die haben ihn finanziell gerade mal so über Wasser gehalten. Er hat zu mir gesagt, seine finanziellen Reserven würden für ziemlich genau zwei Jahre reichen, dann müsste seine Geschäftsidee so viel Gewinn abwerfen, dass er davon leben könnte. Dieser Auftrag war sein erster lukrativer, der vermeintliche Einstieg ins ganz große Geschäft. Tom, dem das Arbeitsschiff gehört, war total begeistert, als er davon hörte.«

»Und was war das genau für ein Auftrag? Er muss doch irgendwann mal etwas darüber erzählt haben«, sagte Lagerfeld.

»Nein, jedenfalls nichts Genaues. Er sei zur Verschwiegenheit verpflichtet worden, hat er stolz erzählt. Aber ich glaube, dass er es selbst nicht hundertprozentig wusste. Der Auftraggeber hatte nur abgefragt, was er mit seinem Tauchboot in welcher Tiefe alles machen kann. Irgendwann fiel auch der Name der Bäreninsel, auf Norwegisch: Bjørnøya. Ein bisschen hat sich das Ganze nach so einer Art Schatzsuche angehört. Für HG aber war das Allerwichtigste, dass die Kunden einfach mal so zweihunderttausend Euro angezahlt hatten.«

Lagerfeld rollte mit den Augen und ließ die Summe auf sich wirken. Zweihunderttausend Euro. Davon konnte man viele Unterhosen kaufen.

»Ende August letzten Jahres sind dann alle drei, Tom, HG und Marit, ins Nordmeer aufgebrochen«, fuhr Tina Schweigert fort. »Wir hörten über vier Wochen nichts mehr von ihnen, dann tauchte Ende September plötzlich ein Lastwagen mit Skipper und einem langhaarigen blonden Kerl auf, den er uns als seinen Bruder vorstellte. Die beiden waren ziemlich durch den Wind, vor allem Hans Günther. Der sah aus wie ausgekotzt. Ich hab ihn sofort gefragt, was denn los sei und wo Marit sei, aber er hat mich nur verzweifelt angeschaut und geschwiegen. Noch nie in meinem Leben habe ich in so verzweifelte Augen gesehen wie in die von Skipper damals.« Eine kleine Träne kullerte ihr die Wange herunter. Sie wischte sie mit einer entschlossenen Handbewegung fort, bevor sie weitererzählte.

»Er hat gesagt, er musste Menschen töten und dass er das nie wieder in seinem Leben tun wollte. Als ich ihn erneut nach Marit gefragt habe, hat er mich mit diesem leeren Blick angeschaut und leise gesagt: ›Marit ist dortgeblieben.‹ Ich hab ihn geschüttelt, wollte eine Erklärung, aber er hat die Worte immer wieder wiederholt. ›Marit ist dortgeblieben.‹ Als mein Vater kam, haben sie sich geschlagene vier Stunden zusammengesetzt und beratschlagt. Und frag mich jetzt bitte nicht, worüber sie gesprochen haben, Bernd, ich weiß es nicht. Mein Vater kam mit ihnen und einem ernsten Gesicht aus dieser Besprechung heraus, dann haben sie zu dritt etwas ziemlich Schweres in Vaters Hubschrauber geladen und sind zur Fähre nach Kristiansand gefahren, die sie nach Hirtshals in Dänemark bringen sollte. Anschließend war Vater einen Tag lang nicht ansprechbar, bis er einen Anruf von Skipper erhielt. Daraufhin flog er sofort mit seinem Hubschrauber und seiner ominösen Ladung nach Dänemark und kam tags darauf unbeladen wieder zurück. Ich hab ihm Löcher in den Bauch gefragt, Bernd, aber er hat zu dem Thema geschwiegen wie ein Grab. Und das, obwohl es ihm augenscheinlich damit nicht gut ging. An einem Abend, als ich wieder einmal gefragt habe, was denn mit Skipper sei, hat er schließlich zu mir gesagt, ich solle mich in meinem Leben bloß von Rechtsradikalen fernhalten. Diese Nazis, die wären ein teuflisches Pack. Ich war völlig perplex, aber dann hat er auch schon wieder abgewunken, und das Thema war beendet. Als hätte er schon viel zu viel gesagt. Seitdem hat er mehrmals mit Skipper in Deutschland telefoniert. Das weiß ich, weil ich die Telefonrechnung kontrolliert habe. Und weil ich manchmal gelauscht habe, konnte ich hören, dass Vater am Telefon immer wieder gesagt hat, dass er ihm bei dem Einsatz helfen würde.

Skipper habe ich erst wiedergesehen, als er vorgestern mit dir hier eintraf. Und jetzt bete ich zu Gott, dass er und mein Vater wieder wohlbehalten zurückkommen.« Tina Schweigert griff sich ihren Tee und legte die Hände um die Tasse, als wollte sie ihre verstörte Seele mit deren Wärme beruhigen.

Lagerfeld wusste, dass ihr Bericht hier zu Ende war. Mitfühlend griff er nach einer Hand von ihr und nahm sie in die seine. Dankbar ließ sie es geschehen. Nach ein paar Minuten brach Lagerfeld das Schweigen. »Es hilft alles nichts, Tina, ich muss jetzt in Deutschland anrufen. Erstens wissen die in meiner Heimat nicht einmal, wo ich bin, und zweitens klingt das alles eindeutig nach einer Sache für die Polizei. Wenn du mich fragst, hat sich HG das erste Mal in seinem Leben übernommen, will es aber nicht einsehen, der verliebte Sturkopf.«

Tina nickte resigniert, während der Kommissar zum Handy griff.

Haderlein hatte alles mitgeschrieben, zum Mitdenken hatte er in der Eile keine Zeit gehabt. Jetzt musste gehandelt werden. »Das war's?«, fragte er sicherheitshalber.

»Das war's«, bestätigte Lagerfeld. »Angeblich wollen HG und Ewald bis morgen wieder zurück sein. Ich kann nur hoffen, dass sie es schaffen. Sollte das der Fall sein, könntest du alles arrangieren, dass ich mit HG nach Deutschland zurückfliegen kann? Außerdem bräuchte ich einen Kontaktbeamten hier, der am besten noch Deutsch spricht. Und schaut doch bitte, was ihr mit meinen Informationen anfangen könnt, und zwar so schnell wie möglich, denn mein polizeilicher Instinkt sagt mir, dass wir von sehr viel krimineller Energie und sehr bösen Buben ausgehen müssen, die hinter alldem stecken. Vielleicht könnt ihr das ja auch den Ermittlungsbehörden hier in Norwegen kommunizieren?«

»Pass auf, Bernd«, sagte Haderlein zu seinem endlich wiederaufgetauchten jungen Kollegen. »Du verhältst dich jetzt erst einmal ruhig und bleibst, wo du bist. Und sobald ich Näheres weiß, melde ich mich bei dir, okay? Wir werden alles, was du mir erzählt hast, auswerten und geben dir dann baldmöglichst Bescheid, wie alles weiterlaufen wird. Und Bernd?«

»Äh, ja?«

»Ich bin wirklich froh, dass du noch unter den Lebenden weilst«, sagte Haderlein leise.

Am anderen Ende der Leitung herrschte für einen Augenblick Stille. Lagerfeld war baff. Das war das erste Mal, dass er seinen Seniorchef sentimental erlebte. Und ein Franke wird nur sentimental, wenn es gar nicht mehr anders geht.

»Bassd scho, Franz«, erwiderte Lagerfeld lässig, dann beendete er das Gespräch.

Die folgenden Minuten verbrachte Haderlein damit, die Kollegen aus dem Bett zu klingeln und in die Dienststelle zu zitieren, die sie doch erst vor Kurzem verlassen hatten.

Fidibus und Huppendorfer waren sehr erleichtert, vom Lebenszeichen ihres Kollegen zu hören, aber das, was Haderlein ihnen zu berichten hatte, stürzte sie in hektische bis panische Betriebsamkeit. Besonders Fidibus, der sich um die Zusammenarbeit mit den norwegischen Behörden kümmern sollte. Andererseits war er dabei in seinem Element, denn bei solchen Aufgaben bewies er regelmäßig, warum er hier der Chef war und niemand sonst.

Als alles seinen Gang ging, setzte sich Haderlein in seinen Drehstuhl am Schreibtisch, um die Erzählung von Lagerfeld noch einmal Revue passieren zu lassen. Durch die ganze Schreiberei und die Hektik hatte er sich die Zeit bisher nicht nehmen können.

Jetzt versuchte er alles zusammenzufassen. In Norwegen war also etwas passiert, das mit ihrem Fall zu tun hatte. Das hörte sich zwar erst einmal unglaublich an, aber Lagerfeld hatte absolut überzeugt geklungen, und auf seine Intuition war normalerweise Verlass. Und Kiesler hieß also gar nicht Kiesler, sondern Jahn. Haderlein bemerkte, dass der Name etwas bei ihm auslöste. Jahn, Jahn, wo hatte er den Namen im Zuge der Ermittlungen schon einmal gehört? Jahn? Als es ihm einfiel, schlug er sich mit der Hand gegen die Stirn. Die Architektin auf der Burgbaustelle hieß Jahn. Hildegard Jahn. Natürlich konnte es sich um einen Zufall handeln, aber bei diesem Mord glaubte er nicht mehr an irgendwelche Zufälle.

»Cesar, überprüfe doch mal die Familienverhältnisse einer gewissen Architektin Hildegard Jahn. Ich will alles wissen. Geboren, gewohnt, Brüder, Schwestern, einfach alles, klar?«

Cesar Huppendorfer wischte sich imaginären Schweiß von seiner Stirn und nickte kurz. Jetzt kam plötzlich alles auf einmal. Natürlich nach Feierabend. Er hoffte nur, dass dieses Mal verwertbare Ergebnisse heraussprangen.

In Haderleins Kopf verwandelte sich das Daten- und Faktenchaos währenddessen auf wundersame Weise in eine sehr grobe Ordnung. Da gab es einen Haufen für Norwegen und einen für Hans Günther Jahn, jetzt aber würde er sich näher mit dem Datenstapel »Belomorkanal« und dem des U-Bootes mit Namen »Komsomolez« befassen. Auch in diesen Stapeln mussten irgendwo Türchen zum Festsaal der höheren Erkenntnis versteckt sein. Er hatte sie noch nicht entdeckt, aber sie waren ganz sicher da, die Türchen.

»Cesar, hast du eigentlich schon etwas herausgefunden bezüglich dieses russischen U-Bootes? Du weißt schon, das mit den Zigaretten?«, fragte er den gerade überlasteten Huppendorfer.

»Ja, habe ich. Liegt da drüben in dem roten Schnellhefter, Franz, such's dir doch bitte selbst raus, ja?« Huppendorfer hatte nicht einmal von seinem Bildschirm aufgeschaut, so vertieft war er in seine Recherchen.

Haderlein ging zu Huppendorfers Schreibtisch und nahm sich den roten Schnellhefter. Er wollte kurz in den Unterlagen stöbern, um vielleicht auf ein weiteres kleines Puzzleteil zu stoßen. Das erste Blatt enthielt die genauen technischen Daten des U-Bootes »Komsomolez«. Er las sie aufmerksam durch, auch wenn er nicht alles verstand.

K-278 »Komsomolez«

Herkunftsland: UdSSR
Typ: Angriffs-U-Boot
Stapellauf: 1983
Verbleib: 1989 gesunken
Bauwerft: Sewerodwinsk

Technische Daten:
Länge: 117,5 m (110 bis 120 m)
Breite: 10,7 m (11 bis 12 m)

Tiefgang: 8 bis 9 m
Druckkörper: Zweihüllenboot aus nichtmagnetischem Stahl (Titan)
Verdrängung (aufgetaucht): 4400 bis 5750 t
Verdrängung (getaucht): 6400 bis 8000 t
Geschwindigkeit (über Wasser): 14 kn
Geschwindigkeit (unter Wasser): 36 bis 38 kn
Max. Tauchtiefe: 1100 m bis 1350 m

Besatzung: 64 bis 68 (32 Offiziere, 21 Bootsmänner und 15 Mannschaften)
Antrieb: zwei Flüssigmetall-Reaktoren unbekannter Leistung
Sensoren: Oberflächensuchradar »Snoop Head«
aktives Niederfrequenz-Sonar »Shark Gill«
System für elektronische Kampfführung »Bald Eagle«

Bewaffnung: 2 x SS-N-15RPK-2 »Starfish« Wijoga Nukleartorpedos

Haderlein wurde klar, dass dieses U-Boot ein ziemlich großer Fisch gewesen sein musste. Eine Länge von hundertzwanzig Metern war zu der Zeit eine richtige Ansage gewesen. Nur richtig schwimmen hatte es wohl nicht gekonnt. Er war schon gespannt zu erfahren, wie und warum es nur sechs Jahre nach Stapellauf gesunken war.

Er legte das Blatt mit den Daten auf die Seite und wandte sich dem nächsten zu. Es war ein Wikipedia-Artikel über die »Komsomolez« und deren Untergang.

K-278 »Komsomolez«
Projekt 685 Plawnik

Bei dieser von der NATO als Mike bezeichneten U-Boot-Klasse handelt es sich um nuklearangetriebene Versuchs-U-Boote für die sowjetische Marine. Die »Komsomolez« war ein Prototyp und blieb das einzige Boot dieser Klasse. […]

»Komsomolez«

[…] Das Boot trug die Baunummer K-278, wurde am 9. Mai 1983 zu Wasser gelassen und Ende des Jahres 1984 in Dienst

gestellt. […] Eine zweite Einheit wurde zwar in Sewerodwinsk auf Kiel gelegt, jedoch vor ihrer Fertigstellung abgebrochen.
[…]
Der innere Druckkörper bestand aus leichtem und hochgradig festem Titan, das dem Boot die größte Tauchtiefe aller damals vorhandenen U-Boote verlieh. Das Boot konnte in einer Tiefe von 1000 Metern operieren. Diese Tiefe konnte nicht vom besten damals verfügbaren US-amerikanischen U-Boot erreicht werden. Gleichzeitig konnte das Boot durch die Verwendung des Titans nur sehr schwer durch MAD-Sensoren geortet werden. Die Mike-Klasse verfügte über eine in den Turmaufbau integrierte Rettungskapsel, die die Besatzung im Notfall an die Oberfläche tragen sollte. Unsicherheit bestand über den Reaktortyp. Die westlichen Geheimdienste vermuteten zwei flüssigmetallgekühlte (Blei-Bismut-Gemisch) Reaktoren (vom Prinzip ähnlich dem der alpha-Klasse) an Bord. […]
Ein direkter Nachteil der möglicherweise verwendeten, sehr speziellen flüssigmetallgekühlten Reaktoren ist die Notwendigkeit, den Reaktor-Druckbehälter ständig auf Betriebstemperatur zu halten. Ohne konstante Wärmezufuhr verfestigt sich das flüssige Metall, und der Reaktor kann nicht angefahren werden. Um den Reaktor ganz herunterzufahren (0 Prozent Leistung), muss eine externe Zufuhr von heißem Dampf gewährleistet sein, um das Metall in flüssigem Zustand zu halten.

Das Schicksal der »Komsomolez«

Am 7. April 1989 brach im Heckraum der »Komsomolez« ein Feuer aus. Das Boot befand sich in einer Tiefe von 150 bis 380 Metern, als ein Ventil einer Hochdruckluftleitung, die die Hauptballasttanks des Bootes verband, platzte und austretendes Öl (vermutlich aus dem Hydraulikventil) auf einer heißen Oberfläche Feuer fing. Die Ausbreitung des Feuers konnte jedoch nicht durch das Abschotten der Abteilungen gestoppt werden, da sich das Feuer durch die Kabelschächte des Bootes verbreitete. Als direkte Folge wurde die automatische Notabschaltung des Reaktors eingeleitet, um eine Überlastung zu verhindern. Dies führte dazu, dass der Antrieb versagte. Der Man-

gel an Energie führte zum Systemversagen im ganzen Boot, darunter auch dem Ausfall der meisten Sicherheitssysteme. Dem Boot gelang es nach elf Minuten, die Oberfläche zu erreichen, aber der Riss im Druckluftsystem schürte das Feuer weiter an. Ein Großteil der Besatzung verließ das Boot. Nach einigen Stunden brach die Hülle, und das Boot sank. Der Kommandant sowie vier weitere an Bord verbliebene Besatzungsmitglieder versuchten sich mit der Notfallkapsel zu retten. Diese war jedoch zum Teil geflutet und mit giftigen Gasen gefüllt – nur einer von ihnen überlebte den Aufstieg zur Oberfläche. Zwar hatte die Besatzung um Hilfe gefunkt, und beim Notausstieg aus dem Boot waren schon Rettungsflugzeuge vor Ort, um Rettungsinseln abzuwerfen, allerdings waren nicht genug für die 50 Männer vorhanden. Von den 69 Besatzungsmitgliedern starben 42 während und nach dem Unglück, die meisten von ihnen durch Unterkühlung im kalten Wasser, da sie es nicht geschafft hatten, vor dem Notausstieg ihre Rettungsanzüge anzulegen.
Das Boot liegt hundertachtzig Kilometer südöstlich der Bäreninsel im Europäischen Nordmeer vor der Küste Norwegens in einer Tiefe von etwa 1858 Metern auf Position 73° 43' 17" N, 13° 15' 51" O Koordinaten: 73° 43' 17" N, 13° 15' 51" O.
Zum Zeitpunkt des Untergangs trug das Boot zwei nuklearbestückte Torpedos und acht konventionelle Torpedos. Es wurden zwei Untersuchungen eingeleitet. Eine von der Regierung der UdSSR, die andere später von unabhängiger Stelle. Beide konnten die genauen Umstände, die zum Verlust des Bootes führten, nicht vollständig erklären, die zweite Untersuchung sah den Hergang jedoch in Konstruktionsmängeln des Bootes bedingt. Ebenso wurde der schlechte Ausbildungsstand der Besatzung kritisiert. Norwegen erklärte später, dass man das Boot zwei Stunden vor dem Untergang per Luft oder See hätte erreichen können, allerdings sei man erst zu spät benachrichtigt worden.

Die Folgen des Untergangs der »Komsomolez«

[…] Im Mai 1992 wurde das Forschungsschiff »Akademik Mstislaw Keldysch« zur Unfallstelle beordert und entdeckte zahlreiche Brüche entlang der gesamten Länge der Druckhülle

aus Titan. […] Verwundert war man jedoch über ein knapp 8 Meter großes Loch im Bugtorpedoraum, das mit dem Unfallhergang nicht erklärt werden konnte, aber ganz offensichtlich von einer Explosion herrührte.
Bei Tauchgängen mit Kleinst-U-Booten fand man heraus, dass das Seewasser begonnen hat, die Mäntel der Gefechtsköpfe der Torpedos und die Hülle des Bootes zu zersetzen. Dieser Prozess wird von den schnell wechselnden Strömungen des Wassers in dem Gebiet noch beschleunigt. Würde unter diesen Gegebenheiten radioaktives Material austreten, wäre eine schnelle Verbreitung unvermeidbar. Als im Sommer 1994 bei einer Untersuchung das Austreten von Plutonium 239 aus einem der Gefechtsköpfe festgestellt wurde, versiegelte man den Torpedoschacht.
Die Kosten der Bergung des Bootes wurden 1995 auf über eine Milliarde US-Dollar geschätzt. Zudem barg sie das Risiko, dass die Hülle bei dem Vorhaben brechen könnte. Als Ausweichplan wurde die Versiegelung des Bootes mit einem geleeartigen Material ins Auge gefasst. Die Umsetzung dieses Plans begann am 24. Juni 1995 und wurde im Juli 1996 abgeschlossen. Es wird davon ausgegangen, dass die Hülle 20 bis 30 Jahre Schutz bietet. Untersuchungen Ende der 1990er Jahre zeigten nur einen geringen Austritt radioaktiven Materials.
[…]

(Wikipedia)

Haderleins Finger krampften sich um die rote Pappe des Schnellhefters. Noch einmal las er den Wikipedia-Artikel von vorn bis hinten konzentriert durch, aber das Ergebnis war das gleiche wie beim ersten Mal. Gedankliche Puzzleteile fügten sich in seinem Kopf wie von selbst zu einer Erkenntnis zusammen, zu einem unglaublichen Verdacht. Er nahm noch einmal den Block zur Hand, auf dem er Lagerfelds Schilderungen niedergeschrieben hatte. Da stand es schwarz auf weiß: Bäreninsel. Tina Schweigert hatte sie kurz im Gespräch mit Lagerfeld erwähnt. Der Hauptkommissar öffnete seine Schreibtischschublade, holte die Europakarte heraus und entfaltete sie auf dem Boden. Nach wenigen Sekunden hatte er die Bäreninsel gefunden. Sie lag ziemlich genau zwischen der norwegischen Stadt Tromsø und

Spitzbergen. Mit einem roten Edding zeichnete er einen Kreis um die Bäreninsel, dann markierte er an der norwegischen Südküste die Stadt Risør, in der sich Lagerfeld gerade befand. Zum Schluss kringelte er auf dem Datenblatt ein Wort ein, das ihm einen eiskalten Schauer über den Rücken laufen ließ: Nukleartorpedos.

Haderlein ließ sich wie ein nasser Sack in seinen Stuhl fallen. Das musste er erst einmal verdauen. Er ließ den Blick durch den Raum zu Fidibus und Huppendorfer gleiten, die beide in ihre jeweilige Beschäftigung vertieft waren. Er war sich nicht sicher, ob seine Theorie nicht zu verrückt war, aber wie hatte Albert Einstein schon gesagt? »Eine Theorie, die nicht verrückt genug klingt, ist es nicht wert, weiterverfolgt zu werden.« Also griff er sich die Landkarte, winkte Huppendorfer zu sich und ging dann mit ihm zusammen zu Fidibus ins Büro, der gerade sein Gespräch am Telefon beendet hatte.

»Das werdet ihr mir nicht glauben«, sagte der Hauptkommissar mit einem bitteren Lächeln. »Ganz genau kann uns alles wohl nur Hans Günther Jahn erklären, wenn er wieder hier ist, aber ich glaube, ich weiß jetzt, was hier gespielt wird. Unser Mordfall ist nur der Wurmfortsatz eines weit größeren, weit gefährlicheren Verbrechens. Es scheint so, als hätte alles schon im letzten Sommer in der Nähe einer kleinen Insel im Arktischen Meer zwischen Norwegen und Spitzbergen begonnen.«

Fidibus und Huppendorfer schauten ihn an, als hätte Haderlein gerade ein rotes Karnickel mit blinkenden Leuchtohren aus seinem Allerwertesten gezogen. War er noch ganz dicht? Spitzbergen?

Doch Kriminalhauptkommissar Franz Haderlein wurde sich seiner Sache immer sicherer, je länger er darüber nachdachte. Und genau diese Tatsache machte ihm Angst. Er holte kurz Luft und begann Huppendorfer und seinem Chef seine – zugegebenermaßen total verrückte – Theorie zu erläutern.

Robert Suckfüll schaute Franz Haderlein noch einen Moment lang an, nachdem dieser seine abenteuerliche Theorie dargelegt hatte. Von seiner privaten Schusseligkeit war nichts mehr zu spüren. Fidibus befand sich im Dienstmodus und war damit zu hundertfünfzig Prozent konzentriert. Man konnte es dem Chef der Bamberger Polizei ansehen, wie es in ihm arbeitete und rumorte. Immerhin hätte es dramatische Konsequenzen, wenn Haderlein die Wahrheit sprach, um es einmal vorsichtig auszudrücken. Aber bei aller Liebe zu seinem erfahrenen Kriminalhauptkommissar: Diese Gedankenspielereien gingen Suckfüll jetzt doch einen Tick zu weit. Das klang doch alles sehr gewagt.

»Mein lieber, lieber Haderlein«, sagte er mit halb väterlicher, halb belustigter Stimme. »Ich glaube, Sie haben sich zu viele dieser Hollywoodfilme angeschaut und sich dabei eine saubere Paranoia eingefangen. Atombombe aus Norwegen? Tsts. Wissen Sie eigentlich, was das für eine irrsinnige Gedankenkonstruktion ist, die Sie sich da zusammengebastelt haben, Haderlein? Dabei haben Sie wohl die etwaigen Konsequenzen völlig vergessen, oder? Nur mal angenommen, ich würde Ihre aus meiner Sicht abwegige Theorie ernst nehmen, Haderlein, dann müsste ich ja eine Art übergreifenden Alarm in der deutschen Exekutive auslösen: beim Bundeskriminalamt, dem Verfassungsschutz, dem Generalbundesanwalt und sämtlichen Spezialeinsatzkräften von Polizei und Bundeswehr. Und alles nur wegen Ihrer Hirngespinste.« Fidibus schlug die Hände über dem Kopf zusammen und schüttelte denselben.

»Wenn ich es recht bedenke und unsere Fakten betrachte, dann haben wir bis jetzt einen Mord in einem Gartenhaus in Baunach und einen angeschossenen Baron. Das ist schlimm und traurig, aber ganz sicher noch kein Grund für ein Weltuntergangsszenario. Ich denke, wir sollten uns ausschließlich an die Fakten halten, nicht wahr?«

Fidibus wirkte tatsächlich streng und verärgert, was selten vorkam. Und auch Huppendorfer schien seine liebe Not mit Haderleins wilder Theorie zu haben. Sein Blick, den er ihm zuwarf, drückte keine geringe Skepsis aus. Der Kriminalkommissar merkte, dass er im Moment mit seinen Überlegungen auf verlorenem Posten stand. Vielleicht hatte er sich ja doch in etwas vergaloppiert? Allmählich wurde ihm dieser Tag zu viel.

»Meine Herren, wenn das so ist, dann werde ich jetzt meinen wohlverdienten Feierabend antreten und mich in die Falle hauen«, sagte er, während er sich erhob. »Und morgen früh, wenn ich alles überschlafen habe, werden wir weitersehen. Vielleicht kommen wir ja voran, wenn Bernd uns mit seinem Informanten Rede und Antwort steht.«

Huppendorfer nickte zufrieden, und auch Fidibus schien von dem Vorschlag regelrecht begeistert zu sein. Der drohende bürokratische Supergau war dank eines einsichtigen Haderlein fürs Erste abgewendet worden. Doch der wieder sinkende Adrenalinspiegel wirkte sich sogleich negativ auf seine Konzentration aus.

»Das ist eine ganz hervorragende Idee«, sagte der Dienststellenleiter lächelnd. »Ich glaube wirklich, dass Sie im Moment einfach einen Bär vor dem Kopf haben. Erholen Sie sich, Haderlein, träumen Sie was Schönes, und dann werden wir zwei morgen die goldene Kurve schon kratzen, was?« Zur Verabschiedung patschte er seinem Kriminalhauptkommissar aufmunternd auf den Rücken.

Mit gehörigen Zweifeln machte sich Haderlein kurz nach Mitternacht auf den Weg in die Judenstraße, wo ihm heute allerdings eine einsame Nacht bevorstand.

»Ich weiß, was wir jetzt machen«, meinte Manuela Rast und stellte ihren Rotwein auf den improvisierten Küchentisch zurück. Ute von Heesen, die ihren Kummer über ihre verschwundene und nun aus dem fernen Norwegen zurückgemeldete Liebe in dem guten Tropfen hatte ertränken wollen, dies aber aufgrund ihrer anerzogenen Disziplin nicht geschafft hatte, schaute Manuela fragend an.

Riemenschneider, die sich wie Honeypenny für ein Bier der um die Ecke liegenden Staffelbergbräu entschieden hatte, saß unter dem Tisch und schlabberte an der unverhofften Gabe. Wie die anderen beiden Damen war sie gespannt, was jetzt kommen würde. Immerhin hatten sie es bis jetzt schon geschafft, die liebe Ute, über der in den letzten Tagen die Welt zusammengebrochen war, wieder einigermaßen aufzurichten. Denn immer noch wartete sie auf eine Nachricht von Bernd, während sie unerträgliche Momente der Depression und die Angst um den geliebten Menschen durchlitt, der immer noch unter dem Verdacht stand, selbst kriminell geworden oder womöglich sogar getötet worden zu sein. Aber wie hatte Marina »Honeypenny« Hoffmann so schön gesagt? Die besten Momente im Leben sind die, in denen der Schmerz nachlässt. Gemeinsam hofften sie auf genau diesen Moment, wenn Franz Haderlein anrufen und Ute von Heesen die frohe Nachricht überbringen würde. Aber bis dahin schickte Ute ihrem Bernd eine SMS nach der anderen auf sein Handy: Er solle doch bitte sofort nach Loffeld kommen, wenn er wieder hier wäre, und von ihr aus könne er die gesamte Toilette für sich haben, das wäre ihr jetzt auch egal.

Am liebsten hätte sie den weiteren Abend allein verbracht und sich im Kummer vergraben. Mit Wein und Musik aus dem Baustellenradio. Aber da war ja noch Honeypenny, und die kam auf die Idee, es wäre an der Zeit, etwas Verrücktes mit Ute zu unternehmen, um ihre steife Einstellung zum Leben etwas aufzulockern. Die Frauentruppe trank daraufhin einen Sekt auf die baldige Heimkunft eines gewissen Bernd Schmitt und brach dann unter der resoluten Führung Honeypennys in Richtung Bad Staffelstein auf. Auf der kurzen Fahrt zu ihrem Ziel heckten sie dann, auch wieder unter der Federführung Honeypennys, ihren Plan aus. Nur Ute von Heesen war nicht besonders begeistert und fand das ganze Vorhaben einfach nur peinlich. Doch ihr Widerstand erlahmte schnell, denn die anderen ließen ihr keine Chance. Da musste sie jetzt durch, ob sie wollte oder nicht.

Es war kurz vor neunzehn Uhr, als sie am Rondell der Thermenkasse vorstellig wurden. Wunderbarerweise waren sie fast allein auf weiter Flur, da um diese Zeit die regulären Kurgäste das Bad verließen, um sich dem Abendessen zu widmen. Wer jetzt die Therme besuchte, kam in den Genuss fast leerer Schwimmbecken und Saunabereiche. Gerade verließ eine letzte Gruppe gemischtgeschlechtlicher älterer Herrschaften aus Schwabthal die Therme. Ihre Herkunft erkannte man an dem Greisengeturtel, das typisch für Schwabthal ist, dem fränkischen Zentrum für Beziehungsanbahnungen im höheren Alter. Seinen überregionalen Ruf verdankt Schwabthal übrigens einer bekannten Lokalität, in der Seniorensingles männlicher Herkunft bei eher einfach strukturierter musikalischer Unterhaltung auf ein weibliches Pendant zu stoßen hoffen. Die sich dort ergebenden Beziehungen sind allerdings nur noch platonischer Natur, denn der eine oder andere der anwesenden Gigolos hat in seiner Jugend noch die Kaiserkrönung oder die Erfindung des Buchdruckes miterlebt. Der kalkige Konvent ist in ganz Oberfranken allgemein als das »Mumienschieben« von Schwabthal bekannt.

Aber das tangierte den Frauenausflug, der nun an der Kasse stand, nur peripher. Sie hatten ohnehin etwas anderes im Sinn, als Männer anzugraben. Honeypenny, welche die Riemenschneiderin im Arm trug, lächelte die Kassiererin unbedarft an, aber deren Miene hatte sich bereits verdunkelt. Aus ihrer Haltung sprach die absolute Missbilligung, der Habitus einer Amtsperson, die sich auf der guten Seite der Macht wähnte. Edeltraut Häschner hatte Recht, Gesetz und die Badeordnung auf ihrer Seite.

»Das Schwein da wollen Sie doch nicht etwa mit in die Therme nehmen?«, fragte sie streng. »Tiere sind bei uns nicht erlaubt. Wenn Sie hier baden wollen, müssen Sie zuallererst dieses … dieses Tier entsorgen!« Was diese Leute sich aber auch immer einbildeten! Alles war hier schon einmal aufgetaucht: Hunde, Katzen, sogar eine Frau mit einem Kakadu in einem Vogelbauer. Aber ein leibhaftiges Ferkel, das hatte sie bisher noch nicht erlebt. Unglaublich, womit man sich hier herumschlagen musste. Doch diesmal traf Edeltraut Häschner auf eine ebenbürtige Gegnerin in Statur, Lebenserfahrung und Durchsetzungsvermögen. Denn Honeypenny war vorbereitet, sie hatte einen Plan.

»Nein, da muss ein Irrtum vorliegen«, sagte Marina Hoffmann höflich und mit dem entwaffnendsten Lächeln, das sie aufbieten konnte. »Wir haben einen Termin wegen der Therapie, der Wellnessvorführung mit Riemenschneider.«

Edeltraut Häschner, Oberhaupt der Kassendamen der Therme Bad Staffelstein, glaubte, sich verhört zu haben. »Was bitte? Was denn für eine Therapie? Und eine Wellnessvorführung mit einem Ferkel?« Edeltraut Häschner war entsetzt. Da musste sogar ein ganz großer Irrtum vorliegen. Hektisch blätterte sie in ihrem Plan für die Veranstaltungen im Bad. Den Namen Riemenschneider hatte sie doch schon einmal gehört. War da nicht irgendwas mit Vierzehnheiligen? Da gab es doch diesen antiken Holzschnitzer, der seine Machwerke in so ziemlich jeder fränkischen Kirche verteilt hatte? Bestimmt besaß Vierzehnheiligen auch einen Riemenschneider-Engel, oder war der Riemenschneider doch ein Maler aus Venedig gewesen? Egal, die Damen waren bei ihr jedenfalls ganz sicher falsch. Sie lächelte in der Überzeugung, den Grund der Ferkelverirrung herausgefunden zu haben.

»Meine Damen, ich bin sicher, Sie wollten nach Vierzehnheiligen und dort den Riemenschneider –«

Doch Manuela Rast unterbrach sie sofort und selbstbewusst. »Nein, wir sind hier schon ganz richtig. Wir sind wegen der Therapie mit dem Ferkel hier. Wir sollen eine Vorführung geben.«

Ute von Heesen versuchte sich derweil hinter Honeypennys breitem Kreuz unsichtbar zu machen. Mein Gott, war das peinlich, was die hier abzogen!

In Edeltraut Häschner wuchs langsam das Gefühl, verarscht zu werden. »Eine Vorführung? So so. Sie wollen also in unserer Therme, einem Zentrum für Wellness und anerkannte Heilpraktiken, diesen Bakterienträger einschleppen.«

Als sie hörte, wie sie bezeichnet wurde, erschienen erste Unmutsfalten auf der Stirn der an sich sehr geduldigen Riemenschneiderin.

»Aber die Methode ist völlig normal und anerkannt«, beeilte sich Manuela Rast zu erklären. »Mit Delphinen wird das ja auch gemacht. Da fliegen Menschen sogar auf die Keys nach Florida, um sich von einem Delphin therapieren zu lassen.«

Edeltraut Häschner spürte, wie sie nach und nach die Kontrolle über die Diskussion verlor, war aber noch nicht zum Aufgeben bereit. »Von Delphinen, schön und gut. Aber doch nicht von einem ganz ordinären Schwein!«, rief sie entsetzt.

Riemenschneiders Falten wurden noch tiefer, und ihre Äuglein blitzten. Ordinäres Schwein?

Honeypenny bemerkte, dass sich da ein Vulkan anschickte auszubrechen, also ging sie umgehend zu Punkt zwei ihres Planes über: fachliche Verwirrung. Die Taktik funktioniert gemeinhin so: Man kreiert einen Begriff, der in die fachliche Terminologie des zu Verwirrenden passt, der allerdings nicht sofort als willkürliche Wortschöpfung diagnostizierbar ist. Bei Fidibus war man damit immer erfolgreich, warum also nicht auch bei Frau Häschner?

»Das ist kein ordinäres Ferkel, sondern ein Heilschwein.«

Edeltraut Häschners Augen schienen unter dem Eindruck des soeben Gehörten ihre Höhlen verlassen zu wollen.

»Schauen Sie doch bitte noch einmal in Ihren Plan, Frau Häschner. Es geht um die Therapie mit dem Heilschwein Riemenschneider«, sagte Honeypenny streng, während Manuela Rast bekräftigend nickte. Ute von Heesen versteckte sich noch immer hinter Honeypennys Rücken.

»Womit?«, fragte Edeltraut Häschner fassungslos.

»Damit«, antworteten Honeypenny und Manuela Rast unisono und deuteten auf Riemenschneider, die die entsetzte Edeltraut nun bitterböse anblickte. Die Ohren des Ferkels standen waagerecht ab, was für Insider der Hinweis darauf war, dass sich Riemenschneider in angesäuerter Stimmung befand.

Edeltraut Häschner besaß für solche Details jedoch keine Antennen. Stattdessen war sie sprachlos. Sie hatte ja schon alles an neumodischem Zeug erlebt, aber das hier schlug dem Fass den Boden aus. Sie kannte Heilsteine, Schlammpackungen, Räuchereien aller Art und von ihr aus auch Klangschalen aus dem Inneren der Mongolei, aber von Heilschweinen hatte sie noch nie etwas gehört. Zu einer Konversation über tierische Therapeuten momentan nicht fähig, griff sie nach dem Hörer der internen Telefonanlage. Sie wählte die Nummer des Chefbademeisters und schilderte ihm die Situation, woraufhin am anderen Ende der Leitung eine kurze Pause entstand. Es folgte ein kurzer, heftiger Wortwechsel, dann legte Edeltraut Häschners Gegenüber abrupt auf.

»Herr Zillig kommt gleich«, sagte sie noch immer verstört. »Wenn Sie mit Ihrem Heilschwein vielleicht dort drüben warten wollen?« Mit einem giftigen Blick deutete sie auf eine Polstergruppe im Eingangsbereich.

»Danke sehr«, erwiderte Honeypenny höflich, und alle begaben sich, so seriös es ging, zur Sofaecke. Dort setzten sie sich im Kreis, und Riemenschneider wurde von Honeypenny unter der Tischplatte geparkt, während diese mit Manuela Rast fröhlich vor sich hin kicherte.

Ute von Heesen verzog genervt das Gesicht. »Ich finde euch so was von peinlich.« Sicherheitshalber streichelte sie schnell Riemenschneider, nicht dass sich das kleine Ferkel von ihr noch angesprochen fühlte. Sie hatte keine Zeit, ihren Unmut noch näher auszuführen, denn ein Mann in weißer Bademeisterkleidung kam aus dem Gang zu den Umkleidekabinen. An der Kasse wechselte er einige Worte mit Edeltraut Häschner, bevor er dann schnurstracks zu ihnen trat.

»Paul Zillig, einen schönen guten Abend, die Damen«, sagte er freundlich und streckte Honeypenny, die bereits aufgestanden war, die rechte Hand entgegen. »Sie möchten uns also ein Wellnessangebot mit einem Schwein machen, habe ich das richtig verstanden?« Skeptisch betrachtete er Riemenschneider, die inzwischen von Manuela Rast auf den Arm genommen worden war.

»Und worin genau liegt jetzt der therapeutische Effekt bei diesem, äh, Schwein, wenn ich fragen darf?« Seinem Blick war zu entnehmen, dass er nicht wusste, was er von der Sache halten sollte. Außerdem schauten schon diverse Badegäste halb misstrauisch, halb belustigt zu ihnen herüber.

»Ihr Werbeslogan heißt doch ›Lust auf Meer‹, oder nicht?«, fragte Honeypenny rhetorisch. »Also bitte, hier haben Sie mehr. Dieses Heilschwein bietet Ihnen mehr an Wärme, Zuneigung und Ausstrahlung als jedes andere Wellnessangebot.«

Riemenschneider kapierte intuitiv, was die menschlichen Kolleginnen von ihr erwarteten, und schaffte es tatsächlich, etwas wie ein Lächeln unter ihren Rüssel zu zaubern. Paul Zillig blieb indes unbeeindruckt und machte keine Anstalten, die rosafarbene Therapeutin anzufassen. »Ausstrahlung? Sie haben sich nicht versprochen und meinten Ausdünstung, oder? Für dieses Schwein müssten wir ja extra eine Schwemmmistanlage unter den Umkleidekabinen anbringen.« Er lachte laut und beging den Fehler, Riemenschneider in genau diesem Moment streicheln zu wollen.

Aber niemand beschuldigte Riemenschneider ungestraft, schlecht zu riechen oder gar ihre Exkremente ungeordnet in der Gegend zu hinterlassen. Sie war ein weibliches Wesen und in Dingen, die ihre Reinlichkeit betrafen, hochgradig empfindlich. Eine derartige Beleidigung ihres Sauberkeitsempfindens, nachgerade auch noch von einem Menschenmann, würde sie nicht so einfach über sich ergehen lassen. Diese Sorte Schwanzträger war ihrer Erfahrung nach als Allerletzte berechtigt, sich über anderer Leute Sauberkeitsniveau zu erheben.

»Au!« Zillig zog die Hand zurück. »Das gibt's ja wohl nicht, Ihr Heilschwein hat mich gebissen!« Ungläubig betrachtete er seine Finger, in denen die Zähne Riemenschneiders kleine Abdrücke hinterlassen hatten. Ute von Heesen wollte am liebsten im Erdboden versinken.

»Sie hat ihre Tage«, sagte Honeypenny ungerührt, aber Oberbademeister Zillig hatte es endgültig satt.

»Hört zu, Ladies, ich habe jetzt wirklich keine Zeit mehr, mir diesen Krampf hier anzutun. Es ist gleich dreiviertel acht, und ich muss hinten in der Sauna noch – Was ist denn?« Alle vier Frauen schauten ihn entsetzt an.

»Wie viel Uhr ist es?«, fragte Ute von Heesen und äußerte sich damit zum ersten Mal in der ganzen Angelegenheit.

»Na ja, dreiviertel acht und –« Weiter kam Zillig nicht.

Honeypenny murmelte noch einen flüchtigen Abschiedsgruß, dann verließen die drei Frauen mit dem Heilschwein auf dem Arm fluchtartig die Obermaintherme in Bad Staffelstein. Paul Zillig konnte ihnen nur verwirrt hinterherschauen.

»Das wird knapp!«, rief Manuela Rast Ute von Heesen zu, die hektisch das provisorische Schloss an der Haustür öffnete.

»Wo steht der Fernseher, Ute?«, drängelte Honeypenny.

»Unten im Keller. Wir haben hier oben noch keinen Satellitenempfänger«, sagte sie entschuldigend. »Genauso wenig wie eine Kellertür. Bernd hat stattdessen diese Tischlerplatte zum Drüberlegen gebastelt, damit niemand in das Loch fällt.«

»Aha, und wo befindet sich die Platte?«, fragte Manuela Rast, die immer ungeduldiger wurde.

»Du stehst genau davor«, sagte Ute von Heesen lachend. »Inzwischen ist sie vom Putz und den Farben so versifft, dass ein Fremder den Keller nur finden würde, würde man ein Schild aufstellen.« Lachend griff sie am Fußboden unter eine dicke Platte, die sich anheben ließ und eine schmale Kellertreppe freigab.

»Das ist ja der reine Wahnsinn! Dann nichts wie runter!« Honeypenny ging vor, und Ute und Manuela, Letztere mit Riemenschneider auf dem Arm, folgten ihr. Kaum hatten sie in dem engen Kellergewölbe einen Fuß auf den Boden gesetzt, fiel über ihnen die schwere Platte nach unten, und der Keller wurde nur noch von einer Glühlampe erhellt, die provisorisch von der Decke baumelte.

»Warum hast du die Platte nicht offen gelassen? Mich hätte das Licht von oben nicht gestört.« Manuela Rast setzte sich auf das alte zerschlissene Sofa, das einem mindestens genauso alten kleinen Röhrenfernseher gegenüberstand.

»Die Platte fällt von allein zu. Bernd meinte, das wäre sicherer so. Sonst stürzt noch jemand aus Versehen hier runter und bricht sich was.« Ute von Heesen ging zu dem kleinen Kühlschrank in der Ecke und nahm eine neue Flasche Wein heraus.

»So fürsorglich kenn ich meinen lieben Lagerfeld ja gar nicht«, spöttelte Honeypenny. »Aber jetzt schalt ein, sonst verpassen wir noch das Beste!«

Die Hausherrin drückte einen Knopf auf der Fernbedienung, und Sekunden später erschien eine Studiobühne, auf der sich ein etwa Sechzehnjähriger mit lila Irokesenschnitt und silberfarbenen Lacklederhosen abzappelte und eine dreiköpfige Jury mit seinem Gesang zu beeindrucken trachtete.

Als er seine Performance beendet hatte, schaute er erwartungsvoll in Richtung Juroren-Tisch, hinter dem ein Mann und eine Frau mühsam versuchten ihre Abneigung dem eben Gesehenen und Gehörten gegenüber zu kaschieren. Nur der Chef der Juroren, Detlef Bohl, hielt mit seiner Meinung nicht hinter dem Berg. Wie üblich, wenn jemand Talentfreies es gewagt hatte, sich vor ihm zu produzieren, machte er ihn zur Minna: »Hör zu, du Flasche. Willst du uns verarschen hier? Mach, dass du rauskommst, du Flitzpiepe. Deine Show ist ja so dermaßen scheiße, da wird einem ja ganz schlecht von. Mach die Fliege, oder ich schmeiß dich eigenhändig raus!«

Völlig verstört verzog sich der zugegebenermaßen eher unbegabte Kandidat und holte sich beim Hinausgehen noch eine blutige Nase, weil die Tür zum Studio vor ihm so heftig aufgestoßen wurde, dass ihm der Türflügel gegen sein Nasenbein gedonnert wurde. Voller Schmerzen und ernüchtert, was seine gesangstechnischen Fähigkeiten betraf, ging er an dem hereinstürmenden neuen Kandidaten vorbei und schwankend von dannen.

»Da isser, da isser!«, rief Ute aufgeregt.

Manuela und Honeypenny sahen sich verblüfft an. So kannten sie ihre Ute ja gar nicht. Den nächsten Kandidaten kannten allerdings alle drei.

»Und wer bist du?«, fragte Detlef Bohl den Mann, der mit verbissenem Blick, hängender Jeans, einem etwas fleckigen Hemd und verspiegelter Sonnenbrille vor ihnen stand.

»Ich bin der Sänger von Coburch«, antwortete der Mann aggressiv.

»Aha, und welchen Namen hat unser Sänger von Coburg?«, fragte die Blondine am Jurorentisch belustigt.

Der Sänger drehte den Kopf in ihre Richtung. Was in ihm vorging, war aufgrund der verspiegelten Brillengläser nur entfernt zu erahnen.

»Ich bin der Auserwählte, ich du gewinna.« Siegessicher reckte er sein Kinn nach vorn.

Bohl knetete sich die Nasenwurzel, während der zweite Mann am Tisch den seltsamen Kandidaten fröhlich aufforderte, doch einfach mal loszusingen.

»Achtung«, Ute von Heesen beugte sich nach vorn, »jetzt passiert's.«

Der Auserwählte ließ sich nicht lange bitten und ging in eine Art Ausfallschritt. Dann räusperte er sich laut und vernehmlich, bevor er mit seiner Darbietung begann. Allerdings schaffte es sein Gesang, haargenau außerhalb des Taktes zu bleiben, während er mit seinem merkwürdig unrhythmischen Gehopse jeglichen Rest etwaiger Gesangsästhetik vernichtete.

Detlef Bohl sah aus, als hätte ihn jemand an seinem Fortpflanzungsorgan mit Elektroschocks behandelt, und auch seine beiden Nebensitzer hielten sich mit schmerzverzerrten Gesichtern die Ohren zu.

Auf dem Kellersofa herrschte dagegen allerbeste Laune. Die drei Damen lachten sich schlapp, nur Riemenschneider saß in seltsamer Hab-Acht-Stellung in der hintersten Kellerecke und hatte die Ohren nach innen gerollt.

Nach nicht einmal einer Minute war alles vorbei, und der Auserwählte stand keuchend vor den Juroren. Von seiner Brille tropfte Kondenswasser, und das gelb karierte Hemd schien unter der rechten Achsel einen langen Riss aufzuweisen.

»Mein Gott!« Vorsichtig nahm die Blondine die Hände von ihren Ohren. Sie hatte Angst, das musikalische Inferno könnte noch nicht vorbei sein.

»Das war das Schlimmste, was ich jemals gehört habe«, sagte der Juror ganz außen am Tisch, während er dem Tinnitus im rechten Ohr nachspürte.

»Also, ich fand das ziemlich unterhaltsam«, sagte Bohl völlig unerwartet, und die Frauen auf dem Kellersofa kriegten sich nicht mehr ein.

»Du fandest das gut?«, fragte die Blondine ungläubig.

»Nicht direkt gut, aber unterhaltsam«, versuchte der oberste Juror seine Haltung zu erklären. »Musikalisch ist unser Auserwählter ein Rohrkrepierer, aber ich habe mich amüsiert. Außerdem habe ich noch nie jemand so laut schreien gehört. Als Singen kann man das ja wirklich nicht bezeichnen.«

Der Sänger ging zwei Schritte auf ihn zu. »Wie maanst etzerd des?«, fragte er mit drohender Stimme.

»Ich meine, dass du nicht singen kannst, du Auserwählter, aber das, was du da tust, kannst du dafür sehr laut. Mal ehrlich, dein Gekrächze hört sich ja an, als würde jemand permanent in eine Blechdose hineinrülpsen. Aber das macht nichts, Meister. Also, auch wenn du vom Singen her ein totaler Flachbeutel bist, von mir aus kommst du weiter in die nächste –«

Der Auserwählte brauchte nur einen Schritt Anlauf, um die zwei Meter zwischen sich und Detlef Bohl zu überwinden. Der große Tisch kippte nach hinten, ebenso wie Bohl auf seinem Stuhl. Dann schlossen sich knochige Finger eisenhart um den Hals des Fernsehpromis.

»So, ich kann also net singa?«, schrie der Sänger außer Rand und Band. »Ich kann also net singa, maanst du?« Die nächsten Minuten gingen in einem Chaos unter, dann erst schafften es mehrere austrainierte Techniker des Studios, den Chefjuror und Promi aus den Klauen des auserwählten Sängers aus Coburg zu befreien. Sekunden später begann die Werbepause, die ungewöhnlich lang dauerte.

Im Keller der Loffelder Mühle drohte die Kellerbelegschaft vor Lachen keine Luft mehr zu bekommen.

»Der Auserwählte«, brachte Ute von Heesen hervor, während die anderen noch nach Luft schnappten. Es war einfach alles zu viel.

Nachdem sich die drei beruhigt hatten, hob Manuela Rast grinsend ihr Weinglas. »Auf unseren Sänger, der hat's ja echt krachen lassen!«

»Aber so richtig! Prost, Mädels, auf den Abend! Ich danke euch«, brachte Ute von Heesen einen Toast aus.

Anschließend wurde der Abend, der bis kurz vor Mitternacht andauerte und sich auch im weiteren Verlauf im Keller abspielte, weil es dort so gemütlich war, immer feuchtfröhlicher. Der Kellerraum erinnerte die Frauen an früher, als sie sich als kleine Mädchen noch

Höhlen im Wald gebaut hatten. Das einzig Lästige war die massive Holzplatte, die jedes Mal aufgestoßen werden musste, wenn man auf die Toilette wollte. Doch alles in allem entpuppte sich der alte Mühlenkeller als so schön, dass sie sich in ihrem angeheiterten Zustand schließlich ihre Matratzen und Schlafsäcke schnappten und für die Nacht ins Untergeschoss zogen.

Honeypenny schloss als Letzte die Platte und stellte den Wecker ihres Handys. »Jetzt wird geschlafen, Herrschaften, und morgen früh ist der Spaß wieder vorbei«, gab sie die Gruppenleiterin. Sie war gerade noch einmal mit Riemenschneider Gassi gegangen und hatte für das kleine Ferkel einen Teppichrest als Schlafunterlage besorgt, was Riemenschneider ihr hoch anrechnete. Dann knipste Honeypenny das Licht aus und legte sich mit einer dicken Bundeswehrdecke auf ihre Matratze. Wenige Minuten später schliefen alle weiblichen Lebewesen in der Loffelder Mühle tief und fest.

Sie wusste nicht, wie lange sie geschlafen hatte, als sie von einem unbekannten Geräusch geweckt wurde. Sie setzte sich auf ihrer Schlafunterlage auf. Da war es schon wieder! Ein dumpfes Geräusch, das von oben, mutmaßlich aus Richtung Haustür kam. Sie horchte. Alle anderen schienen sich noch brav im Tiefschlaf zu befinden.

Von oben war zähes Splittern von Holz zu hören, das entstand, wenn man mit einem Hebeleisen etwas aufbrach. Es folgten ein dumpfes Wummern, dann ein Krachen und wieder das Geräusch von splitterndem Holz. Sie stellte ihre rosa Ohren auf und folgte in der Dunkelheit ihren feinen Sinnen bis zum Fuß der Treppe. Von oben konnte man jetzt schwere Schritte hören. Jemand ging von Zimmer zu Zimmer. An den ersten feinen Gerüchen, die zu ihr herunterdrangen, erkannte sie, dass dort oben ein Mann unterwegs war. Einer, der wesentlich strenger roch, als sie es jemals tun würde, stellte sie befriedigt fest. Es schien ihr, als würde der Mann ein Bein ein wenig nachziehen, da er mit ihm nicht richtig auftrat. Irgendwann blieb die Person genau über ihr auf der Holzplatte stehen und schien über das weitere Vorgehen nachzudenken. Kurz darauf drang die komplette Aromenvielfalt des persönlichen Geruches des Mannes zu ihr durch. Riemenschneider zuckte zusammen und konnte nur mit Mühe ein erschrockenes Knurren unterdrücken. Sie kannte den Geruch, es war der gleiche, der in der Hütte zu suchen gewesen war, in der man diesen kopflosen Menschen gefunden hatte, und den sie in der Wiese gerochen hatte, nachdem irgendwer den Baron angeschossen hatte. Riemenschneider verband den Geruch mit Unheil und Tod, mit dem Bösen in Menschengestalt. Im Dunkeln stand sie am Fuß der alten Steintreppe, den kleinen Rüssel steil nach oben in Richtung Ausgang gerichtet. Dann, nach endlosen Minuten der Stille, bewegte sich der Mann wieder. Diesmal ging er schnell und entschlossen in Richtung Tür und war Sekunden später verschwunden. Riemenschneider wartete noch eine Weile, aber er kam nicht zurück. Schließlich trollte sie sich wieder zu ihrem Teppichrest zurück und legte sich darauf nieder. Doch so viel stand für sie jetzt schon fest: Schlafen würde sie in dieser Nacht nicht mehr.

»Er ist nicht hier!«, rief sie entsetzt und wollte sich aus dem großen Sessel erheben, der dem des Barons in dem kleinen Wohnzimmer gegenüberstand. Hier hatten sie in den letzten Wochen abends immer noch geplaudert, bevor jeder in sein Bett gegangen war. Aber der Baron war nicht mehr da – dafür an seiner Stelle dieser Mann, der ihr eine Art Machete an den Hals hielt. Sie kannte ihn. Es war der gleiche, der schon vorgestern aufgetaucht war und nach ihrem Sohn gefragt hatte. Auch da hatte er eine Machete in der einen und in der anderen Hand diese merkwürdige Zigarette gehalten. Als er sah, dass weder Hans Günther noch der Baron da war, hatte er mit einem mordlustigen Blick die Machete geschwungen und war dann nach draußen verschwunden. Sie hatte solch eine Angst. Um ihren Sohn und auch um Ferdinand. Also hatte sie aus dem Waffenschrank des Barons das Gewehr herausgenommen. Sie hatte schon einmal damit auf ein altes Fass geschossen, der Baron hatte ihr das Bedienen der Waffe gezeigt.

Aber draußen war sie in diesem dichten Nebel mit dem Gewehr so allein gewesen, und die Angst war immer größer geworden, bis sie schließlich nicht mehr wusste, wo sie sich befand. Als ihr Herz ihr bis zum Hals schlug und die Panik unerträglich wurde, hörte sie plötzlich einen Mann rufen, und kurz darauf fielen die Schüsse. Dem Geräusch nach musste irgendetwas oder irgendwer getroffen worden sein. Ohne zu zögern, lief sie in die Richtung der beiden Schüsse. Jetzt war nur noch das laute Stöhnen eines Mannes zu hören, und etwas entfernt im Nachbarhaus gingen die Lichter an. So schnell sie konnte, flüchtete sie sich ins Haus und versteckte das Gewehr unter ihrem Bett. Sie war kaum wieder im Erdgeschoss, als schon die Nachbarn angerannt kamen, die den schwer verletzten Baron gefunden hatten. Sie hatte den schwersten Schock ihres Lebens erlitten. In ihrer panischen Angst hatte sie versehentlich auf Ferdinand von Rotenhenne und nicht auf den Mann mit der Machete geschossen. Nicht auf diesen Mann, der nun wieder vor ihr stand und nach ihrem Sohn fragte. Aber Hans Günther war nicht da. Sie hätte doch auch gern gewusst, wo er sich befand und wie es ihm ging. Sie selbst wusste ja am allerwenigsten, in was für einen Schlamassel ihr Sohn da hineingeraten war, aber der Mann hatte ihr nicht geglaubt und sie an diesen Stuhl gebunden.

Jetzt stand er vor ihr mit einer Spritze in der Hand, in der eine bläuliche Flüssigkeit schimmerte. Sie spürte den Stich in ihren Oberarm, dann setzte sich der große Mann mit den blonden Locken ihr gegenüber in den Sessel des Barons und lächelte sie mit diesem merkwürdigen Blick an. Allmählich spürte sie, wie sich in ihr eine geradezu fröhliche Stimmung ausbreitete. Das düstere Gefühl verschwand, und es war angenehm, die Stimme des Mannes zu hören, in diesem Zimmer zu sitzen und nett zu plaudern. Sie musste kichern, wie damals als kleines Mädchen. Wie schön, auch der Mann lächelte.

Nach einer endlich einmal halbwegs durchschlafenen Nacht holte Haderleins Handy seinen Herrn und Meister dennoch etwas verfrüht aus den Federn.

»Was gibt's?«, meldete sich der Kriminalhauptkommissar schlaftrunken und warf einen Blick auf seine Uhr: kurz vor sechs.

»Ich bin's, Herr Kommissar, Horst Geißendörfer. Wir haben uns gestern auf der Stufenburg kennengelernt.«

Haderlein richtete sich sofort in seinem Bett auf. »Ich erinnere mich an Sie, Herr Geißendörfer. Rufen Sie mich so früh an, weil Sie etwas Neues wissen?«

»Na ja, eigentlich eher, weil ich ein schlechtes Gewissen habe. Es geht um diese Phantomzeichnung, die Sie gestern mit auf die Burg gebracht haben.«

Haderlein klemmte sich das Handy zwischen Schulter und Ohr, während er gleichzeitig seine Strümpfe anzog. »Na, dann fangen Sie mal an zu beichten, Geißendörfer«, ermunterte er den Anrufer, während er nach seiner Hose fischte.

»Ich bin mir sicher, dass ich den Mann kenne«, fiel Horst Geißendörfer mit der Tür ins Haus. »Ich behaupte sogar, jeder auf der Baustelle hat ihn schon einmal gesehen. Vor allem aber kennt ihn Hildegard. Der Typ bringt uns von der Zimmerei das Holz für die Baustelle, und Hildegard hat stets recht herzlich und vertraut mit ihm rumgetan. Ich kann mir nicht vorstellen, dass sie ihn auf dieser Phantomzeichnung nicht erkannt hat!« Horst Geißendörfer wurde immer aufgeregter.

»Wunderbar, Geißendörfer, aber können Sie mir mal erklären, warum Sie erst jetzt mit dieser nicht gerade unwichtigen Information herausrücken?« Haderlein klang sauer, war aber eigentlich froh, dass er einen verwertbaren Hinweis erhalten hatte.

»Ich wollte mich nicht vordrängeln«, sagte der Sprecher der Arbeiter. »Vor allem wollte ich Hildegard nicht in den Rücken fallen, indem ich ihr zuvorkomme, wenn Sie verstehen, was ich meine.«

»Nein, das verstehe ich nicht, Geißendörfer«, ereiferte sich Haderlein nun doch. »Es geht hier um Mord und nicht um einen geklauten Radiergummi in irgendeinem Klassenzimmer! Wo steckt Hildegard Jahn denn jetzt? Haben Sie gestern wenigstens noch mit ihr gesprochen, als ich weg war?« Haderlein zog sich im Gehen den Reißverschluss seiner Hose zu.

»Nein. Sie hat ja nur noch geheult und mich kommentarlos weggeschickt. Also bin ich gegangen. Aber in einer guten halben Stunde müsste sie eigentlich wieder oben auf der Baustelle sein. Morgens ist sie immer die Erste.«

»Sehr gut«, freute sich Haderlein, »dann treffen wir beide uns in dreißig Minuten am Burgtor. Wollen doch mal sehen, was uns die Architektin zu erzählen hat. Und seien Sie pünktlich!« Haderlein legte auf und zog sich die noch fehlenden Schuhe an.

Hildegard und Hans Günther Jahn. Jede Wette, Huppendorfer würde herausfinden, dass die beiden Geschwister waren. Und wenn dem so war, dann würde die gute Architektin einiges zu erzählen haben. Wahrscheinlich hatte sie selbst ihrem Bruder den Decknamen verpasst und ihn auf ihrer Baustelle eingeschleust. Blieb noch die dringende Frage, wieso ausgerechnet der zuliefernde Zimmermann der Baustelle im Gartenhaus des Barons, in dem eigentlich Hans Günther Jahn untergebracht war, enthauptet worden war. Bloße Verwechslung? Daran mochte der Kriminalhauptkommissar nicht glauben. Er wollte gerade in sein Auto steigen, als sein Handy erneut klingelte. Als er die Nummer des Anrufers sah, stöhnte er laut auf. Der hatte ihm ja gerade noch gefehlt.

»Hallo?«

»Ach, Herr Haderlein, vielleicht schreien Sie etwas leiser, ja? Ich bin heute ein bisschen malad«, kam es schlecht gelaunt aus dem Hörer zurück.

Doch Haderlein hatte große Lust, noch länger in diese Kerbe zu schlagen. »So so, etwas malad. Sie sind nicht etwas malad, Siebenstädter, Sie haben einen ausgewachsenen Kater von Ihrem seltsamen Gesöff, das Sie auf Ihrer merkwürdigen Festivität zusammengepanscht haben. Wahrscheinlich haben Sie sogar noch durch Zufall mit Ihrem Chemiebaukasten eine neue Partypille erfunden, Sie Drogenprofessor!«, rief Haderlein. Dies war immerhin eine der seltenen Möglichkeiten, dem pseudointellektuellen Arrogantling mal so richtig eine mitzugeben. Und außerdem hatte er ja wirklich recht.

»Haderlein …«, gab Siebenstädter wieder stöhnend von sich.

»Ja?«

»Nicht so laut! Ich habe das Gefühl, unter meiner Schädeldecke findet gerade ein NATO-Manöver statt«, versuchte Siebenstädter sich schüchtern zu erklären.

»Das tut mir aber ehrlich leid für Sie. Eigentlich wollte ich gestern von Ihnen nur ein paar Auskünfte, aber nicht einmal dazu waren Sie ja fähig.«

Es entstand eine kurze Pause am anderen Ende der Leitung.

»Sie … Sie waren hier? Bei mir?«, fragte der Professor peinlich berührt.

»Natürlich, bei Ihnen, Ihrer Party und Ihren Studentinnen.«

»Studentinnen? Party?«

Haderlein musste an sich halten, um nicht laut loszulachen. Aber er hatte es eilig, also riss er sich zusammen. »Machen Sie es kurz, Siebenstädter. Was können Sie mir zu unserem Kopflosen aus Baunach sagen?«

Die Erleichterung des Pathologen, endlich ein unbelastetes fachliches Thema aufgreifen zu können, war durch das Telefon hindurch förmlich zu spüren. Daraufhin passierte etwas Seltenes: Siebenstädter fasste sich kurz und bündig. »Leiche, männlich, Mitteleuropäer, etwa dreißig Jahre alt. Tod durch Enthauptung. Das Mordwerkzeug muss den Halsverletzungen nach eine ziemlich scharfe Hiebwaffe gewesen sein, also ein Schwert oder etwas Ähnliches. So weit, so gut. Was für Sie noch interessant sein könnte, Haderlein: Dem Toten wurde vor seinem Ableben eine Droge injiziert. Einstich am Oberarm. Leider haben wir die Chemikalie noch nicht identifizieren können, aber bis heute Abend kriege ich das hin. Wenn Sie darüber hinaus noch Klärungsbedarf haben, dann kommen Sie doch einfach vorbei. Das war's, Haderlein. Jetzt wünsche ich Ihnen noch einen schönen Tag und viel Erfolg bei Ihrer Polizeiarbeit.« Sprach's und legte umgehend auf.

Haderlein schaute verblüfft sein Telefon an und versuchte die Neuigkeiten zu verarbeiten.

Während er sich auf dem Weg zur Stufenburg befand, rasten die Gedanken förmlich durch sein Gehirn. Da hatte jemand sehr dringend eine Information von dem Zimmermann haben wollen und war bei der Erreichung dieses Zieles nicht besonders zimperlich vorgegangen, folgerte Haderlein. Aber was genau hatte er gewollt – und warum? Es wurde wirklich Zeit, dass Lagerfeld mit diesem Hans Günther Jahn zurückkehrte. Vielleicht konnten sie dann ja etwas mehr Licht in das Dunkel bringen, vielleicht aber würde das auch schon in wenigen Minuten passieren, wenn er mit Hildegard Jahn gesprochen hatte. Am Burgtor wartete schon Horst Geißendörfer mit einem schuldbewussten Gesichtsausdruck auf ihn.

Es war inzwischen fast dreiviertel sieben, und die ersten Arbeiter trudelten ein. Hildegard Jahns Fiat Panda parkte auf seinem gewohnten Platz, sie musste also schon hier sein. Haderlein ging mit Horst Geißendörfer zum Baubüro und klopfte an die Bauwagentür. Als niemand antwortete, öffnete der Hauptkommissar vorsichtig die Tür. Der Anblick, der sich ihm bot, war nicht unbedingt der, den er erwartet hatte.

Sofort wies Haderlein Horst Geißendörfer an, draußen zu bleiben. Hildegard Jahn war zwar anwesend, allerdings war nicht mehr viel von der jungen Frau übrig. Mit einem Paketband gefesselt saß sie auf ihrem Bürostuhl und blickte ihn aus leblosen Augen an. Quer über ihren Hals zog sich ein langer, tiefer Schnitt, ihre Kleidung und der Boden des Bauwagens waren blutbesudelt.

Haderlein erinnerte sich an die Auskunft Siebenstädters und überprüfte die Arme der Architektin. Er musste nicht lange suchen, bis er am rechten Oberarm die kleine Einblutung eines Nadelstiches entdeckte. Auch Hildegard Jahn war eine Droge gespritzt worden, bevor sie umgebracht worden war. Was hatte der Unbekannte damit bezwecken wollen? Und hatte er bekommen, was er wollte? Haderleins Gefühl sagte Nein. Und das hieß im Umkehrschluss, dass der Fall sich auf brutale Art und Weise zuzuspitzen begann.

Der Hauptkommissar saß bereits eine Zeit lang auf einem Balkenstapel an der Burgmauer. Er musste nachdenken. Die ganze Familie Jahn hing also irgendwie in der Sache mit drin. Ob sie die Bösen oder die Guten waren, das war für Haderlein noch nicht auszumachen. Die heutige Nacht hatte jedenfalls nicht gut für Hildegard Jahn geendet. Jemand ging immer auf dieselbe Art und Weise vor. Er benutzte eine große Klinge, keine Schusswaffen, injizierte Drogen. Was sollte das? Waren sie einem Perversling, einem verrückten Serientäter auf der Spur?

Haderlein spürte, dass ihm diese Version des Falles eindeutig mehr behagte. Die Folgen wären zwar schlimm, aber nicht im Geringsten so weitreichend wie die der Kernwaffen-Theorie. Der Schlüssel zur Lösung aller Probleme konnte in der Hand von Lagerfeld und diesem Jahn liegen.

Tief in Gedanken versunken betrachtete er eher beiläufig die Spurensicherer. Wochenlang hatten sie eine eher ruhige Kugel geschoben, aber jetzt hatte es sie knüppeldick erwischt. Die Jungs in ihren weißen Ganzkörperanzügen konnten froh sein, wenn sie zwischen den Einsätzen überhaupt einmal ins Bett kamen. In dem Moment der beruflichen Anteilnahme klingelte erneut sein Telefon.

»Haderlein?« Er hatte eigentlich mit einem Anruf von Bernd gerechnet, stattdessen war seine bessere Hälfte Manuela dran. Aufgeregt berichtete sie, sie seien gerade aufgestanden und hätten feststellen müssen, dass jemand in der Nacht in die Loffelder Mühle eingebrochen war! Während sie schliefen! Es sei ihnen nichts passiert, aber die Eingangstür habe etwas abbekommen.

»Was denn, jemand hat die Tür eingetreten, während ihr geschlafen habt? Und ihr habt nichts gemerkt? Das muss doch ein höllischer Lärm gewesen sein?«, wunderte sich Haderlein.

»Na ja, wir haben im Keller geschlafen und nichts mitbekommen«, sagte Manuela fast ein wenig kleinlaut.

Haderlein war baff. »Im Keller? Ihr habt in dem winzigen Kartoffelkeller gepennt?«

»Mein Gott, Franz, wir hatten einen lustigen Abend und haben ein bisschen Wein getrunken. Da wacht man nicht wegen jedem Geräusch auf.«

Haderlein nahm das etwas säuerlich zur Kenntnis. Seine Manuela machte mit zwei Freundinnen einen drauf, Siebenstädter zog in der Gerichtsmedizin eine Privatorgie durch, und sein lieber Herr Kollege machte in Norwegen blau. Super! In den letzten Tagen schienen sich alle zu amüsieren, nur er nicht.

»Ich schicke euch eine Streife vorbei, die Beamten sollen alles aufnehmen inklusive der eingetretenen Tür. Bei der Gelegenheit können die euch ja gleich nach Bamberg mit zurücknehmen«, schlug Haderlein vor. »Wahrscheinlich wollte nur jemand Werkzeug klauen und ist klammheimlich wieder verschwunden. Macht euch mal keinen Kopf, ist ja nichts passiert. Ach, das habe ich heute Nacht vor lauter Arbeit noch vergessen: Bernd hat sich gemeldet, er ist wohlauf und wird bald nach Hause kommen. Kannst du das Ute mitteilen? Ich muss jetzt leider wieder auflegen und Verbrecher fangen, okay?«

Es sei sehr okay, juchzte seine Manuela voller Freude, und Haderlein machte sich zurück auf den Weg zu seinem Landrover. Er hatte den Freelander gerade erreicht, als sich das Handy erneut bemerkbar machte.

»Haderlein?«, meldete er sich mit ungeduldiger Stimme. Wahrscheinlich war es wieder Manuela, die ihn auch noch zum Einkaufen verdonnern wollte. Oder Siebenstädter, dem noch etwas eingefallen war. Aber es war der Anruf, auf den er schon so sehnlich gewartet hatte.

»Bernd hier, bist du wach?«, erklang die Stimme seines vermissten Kollegen. Der hatte vielleicht Nerven. Schon wach? Der Kerl hatte ja keine Ahnung, was passiert war. Im Hintergrund konnte Haderlein einen Höllenlärm hören.

»Ja, ich bin wach. Geht ja auch schon auf elf Uhr zu. Ich hoffe auf positive Nachrichten von dir. Die könnten wir hier nämlich gut gebrauchen«, fauchte er angriffslustig zurück.

»HG ist zurückgekommen. Allerdings allein, und er kann sich an fast nichts mehr der letzten Tage erinnern. Aber das erklär ich dir genauer, wenn wir da sind. Die norwegische Polizei war hier echt auf Zack, hat einen klasse Job gemacht. Die Beamten fliegen uns jetzt zu diesem Flugplatz nach Ålborg. Hat sich schon jemand um den Anschlussflug gekümmert?«, schwallte es aus Lagerfeld heraus.

Haderlein war erst einmal beeindruckt. Jahn war also wieder aufgetaucht, das war wirklich eine extrem gute Nachricht. Aber wieso konnte er sich an nichts erinnern? Vielleicht war das ja nur eine Schutzbehauptung? Nun, man würde sehen.

»Fidibus hat euch über die Kollegen in Schleswig-Holstein eine kleine Bundeswehrmaschine besorgt. Sobald ihr in Dänemark gelandet seid, könnt ihr umsteigen. Ihr werdet nach Hof fliegen, von dort werdet ihr dann abgeholt. Fidibus hat sich selbst übertroffen!«, schrie Haderlein ins Telefon, denn der Lärm bei Lagerfeld war jetzt schier ohrenbetäubend.

»Alles klar!«, schrie Lagerfeld zurück. »Ich melde mich, sobald wir abschätzen können, wann wir landen. Bis dann!« Die Verbindung war beendet.

In Haderlein regte sich so etwas wie zaghafter Optimismus. Sie hatten Jahn, dann würde es endlich vorwärtsgehen. Er schaute auf die Uhr. Wenn sie jetzt in Norwegen losflogen, würde Lagerfeld mit seiner wertvollen Begleitung irgendwann heute am Abend in Bamberg eintreffen. In einem regelrechten Hochgefühl griff er zu seinem Autoschlüssel, als das Handy erneut Beethovens Neunte dudelte. Was war denn noch? Konnte man an diesem Tag denn nicht einmal friedlich in sein Auto steigen? Mit einem deprimierten Seufzer nahm er das Gespräch entgegen.

»Haderlein«, meldete er sich tonlos.

Es war die Polizeipsychologin. »Herr Kriminalhauptkommissar? Ich sollte doch heute noch einmal nach Frau Falkenberg schauen. Aufgrund ihrer Depressionen. Wegen des Mordversuches an Baron von Rotenhenne.« Sie klang geschockt, sprach abgehackt.

»Und? Geht's ihr nicht so gut?«, fragte Haderlein besorgt.

»Jemand hat sie umgebracht«, sagte die Polizeipsychologin mühsam beherrscht.

Im ersten Moment war Haderlein sprachlos.

»Jemand hat sie geköpft«, teilte ihm die Polizeipsychologin mit bebender Stimme und so erschüttert mit, dass sie sofort auflegen musste. Haderleins Stimmungsjet befand sich nach kurzem Höhenflug wieder im freien Fall.

»Und du kannst dich an wirklich gar nichts mehr erinnern?«, fragte Lagerfeld. HG Jahn, der vor sich hin brütete, seit sie mit dem Learjet in Dänemark gestartet waren, schwieg und schaute ihn aus leeren Augen an. Schon auf dem Flug von Norwegen hatte er stumm dagesessen und das Foto angestarrt, das ihn selbst, Ewald und Marit zeigte. Lagerfeld hatte ihn erst einmal in Ruhe gelassen. Erstens war es in einem Hubschrauber eh viel zu laut für eine Unterhaltung, und zweitens musste HG erst einmal das verdauen, was ihm Lagerfeld über die Gesamtsituation erzählt hatte. Nun aber wurde es langsam Zeit für HG, sich ein bisschen zusammenzureißen.

Lagerfeld öffnete die kleine weiße Pappschachtel, die ihm HG gerade gegeben hatte, legte den Inhalt vor sich auf den Boden und fotografierte ein Teil nach dem anderen: ein kleines Gerät in der Größe einer Zigarettenschachtel, eine kleine Glasampulle, die eine Flüssigkeit enthielt, den Kantinenplan, den er selbst beigesteuert hatte, das große Hakenkreuz auf dem Boden der Schachtel und die Schachtel an sich. Dann legte er alle Utensilien wieder in die Box zurück.

Es brachte nicht viel, im Flugzeug in hektischen Aktionismus zu verfallen. Wenn er mit HG in Hof gelandet war, würde schon ein Auto bereitstehen und sie nach Bamberg auf die Dienststelle bringen. Aber am allermeisten freute er sich auf seine Ute. Auch wenn sie im Unfrieden getrennt worden waren, merkte er jetzt doch, wie sehr er sie vermisst hatte. Baustelle hin oder her, es würde sich alles wieder einrenken und zusammenfügen. Nach dieser irren Geschichte, die Hans Günther widerfahren war, merkte er erst, wie gut er es mit Ute getroffen hatte. Wenn er ehrlich war, glaubte er nicht mehr an ein Überleben von Marit und Ewald, wenngleich die genauen Hintergründe noch ungeklärt waren. Die Traurigkeit seines Freundes musste Gründe haben, auch wenn er sich an das Geschehene nicht mehr erinnern konnte. Nachdenklich blickte der Kommissar aus dem Fenster der kleinen Maschine und betrachtete die norddeutsche Wolkendecke von oben. Plötzlich fiel ihm etwas ein, er kramte die weiße Pappschachtel wieder hervor, nahm das gläserne Fläschchen mit der unbekannten medizinischen Bezeichnung wieder heraus und betrachtete es noch einmal genauer. Er hatte richtig gesehen, die Ampulle war nur noch halb voll. Als er das Glasfläschchen umdrehte, sah er, dass die Gummiabdeckung am Kopf der Ampulle in der Mitte perforiert worden war. Jemand hatte sie mit einer Nadel durchstochen und ungefähr die Hälfte der Flüssigkeit entnommen. Erstaunt steckte er das Fläschchen in seine Jackentasche, als er ein leises Stöhnen hörte. HG saß kreidebleich auf seinem Sitz auf der gegenüberliegenden Gangseite und schaute ihn aus verquollenen Augen an. In seiner offenen Hand, die auf dem Sitzpolster neben ihm ruhte, konnte Lagerfeld eine kleine Spritze mit einer Injektionsnadel erkennen. Bernd Schmitt stürzte zu HG hinüber und nahm ihm die leere Spritze ab.

»Bist du noch zu retten?«, brüllte Lagerfeld. »Du kannst dir doch nicht einfach dieses Zeug spritzen! Du weißt ja nicht einmal, was das überhaupt ist!«

Auf der blassen Stirn HGs bildeten sich große Schweißperlen, während er seinen Hemdsärmel wieder herunterkrempelte.

»Doch, ich weiß jetzt wieder, was das ist«, sagte Hans Günther Jahn und hob müde das Foto von sich, Ewald und Marit in die Höhe. »Das hier hat eine weitere Tür geöffnet, Bernd. Eine große Tür. Marit ist dafür verantwortlich.« Er schaute durch das kleine Fenster auf die Wolken, dann drehte er sich zu Lagerfeld um und legte ihm die linke Hand auf das Bein. »Setz dich, Bernd, und hör mir gut zu. Wer weiß, wie lange ich überhaupt noch reden kann.« Mit schleppender Stimme erzählte er, was langsam aus den Tiefen seiner Erinnerung wieder auftauchte.

Svalbard

Er saß in seinem Container auf der »Bardal« und steuerte das ROV mit Namen »Cougar«, das den technischen Kern seiner Firma darstellte. Das Mini-U-Boot hatte seit mehreren Tagen die Lücke im Bug der »Komsomolez« mit Hilfe seiner Trennscheibe konsequent erweitert. Wenn die Trennscheibe scheiterte, hatte er mit dem Schweißbrenner nachgeholfen, dessen Einsatz er jedoch zu vermeiden versuchte. Der Brenner verbrauchte sehr viel Strom, sodass er das ROV viel früher aus tausendachthundert Metern Tiefe an die Wasseroberfläche zurückholen musste, um die Batterien wieder aufzuladen. Wie auch immer, heute war der große Tag. Heute würde er das letzte Stück der Metallummantelung des Torpedos durchtrennen, und der Hebung des Objektes würde dann nichts mehr im Wege stehen. Aber genau der letzte war auch der heikelste Teil der gesamten Aktion. Schließlich arbeitete er in tausendachthundert Metern Tiefe bei einer Beleuchtung von nur wenigen Scheinwerfern. Sein Geschick am Joystick, mit dem er die Roboterarme steuerte, würde über Erfolg und Misserfolg entscheiden.

Aus diesem Grund standen alle wichtigen Beteiligten des Auftrages in diesem Moment hinter oder neben ihm: Sie wollten alle dabei sein, wollten den Moment miterleben, wenn man im aufgeschnittenen Inneren von K-278, der »Komsomolez«, sehen konnte, wie das ROV arbeitete.

Hans Günther Jahn war aufgewühlt wie das stürmische Nordmeer oder kalt und berechnend wie ein Gletscher, je nach aktueller Stimmungslage, die in letzter Zeit ständig zwischen den beiden Extremen hin- und herschwankte.

Das Abenteuer, der erste große Auftrag, war in einem einzigen Desaster geendet. In der persönlichen Katastrophe von ihm, Marit und vor allem von Tom. Und wenn er jetzt nicht ein Wunder vollbrachte, dann würden noch mehr Menschen wie Tom enden. Ausgerechnet ihm, Hans Günther Jahn, hatte das Schicksal die Wahl zwischen Pest und Cholera, zwischen Not und Elend aufgehalst. Seine Möglichkeiten waren begrenzt, die Auswirkungen schrecklich, egal, wie er es anstellte.

Der Job war technisch machbar, keine Frage. Unter normalen Bedingungen sogar eine reizvolle Aufgabe, die genau seinem Anforderungsprofil entsprach, aber nicht unter der Androhung von Gewalt und Tod. Eigentlich hatte er damals seinen gut bezahlten Job bei der Bundeswehr aufgegeben, weil er nie mehr Angst davor haben wollte, getötet zu werden oder selbst töten zu müssen. Und doch stand er jetzt genau vor diesen beiden Alternativen.

Und wenn nicht noch ein Wunder geschah, so würde er womöglich den Menschen im Stich lassen müssen, der ihm am teuersten war: Marit. Aber noch war es nicht so weit. Noch konnte er um sie kämpfen.

Haderlein war geschockt. Helga Falkenberg? Wieso denn Helga Falkenberg? Was hatte sie denn mit allem zu tun? Zwei Morde in dieser einen Nacht? Zusammen drei Morde und ein Mordversuch innerhalb weniger Tage. Hier musste es um eine verdammt wichtige Angelegenheit gehen. Eine Angelegenheit, die jemandem bedeutsam genug war, dass er dafür so bestialisch vorging.

Er schwang sich umgehend in seinen Landrover und bretterte den Abhang hinab. In Baunach bog er nach links und kam mit quietschenden Reifen vor dem Grundstück des Barons zum Stehen. Polizeibeamte waren schon anwesend, die Spurensicherung war noch oben auf der Burg beschäftigt.

Als er in das Wohnzimmer trat, sah er die Bescherung sofort. Der kopflose, blutüberströmte Rumpf von Helga Falkenberg saß in einem alten Ohrensessel, an dem er mit grauem Klebeband befestigt worden war. Ihr abgetrennter Kopf lag etwa zwei Meter entfernt.

Der verstört wirkende Polizist im Zimmer wollte sich von seinem Stuhl erheben, aber Haderlein bedeutete ihm, sich wieder zu setzen. Es war unangenehm genug für den jungen Mann, eine kopflose Leiche bewachen zu müssen, bis die Spusi eintraf.

Haderlein hielt sich nicht lang mit vorsichtiger Tatortbegehung auf und untersuchte den Oberarm der Toten. Sofort fand er, wonach er suchte. Auch Frau Falkenberg hatte der Mörder etwas mit einer Spritze injiziert. Haderlein ließ den Arm los und rannte aus dem Zimmer und die Treppe in den ersten Stock hinauf.

In Helga Falkenbergs Zimmer war alles penibel aufgeräumt – wie beim letzten Mal, als er hier gewesen war. Unter dem Fenster stand ein Schreibtisch, dem sich der Kriminalhauptkommissar nun zuwandte. In der zweiten Schublade von oben rechts entdeckte er einen Reisepass. Er schlug ihn auf und sah, was er bereits vermutet hatte.

»Helga Jahn, geborene Falkenberg«.

Von wegen, sie hatte nie geheiratet. Die Angabe des Namens Falkenberg war nur die halbe Wahrheit gewesen. Die Tote im Wohnzimmer war ein weiteres Mitglied der Familie Jahn. Helga Jahn, die Mutter von Hans Günther und Hildegard. Haderlein steckte den Pass ein, rannte die Treppe hinunter und aus dem Haus. Er hatte kaum seinen Wagen erreicht, da wählte er mit seinem Handy schon die Nummer der Dienststelle. Da Honeypenny noch nicht da war, meldete sich ihre mürrische Aushilfe für solche Zwecke.

»Kriminalpolizei Bamberg, Kommissar Huppendorfer.«

»Ich bin's, Cesar, du musst schnell mal etwas für mich herausfinden!«, rief Haderlein gehetzt ins Telefon.

Doch sein Gesprächspartner war darüber so gar nicht begeistert. »Muss das denn sein, Franz? Mir steht die Arbeit eh schon bis zum Hals. Fidibus telefoniert nur, und ich bin hier völlig –«

»Du schwingst dich jetzt an deinen Schreibtisch, verdammt noch mal, ja?« Haderlein platzte der Kragen. Sie hatten zwei neue verstümmelte Mordopfer, und Huppendorfer erging sich in seinem Beamtengejammer. »Du gehst jetzt an deinen Computer und fragst dein allwissendes Internet, wie die Familienmitglieder der Zimmerei Jahn in Hallstadt heißen. Von Hans Günther Jahn mal abgesehen. Und das Ganze ein bisschen plötzlich, wenn's geht!« Haderleins Ton ließ keinen Raum für ein Aufbegehren jedweder Art.

»Ist ja gut«, brummte Huppendorfer und legte den Telefonhörer weg. Haderlein wartete ungeduldig, bis sein Kollege nach zwei Minuten wieder ans Telefon zurückkam.

»Okay, ich hab's. Zimmerei Jahn, Hallstadt. Gründer ist ein gewisser Friedbert Jahn, inzwischen verstorben. Erste Ehefrau ist Helga Jahn, zwei Kinder, Hans Günther und Hildegard. Dann Scheidung und zweite Heirat mit einer gewissen Doris Jahn, geborene Böhmer. Gemeinsamer Sohn Dietmar. Friedbert und Doris Jahn sind vor drei Jahren bei einem Autounfall nahe Dresden ums Leben gekommen. Sohn Dietmar Jahn führt seitdem den elterlichen Zimmereibetrieb in Hallstadt allein weiter. Mehr habe ich nicht gefunden.«

»Gut gemacht, Cesar«, lobte Haderlein. »Und als Nächstes besorgst du mir ein brauchbares Foto von diesem Dietmar Jahn. Ich komme jetzt zurück in die Dienststelle und erstatte Fidibus Bericht. Bis gleich.« Er legte auf und startete umgehend den Freelander.

Der erste Verdacht war in HG aufgekeimt, als er das Schiff seiner sogenannten Auftraggeber zu Gesicht bekommen hatte. Es ankerte in einer kleinen Bucht an der Südseite der Bäreninsel und war an sich eine hochmoderne Hochseejacht. Am Bug war allerdings der ursprüngliche Name überstrichen und der Name »Tirpitz« in roter und schwarzer Farbe reichlich dilettantisch aufgepinselt worden. Natürlich wusste HG vom Stolz der deutschen Kriegsmarine, dem Schwesterschiff der berühmten »Bismarck«, das seinerzeit in einem norwegischen Fjord von englischen Kleinst-U-Booten in die Luft gesprengt worden war. Welcher Auftraggeber, der viel Geld ausgeben wollte, um die Tiefsee nach Manganknollen zu durchforsten, würde seine Hochseejacht nach einem versenkten deutschen Kriegsschiff benennen? Marit und Tom blieben hingegen völlig gelassen und berauschten sich am Anblick der grandiosen Naturkulisse, die die Bäreninsel bot. Im arktischen Sommer präsentierte sich die bergige Insel als makellose Schönheit. Baumlose, schneebedeckte Berge erhoben sich aus einer mit Flechten und Moosen dürftig bewachsenen Stein- und Felslandschaft. Ein atemberaubender Anblick absoluter Reinheit, wenn nicht diese merkwürdige Barackensiedlung in der kleinen Landebucht gewesen wäre.

Sie waren von einem sehr integer wirkenden norwegischen Geschäftsmann und seinem türkischstämmigen Geschäftspartner abgeholt worden. Dag Moen hatte sie freundlich begrüßt und dann in das große Schlauchboot gebeten, mit dem sie zu der kleinen Bucht und damit zu der Barackensiedlung übergesetzt waren. Die Siedlung sah aus wie ein altes Bergarbeiterlager, das notdürftig in eine einigermaßen moderne Unterkunft verwandelt worden war. Die zusammengeschusterten Behausungen machten durchgängig einen provisorischen Eindruck. HGs Misstrauen wuchs, und auch Marit und Tom wunderten sich, als sie die Belegschaft der Siedlung kennenlernten. Sie entsprach nicht der Art, die sie erwartet hatten, sondern bestand ausschließlich aus dunklen Gestalten. Fast alles Glatzköpfe, die an sämtlichen sichtbaren Körperteilen tätowiert waren.

Sie gingen vorbei an Halden aufgetürmten Gerölls und alten, zerfallenen Loren aus Holz und Metall, die noch auf den Rudimenten alter Gleise standen, mit denen man vor langer Zeit aus den einfachen Stollen ans Tageslicht gebracht hatte, was dem kurzen Sommer abzuringen war. Die volle Wahrheit erkannten die drei endgültig, als sie das größte Haus der Siedlung erreichten. Vor dem fleckigen Gebäude stand ein großes Schild, auf das mit schwarzer Schrift »Wolfsschanze« geschrieben worden war. An der Haustür klebte ein großes Hakenkreuz, und an die Hauswand hatte irgendwer »Führerbunker« gesprayt. Darunter stand groß und fett: »HS Hammerskins – Division Hess«.

Trotz des immer noch freundlichen Dag Moen, der sie in den Führerbunker bat, hatte sie inzwischen ein schreckliches Gefühl beschlichen, das sie nicht trügen sollte. Als sie das Haus betraten, wurden sie von kahlköpfigen Männern in schwarzen Hosen und Springerstiefeln durchsucht. Im Inneren fielen ihnen zuallererst die spärlich bekleideten Frauen auf, die mit einigen der Nazis Wodka tranken. Es waren russische Prostituierte, die man mehr oder weniger freiwillig hierhergebracht hatte, wie sich später rausstellte. Dazu wummerte martialische Musik aus schwarzen Lautsprechern. Marit klammerte sich an HG. Sie spürte die Gefahr.

Dag Moen und sein Komplize Sedat stellten sie einem großen, grimmig blickenden Muskelprotz vor, der anscheinend der Anführer der Nazitruppe war. Hinter ihm standen wie eine Leibgarde zwei ebenso brutal wirkende Männer, die sich wie ein Ei dem anderen glichen. Sie hießen Hans und Moritz, wie ihnen später gesagt wurde. Von allen wurden sie nur »die Kiesler-Zwillinge« genannt und hatten sich auf der jeweils linken Halsseite etwa zehn Zentimeter groß in Schwarz das Zeichen der Waffen-SS eintätowieren lassen. Zwei blond gelockte, ergebene Diener ihres Herrn, der sich mit Rutger Kesselring vorstellte. Keiner von den Anwesenden machte sich die Mühe, die Waffen zu verbergen, die sie bei sich trugen und die überall herumlagen. Rutger und die tätowierten Zwillinge ließen langsam und genüsslich ihre lüsternen Blicke über Marits Körper wandern. Ihre Finger gruben sich tief und fest in seinen linken Oberarm, obwohl sie versuchte sich äußerlich nichts anmerken zu lassen. Als Norwegerin verlor man nicht so schnell die Fassung. HG überlegte fieberhaft. Was hatten deutsche Skinheads hier zu suchen? Und vor allem: Was hatten sie mit seinem Auftrag zu tun?

Er hatte sich nie sonderlich mit Rechtsradikalen beschäftigt, und ihm waren noch nie welche über den Weg gelaufen, auch wenn er während seiner Bundeswehrzeit durchaus mit der einen oder anderen Weltanschauung konfrontiert worden war, die ihn doch sehr am geschichtlichen Verständnis des einen oder anderen Kameraden hatte zweifeln lassen. Und dann traf er diese Figuren ausgerechnet hier, am nördlichsten Zipfel Europas. Wenn die braunen Typen hinter seinem Auftrag steckten, dann ließ das Böses erahnen. Er hatte gute Lust, auf der Stelle die Nagelprobe zu machen, sich umzudrehen und zu gehen. Es wäre interessant, zu sehen, was dann passieren würde.

Doch schließlich setzten sich alle Beteiligten, jeder bekam eine Flasche Bier, und Dag Moen übernahm die Moderation dieses nicht besonders entspannten Beisammenseins. Er hielt sich nicht lange mit Höflichkeitsfloskeln auf, sondern legte ihnen als Erstes einen in Plastik eingeschweißten Packen Fünfhundert-Euro-Scheine auf den Tisch.

»Das hier sind weitere zweihunderttausend Euro, meine Herren. Und wenn Sie Ihre Arbeit zu unserer Zufriedenheit vollendet haben, erhalten Sie die gleiche Summe noch einmal. In bar natürlich«, sagte Dag Moen auf Deutsch.

»Und was sollen wir nun untersuchen?«, fragte Tom Romoeren. »Das mit den Manganknollen war ja wohl nur ein Vorwand, oder?«

Sofort erschien ein dünnes Lächeln auf Rutgers Gesicht. »Natürlich werdet ihr keine Manganknollen suchen, sondern für uns etwas aus einem U-Boot holen. Es liegt ungefähr hundertneunzig Kilometer südlich von hier.«

Die Zwillinge hinter Rutger entkleideten Marit Evensen weiterhin mit ihren Blicken.

»Es ist ein ganz normales Geschäft«, fügte Dag Moen noch hinzu. Er wollte den Ball eindeutig flach halten. »Und Ihre zweifellos fachlich hochkompetente Arbeit wird ja auch entsprechend bezahlt werden.«

Jahn fiel auf, dass Dag und Sedat nicht zu der restlichen Bande passen wollten und sich in ihrem Kreis auch nicht besonders wohlzufühlen schienen. Sie wirkten so, als wollten sie nur ein Geschäft über die Bühne bringen, um dann möglichst schnell von hier zu verschwinden.

Die Situation wirkte zwar bedrohlich, aber es half auch nichts, um den heißen Brei herumzureden. Jahn beschloss, die Initiative zu ergreifen.

»Was genau sollen wir also tun? Was sollen wir aus diesem U-Boot holen?«, fragte er direkt. Er hatte keine Lust, eingeschüchtert herumzusitzen, sondern wollte wissen, was Sache war.

Als Antwort legte Dag einen Plan auf den Tisch und schob ihn zu HG hinüber. Er zeigte ein russisches U-Boot, über dem groß der Name »K-278 Komsomolez« stand. Der Bug war rot umrahmt, darunter las HG: »2 x RPK-2 ›Starfish‹ Wijoga«.

»Wir möchten, dass Sie zwei Torpedos aus dem Wrack dieses U-Bootes bergen«, sagte Dag Moen ruhig.

»Wie tief liegt das U-Boot überhaupt?«, fragte HG. Er war über das Vorhaben so entsetzt, dass er erst einmal Zeit gewinnen wollte.

»Es liegt in tausendachthundert Meter Tiefe waagerecht auf dem Meeresboden, wie es sich für ein U-Boot gehört«, antwortete Dag Moen.

»Aber das ist unmöglich«, sagte Jahn. »Das ist viel zu tief, so weit kommt mein ROV nicht hinunter. Außerdem wiegt ein Torpedo viel zu viel. Das ROV kann maximal fünfundsiebzig Kilogramm transportieren. Ein kompletter Torpedo übersteigt das Maximum um ein Vielfaches.« HG hoffte, dass sich das Ganze damit vielleicht erledigt hatte.

»Das ist alles schon okay«, entgegnete ihm Rutger seltsam lächelnd, »wir brauchen nur die Gefechtsköpfe. Die wiegen jeweils um die fünfzehn bis zwanzig Kilogramm, nicht mehr.«

»Außerdem wissen wir, dass Sie mit Ihrem Tauchroboter spielend in diesen Tiefen arbeiten können, wir haben uns erkundigt, Herr Jahn«, schaltete sich Moen wieder ein.

In diesem Moment wurde ihm klar, was die Männer vorhatten. Er hatte die Spezialausbildung der KSK durchlaufen, der Elitetruppe der Bundeswehr, also erkannte er auch die Tragweite des eben Gehörten. Die Ausbildung hatte auch einen fundamentalen Unterricht in Waffenkunde aller Gattungen beinhaltet. Wenn ein Torpedokopf nicht mehr als zwanzig Kilo wog, dann konnte es sich nicht mehr um einen konventionellen Gefechtskopf handeln. Dieser hätte bei Weitem mehr Gewicht auf die Waage gebracht. Die Irren hier wollten eine Nuklearwaffe bergen, Atombomben. In Hans Günther Jahn tat sich ein großes schwarzes Loch auf. Er konnte doch unmöglich diesen Terroristen helfen, sich Atomwaffen zu beschaffen. Er schaute sich die Typen an und wusste, was passieren würde, würde ihr Plan erfolgreich sein: Es würde die moderne Version des Nationalsozialismus geben. Und die beinhaltete Blut, Tod und Vernichtung.

Marit schaute ihn fragend an, sie hatte die plötzliche Anspannung in seinem Körper bemerkt. Jetzt wusste er auch, was Dag und Sedat für eine Rolle spielten. Sie waren Vermittler, Waffenhändler, die Tom und ihn engagiert hatten, um die Torpedoköpfe zu heben, damit sie die Bomben wiederum an die Skins verkaufen konnten. Warum die allerdings über so viel Geld verfügten, konnte Jahn sich nicht erklären. Später sollte er zufällig ein Gespräch zwischen Dag Moen und Rutger Kesselring mitbekommen, aus dem hervorging, dass das Geld aus dem Iran stammte.

»Und was wollt ihr dann mit den Torpedoköpfen anfangen?«, fragte Tom in seiner naiven Art. Jahn hätte ihm am liebsten einen dicken Fisch in den Rachen gestopft. Je weniger sie wussten, desto höher waren die Chancen, lebend aus dieser Nummer herauszukommen. Doch Tom hatte offensichtlich nicht kapiert, worum es hier ging.

»Das wollen Sie gar nicht wissen«, schaltete sich nun plötzlich der kleine Türke ein, der sich ihnen mit Sedat vorgestellt hatte. »Machen Sie Ihren Job, und Sie fahren gesund und mit viel Geld wieder nach Hause.«

Die Augen der Zwillinge hatten nun endlich einen Grund, sich von Marit Evensens Körper loszureißen und sich stattdessen drohend auf Sedat zu richten.

»Hat unser Kanake etwas gesagt?«, knurrte Rutger. Auch er schaute Sedat an, als wollte er ihm auf der Stelle das Genick brechen. Dann löste sich sein Blick von dem kleinen Türken, um sich wieder HG, Tom und Marit zuzuwenden. »Aber der dreckige Türke hat recht. Tun Sie einfach nur Ihren Job, dann werden Sie reich und bei bester Gesundheit wieder heimfahren können. Wenn nicht, wird nichts davon eintreffen. Habe ich mich klar ausgedrückt?«

Tom blickte Rutger konsterniert an, Marit drückte sich noch enger an HG. Die Blicke der Zwillinge waren zwischenzeitlich wieder bei ihrem Lieblingsobjekt angelangt, und Rutger wurde noch deutlicher.

»Und damit unser Bergungsspezialist nicht auf dumme Gedanken kommt, werden Hans und Moritz seiner hübschen Freundin ein wenig die Insel zeigen. Und zwar so lange, bis er und sein Partner das vom Meeresboden heraufgeholt haben, was wir wollen.«

HG war aufgesprungen. Das würde er auf gar keinen Fall zulassen. Doch die Kiesler-Zwillinge hatten schon ihre Waffen gezogen. Hans hatte eine Maschinenpistole in der Hand, sein Bruder Moritz eine Art Machete, mit der er lässig und demonstrativ herumspielte. Doch bevor die Situation eskalieren konnte, schaltete sich Dag Moen wieder in das Geschehen ein.

»Nichts dergleichen werdet ihr zwei Halbaffen tun«, sagte er in einem drohenden Ton, der bisher von ihm nicht zu hören gewesen war. Auch er hielt plötzlich eine Beretta in der Hand, die eindeutig in Richtung Moritz und Hans zeigte. Die Interessengemeinschaft auf der anderen Tischseite war wohl von allem anderen, aber nicht von großer Freundschaft geprägt. Ein ziemlich zerbrechliches Gebilde, das nur durch die Aussicht auf die Atomwaffen beziehungsweise auf einen großen Gewinn zusammengehalten wurde, so schien es. Zum Glück war jetzt Dag Moen am Drücker.

»Frau Evensen wird die Zeit bis zur Beendigung der Arbeiten auf meiner Jacht verbringen. Sedat wird dafür sorgen, dass sie sich dort wohlfühlen wird. Und ganz sicher werden sich die beiden Hitlerjungen hier als sehr höfliche Gastgeber entpuppen. Sollte das nicht der Fall sein, könnten gewisse Geschäftsbeziehungen sehr schnell zum Erliegen kommen. Und ich will doch sehr hoffen«, sein nüchtern kalter Blick wanderte zu Rutger Kesselring, der ihn starr fixierte, »dass allen hier Anwesenden an einem erfolgreichen und reibungslosen Ablauf dieses Unternehmens gelegen ist, nicht wahr?«

Rutger und die Zwillinge blickten ihn schweigend und drohend an, dann zuckte Rutger kurz mit dem Kopf, und die beiden Zwillinge gingen widerwillig zum Ausgang. Im Vorbeigehen sagte Moritz so laut, dass alle es hören konnten: »Du stinkst, Türke!«, und Hans spuckte vor Sedat auf den Fußboden.

Dag Moen steckte seine Beretta wieder weg und wurde plötzlich sehr freundlich. »Na also, dann wollen wir uns doch alle einmal wieder beruhigen. Vielleicht sollten wir der Dame und den Herren jetzt ihr neues Zuhause zeigen.«

Rutger atmete hörbar aus und setzte sich wortlos in Bewegung. Dag Moen streckte Marit seine linke Hand entgegen und wartete.

Jahn überlegte kurz, dann erhob er sich und nickte Marit zu. Es gab nichts, was er in dieser Situation für sie tun konnte, und Dag Moen schien es mit der Sicherheitsgarantie für Marit ernst zu meinen. Wahrscheinlich war es besser, erst einmal zu tun, was von ihnen verlangt wurde. Und doch stand eines für Hans Günther Jahn schon jetzt fest: Niemals würde er es zulassen, dass die Skins Atomwaffen in die Hände bekamen.

Zusammen gingen sie zum Schlauchboot zurück, in dem bereits zwei der Hammerskins auf sie warteten. HG nahm Marit noch einmal in die Arme, bevor er sie schweren Herzens verabschiedete und sie von Dag Moen und Sedat auf Moens Schiff gebracht wurde.

HG kochte innerlich und hätte Moen und seinem kleinen türkischen Helfershelfer plus der gesamten braunen Mannschaft hier am liebsten auf der Stelle die Lichter ausgeblasen, hätte er die Möglichkeit dazu gehabt. Es fiel ihm schwer, sich zusammenzureißen.

Als Moen zurückkam, fuhren sie gemeinsam zur »Bardal«, und Moen nahm die Elektronik unter die Lupe. Schließlich hatte er gefunden, wonach er suchte: das Funkgerät. Zwei Schüsse aus seiner Beretta reichten, um das Hochleistungsfunkgerät der »Bardal« in einen Haufen sündhaft teuren Schrott zu verwandeln.

»Ich werde Ihnen den Schaden natürlich ersetzen«, feixte Moen.

Doch HGs Gedanken kreisten immer noch um Marit. Wenn diese Skins durchdrehten, hatte Sedat vermutlich keine Chance, sie gegen sie zu verteidigen – wenn er das denn überhaupt vorhätte. Wie die Dinge lagen, würde er genug damit zu tun haben, seine eigene Haut zu retten. HG wollte sich lieber nicht vorstellen, was dann mit Marit geschehen würde.

Als Moen seine Zerstörungsaktion erfolgreich beendet hatte, fuhren sie wieder zurück zur Siedlung »Wolfsschanze«, und Moen eröffnete ihnen, dass sie morgen mit den Arbeiten beginnen würden. Laut Vorhersage sollte das Wetter noch für mindestens zwei Wochen ruhig bleiben, das musste reichen. Tom und ihm wurde eine Hütte mit zwei Matratzen zugewiesen, aber es wurde eine schlaflose Nacht: Zum einen ging die Sonne um diese Jahreszeit nördlich des Polarkreises in der Nacht nicht mehr unter, zum anderen musste er Tom erst einmal die Sachlage mit der nuklearen Fracht der »Komsomolez« erklären. Sein Freund reagierte panisch und wollte sofort das Schlauchboot kapern, doch er konnte ihn gerade noch davon abhalten. Überall waren bewaffnete Hammerskins postiert, die mit Sicherheit nicht zögern würden, auf alles zu schießen, was sich unerlaubt den Booten näherte.

Die Situation war gänzlich abstrus, und die Szenerie auf der an sich idyllischen Bäreninsel erinnerte Jahn an die Jack London-Romane, die er in seiner Jugendzeit verschlungen hatte und die zur Goldgräberzeit in Alaska gespielt hatten. Aber das hier war leider kein romantisches Abenteuer, das war ein ausgewachsener Alptraum.

Als Haderlein in die Dienststelle kam, hob er erstaunt die Augenbrauen. Im Glasgehäuse von Fidibus unterhielt dieser sich gerade angeregt mit einem unbekannten Mann. Haderlein warf den beiden einen Blick zu und steuerte dann geradewegs Huppendorfer an, der ihm schon mit einem Computerausdruck winkte.

»Hier hast du dein Bildchen, Franz. Dietmar Jahn hat mal Handball gespielt, ich hab dir einen Ausschnitt vom Mannschaftsfoto vergrößert.«

Haderlein riss ihm den Ausdruck aus der Hand und betrachtete das Gesicht eines sportlichen jungen Mannes mit langen blonden Haaren. Der Vergleich mit dem Phantombild erübrigte sich. Die erste Leiche, die sie im Gartenhaus des Barons gefunden hatten, war zweifelsohne Dietmar Jahn, der Stiefbruder von Hildegard und Hans Günther Jahn. Das Bild wurde schärfer. Hildegard und Helga hatten ihn wahrscheinlich nicht als vermisst gemeldet, weil sie nicht wollten, dass sein Tod publik wurde. Aber warum? Die Antwort auf diese Frage stand noch aus.

»Mein lieber Franz, könnten Sie bitte mal kommen?« Robert Suckfüll stand in der Tür des gläsernen Büros und winkte ihm zu, während ihn der fremde Mann aus dem Inneren abwartend ansah.

Als Haderlein im Büro Platz genommen hatte, stellte ihm sein Chef den Mann als Gregor Zobel vom Staatsschutz aus Nürnberg vor.

»Vom Staatsschutz?« Erstaunt schaute Haderlein Fidibus an.

»Nun, nur weil ich eine Theorie für abwegig halte, kann ich sie ja dennoch über halbwegs offizielle Kanäle abklopfen lassen, oder etwa nicht?« Fidibus lächelte spitzbübisch. »Und Herr Zobel hier war so nett, ein bisschen für mich zu klopfen. Mit dem Ergebnis, dass er sofort den Weg zu uns gesucht und gefunden hat.«

»Aha«, sagte Haderlein und legte das Bild von Dietmar Jahn erst einmal auf die Seite. Es schien sich noch etwas sehr viel Bedeutenderes anzubahnen.

»Allerdings«, ergriff nun Gregor Zobel das Wort. »Herr Suckfüll hat mir von Ihrer Theorie mit der »Komsomolez« erzählt, und ich habe daraufhin ein wenig im Nebel herumgestochert.«

Haderlein steuerte ein weiteres »Aha!« bei, während seine innere Anspannung wuchs. Anscheinend war doch etwas dran an seiner Vermutung.

»Sie müssen wissen, Herr Haderlein, dass ich mich vonseiten des Staatsschutzes im Moment sehr stark mit der rechtsradikalen Szene in Nordbayern und Thüringen beschäftige. Dort gehen im Moment, gelinde gesagt, recht seltsame Dinge vor. Und als mir Herr Suckfüll die Eckdaten Ihres Mordfalles geschildert hat, begannen bei uns etliche Warnleuchten zu blinken.«

Haderlein wollte wieder einen erstaunten Ausruf absondern, konnte ihn sich aber gerade noch verkneifen und hörte schweigend weiter zu.

»Zum einen konnten wir über die letzten Jahre ein massives Anwachsen der Hammerskins in Franken beobachten, das ist eine der radikalsten und militantesten Gruppen in der Neonazi-Szene. Ihr Kopf ist ein gewisser Rutger Kesselring aus Wunsiedel, der einen extrem gefährlichen und elitären Kern innerhalb der Hammerskins aufgebaut hat, der den Namen ›Division Hess‹ trägt. Die Gruppe wird verdächtigt, an mindestens dreizehn Morden in ganz Deutschland aktiv oder zumindest unterstützend mitgewirkt zu haben. Allerdings agieren die Nazis unter ihrem Kopf Rutger so dermaßen clever, dass wir es nicht einmal mit größter Anstrengung geschafft haben, dort einen V-Mann zu installieren. Wir standen kurz davor, aber dann wurde der Kontakt in einem Waldstück in der Nähe von Gräfenberg enthauptet aufgefunden.«

»Aha, enthauptet also«, entfuhr es Haderlein nun doch wieder, und er setzte sich ruckartig in seinem Bürostuhl auf.

»Genau, die erste Parallele zu Ihrem Fall«, bestätigte ihm Gregor Zobel mit einem Kopfnicken. »Die zweite ist der Name Hans Kiesler. Ein Mann dieses Namens gehört zu dem inneren Kreis der Hammerskins. Die Tatsache, dass Hans Kiesler zusammen mit Rutger Kesselring und seinen Hammerskins irgendwann im Juli letzten Jahres spurlos verschwunden ist, bereitet uns große Sorgen. Zwanzig Personen, die unter strengster Beobachtung des Verfassungsschutzes standen, waren von einem Tag auf den anderen unauffindbar. Die einzige Information, die gerüchteweise in der Szene umhergeistert, besagt, dass Kesselring etwas ganz Großes plant.«

Fidibus, der sich zuhörenderweise bisher die Zeit mit seiner trockenen Zigarre vertrieben hatte, fragte nun: »Und dieser Kesselring? Was weiß man ansonsten über ihn und seine Absichten?«

Zobel nahm die Frage dankbar auf. »Er ist ein brutaler, gewissenloser, aber auch ziemlich gewiefter Hund. Seine Ambitionen reichen viel weiter, als nur irgendwelche Ausländer zu verprügeln. Eigentlich kommt er aus dem Umfeld der NPD, hat sich aber schnell radikalisiert. Er will nichts Geringeres als einen anderen, einen neu strukturierten deutschen Staat. Sein erklärter Lieblingsgegner sind nicht etwa Araber oder afrikanische Zuwanderer, nein, er will die Amerikaner als Besatzungsmacht bekämpfen. Das übergeordnete Ziel ist die Befreiung Deutschlands von allen fremden Besatzungsmächten, wie er sich ausdrückt. Alles, was an völkischen Säuberungen dann noch zu erledigen wäre, ist für ihn zwar notwendig, doch nachrangig. Aber wie schon gesagt, er ist seit fast einem Jahr verschwunden, und wir haben keinen Anhaltspunkt, wohin. Im Zeitalter der modernen technischen Möglichkeiten scheint er sich ein verdammt gutes Versteck ausgesucht zu haben«, schloss Gregor Zobel frustriert.

Durch die Kamera des ROVs konnte er sehen, wie sich der Spalt um den Gefechtskopf herum mit einem kurzen Ruck weitete. Er hatte es geschafft: Der erste Gefechtskopf war vom Rumpf abgetrennt. Nun musste er ihn nur noch mit dem Greifarm nach vorn herausziehen. Die Anweisungen von Leontiew waren genau und präzise gewesen, wenn man seine Äußerungen überhaupt als Anweisungen verstehen wollte. Spätestens ab dem Zeitpunkt, als er die Nazis auf der Bäreninsel erkannt hatte, waren sie jedenfalls nicht mehr freiwillig gewesen. Moen musste ihm eine Menge Geld geboten haben, dass sich der ehemalige Offizier und hochdekorierte Held der russischen Nordmeerflotte zu Auskünften über die Torpedokonstruktionen der »Komsomolez« überreden ließ. Zuerst hatten sie ihn in dem Glauben gelassen, es handele sich um eine Fernsehdokumentation über die »Komsomolez« und die radioaktive Verseuchungsgefahr, die von ihr ausging, wenn sie noch länger im Meer vor sich hin rosten würde. Aber als Leontiew die deutschen Skins sah, war der Ofen sofort aus. Sein Vater hatte gegen die Deutschen im Zweiten Weltkrieg gekämpft und sein Leben verloren, und er sollte jetzt diesen Nazis dabei helfen, eine russische Atomwaffe zu bergen? Das lag weit jenseits seiner Vorstellungskraft, und er machte sofort klar, dass er ab sofort schweigen würde wie ein Grab. Rutger und seine Gesellen bedachte er dabei mit einem hasserfüllten Blick, der den Skins jedoch nur ein müdes Lächeln entlockte.

Sie zerrten Peter Leontiew, den ehemaligen Zweiten Offizier der »Komsomolez«, in eine vorbereitete Baracke und banden ihn an einen Stuhl. Dag Moen holte eine schwarze Schatulle aus seiner Tasche und klappte diese auf dem nebenstehenden Tisch auf. Ihr Inhalt bestand aus kleinen Ampullen mit einer bläulich schimmernden Flüssigkeit und einer Spritze, auf die Moen nun eine Injektionsnadel schraubte. Dann ging er zu dem gefesselten Mann, stach ihm die Nadel durch die Uniformjacke hindurch in den Oberarm und drückte umgehend den gesamten Spritzeninhalt in Leontiews Muskelgewebe.

Moen trat zurück, schraubte die Spritze ab und verpackte alles wieder säuberlich in der schwarzen Schatulle. Das leere Fläschchen warf er achtlos in die Ecke. Mit einem undurchsichtigen Lächeln kam er auf HG und Tom zu, die alles mit angesehen hatten.

»Es gibt zwei Gründe, warum Sie hier dabei sein dürfen, Jahn«, eröffnete ihm der norwegische Waffenhändler, während die Augen Leontiews langsam glasig wurden und sich seine angespannte Haltung lockerte.

»Erstens werden Sie nun hören und sich merken müssen, was uns der leider bisher etwas unkooperative Offizier zu erzählen hat. In ein paar Minuten wird er all das ausplaudern, was Sie wissen müssen, um den Gefechtskopf des Torpedos mit Ihren wunderbaren Gerätschaften fachgerecht zu bergen. Hören Sie genau zu, denn anschließend wird er zu einem sehr fröhlichen Trottel mutieren. Diese Phase dauert ein paar Minuten, dann wird sein Gehirn wertloser Brei sein, und er wird nur noch als Fischfutter zu verwerten sein. Und damit komme ich auch schon zum zweiten Punkt.« Moen lächelte kalt. »Sollten wir irgendwann feststellen müssen, dass Sie oder Ihr Kollege hier uns etwas verschweigen oder uns gar verarschen wollen, dann werden auch Sie in den Genuss dieser netten Prozedur kommen, meine Herren. Aber ich kann mir nicht vorstellen, dass Sie vorhatten, Ihr Leben so zu beenden, oder?« Er schaute von HG zu Tom Romoeren.

»Was ist das für ein Zeug, das Sie ihm gespritzt haben?«, fragte Tom völlig außer sich.

Moen lächelte gönnerhaft, als müsste er auf dem Wandertag einem Schüler etwas erklären. Im Hintergrund begann Leontiew das Licht an der Decke anzugrinsen und zu kichern.

»Das Zeug, wie Sie es zu nennen belieben, ist in bestimmten Kreisen unter den Namen ›Deep Blue‹ oder ›Blaukehlchen‹ bekannt. Extrem praktisch und zuverlässig. Am Anfang seiner Karriere wurde es als eine Art K.-o.-Tropfen für widerspenstige Discoschlampen eingesetzt, ist aber in Mitteleuropa leider kaum noch zu kriegen. Mittlerweile werden wir aus dem Iran beliefert. Ich habe ja schon gute Verbindungen, aber da wäre ich ohne die Jungs hier nie herangekommen«, sagte Dag Moen mit professioneller Hochachtung.

HG hatte begriffen, wie der Hase lief. Die kleine Bemerkung Moens hatte ihm auf einen Schlag die Tür geöffnet, sodass er nun den großen Zusammenhang verstand.

»Also der Iran!«, stieß er überrascht hervor. »Es ist gar nicht Rutger, der das alles hier bezahlt. Die sollen nur die Bombe hochgehen lassen, aber finanziert wird das Ganze aus dem Iran.«

Dag Moen lachte laut auf, und Leontiew stimmte kichernd ein. »Ja, wen haben wir denn da?«, meinte Moen höhnisch. »Einen Schnellmerker?«

»Aber seit wann arbeiten islamische Fundamentalisten mit Rechtsradikalen zusammen? Das ergibt doch keinen Sinn. Die einen bekämpfen die anderen doch bis aufs Blut«, wunderte sich HG.

»Gott, Jahn, in welcher Welt leben Sie eigentlich?«, sagte Moen jetzt fast väterlich. »Beide Gruppen werden durch einen gemeinsamen Feind geeint: durch die Amerikaner. Rutger und seine braunen Kumpane haben nichts anderes vor, als ihre schöne deutsche spießbürgerliche Demokratie abzuwickeln und dann eine Art braunen Sozialismus aufzuziehen, wenn ich das richtig verstanden habe. Und für solch ein ambitioniertes Vorhaben kommen zwei russische Atomwaffen gerade recht. Wenn so ein Gefechtskopf mit der mehrfachen Wirkung der Hiroshima-Bombe neben dem größten amerikanischen Militärflughafen in Europa hochgeht, dann ist unserem Rutger hier genauso gedient wie den potenten Geldgebern aus Ahmadi Country in Teheran. Ich glaube, hier in Norwegen wird man in der nächsten Zeit ein ganzes Stück sicherer leben als in ›*good old Germany*‹.« Er lächelte, als hätte er HG gerade das Märchen vom Wolf und den sieben Geißlein erzählt.

Bei Jahn schrillten sämtliche Warnglocken. Rutger plante einen atomaren Anschlag auf den größten Militärstützpunkt der Amerikaner in Europa. Auf Ramstein. HG wurde heiß und kalt. Der Plan könnte ohne Weiteres klappen. Hätten sie erst einmal die Torpedoköpfe, dann schaffte es jeder bessere Elektriker, die Dinger irgendwie zu zünden. Die alten Torpedos waren noch nicht so gut elektronisch gesichert wie die heutigen, damals hatte sich noch niemand Gedanken über terroristische Fanatiker gemacht, die Atombomben klauen wollten. Damals hatte noch Kalter Krieg geherrscht.

Verzweifelt schaute er Tom an, aber der hatte nur Augen für Dag Moen, der Jahn einen Block und einen Bleistift in die Hände drückte und sich zu Leontiew gesellte. Der ehemalige Offizier strahlte inzwischen über das ganze Gesicht. Was dann kam, brannte sich in Jahns Gedächtnis ein wie nichts zuvor in seinem Leben. Bereitwillig antwortete Leontiew auf jede der ihm gestellten Fragen und machte sogar begeistert technische Anmerkungen zu der kleinsten Kleinigkeit. Seine Auskünfte waren so umfassend, dass HG anschließend eine komplette Dissertation über russische Torpedotechnik hätte schreiben können. Doch dann, nach etwa zwanzig Minuten, verschlechterte sich der geistige Zustand Leontiews zusehends, und kurz darauf redete er nur noch zusammenhangloses Zeug. Einer der Zwillinge, es war Hans, hob nach einem kurzen Kopfnicken Rutgers seine Pistole, presste sie dem sabbernden ehemaligen Offizier gegen den Hinterkopf und drückte ab. Im gleichen Moment, in dem der tote Leontiew mit seinem Stuhl nach vorn auf den verdreckten Boden der Baracke kippte, klinkte sich Tom Romoeren aus dem Geschehen aus. Er drehte sich um, stieß den überraschten Moritz Kiesler zur Seite und rannte ins Freie.

»Tom, nicht!«, rief HG und wollte ihm hinterherlaufen, doch Dag Moen hatte blitzschnell seine Waffe gezogen und richtete sie auf seinen Kopf. Moritz Kiesler hatte sofort Toms Verfolgung aufgenommen, aber von draußen hörte man keinerlei Schüsse oder sonstige Geräusche. Im Gegenteil: Eine endlos lange Minute herrschte absolute Stille. Als Moritz zurückkam, klebte Blut an seiner Machete.

Der Zwilling ging auf HG zu und lächelte ihn provozierend an. »Viel Futter für die Fische heute«, sagte er leise. Es war ihm anzusehen, dass er es am liebsten gesehen hätte, hätte der große Deutsche auch gleich die Flucht ergriffen. Doch HG blieb ruhig. Von außen war ihm keine Regung anzusehen, aber in seinem Inneren tobte ein Orkan. Er durfte sich jetzt nicht gehen lassen, auch wenn sie Tom umgebracht hatten. Er durfte nicht zeigen, wozu er fähig war. Noch nicht.

»Im Lichte dieser Fakten habe ich mir Ihre zugegebenermaßen auf den ersten Blick sehr gewagte Theorie durch den Kopf gehen lassen«, sagte Zobel. »Ihr Verdacht klang zuerst einmal unwahrscheinlich, aber wenn auch nur ein Körnchen Wahrheit dran ist, dann haben wir ein verdammt großes Problem am Hals. Vor allem, weil sich nach westlichen Geheimdienstinformationen der Iran immer häufiger externer Terrorgruppen bedient, um den Amerikanern zu schaden, wo es nur geht. Rutger mit seinen Hammerskins wäre im Prinzip für den Iran ein ideales, quasi ferngesteuertes Instrument, um einen Terroranschlag im Sinne Teherans zu verüben. Ideologien sind dem Iran in dieser Hinsicht völlig egal, denn es zählt nur eines: den Amerikanern zu schaden. Franken ist übersät mit amerikanischen Militäreinrichtungen, aber nicht nur Franken. Es gibt ja auch noch Grafenwöhr oder – noch lohnender – Ramstein in der Pfalz. Das wäre die Dimension Terroranschlag, die Teheran gefallen würde. Noch dazu könnten die Iraner alles abstreiten und ihre Hände in Unschuld waschen. Das ist auch der Grund, warum ich im Rahmen meiner Möglichkeiten ein paar Erkundigungen eingezogen habe, die mich zu bemerkenswerten Erkenntnissen geführt haben.« Zobel richtete sich nun ebenfalls in seinem Stuhl auf.

»Aha«, sagte Haderlein wieder verblüfft.

»Durch unsere Kontakte zum russischen Geheimdienst konnten wir mittlerweile in Erfahrung bringen, dass von den drei noch lebenden Besatzungsmitgliedern der ›Komsomolez‹ der ehemalige Zweite Offizier Peter Leontiew spurlos verschwunden ist.«

Haderlein nickte schweigend mit großen Augen.

»Aber das ist für die Russen leider noch kein Grund, an der ›Komsomolez‹ nach dem Rechten zu sehen und beispielsweise einen Satelliten für eine Überprüfung der Radioaktivität an der Bäreninsel zu programmieren. Nun gut. Aufgrund Ihrer Vermutung, Haderlein, haben wir die norwegische Regierung um Satellitenbilder der Region Svalbard gebeten, die ja Spitzbergen sowie die Bäreninsel umfasst. Auf diesen Bildern konnte an der Südküste der Bäreninsel eine Siedlung ausgemacht werden, die aus ehemaligen Bergarbeiter-Behausungen errichtet wurde. Dies ist umso erstaunlicher, weil die Insel bereits vor vielen Jahren zum Naturschutzgebiet erklärt wurde und dort eigentlich niemand mehr etwas verloren hat. Allerdings konnte der Satellit keine Menschen feststellen. Lediglich im Norden der Insel gibt es eine offizielle bemannte norwegische Forschungsstation. Wir haben die Norweger heute morgen gebeten, auf der Insel vorsichtshalber nach dem Rechten zu sehen.«

»Und was ist jetzt mit der ›Komsomolez‹?«, fragte Haderlein neugierig.

Gregor Zobel zuckte etwas ratlos mit den Schultern. »Tja, das ist die große Frage: Was ist mit der ›Komsomolez‹?«

Mit dem Roboterarm des ROVs griff er vorsichtig in den breiten Spalt, der sich am Kopf des Torpedos gebildet hatte, und zog. Widerstandslos löste sich der Gefechtskopf von der Antriebseinheit und rutschte zu einem Drittel heraus. Doch dann zog Jahn den Roboterarm wieder zurück und ließ den Torpedo in der Hülle des durchtrennten Rumpfes liegen.

»Was ist los, wieso macht er nicht weiter?«, knurrte Moritz Kiesler misstrauisch.

»Ich werde jetzt erst das Transportnetz testen«, antwortete Jahn. »Es macht ja keinen Sinn, alles auf eine Karte zu setzen. Wenn ich den Gefechtskopf beim Auftauchen verliere, war alles umsonst.«

Dag Moen nickte, während Moritz Kiesler ihn argwöhnisch fixierte. Für Jahn war es offensichtlich, dass der eine Zwilling mit morbidem Hang zu Hieb- und Stichwaffen ihm nicht traute. Aber auch Hans Kieslers Hand lag an seiner Pistole. HG versuchte sich wieder auf seine Aufgabe zu konzentrieren, auch wenn die ihm heute besonders schwerfiel.

Am Morgen des heutigen Tages, vor dem entscheidenden Tauchgang, hatte er endlich Marit wiedersehen dürfen. Zwölf Tage hatte er auf der »Bardal« mit der Arbeit am U-Boot in Begleitung seiner Bewacher verbracht, erst gestern Abend waren sie mit dem Arbeitsschiff des toten Tom zur Bäreninsel zurückgekehrt, und heute Morgen hatten sie ihn auf die »Tirpitz« zu Marit gebracht. Sie schien zwar um Jahre gealtert zu sein, aber es ging ihr anscheinend so weit gut. Sie rannte auf ihn zu und warf sich ihm in die Arme. Er nahm ihren Kopf in die Hand und flüsterte ihr etwas ins Ohr, was er womöglich noch bereuen würde.

»Hau ab, heute noch«, flüsterte er zwei Mal.

Sie hatte ihn erst verblüfft, dann erschrocken angeschaut, aber bevor er noch irgendetwas Erklärendes hinzufügen konnte, hatten ihn seine Bewacher wieder in das Schlauchboot geschafft und weggebracht.

Das Wiedersehen war wohl eine Andeutung von Dag gewesen, dass sie bald wieder zusammen sein könnten, wenn er seine Arbeit an dem Torpedo erfolgreich beendet hatte. Und trotzdem war sich Hans Günther Jahn längst sicher, dass Marit und er Todgeweihte waren. Sobald der Torpedokopf sich an Bord befand, würde man sie beide, ihn und Marit, hinrichten. Und zwar weder kurz noch schmerzlos, darüber machte er sich keine Illusionen. Während der Unterwasserarbeiten hatte sich herausgestellt, dass er wohl nur einen Gefechtskopf würde bergen können, denn der andere lag unerreichbar hinter verbogenen Torpedoschächten verkeilt. Nein, wenn sie hatten, was sie wollten, war es für ihn und Marit vorbei. Das deutlichste Indiz dafür war der Umstand, dass Sedat und ein paar Skins Marit mit dem zweiten Schlauchboot von Moens Motorjacht zum sogenannten Führerbunker an Land gebracht hatten. Sie gingen jetzt auf Nummer sicher.

Er wusste auch nicht, warum er die Worte zu Marit gesagt hatte. Es war eine spontane Eingebung gewesen. Wenn er die Situation real einschätzte, hatte sie keine Chance zu entkommen, egal, wie auch immer sie es anstellte. Aber wenn nicht jetzt, wann dann? Die Aufmerksamkeit von Dag und Rutger war heute ausschließlich auf ihn und sein Tauchboot gerichtet.

Er durfte seine Gedanken nicht schweifen lassen, er musste jetzt seine Fracht heraufholen. Er hatte sich für diesen Test einen Edelstahlzylinder ausgesucht, den er im Torpedoraum zwischen den Reglerarmaturen gefunden hatte. Der Zylinder hatte ungefähr die Maße eines fünfzig Zentimeter langen Ofenrohres, das auf beiden Seiten mit einem massiven Deckel verschlossen war. Er hatte keine Ahnung, was in diesem Behälter war, aber zum Testen des Transportnetzes war das auch nicht notwendig. Er steuerte das ROV zu dem mit Meerestieren bewachsenen Zylinder und griff mit seinen beiden Roboterarmen von beiden Seiten zu. Er musste ein Mal kurz mit den ferngesteuerten Armen ruckeln, um das Objekt von seiner eingewachsenen Umgebung zu lösen, dann aber konnte er es aus dem engen Zwischenraum in der »Komsomolez« herausziehen. HG steuerte das ROV aus dem aufgeschnittenen U-Boot heraus und brachte es in etwa fünf Meter Entfernung zum Stillstand. Die Anwesenden hinter ihm verfolgten gebannt sein äußerst kompliziertes Tun.

Jahn klappte eine Art trapezförmigen Kescher unter dem ROV hervor, bis sich dieser genau unter dem Edelstahlzylinder befand. Dann öffnete er die großen Klauen der Greifarme, das Objekt löste sich und fiel langsam in das Trapez. HG atmete durch und wischte sich den Schweiß von der Stirn. Das war geschafft.

»Jetzt muss ich das Ding nur noch unfallfrei herauftransportieren.« Aber auch das war, Gott sei Dank, kein Problem. Nach einer knappen Stunde vorsichtigen Aufstiegs durchstieß das ROV die Meeresoberfläche, HG angelte sich das kleine U-Boot mit dem Spezialkran der »Bardal« und hievte alles zusammen auf das Bugdeck. Unter normalen Umständen wäre das Toms Aufgabe gewesen. Jedes Mal, wenn HG jetzt Maschinen oder etwas anderes auf der »Bardal« bedienen musste, stand ihm Tom mit seinem letzten, völlig entsetzten Gesichtsausdruck vor Augen. Er musste seine Gefühle mit Gewalt im Zaum halten.

Kaum dass das ROV an Bord war, ließ Rutger den Zylinder aus dem extrastark geknüpften Netz herausholen und öffnen. Der verkrustete Verschluss hatte ein paar Schläge mit einem Vorschlaghammer nötig, dann aber ließ sich der massive Deckel abschrauben. Was dann zum Vorschein kam, löste bei Rutger und seinen Skins ein enttäuschtes Stöhnen aus, Dag Moen hingegen war eher amüsiert. Der Zylinder enthielt weder Gold noch Geld oder irgendeinen anderen wertvollen Schatz, sondern war voller russischer Zigaretten. »Belomorkanal«, so stand auf den Schachteln. Die rote Flagge der Sowjetunion prangte auf jeder einzelnen Zigarette. Dag Moen nahm lächelnd eine Schachtel heraus und warf sie HG zu, der sie mit einer schnellen Bewegung der freien Hand fing und sofort in seiner Hosentasche verschwinden ließ. Einen kurzen Moment konnte man einen misstrauischen Blick bei Dag Moen erkennen. Jahns Handbewegung war dermaßen schnell und sicher gewesen, als hätte er sie sein Leben lang trainiert. Doch dann konzentrierte sich der norwegische Waffenhändler wieder auf das Wesentliche.

»Das war der erste Teil Ihrer Abschlussprämie«, rief Moen grinsend HG zu, dann befahl er zwei herumstehenden Skins, den Zylinder wieder zu verschließen und ihn in ihr Schlauchboot zu verladen. Er würde später entscheiden, was damit geschehen würde, jetzt stand der interessanteste Teil des Tages bevor. Er gab Jahn ein Zeichen, und das ROV erhob sich vom Bugdeck und wurde mit dem Kran wieder zu Wasser gelassen.

Wenig später dirigierte HG mit seinem Joystick und anhand von Bildschirmen das ROV erneut auf tausendachthundert Meter Tiefe. Wieder dauerte das Absinken eine geschlagene Stunde, dann sah er die »Komsomolez« mit ihrem aufgeschnittenen Bug wieder vor sich. Er brachte den »Cougar« in Position, setzte ihn aber erst einmal auf den sandigen Meeresgrund.

»Was soll das?«, fragte Moritz Kiesler und legte die Hand an seine Machete. Auch Dag Moen und Rutger Kesselring schauten ihn misstrauisch an.

Hans Günther Jahn erhob sich, als ob nichts wäre, und machte eine angedeutete Dehnübung. »Jetzt gilt's. Da geh ich mich doch lieber vorher noch erleichtern«, sagte er mit treuherzigem Augenaufschlag.

Rutger Kesselring knurrte etwas Unverständliches, gab dann aber den Zwillingen ein Zeichen. Hans und Moritz Kiesler packten Jahn an je einem Arm und brachten ihn zur Toilette. Auch Dag Moen folgte ihnen mit ein paar Metern Abstand und beobachtete aufmerksam das Geschehen. Die Anspannung auf der »Bardal« war förmlich mit den Händen zu greifen.

Jahn hatte den Toilettengang sehr bewusst geplant. Heute Morgen, als er Marit ein letztes Mal in den Armen gehalten und sich von ihr verabschiedet hatte, hatte er beschlossen zu handeln. Seinen Plan hatte er auf den langen hundertneunzig Kilometern zur Bergungsstelle geschmiedet. Auf der Toilette, dem einzigen Raum, in dem er auf dem Schiff vollkommen allein sein konnte, ging er alles noch einmal gedanklich durch. Die Chancen standen bestenfalls fünfzig-fünfzig, aber das war bei Weitem besser als ein hundertprozentiger Tod. Vor allem war das Überraschungsmoment auf seiner Seite. Genau in dem Augenblick, in dem der Torpedo zum Greifen nah war, würde er zuschlagen. Und dann hieß es: entweder – oder.

Er betätigte die Spülung und öffnete die Toilettentür. Hans Kiesler trat zur Seite, und sein geschwätziger Zwillingsbruder Moritz spottete: »Er ist ja doch nicht abgehauen, unser U-Boot-Kapitän. Sehr schön, dann mal an die Arbeit.« Er stieß Jahn heftig in den Rücken.

HG lief an Dag Moen vorbei und konnte aus dem Augenwinkel sehen, dass ihn der Waffenhändler mit einem prüfenden Blick betrachtete, als würde er spüren, dass er etwas plante. Aber HG ging ruhig zu seiner Steuerungseinheit in den Container zurück und setzte sich wieder vor die Monitore. Die Schergen postierten sich wie zuvor direkt hinter ihm und beobachteten jede seiner Bewegungen.

Es lief alles wie am Schnürchen. Wieder griff er mit den beiden Roboterarmen zu. Im Licht der Unterwasserscheinwerfer konnte man sehen, wie der Gefechtskopf aus der Hülle seiner Antriebseinheit glitt. Jahn ließ das Netz ausklappen und den atomaren Sprengkopf zielgenau hineinsinken.

»Gleich haben wir es«, brummte er betont beiläufig und schickte das ROV auf seine Reise an die Wasseroberfläche. Die Spannung bei seinen Auftraggebern stieg – genauso wie bei ihm, allerdings aus anderen Gründen. Das ROV war nur noch wenige Meter von der Meeresoberfläche entfernt, als er die Anwesenden anwies, sich jeweils ein paar Bootshaken zu greifen, mit denen sie das ROV zum Arm des Schiffskranes ziehen sollten. Er würde das Mini-U-Boot bewusst einige Meter entfernt auftauchen lassen, um zumindest ein paar von der Truppe mit der Bergung des ROVs abzulenken. Er steuerte das Boot dorthin, wo er es haben wollte, und rief: »Es kommt, aufpassen!«

Alle standen jetzt an der Bordwand des Schiffes, um einen ersten Blick auf den Torpedo zu werfen, auf den sie so lange hingearbeitet hatten. Selbst Dag Moen schaute gebannt auf die Meeresoberfläche, wo das ROV jeden Moment auftauchen musste. Einzig Hans Kiesler, der mit der Pistole in der Hand zu Jahns Bewachung am Eingang des Containers abgestellt worden war, verharrte an Ort und Stelle, etwa zwei Meter von ihm entfernt. Aber auch er blickte nun gespannt aufs Meer und achtete zumindest nicht mehr mit voller Aufmerksamkeit auf den nun in Aktion tretenden ehemaligen KSK-Spezialisten der Bundeswehr.

Jahn drehte sich langsam aus seinem Sessel heraus und spannte seine Muskeln, dann schoss er auf seinen Bewacher zu.

»Wenn ich ehrlich bin, dann wissen wir nicht, was es mit der ›Komsomolez‹ auf sich hat«, sagte Gregor Zobel. »Das Boot liegt unverändert in circa tausendachthundert Metern Tiefe in der Norwegischen See. Alle Stellen, sowohl in Russland als auch in Norwegen, halten es für abwegig, dass jemand es wagen könnte, Atomwaffen aus dieser Tiefe zu bergen. Dazu bräuchte es nicht nur ein immenses technisches Know-how, sondern auch verdammt viel Geld. Und wo sollte Rutger Kesselring, selbst wenn er diesen Plan verfolgte, eine Summe von mehreren Millionen Dollar auftreiben können? Ich muss sagen, dass das der entscheidende Punkt ist, Haderlein, der mich an Ihrer Theorie zweifeln lässt.« Der Beamte aus Nürnberg betrachtete ihn mit skeptischem Blick.

Franz Haderlein nickte nachdenklich. »Okay, Herr Zobel«, sagte er dann plötzlich, »das ist ja schon mehr, als ich zu hoffen gewagt habe. Aber bevor wir meine Theorie komplett beerdigen, möchte ich Sie bitten zu warten, bis Hans Günther Jahn mit meinem Kollegen aus Norwegen eintrifft. Es muss ja einen Grund geben, warum er sich für einen radikalen Nazi mit Namen Hans Kiesler ausgegeben hat und warum diese Zigaretten aus der ›Komsomolez‹ auf der Leiche seines Bruders Dietmar Jahn verstreut waren. Vor allem aber müssen wir dann einen Mörder finden, der heute Nacht gleich zwei Mitglieder der Familie Jahn umgebracht hat.« Haderleins Augen glühten, als er die unbestreitbaren Fakten durch den Raum schleuderte.

Nur Fidibus stutzte sofort. »Dietmar Jahn?«, fragte er ratlos. »Wer ist denn das schon wieder, Haderlein?«

Wortlos schob ihm der Hauptkommissar das Bild von Jahn und die angefertigte Phantomzeichnung des geköpften ersten Opfers über den Tisch.

Robert Suckfüll erstarrte. »Aber das ist er doch!«, rief er völlig entgeistert, während ein weiteres Exemplar seiner teuren Havannas ungeraucht in seine Einzelteile zerfiel.

Hans Kiesler schaffte es gerade noch, den Kopf herum- und die Augen erstaunt aufzureißen. Alles, was anschließend passierte, war das Ergebnis jahrelang eingeübter, tausendfach trainierter Bewegungsabläufe. Bevor der massige Skin reagieren konnte, war Jahn schon hinter ihm, klemmte dessen muskulösen Hals zwischen seine Arme und brach ihm mit einer kurzen Drehung das Genick. Bevor der Körper des toten Kiesler zu Boden sank, fing HG die Waffe des Skins mit einer Hand auf.

Er stand nun fast in der Mitte des Bugdecks und richtete die Pistole auf seine Gegner, die von seiner tödlichen Aktion nichts mitbekommen hatten. Zuerst drehte sich Dag Moen um und erstarrte, als er sah, was passiert war.

HG ging zwei Schritte auf ihn zu und machte eine fordernde Geste mit seiner Hand, während er die Waffe auf ihn gerichtet hielt.

Moen zog vorsichtig seine Beretta aus dem Halfter und warf sie HG vor die Füße. Erst das metallisch klappernde Geräusch ließ die anderen an der Reling sich umdrehen. Ihre Reaktion war die gleiche wie die von Moen. Erst stand vollkommene Verblüffung, dann blanker Hass in ihren Gesichtern – besonders in dem von Moritz Kiesler, der seinen Bruder bewegungslos auf dem nassen Deck liegend entdeckt hatte. Immerhin sah er kein Blut, also war Hans wahrscheinlich nur bewusstlos, trotzdem war seine Wut über die plötzlich umgekehrten Verhältnisse grenzenlos.

»Was hast du mit meinem Bruder gemacht?«, brüllte er HG an und machte einen Schritt auf ihn zu.

»Stehen bleiben«, sagte Jahn.

Aber Moritz brüllte sich immer mehr in Rage, sodass das Adrenalin schließlich die Oberhand über die Vernunft gewann. Er zog sein Lieblingsspielzeug, die Machete, und stürzte schreiend auf HG zu. Der zielte kurz und schoss dem Angreifer ins Knie.

Moritz Kiesler stürzte zu Boden, während seine Machete über das Deck rutschte und ein weiterer Skin seine Waffe zu ziehen versuchte. Diesem schoss Jahn zwei Mal in die Brust, und der Skin sackte sofort tot zusammen. Die Verbliebenen standen beeindruckt da und rührten keinen Muskel. Sie hatten gemerkt, dass hier einer am Werk war, der sich mit Waffen auskannte.

»Eure Waffen aufs Deck!«, rief Jahn, während Moritz Kiesler jammernd, fluchend und vor allem blutend vor ihm herumkroch. Rutger und seine beiden letzten Männer taten wie ihnen geheißen und warfen ihre mehr oder minder großen Pistolen vor HG auf den Schiffsboden.

»Und was ist mit meinem Bruder?«, rief der blutende Moritz.

»Dein Bruder ist tot«, sagte HG lakonisch. »Und jetzt mach, dass du zu den anderen rüberkommst!«

Aber Moritz Kiesler war in seiner Stimmung aus Wut, Schmerz und Uneinsichtigkeit noch immer nicht gewillt, klein beizugeben. »Das hat er nicht verdient!«, schrie er außer sich, dann versuchte er linkisch erst HGs Fuß zu greifen und, als das nicht gelang, seine Machete zu erreichen.

HG langte es. Mit aller Wucht trat er ihm auf die ausgestreckte Hand, sodass Kiesler diese schreiend zurückzog.

»Nicht verdient? Ich sag dir mal, was ihr, du und dein beschissener Nazibruder, verdient«, zischte HG. Mit der linken Hand zog er die russische Zigarettenschachtel aus seiner Hose, riss mit seinen Zähnen die Verpackung auf und schüttete den gesamten Inhalt über den sich am Boden krümmenden Moritz Kiesler. Zum Schluss warf er die leere Schachtel hinterher und knurrte: »Wenn Marit nicht wäre, würde ich euch alle auf der Stelle umlegen und – wie heißt das bei euch? –, genau, euch als Fischfutter verwenden. Hätte ich überhaupt kein Problem damit. Ich werde euch jetzt sagen, wie das hier weiterläuft, also hört gut zu, damit es keine Missverständnisse gibt. Ich werde jetzt mit diesem Schiff und diesem Torpedokopf verschwinden. Ich werde damit nicht zur Polizei oder zu sonstigen Behörden gehen, sondern ihn erst einmal behalten. Er ist ein Pfand. Nicht mehr, aber auch nicht weniger. Ein Pfand für Marit. Ihr wollt dieses Teil hier? Gut, ich will Marit. Und zwar unverletzt, klar? Ich bin zuversichtlich, dass wir das irgendwann, irgendwie regeln werden, wir sind ja Geschäftsleute, nicht wahr, Dag?« Voller Zynismus blickte er dem Waffenhändler in die Augen.

»Irgendwann und irgendwo, wenn ich wieder festen Boden unter den Füßen habe, werde ich mich bei euch melden, und dann werden wir dieses Tauschgeschäft über die Bühne bringen. Und damit eines klar ist: Wenn Marit auch nur ein Haar gekrümmt wird, wenn sie nicht gesund und munter vor mir steht, dann werde ich jeden von euch aufspüren und sehr unangenehme Dinge mit ihm anstellen, das könnt ihr mir glauben. Ich hoffe, wir haben uns verstanden. – Und jetzt runter ins Schlauchboot!«, rief er laut und unmissverständlich.

Dag Moen rührte sich nicht von der Stelle, und Rutger Kesselring sagte nur mit kalter Wut: »Damit kommst du nicht durch, du Drecksau.«

Als Antwort schoss Jahn ein Loch in die hölzerne Reling, nur einen Zentimeter neben seinem Bein. Das war das Ende der Diskussion.

Einer nach dem anderen stieg die Hängeleiter hinunter in das große graue Schlauchboot, nur dem verletzten Moritz Kiesler musste dabei geholfen werden. Selbst während der Abseilprozedur konnte Jahn zwischen den Schmerzensschreien seine wüsten Flüche und Beschimpfungen heraushören. Dann legte das Schlauchboot mit seiner braunen Fracht ab und machte sich auf den langen Weg zurück zur Bäreninsel.

Hans Günther Jahn hätte schreien, brüllen oder heulen können – am besten gleich alles zusammen. Die ganze Situation war so schrecklich, er hatte das hier doch nicht gewollt. Noch vor einem Monat war sein Leben vollkommen in Ordnung gewesen, er hatte sich mit einer wunderbaren Frau auf dem Weg in eine erfüllte Zukunft befunden. Und jetzt diese verdammte Scheiße. Hoffentlich würde er es nie bereuen müssen, Marit mit diesen Terroristen, diesen Psychopathen, allein zurückgelassen zu haben. Aber diese Frage und die möglichen Alternativen würde er später mit sich ausmachen müssen. Dag und Rutger würden für die Strecke bis zu der Bäreninsel mit ihrem Schlauchboot mindestens einen Tag brauchen. Er hatte also genügend Zeit, den Gefechtskopf sicher zu bergen, bevor er verschwinden würde. Umgehend machte er sich an die Arbeit.

Das letzte Aufgebot

»Und wie bist du dann zurückgekommen, und was hast du mit dem Torpedo gemacht, HG?« Lagerfeld schüttelte seinen alten Freund an der Schulter, aber Hans Günther Jahn hatte seine letzten Kraftreserven aufgebraucht. Er war am Ende, und die wieder auflebende Erinnerung trug nicht gerade dazu bei, seine Vitalität zu erhöhen. Er saß in kaltem Schweiß gebadet im Learjet und schaute Bernd Schmitt müde lächelnd an, der ihm zum wiederholten Mal die Flasche Mineralwasser reichte. Jahn leerte sie in einem Zug, dann fuhr er mit seinen Schilderungen fort.

Er hatte das ROV an Bord der »Bardal« geholt und einigermaßen seefest verstaut. Ohne Toms Hilfe ging alles viel langsamer, schwerer vonstatten. Nicht anders erging es ihm mit der Navigation der »Bardal«. Moens Schüsse auf die Bordelektronik hatten nicht nur die Funktechnik, sondern auch das Sonar und die technischen Navigationshilfen lahmgelegt. HG musste also mit dem klarkommen, was er noch zur Verfügung hatte, im Wesentlichen mit ganz normalen Seekarten und dem Kompass.

Auf diese altmodische Art und Weise hatte er die norwegische Küste angesteuert und war auf Höhe des Industriehafens Tromsø auf das norwegische Festland getroffen. Von dort hatte er sich an der Küste bis nach Ålesund entlanggehangelt. In der kleinen Küstenstadt hatte er beschlossen, mit der »Bardal« vor Anker zu gehen und das Schiff zu wechseln. Die »Bardal« war einfach zu groß und auffällig. Das Problem dabei war der atomare Sprengkopf an Bord, der durchgängig gekühlt werden musste. Auf der »Bardal« war das kein Problem, dort lag der Torpedokopf im Frachtraum im frischen Seewasser. Aber jetzt musste er ein kleineres, unauffälligeres Boot finden, auf dem der Torpedo ebenfalls gekühlt werden konnte. Diese Grundvoraussetzung schloss Jachten und Sportboote schon einmal aus.

So war HG an die »Papegøyedykker« gekommen. Kurzerhand hatte er die »Bardal« im Hafen zurückgelassen, den frisch reparierten Kutter gekauft und war mit ihm an den Schären entlang zurück nach Bergen geschippert. Von dort hatte er seinen Stiefbruder Dietmar angerufen, der wenig später mit seinem alten Laster aus Bamberg angekommen war.

Vorausschauend hatte Dietmar Werkzeug mitgebracht, mit dem er auf dem alten Fischkutter vom Torpedo überschüssiges Metall entfernt und überstehende Bleche entgratet hatte. Die Reste hatten sie im Frachtraum der »Papegøyedykker« zurückgelassen.

Zusammen waren sie dann zu Roald gegangen, HG hatte dem Wirt die Schlüssel für die »Papegøyedykker« überlassen, während Dietmar vor dem Lokal gewartet hatte, und dann waren sie gemeinsam mit ihrer Fracht Richtung Deutschland aufgebrochen. Da niemand an der Grenze etwas Verdächtiges an dem als Altmetall deklarierten Torpedo fand, hatte es keinerlei zolltechnische Schwierigkeiten gegeben.

Völlig erschöpft schloss Jahn die Augen, und kurz darauf teilte ihnen der Kopilot auch schon mit, dass sie gleich in Hof landen würden. Lagerfeld ließ den armen HG daraufhin erst einmal in Ruhe, schaute hinaus in die sternenklare Nacht und konnte schräg vorn bereits die Lichter der Landebahn des kleinen oberfränkischen Flugplatzes aufleuchten sehen.

Franz Haderlein hatte es sich nicht nehmen lassen, selbst nach Hof zu fahren, um seinen abtrünnigen Kollegen mit der wertvollen Begleitung am Flughafen abzuholen. Fidibus hatte das zwar nicht gepasst, schließlich waren zwei frische Morde aus der vergangenen Nacht zu bewältigen, aber letztlich hatte er sich doch überzeugen lassen, da alle hofften, dass Hans Günther Jahn der Schlüssel zu diesem Fall war. Und wenn sie den wahnsinnigen Unbekannten an weiteren Bluttaten hindern wollten, dann würde der Weg nur über den so lange gesuchten HG führen.

Die kleine Bundeswehrmaschine landete und drehte nach dem Ausrollen sofort ihre Nase in Richtung Tower. Nach wenigen Sekunden kam die Maschine zum Stillstand, und Haderlein fuhr mit dem Landrover bis auf zehn Meter heran. Nach so vielen Dienstjahren war es das erste Mal, dass er mit seinem Wagen auf einem Flugplatz umherfahren durfte. Der unbedarfte Zuschauer hätte wohl eher vermutet, dass gleich ein Filmstar oder zumindest doch ein Ölscheich aus dem Flugzeug steigen würde. Allein, es war nur ein polizeilicher Flugbegleiter in Zivil und kurz danach Lagerfeld, der einem vollkommen erschöpften Mann dabei helfen musste, die Gangway hinunterzusteigen.

Für großartige, freudvolle Begrüßungsarien war da keine Zeit. Haderlein eilte dazu und hievte Jahn gemeinsam mit Lagerfeld in den Fond des Landrovers. Als der Hauptkommissar in Jahns bleiches, schweißnasses Gesicht sah, erschrak er. Der sollte Gruppenführer einer Eliteeinheit der Bundeswehr gewesen sein? Der Typ war ja völlig am Ende. Für Notfälle, falls er einmal unverhofft über Nacht in einem Stau stecken blieb, hatte Haderlein immer eine Fleecedecke im Auto. In diese Decke wickelten sie jetzt den frierenden Jahn, dann setzte sich Lagerfeld neben ihn, und Haderlein schwang sich umgehend hinters Lenkrad und startete den Freelander. Eigentlich hatte er die Anweisung, mit Lagerfeld und Jahn sofort in die Bamberger Dienststelle zurückzufahren, aber in dem Zustand, in dem sich Hans Günther Jahn befand, machte das keinen Sinn. Eingewickelt in die Decke war er sofort eingeschlafen. Und nachdem ihm Lagerfeld von der Eigenmedikation Jahns erzählt hatte, stand Haderleins Entschluss fest. Die Krankenhäuser in Hof oder Bayreuth waren zwar näher, aber dort kannte er niemanden, dem er diese abgefahrene Geschichte erzählen konnte.

Außerdem brauchte er jemanden, der sich mit solchen Drogen einigermaßen auskannte, besser noch, eigene Praxiserfahrung mit Rauschmitteln besaß.

»Wir fahren zu Siebenstädter!«, rief er Lagerfeld zu, der HG umschlungen hielt, damit er in den Kurven nicht umkippte.

»Siebenstädter? Warum denn zu dem?«, beschwerte sich Lagerfeld, der sich eigentlich auf ein schnelles Wiedersehen mit Ute gefreut hatte.

»Weil unser Professor der einzig Kompetente ist, der deinem Freund helfen kann«, informierte ihn Haderlein, während er den Freelander durch das Tor der Flugplatzumzäunung lenkte.

»Siebenstädter? Kompetent in Sachen Partydrogen? Spinnst du?«

Doch Haderlein hatte keine Zeit für lange Erklärungen und Begründungen, er musste sich um den Verkehr auf der Autobahn kümmern. Am Kreuz Himmelkron bog der Kriminalhauptkommissar ab und nahm die Autobahn nach Nürnberg. Auf der hügeligen Strecke erzählte ihm Lagerfeld von HGs jüngsten Erinnerungen. Er hatte kaum geendet, da bog der Landrover schon auf den Parkplatz der Gerichtsmedizin Erlangen ein.

Haderlein hatte sie telefonisch angekündigt, sodass Siebenstädter am Eingang auf sie wartete. Sofort injizierte der Professor Jahn eine Spritze mit Aufputschmittel.

»Das wird ihn ungefähr für zwei bis drei Stunden wach halten, dann wird er sehr lange und sehr tief schlafen«, sagte Siebenstädter. »Und jetzt schaffen Sie diesen Superhelden mal in mein Reich.« Haderlein und Lagerfeld halfen Jahn auf die Füße, dann folgten alle drei Professor Siebenstädter in die Katakomben der Erlanger Gerichtsmedizin.

Siebenstädter hob den Blick vom Bildschirm seines Computers und nahm die Lesebrille ab. Haderlein und Lagerfeld schauten ihn erwartungsvoll an, während HG Jahn noch immer mit der allumfassenden Müdigkeit kämpfte.

»Es handelt sich um ein Mittel, welches in Fachkreisen als ›Deep Blue‹ oder auch ›Blaukehlchen‹ bekannt ist«, eröffnete Siebenstädter seinen Vortrag. »Die Droge begann ihre Karriere als K.-o.-Tropfen in Diskotheken, hat aber inzwischen den zweifelhaften Ruf erlangt, intramuskulär verabreicht als eine Art Wahrheitsserum zu wirken. Der Hauptbestandteil ist Flunitrazepam.«

»Fluni- was?«, fragte Lagerfeld hilflos. Auch Haderlein hatte noch nie etwas von diesem Mittel gehört, wenn er ehrlich war.

»Flunitrazepam. Der Stoff dockt an den Benzodiazepinrezeptoren im Zentralnervensystem an und verstärkt die dort vorhandenen Hemm-Mechanismen, an denen Neurotransmitter beteiligt sind. Das heißt, dass die Reiz- und Informationsströme im Gehirn massiv beeinflusst und gestört werden.«

Haderlein verstand noch immer nur Bahnhof. »Aha«, meinte er sicherheitshalber.

»Flunitrazepam beeinflusst im Grunde die Rezeptoren schon in wesentlich geringeren Dosen als gleichartige Mittel«, fuhr Siebenstädter fort. »Der Effekt ist ungefähr zehn Mal stärker als bei anderen Medikamenten. Da der Wirkstoff als Tablette sehr schnell vom Körper aufgenommen wird, tritt die Wirkung spätestens zwanzig Minuten nach der Anwendung ein und hält mehrere Stunden an. Einige Effekte können noch bis zwölf Stunden nach der Anwendung auftreten.«

»Moment«, wollte Haderlein nun wissen, »was genau meinen Sie mit Effekten?«

»Genau das ist ja der Punkt«, sagte Siebenstädter. »Bei Gebrauch von Flunitrazepam in Verbindung mit anderen Wirkstoffen wie beispielsweise Opiaten kann es als hauptsächliche Nebenwirkung zu einer umfassenden Amnesie kommen. Daher stand Flunitrazepam bald in dem Ruf, eine Vergewaltigungsdroge zu sein. Opfer können sich oft an keine Details vom Hergang des Geschehens erinnern. Besonders in den neunziger Jahren wurden die damals farb- und geschmacklosen Tabletten für diesen Zweck missbraucht, meist wurden sie Getränken beigemischt. Später änderte der Hersteller die Zusammensetzung, sodass die seitdem produzierten Pillen eine bläuliche Farbe aufweisen. In einigen Ländern sind sie noch immer erhältlich und werden außerdem von einigen Herstellern und Firmen noch in der alten Form in den Handel gebracht. Deep Blue ist im Grunde nur ein mit Opium versetztes Flunitrazepamderivat. In den westlichen Ländern ist Deep Blue deswegen auch nicht als Medikament zugelassen und gilt als illegal. Insbesondere im arabischen Raum ist die Substanz aber teilweise noch erhältlich – wenn man entsprechende Kontakte besitzt. Auf dem deutschen Schwarzmarkt sind die Tabletten als Blaukehlchen bekannt, aber kaum mehr zu bekommen. Vor allem unter Partydrogen-Konsumenten war das Mittel geläufig, unter anderem zum Runterkommen nach dem Konsum halluzinogener Drogen. Es macht einen ruhig, hat eine entspannende Wirkung und verhilft zu einer fröhlichen Grundstimmung. Verflüssigt man das Mittel jedoch in einer Natriumchloridlösung und spritzt es intramuskulär, dann kommt es einerseits zu einer enormen Auskunftsfreudigkeit des Probanden, andererseits aber auch zu dramatischen Nebenwirkungen. Das Opfer ist nach der Gabe der Droge innerhalb weniger Stunden nicht mehr ansprechbar, elementare Funktionen des Gehirns werden weitgehend herabgesetzt oder zerstört. Wer dieses Mittel einsetzt, erhält in aller Regel die Information, die er haben will, hinterlässt allerdings einen nicht mehr lebenstüchtigen und vollkommen zerstörten Geist. Die Ultima Ratio. Tja, so ist er, der Mensch. Brutal und ungerecht«, endete Siebenstädter seinen umfassenden fachlichen Monolog.

»Und was hat sich HG vor ungefähr zwei Stunden nun selbst gespritzt?«, fragte Lagerfeld und hielt dem Professor die gläserne Kapsel mit dem Rest der farblosen Flüssigkeit hin, die HG vor seinem Gedächtnisverlust in der Pappschachtel verstaut und dem unglücklichen Roald übergeben hatte. Siebenstädter betrachtete die Glasampulle, nahm dann aber doch eine Lupe zur Hand, um die kleine Schrift auf dem Etikett zu entziffern.

»Das ist Rezoanilin«, sagte er schließlich nachdenklich und gab dem Kommissar die Ampulle zurück.

»Rezoanilin?«, echote Haderlein ratlos. »Und was ist das? Wofür ist das gut?«

Siebenstädter überlegte kurz, dann waren seine Schlussfolgerungen zu einem befriedigenden Ergebnis gekommen. »Nun, ich nehme an, dies ist das einzige Gegenmittel, das bei einer Blaukehlchen-Behandlung Erfolg verspricht. Allerdings müsste das vor der Verabreichung von Deep Blue gespritzt werden oder zumindest sehr zeitnah danach. Ich weiß von Studien mit dem Urstoff Flunitrazepam, bei denen mit zuvor oder kurz danach verabreichtem Rezoanilin zumindest stark abgemilderte Nebenwirkungen der Droge erreicht werden konnten. Völlig ausschalten lassen sie sich jedoch nicht. Was Therapien und Heilungschancen anbelangt, müsste ich erst in der Fachliteratur stöbern, da weiß ich so spontan leider nichts drüber.« Bedauernd zuckte Siebenstädter mit den Schultern und sah auf seine Uhr. Ein untrüglicher Hinweis für seine Gäste, dass er sie nun hinauskomplimentieren würde. Aber Haderlein wollte sich so nicht abspeisen lassen. Die Farbe von gewissen selbst gemischten Cocktails von gewissen Gerichtsmedizinern auf gewissen Geburtstagsfeiern hatte spontan einen Verdacht in ihm reifen lassen.

»Geben Sie es doch zu, Siebenstädter«, knurrte er dem Pathologen ins Gesicht. »Dieses Zeug, dieses Deep Blue, das war doch auch in Ihrem seltsamen Punsch an Ihrem Geburtstag, oder nicht?«

Siebenstädter hielt Haderleins Blick stand. Mit einem unbewegten Gesichtsausdruck verharrte er einen Moment, bevor er sachlich antwortete: »Das kann ich Ihnen wirklich nicht sagen, Haderlein, denn das habe ich vergessen.«

Der Hauptkommissar schloss resigniert die Augen.

»Was können wir HG denn jetzt noch Gutes tun, ohne ihn völlig zu vernichten?«, wollte Lagerfeld schließlich noch wissen. Siebenstädter überlegte kurz, dann kramte er aus seinem Schreibtisch eine kleine Schachtel hervor, entnahm ihr zwei Klebestreifen und platzierte sie auf HGs Handrücken. »Das sind Nikotinpflaster, die müssten seine Rezeptoren für eine Weile in Schwung halten. Ansonsten braucht der Mann einfach nur Schlaf und viel Ruhe.«

Da ist er allerdings nicht der Einzige, dachte Haderlein und verließ mit Jahn und Lagerfeld im Gepäck umgehend die Erlanger Gerichtsmedizin.

Ute von Heesen wollte sich gerade an der Kasse des Bamberger »Atriums« das Kinoprogramm für den Abend erklären lassen, als ihr Handy vibrierte. Als sie sah, wer ihr eine SMS geschickt hatte, machte ihr Herz einen kleinen Sprung. Das Kontaktbild eines gewissen Kommissar Schmitt, der für ein paar Tage abgängig gewesen war, leuchtete auf dem Display.

»Bin wieder da, Süße. Treffen in dreißig Minuten auf der Baustelle? Gruß und Kuss, dein Kommissar!«

Ute von Heesen musste grinsen. Er meldete sich über seine alte iPhone-Nummer. Hatte der Schlamper sein edles Teil also doch noch wiedergefunden. Von seinem schnoddrigen Ton hatte er jedenfalls nichts verlernt. Auf der Baustelle, na schön. Sie hätte sich zwar etwas weitaus Romantischeres vorstellen können, aber bitte. Dem Herrn Lagerfeld sein Wille geschehe. Hauptsache, der Kerl war wieder wohlbehalten zurück und konnte eine hoffentlich sehr spannende Geschichte über seinen unverhofften Ausflug erzählen. Sie ließ das Handy in ihre Tasche gleiten und ging in die Tiefgarage zu ihrem Golf.

»Na endlich!«, rief Robert Fidibus Suckfüll voller Ungeduld, als Haderlein, Lagerfeld und Jahn durch die Tür kamen. Gregor Zobel schaute etwas angesäuert drein, doch Honeypenny, die inzwischen eingetroffen war, beruhigte die Gemüter durch das Versprechen von frischem Kaffee. Derartig besänftigt setzten sich alle in der Dienststelle rund um Haderleins Schreibtisch. Natürlich wurden zuerst ein paar Höflichkeiten ausgetauscht, aber dann war man schnell beim Thema, das besprochen werden musste. Wer war dieser unbekannte Killer? Was wusste Hans Günther Jahn? Aller Aufmerksamkeit richtete sich auf den durch die Behandlung Siebenstädters wieder recht frisch wirkenden HG, der den kriminalistischen Wissensdurst durchaus befriedigen konnte.

»Der Mörder, den Sie suchen, ist ein gewisser Kiesler«, eröffnete Jahn.

Fidibus fiel fast von seinem Stuhl. »Das ist doch jetzt nicht Ihr

Ernst, Herr Jahn«, ereiferte er sich und sprang auf. »Schon wieder Kiesler. Das Thema war doch eigentlich gerade abgehakt worden. Fast eine Woche Polizeiarbeit sowie Tausende von Kilometern nach Skandinavien und zurück, und dann sollen wir doch wieder nach einem Kiesler suchen? Tststs, wissen Sie was, Herr Jahn, ich glaube, dass Sie uns hier nach allen Regeln der, äh ... Traufe einen Floh aufs Ohr binden wollen. In der Tat.« Beifallheischend blickte er in die Runde, aber die Runde blickte nur verständnislos zurück. Als Einziger ließ sich Hans Günther Jahn nicht beirren und fuhr fort.

»Es ist so: Der Mann heißt Moritz Kiesler. Ein Hammerskin aus Wunsiedel, ein gewissenloser Mörder, Sadist und Psychopath.«

»Aber wieso tut er das alles?«, fragte Huppendorfer entsetzt.

Jahn drehte den Kopf, schaute ihn aus eiskalten Augen an, bevor er antwortete. »Weil es ihm Spaß macht, und weil ich seinen Bruder auf dem Gewissen habe. Ich habe seinen Zwillingsbruder Hans nördlich des Polarkreises töten müssen. Im Nachhinein hätte ich Moritz Kiesler ebenfalls umbringen sollen, das Schwein.«

Für einen Moment machte sich betretenes Schweigen breit. Die Anwesenden beschlich eine leise Ahnung, was für eine Odyssee dieser Mann da vor ihnen durchgestanden hatte, bevor er hier Rede und Antwort stehen konnte.

»Die Kiesler-Zwillinge«, sagte nun Gregor Zobel mit wissender Stimme. »Die zwei sind Rutger Kesselrings Leibgarde. Zwei absolut skrupellose Figuren. Das HS unter dem schwarzen Hakenkreuz, von dem Sie erzählt haben, ist übrigens das Zeichen, Wappen, wie auch immer Sie wollen, der Division Hess.«

»Aber jetzt gibt es nur noch einen der Zwillinge«, mischte sich Lagerfeld ein. »Und auch Rutger Kesselring lebt nicht mehr. Ein norwegisches Spezialkommando hat ihn in Risør zusammen mit ein paar anderen Gefolgsleuten erschossen. Moritz Kiesler ist der Letzte des harten Kerns der fränkischen Hammerskins – aber eben auch der Gefährlichste«, erklärte er.

»Ich hatte die dämliche Idee«, ergriff Jahn wieder das Wort, »mir den Namen von Moritz' Bruder als Pseudonym zuzulegen. Ich dachte, es wäre ein genialer Plan, mich bei meiner Schwester auf der Burgbaustelle zu verkriechen. Aber Moritz hat mich aufgespürt und auch meine Adresse im Gartenhaus des Barons rausgefunden. Als Moritz Kiesler auftauchte, war nicht ich da, sondern mein Stiefbruder Dietmar. Ausgerechnet Dietmar, der überhaupt nichts für die ganze Sache konnte. Er hat dort auf mich gewartet, als Kiesler auftauchte.« Der Mund Jahns war nur noch ein schmaler Strich.

»Als klar war, dass sie mich gefunden hatten, musste ich handeln und schnellstmöglich nach Norwegen zurück. Irgendwie war es ja klar gewesen, dass es so weit kommen musste. Da ich den Torpedo nicht wieder herausgeben wollte, blieb mir nur die Möglichkeit, meine Ausbildung zu nutzen und mit Ewald zusammen Marit zu befreien. Ich verabredete mit ihnen ein Treffen am Leuchtturm ›Alnes fyr‹ auf der Insel Godøy bei Ålesund, die Kontakt-Telefonnummern hatte ich ja noch. Den Leuchtturm kannte ich, er lag einsam, da war ein Hinterhalt eigentlich unmöglich – so dachte ich. Der Torpedotausch als Vorwand – für Marit.« Seine Stimme stockte.

»Was genau ist in Ålesund passiert, HG?«, fragte Lagerfeld leise.

HG blickte zu Boden. »Marit war nicht da«, begann er dann mechanisch zu erzählen. »Es war eine Falle …«

Er richtete sich auf dem Holzstuhl auf und vertrieb aus seinem Kopf die letzten Zweifel, die er in der letzten Zeit mit sich herumgetragen hatte. Eine kleine Fontäne spritzte aus der Nadel nach oben, während von draußen versucht wurde, die schwere Stahltür aufzubrechen.

Die ganze Mission war von vornherein zum Scheitern verurteilt gewesen. Sie hatten gewartet und ihnen eine Falle gestellt. Ewald hatten sie abgeknallt wie ein Stück Wild. Er hatte keine Chance gehabt.

Doch immerhin hatte Ewald ihm noch das Rezoanilin gegeben. Sie konnten nichts davon wissen, dass ihr Deep Blue nicht so wirken würde wie normalerweise.

Er hielt noch einen kurzen Moment inne, dann glitt die Nadel der Spritze in die Vene seines linken Unterarms, oberhalb der zu einer Faust geballten Hand. Entschlossen drückte er die farblose Flüssigkeit in seinen Körper. Er lachte kurz und verzweifelt auf, dann fiel die leere Spritze zu Boden und rollte noch ein letztes Mal unentschlossen um das hintere Stuhlbein. Das hier war doch völlig verrückt, aber er sah keine andere Chance mehr, lebend aus dieser Geschichte herauszukommen. Die Würfel waren gefallen. Er konnte nur hoffen, dass er keinen Fehler gemacht hatte und er sich auf den Mann verlassen konnte, der gerade auf diesem Stuhl saß. Er selbst und sein Instinkt waren das Einzige, was er noch hatte.

Sie hatten die Tür aufgebrochen und ihn sofort überwältigt. Vier tätowierte Skins hielten ihn fest, während Moen seine Spritze herauszog. Dag Moen hatte er es zu verdanken, dass Rutger ihn nicht höchstpersönlich sofort totgeschlagen hatte. Moen wollte den Torpedo – unbedingt.

Sie spritzten ihm das Deep Blue, und er erinnerte sich an Peter Leontiew und die Reaktionen, die er gezeigt hatte, bevor er geredet hatte und dann gestorben war. Er lieferte eine perfekte Show ab. Seltsamerweise zogen sie ihm die Schuhe aus und machten sich an ihnen zu schaffen, aber darauf achtete er in der Situation nicht. Stattdessen war er so gut in seiner Rolle als durchgedrehtes Opfer, dass die Skins irgendwann von ihm abließen. Ein Fehler. Denn er war noch immer schnell, zu schnell für sie. Er tötete einen von ihnen, überrumpelte dann Rutger und griff sich dessen Waffe. Das fassungslose, hasserfüllte Gesicht von ihm würde er nie vergessen. Nur Dag sah aus, als hätte er nichts anderes von ihm erwartet.

Jahn nahm seine Schuhe, sperrte die ganze Bande in den Leuchtturm und rannte zurück zum Hubschrauber. Fiesders Eurocopter hatte ihm bis hierher gute Dienste geleistet, und jetzt war er seine einzige Chance, die Insel Godøy lebend zu verlassen. Er bemerkte, wie das Deep Blue langsam seine Motorik beeinträchtigte. Ewald hatte ihm erzählt, dass im Ernstfall niemand sagen konnte, inwieweit das Gegenmittel wirkte, trotzdem startete er den Helikopter und flog zurück Richtung Bergen.

Doch er hatte die Scharfschützen hinter dem Leuchtturm übersehen. Die beiden hirnlosen Elchjäger schossen ihm ein Loch in den Tank. Es war zwar nur klein, aber trotzdem verlor er so viel von seinem Treibstoff, dass er es nie und nimmer bis nach Bergen schaffen würde. Alles vor seinen Augen begann zu verschwimmen. Mit dem letzten Rest seiner Koordinationsfähigkeit wollte er in einem Waldstück landen. Das Letzte, woran er sich noch erinnerte, waren die sehr schnell näher kommenden Baumwipfel, dann war da nichts mehr.

Wieder breitete sich betretenes Schweigen in der Bamberger Polizeidienststelle aus. Jeder hatte einen Eindruck davon bekommen, was dieser Mann durchgemacht hatte. Auch Haderlein war erschüttert, doch irgendwer musste dem armen HG ja auch noch beibringen, dass sowohl seine Schwester als auch seine Mutter in der letzten Nacht von Moritz Kiesler brutal ermordet worden waren.

»Wo ist der Gefechtskopf?«, fragte Zobel. »Wir müssen ihn sicherstellen, bevor Kiesler ihn findet.« Mit der Antwort, die er bekam, hatte weder Zobel noch irgendjemand anderes in diesem Raum gerechnet.

»Ich habe keine Ahnung«, sagte Jahn. »Der Baron wusste es, ich und Dietmar nicht. Wir haben den Torpedo noch mit diesem Lack bestrichen, diesem ›Colibri-Effekt‹, damit nichts von dem Plutonium in die Umwelt gelangt. Dietmar meinte, allein der Metallanteil in der Metallic-Lackierung würde ausreichen, um die radioaktive Strahlung des Plutoniums nicht durchzulassen. Als der Lack trocken war, bat ich den Baron, den Gefechtskopf gut zu verstecken. Wenn die Skins mich erwischt hätten, hätte ich irgendwann geredet. Also war es besser, nichts von dem Versteck zu wissen.«

Der Baron. Ferdinand von Rotenhenne steckte also auch mit drin. Na super. Der Baron lag im Koma und würde womöglich nie mehr aufwachen. Und selbst wenn doch, woran würde er sich erinnern können? So nah vor dem Ziel und doch so weit davon entfernt. Eine Atombombe, die irgendwo in der Nähe von Bamberg herumlag und – wenn es dumm lief – hochgehen konnte.

»Warum hat Ihnen der Baron überhaupt geholfen, was ging ihn die ganze Sache an?«, wollte Haderlein endlich wissen.

»Der Baron von Rotenhenne ist ein wahrer Gutmensch. Als ich nicht mehr weiterwusste, habe ich mich ihm auf Anraten meiner Mutter hin anvertraut«, berichtete Jahn. »Wir haben den Torpedokopf auf den Schlitten geladen, und der Baron ist damit dann abgedampft. Einen Tag später hat er mir den Schlitten wiedergebracht, aber keinen Ton darüber verloren, wo er den Sprengkopf deponiert hatte. Auf jeden Fall war er sehr erbost über dieses ganze Nazi-Pack.«

»Was ist das hier eigentlich für ein Gerät in Ihrer Schachtel?«, wollte Huppendorfer wissen und spielte mit einem Teil in der Größe einer Zigarettenschachtel herum.

»Ein Geigerzähler«, erwiderte HG, suchte etwas in seiner Hosentasche, holte ein kleines Stück verrostetes Metall heraus und hielt es an das eingeschaltete Gerät. Sofort war ein leises Ticken zu hören. Hielt er das Metall allerdings nur wenige Millimeter von dem Geigerzähler entfernt, so erstarb das Geräusch. HG steckte das Metallstück wieder ein. »Die Strahlung des Plutoniums ist nicht so gefährlich wie befürchtet. Sogar der Stoff meiner Hose hält das bisschen Strahlung ab. Der Abrieb ist da schon gefährlicher, deswegen haben wir den Torpedokopf auch lackiert.«

Haderlein erhob sich. »Torpedo hin oder her«, sagte er, »zuallererst müssen wir Moritz Kiesler finden, bevor er noch mehr Unheil anrichtet.«

Aber davor musste noch jemand HG die traurigen Nachrichten von den Geschehnissen der letzten Nacht überbringen. Lagerfeld, der bereits im Bilde war, nahm HG am Arm und zog ihn hoch. »Komm mal mit, Alter, ich muss dir noch etwas sagen. Aber dafür gehen wir lieber ins Büro vom Chef.« Er führte HG in den Glaskasten, und Haderlein verschloss hinter den beiden die Tür. Hans Günther Jahns seelischer Leidensweg war noch nicht zu Ende.

Ute von Heesen öffnete die Tür zur Baustelle. Sie war nicht abgeschlossen. Ihr heimgekehrter Kommissar war also schon da. Ein Lächeln stahl sich in ihr Gesicht. »Hallo, Bernd, ich bin's!«, rief sie und knipste die spärliche Baustellenbeleuchtung an. Wo war er denn, der Polizeischlingel, den sie so vermisst hatte? Sie stellte ihre Handtasche ab und ging in das noch nicht wirklich als solches zu erkennende zukünftige Wohnzimmer. Die Mitte des Raumes war frei geräumt worden, um einem dreckigen, alten Metallstuhl Platz zu machen. Aber niemand war zu sehen. Warum versteckte sich Bernd, und warum antwortete er nicht? Ein äußerst ungutes Gefühl beschlich sie, und sie fuhr auf der Stelle herum.

An der Türöffnung zum Wohnzimmer, der allerdings noch das Türfutter fehlte, stand ein Mann. Aber es war nicht ihr Bernd, sondern ein grobschlächtig wirkendes Muskelpaket, das sie abschätzend anlächelte. Die lockigen blonden Haare waren kurz geschnitten, der Mann war über und über tätowiert. Besonders das gezackte Doppel-S an seinem Hals hatte sie schon einmal irgendwo gesehen. Die Tätowierung allein löste bereits kein gutes Gefühl in ihr aus, aber dann sah sie mit Entsetzen die Machete, die der Mann in der linken Hand lässig hin und her schwang. Sie öffnete den Mund zu einem gellenden Hilfeschrei, als sie ein brutaler Faustschlag traf und sie bewusstlos zu Boden sackte.

Hans Günther Jahn saß im gläsernen Büro des Dienststellenleiters Suckfüll und starrte mit zusammengekniffenen Lippen geradeaus. Lagerfeld stand neben ihm und hatte die Hand auf seine Schulter gelegt. Gerade hatte er HG gesagt, dass Moritz Kiesler in der letzten Nacht seine Schwester und Mutter auf brutale Art und Weise umgebracht hatte, und ihm ebenso nicht verschwiegen, dass nicht nur Dag Moen, sondern auch Kiesler im Besitz von Deep Blue sein musste. Wie es wirkte, brauchte er ihm ja nicht zu erklären.

Sein alter Freund sah zu Boden und stützte die Hände in seine Handflächen. Eigentlich wartete Lagerfeld nur darauf, dass HG endlich zu weinen anfing, das würde ihm, beherrscht wie er bisher gewesen war, vielleicht guttun. Doch nichts dergleichen geschah. Jahns innere Festung hielt. Zumindest von außen war nichts zu erkennen, und trotzdem musste in ihm eine fürchterliche Düsternis, ein fürchterliches Chaos herrschen. Der absolute Alptraum.

Aus dem Augenwinkel sah Lagerfeld, wie Franz mit jemandem telefonierte und dann auflegte. Ruckartig fuhr Haderleins Kopf herum, und ihre Blicke trafen sich.

»Bernd, ich habe gerade mit der Spurensicherung geredet.« Der Hauptkommissar war in Suckfülls Büro getreten. »Den Spuren nach ist in allen drei Mordfällen der gleiche Täter am Werk gewesen. Sowohl Vorgehensweise, Fingerabdrücke und Todesart sind nahezu identisch.«

»Aber das ist ja nun nichts wirklich Neues. Wir wissen ja, dass es Kiesler ist, den wir kriegen müssen«, sagte Lagerfeld.

Haderlein nickte, hatte aber noch etwas anderes auf dem Herzen. Er wirkte unschlüssig, ein Wesenszug, den Bernd Schmitt an seinem Chef nicht kannte.

»Schon«, sagte Haderlein, und Lagerfeld bemerkte, dass sich Franz über irgendetwas Sorgen machte, »aber ich habe heute Morgen einen komischen Anruf von Manuela erhalten. Unsere Frauen haben heute Nacht einen draufgemacht und danach in deinem zukünftigen Zuhause in Loffeld im Keller übernachtet.«

Lagerfelds Augen wurden größer, und er musste grinsen. »In dem kleinen Loch? Zu dritt? Da müssen sie sich aber ganz schön einen hinter die Binde gekippt haben, mein lieber Schwan.«

»Sie waren sogar zu viert, die Riemenschneiderin war auch dabei«, korrigierte ihn Haderlein trocken. »Aber das ist nicht der Punkt, Bernd. Was mich beunruhigt, ist der Umstand, dass während sie dort geschlafen haben, jemand in das Haus eingebrochen ist. Merkwürdigerweise wurde nichts gestohlen, der oder die Einbrecher sind einfach wieder verschwunden. Und die Mädels haben sie auch schlafen lassen.«

Lagerfeld schaute seinen älteren Vorgesetzten wortlos an. Nun gut, die Klappe zum Keller war im geschlossenen Zustand kaum zu erkennen. Man konnte sogar darauf stehen und nichts davon merken. Vielleicht hatte der Einbrecher nur einfach nicht gefunden, wonach er gesucht hatte.

»Und was beunruhigt dich jetzt plötzlich so an der Sache, Franz?«, fragte Lagerfeld, den jetzt doch ein komisches Gefühl beschlich.

»Was mich beunruhigt, Bernd, ist die Tatsache, dass eure Tür eingetreten wurde. Genauso eingetreten wie die Türen der anderen Mordschauplätze.«

Lagerfeld brauchte nur wenige Sekunden, um Franz Haderleins Schlussfolgerung zu Ende zu denken. »Deinen Autoschlüssel, Franz, sofort! Bitte, ich muss da nachsehen. Du weißt, was das bedeutet, wenn du recht hast.«

Haderlein nickte. Natürlich wusste er, was das bedeuten konnte. Wohlgemerkt, konnte. Wahrscheinlicher war zwar die Version mit den Werkzeugdieben, aber es war in der Tat besser, auf Nummer sicher zu gehen.

»Der Schlüssel ist in meiner Jackentasche vorn am Stuhl«, erwiderte er. Lagerfeld klopfte HG auf die Schulter. »Los, komm mit, HG. Wir schauen mal bei mir zu Hause nach dem Rechten. Das wird dich auf andere Gedanken bringen.«

Zobel und Fidibus kamen gar nicht mehr dazu, zu verbieten, dass sich ein wichtiger Zeuge plötzlich aus ihrem Zugriffsbereich entfernte. So schnell konnten sie gar nicht schauen, da war Lagerfeld mit HG schon durch die Tür der Dienststelle verschwunden.

Die Fahrt verbrachte Lagerfeld grübelnd darüber, ob an Haderleins Theorie etwas dran sein konnte. Ein Punkt beruhigte ihn immer wieder: Woher sollte Kiesler etwas von Ute wissen? Gut, die Familie von HG aufzuspüren war nicht schwer gewesen, wenn er gewusst hatte, wo er suchen musste. Aber von ihm oder Ute besaß Kiesler weder

Namen, Adresse noch Telefonnummer. Plötzlich lief es ihm siedend heiß den Rücken hinunter. Telefonnummer, sein Handy! Womöglich hatte Kiesler sein Handy in der nebligen Nacht in Rotenhennes Garten gefunden, und in dem iPhone waren alle Telefonnummern der Kollegen und natürlich auch die von Ute eingespeichert. Wahrscheinlich hatte sie ihm noch ein paar SMS geschickt, da sie ja lange Zeit nicht wusste, dass er es verloren hatte.

»HG, nimm mein Telefon und gib die Nummer ein.« Er diktierte HG die Nummer seines iPhones und danach folgenden Text: »Ich weiß, dass du mein Handy hast, Moritz. Aber wir werden dich kriegen! Gruß, B.S.«

HG schaute ihn fragend an. Stirnrunzelnd schickte er die Nachricht ab, hatte sie aber sofort wieder vergessen. Andere, traurige Gedanken drängten sich in den Vordergrund.

Lagerfeld hoffte währenddessen inständig, dass die SMS einfach ungelesen versickern oder missachtet werden würde. Sie war ein verzweifelter Testballon ins Blaue hinein mit der eindeutigen Hoffnung auf Erfolglosigkeit. Zudem war ihm grad aufgefallen, dass HG und er unbewaffnet waren. Keine gute Voraussetzung für ein eventuelles Aufeinandertreffen mit einem hundert Kilo schweren Hammerskin.

Schweigend fuhren sie auf der Autobahn nach Lichtenfels, als bei der Abfahrt Staffelstein/Wattendorf ein leises »Ping!« eine eingegangene SMS meldete. Lagerfeld erschrak. Quietschend hielt der Freelander auf der Standspur, während HG die SMS las. Sein Blick wurde starr, sein Körper versteifte sich. Er reichte Lagerfeld das HTC, das er von Ewald in Norwegen bekommen hatte.

»Sag Jahn, dem Schwein, dass er keine Frauen retten kann.« Lagerfeld blickte ungläubig auf den Text. Seine Finger, die das Handy hielten, begannen zu zittern.

»Fahr, so schnell du kannst«, sagte HG. Seine rechte Hand krampfte sich um den Türöffner der Beifahrertür, sodass die Knöchel weiß wurden.

Moritz Kiesler konnte nicht glauben, was er da in der SMS las, die ihm dieser Polizist geschickt hatte. Er schrieb eine kurze Antwort, dann lachte er laut auf und ließ das Telefon wieder in seiner gefleckten Bundeswehrhose verschwinden. Die schwarzen Springerstiefel knirschten auf dem verdreckten Boden der Baustelle, als er auf die Frau zuhinkte, die bewusstlos und mit Paketband gefesselt auf dem Stuhl in der Mitte des Raumes saß. Die Kugel, die Jahn damals auf dem Schiff in sein Knie gefeuert hatte, hatte ihn bis an den Rest seines Lebens zu einem Versehrten gemacht.

Beim Gedanken an Jahn kochte sofort kalte Wut in ihm hoch. Er nahm einen dunklen Plastikeimer vom Boden, in dem dreckiges, übel riechendes Restwasser irgendeiner Bauarbeit schwappte, und schüttete die kalte Brühe wütend der Bewusstlosen über den Kopf. Während Ute von Heesen leise stöhnend zu sich kam, holte der Skin ein kleines schwarzes Kunstlederetui aus der Beintasche seiner Bundeswehrhose. Als er den Reißverschluss öffnete, lagen eine Spritze und eine Glasampulle mit einer bläulich schimmernden Flüssigkeit darin. Das kleine Fläschchen war bereits zur Hälfte leer, er hatte nur noch eine Dosis, die er verabreichen konnte, aber die war für das eindeutig hübscheste seiner Opfer bestimmt. Die Schlampe sah in ihrem durchnässten Zustand richtig scharf aus. Und wie sie gerade so vor sich hin stöhnte, das geilte ihn eindeutig auf. Einen Moment lang war er versucht, zuerst seinen Spaß mit der Nutte zu haben, aber dazu gab es später auch noch Gelegenheit, wenn das Mittel wirkte und sie nicht mehr schnallte, wo oben und unten war. Außerdem würde dann das lästige Gezappel und Geschrei wegfallen, das diese Schlampen immer aufführten, wenn man zur Sache kam.

Mit der linken Hand griff er seinem Opfer in die Haare und zog den Kopf nach hinten. Er lächelte der soeben Erwachenden breit zu, dann versenkte er die Injektionsnadel tief in den Muskel ihres linken Oberarmes.

Genau in diesem Moment flog die provisorisch reparierte Haustür der Loffelder Mühle krachend aus ihren Angeln und in den kahlen Flur hinein. Kiesler fuhr auf der Stelle herum, ließ allerdings nicht die Spritze los. Zwei Männer standen vor ihm in dem kleinen Wohnzimmer. Einer der beiden musste der Bulle sein, dessen Handy er im Garten des Barons gefunden hatte, den anderen würde er zeit seines Lebens nicht mehr vergessen. Das Schwein hatte seinen Bruder getötet und ihm ins Knie geschossen. Die Augen Kieslers suchten unauffällig nach seiner Machete, die er aber außerhalb seiner Reichweite in einen alten Stützbalken des Mühlenfachwerks gerammt hatte.

»Bernd?«, stöhnte Ute, als sie verschwommen seine Gesichtszüge wahrnahm. Sie lächelte, da sie ihn erkannte, aber der Skin drückte den bläulichen Inhalt der Spritze bereits in ihr Muskelgewebe. Lagerfeld wollte sich auf Kiesler stürzen, doch HG konnte ihn gerade noch zurückhalten.

»Kümmere dich um deine Freundin«, sagte er, dann ging er mit entschlossenen Schritten auf Kiesler zu und sprang ihn aus dem Stand mit den Füßen voraus an. Der Hammerskin wurde von der Wucht des Zusammenpralls gegen die Fachwerkwand der Loffelder Mühle geschleudert, richtete sich aber sofort wieder auf.

»Los, Bernd!«, rief HG laut, während sich Kiesler eine Eisenstange vom Boden gegriffen hatte. Lagerfeld lief zu Ute von Heesen, zog ihr die Spritze aus dem Arm und ließ diese in seiner Jackentasche verschwinden. Dann packte er die Lehne des Stuhls und zog die darauf sitzende Ute daran um die Ecke in den Flur. Dort öffnete er die Klappe zur Kellertreppe und schleppte seine schwere Fracht hinunter. Während er hören konnte, wie in ihrem zukünftigen Wohnzimmer ein heftiger Kampf tobte, verschloss er den Zugang zum Keller wieder. Ute ließ alles willenlos mit sich geschehen. »Was geht hier vor, Bernd?«, fragte sie leicht benommen, als sie im düsteren Licht der verdreckten Glühbirne im Keller abgesetzt wurde. »Wieso hast du mich gefesselt? Binde mich sofort los, Bernd, das ist nicht witzig.« Sie flehte ihn halb ärgerlich, halb stöhnend an.

Lagerfeld sah, dass ihre linke Gesichtshälfte angeschwollen war und blutete. Kiesler musste sie heftig geschlagen haben. Doch der Kommissar hatte keine Zeit, wütend zu werden. Wenn Ute überhaupt eine Chance haben wollte, musste jetzt alles sehr schnell gehen. Er holte Kieslers Spritze mit der blau schimmernden Droge heraus. Etwa ein Drittel der Flüssigkeit war noch übrig. Er drückte den Rest heraus, dann zog er den Plastikstempel nach hinten und schleuderte den nun hohlen Spritzenkorpus drei Mal im Kreis, sodass auch die letzten Reste Deep Blue durch die Fliehkraft herausgetrieben wurden. Anschließend steckte er den Stempel wieder in den Korpus und holte aus seiner anderen Jackentasche ein kleines Glasfläschchen. Es war nur halb gefüllt, aber die Menge musste einfach reichen. Es war der Rest vom Rezoanilin, das er HG im Flugzeug abgenommen hatte. Mit der Injektionsnadel durchstach er die Gummidichtung des Fläschchens, zog den Inhalt in die Kanüle der Spritze, hielt diese anschließend nach oben und drückte die Luft heraus. Ein kleiner Tropfen erschien am oberen Ende der Nadel. Es war so weit. Er musste Ute das Mittel intravenös verabreichen, das hatte er an HGs Beispiel gesehen. Ute versuchte zwar sich zu wehren, aber er presste sein Knie auf ihren ausgestreckten Arm und suchte in ihrer Armbeuge. Es war schon eine Weile her, seit er so etwas bei seiner Erste-Hilfe-Ausbildung gemacht hatte, aber er traf die Vene. Langsam beförderte er das Rezoanilin in Utes Blutkreislauf. Während sich der Stempel der Spritze nach unten bewegte, bemerkte er, dass der heftige Lärm über ihm plötzlich verstummt war und etwas Schweres auf die Klappe fiel. Aber darum würde er sich später kümmern. Jetzt holte er Haderleins Autoschlüssel hervor, der mit noch anderen an einem Bund hing, und zerschnitt in mühseliger Kleinarbeit mit dem Haustürschlüssel des Hauptkommissars das Paketband. Dann hob er Ute von ihrem Stuhl und legte sie auf das alte Sofa. Sie hatte ein seliges Lächeln im Gesicht.

»Ich bin glücklich, mir geht es gut«, sagte sie. Ihr Freund Bernd Schmitt lächelte zurück, während ihm Tränen der Verzweiflung über das Gesicht liefen.

Nicht nur Fidibus und Zobel machten Franz Haderlein Vorwürfe, dass er die beiden einfach so hatte fahren lassen, nein, er machte sie sich auch selbst. Eine Dreiviertelstunde waren Lagerfeld und Jahn nun schon verschwunden und hatten sich nicht mehr gemeldet. Weder bei Ute von Heesen noch bei Lagerfeld ging jemand ans Handy. Schließlich gab Haderlein seinem unguten Gefühl nach und beorderte einen Streifenwagen zur Dienststelle, der ihn zur Loffelder Mühle bringen sollte. Auf der Fahrt Richtung Bad Staffelstein versuchte er noch mehrmals irgendjemanden telefonisch zu erreichen, doch vergebens.

Als der Streifenwagen vor der Mühle hielt, sah Haderlein sofort, dass etwas nicht stimmen konnte. Die Haustür fehlte, und das Flurlicht schien ungehindert in den Garten. Haderlein sprang schon aus dem Wagen, als dieser noch parkte. Mit gezogener Waffe betrat er vorsichtig den Hausflur. Eine seltsame Stille herrschte im Haus. Mit der Waffe im Anschlag spähte er um die Ecke und sah einen Mann am Boden liegen, den Kopf auf einen Sack Zement gebettet. Hans Günther Jahn drückte einen alten Lumpen auf eine blutende Wunde an der Hüfte, sagte aber nichts. Als Haderlein sich weiter vorwagte, entdeckte er den massigen, tätowierten, vor allem aber toten Körper eines Mannes. Dem Hammerskin hatte jemand mit seiner eigenen Machete den Kopf fast komplett vom Hals abgetrennt. Der Schädel mit den nun ausdruckslosen Augen war zur Seite weggeknickt und wurde nur noch von einem dünnen Muskelfaserbündel am Körper gehalten, das von einem Stück Haut überdeckt wurde. Auf der Haut war groß und deutlich das schwarze Zeichen der Waffen-SS eintätowiert.

Lagerfeld legte Utes Kopf auf ein zerfetztes altes Sofakissen. Inzwischen war das Lächeln aus ihrem Gesicht gewichen, und kalter Schweiß stand ihr auf der Stirn. Er strich ihr mit der rechten Hand liebevoll über das Haar, dann drehte er sich um und ging zur Kellertreppe. Etwas tropfte immer schneller durch einen kleinen Spalt der Luke auf den Kellerboden. Lagerfeld sah sofort, dass es Blut war. Irgendjemand war dort oben gestorben. Aber wer? Er ging zu Ute zurück und setzte sich eine Weile neben sie. Ihre Haut wurde immer kälter, die Schweißausbrüche immer intensiver. Er deckte sie mit einer zweiten Decke zu, als er aus dem Erdgeschoss eine Stimme hörte.

»Bernd!« Es war HG.

Sofort rannte der Kommissar die Stufen hinauf und versuchte die Klappe zu heben. Er schaffte es erst beim zweiten Versuch, als, während er dagegendrückte, etwas sehr Schweres von der Klappe rutschte. Als er aus dem Keller trat, sah ihn HG müde lächelnd an. Er saß an einem Balken. Es war der tote Kiesler gewesen, der von der Klappe gerutscht war. Der Anblick des Skins war gewöhnungsbedürftig, die Art und Weise seines Dahinscheidens offensichtlich.

»Wie geht es deiner Süßen?«, wollte HG wissen, bevor er das Gesicht schmerzverzerrt verzog.

Als Lagerfeld sah, dass er aus einer Wunde an der Hüfte blutete, drehte er den nächstbesten Lappen zu einem Knäuel zusammen. HG nahm den Klumpen dankbar an und drückte ihn sich fest auf die blutende Wunde.

»Ich weiß es nicht«, sagte Lagerfeld deprimiert. »Es kann gut sein, dass ich zu spät gekommen bin.«

»Redet sie, oder schwitzt sie?«

»Ihr ist kalt, aber sie schwitzt ziemlich heftig«, antwortete Lagerfeld verwirrt.

HG lächelte. »Das ist gut. Das ist sehr gut.«

Lagerfeld fiel ein kleiner Stein vom Herzen, er holte das Handy heraus, das unten im Keller keinen Empfang gehabt hatte, und alarmierte die Notrufleitstelle. Der Krankenwagen würde umgehend hier sein.

»Sag mal, Bernd, das ist aber wirklich eine trockene Baustelle. Gibt's hier noch nicht einmal Bier? Das könnte ich jetzt echt gut gebrauchen.«

Lagerfeld brauchte einen Moment, bevor er begriff, dann grinste er. »Stimmt. Ich glaube zwar nicht, dass Alkohol im Haus ist, aber ich schau nach. Bin gleich wieder da.« Erleichtert ging er die Treppe hinunter und sah noch einmal nach seiner Ute. Sie schwitzte noch, aber immerhin war sie jetzt eingeschlafen. Keine Spur mehr von einer verdächtigen Redseligkeit. Er strich ihr kurz über die Wange, dann ging er zum Kühlschrank, um ein Mineralwasser zu holen. Ein Bier hätte ihm jetzt auch gutgetan, aber das gab's auf den allgemeinen Wunsch einer Einzelnen hin hier nicht. Als er den Kühlschrank öffnete, traute er seinen Augen nicht. Das Mineralwasser war verschwunden, stattdessen stapelten sich Flaschen mit Bockbier aus der Staffelberg-Bräu. Was war denn hier los? Verwirrt, aber hocherfreut griff er sich zwei Flaschen und stiefelte die Treppe wieder hinauf. Als er aus der Bodenöffnung herausschaute, blickte er direkt in die Mündung der Dienstwaffe seines älteren Vorgesetzten, Kriminalhauptkommissar Franz Haderlein.

Einen kurzen Moment lang schwiegen alle, dann äußerte Lagerfeld den in Polizeikreisen noch heute legendären Satz: »Okay, Franz, ein Bier von den beiden gehört dir.«

Früher oder später an diesem Abend versammelten sich fast alle Beteiligten dieses abenteuerlichen Falles wieder in der Dienststelle in Bamberg. HG wurde ins Klinikum Bamberg überführt, wo auch Ute von Heesen medizinisch betreut wurde. Lagerfeld blieb bei ihr, auch wenn sie bereits eingeschlafen war.

Gregor Zobel hatte noch am selben Abend eine Großfahndung nach allen bekannten Mitgliedern der radikalen Neonazi-Szene in Franken eingeleitet, sodass in ganz Nordbayern Hausdurchsuchungen stattfanden. Außerdem wurde in sämtlichen betroffenen Behörden ein geheimer Atomalarm ausgelöst, was dazu führte, dass alle verfügbaren Kräfte der Bundesrepublik, die auch nur irgendwie etwas zur Suche nach dem verschollenen Torpedo beitragen konnten, sich auf den Weg in das oberfränkische Weltkulturerbe machten. Selbst eine Spezialeinheit der US-Armee aus Grafenwöhr wurde hinzugezogen.

Trotzdem war allen klar, dass die Erfolgsaussichten dieser Suche äußerst ungewiss waren, und jeder hoffte, dass der Baron wieder aus seinem Koma erwachen möge. Doch die Suche nach dem Torpedo ging die Kriminalpolizei Bamberg, zumindest an diesem Tag, nichts mehr an, und so verließen Haderlein, Huppendorfer und Co. erschöpft die Dienststelle.

Der Hauptkommissar wurde schon an seiner Haustür von Manuela empfangen. Nachdem sie sich geküsst hatten, gab er ihr eine große Plastiktüte voller Kleidungsstücke in die Hand.

»So, mein Schatz. Jetzt kommt dein Teil der Polizeiarbeit. Könntest du diese verschwitzten Männersachen in deinen teuren Maschinen waschen? Sie gehören einem Mann, der eine wahre Odyssee hinter sich hat und jetzt im Klinikum Bamberg liegt.«

»Ach Gott, natürlich. Der Arme«, sagte Manuela Rast mitfühlend und nahm die Tüte an sich. Als Haderlein die Tür hinter sich schloss und mit Manuela ins Wohnzimmer trat, wurde er Zeuge einer seltsamen Begebenheit. Riemenschneider, die den Nachmittag bei Manuela verbracht hatte, war aufgesprungen und hatte sich panisch an die Wand des Wohnzimmers zurückgezogen. Franz und Manuela sahen sich ratlos an. Was war denn in das kleine Ferkel gefahren, um Himmels willen?

»He, du rosa Heldin, ich bin's doch nur. Dein Herr und Meister und kein Monsterbiber!«, rief Haderlein belustigt. Dann bemerkte er, dass sein Schweinchen gar nicht ihn, sondern die große weiße Plastiktüte anstarrte, die Manuela in der Hand hatte. Er nahm sie ihr ab und schwenkte sie testhalber hin und her. Und tatsächlich, die Äuglein Riemenschneiders folgten jeder Bewegung der Tüte ängstlich von rechts nach links und von links nach rechts, als würde der Tüte jeden Moment ein Metzgermeister mit dem ultimativen Schlachtbefehl für zu klein geratene Schweine entsteigen.

Haderlein überlegte und beschloss, systematisch vorzugehen. Manuela Rast sah interessiert und amüsiert dem Treiben ihres Kommissars zu, als dieser den Inhalt der Tüte auf den Boden schüttete. Ängstlich quiekend wich Riemenschneider bis in die hinterste Ecke des Raumes zurück und schaute panisch zu dem Kleiderhaufen herüber. Haderlein legte nun ein Kleidungsstück HGs nach dem anderen wieder in die Tüte zurück. Riemenschneider rührte sich nicht – bis Haderlein die Hose in die Hand nahm. Sofort entwich dem kleinen Ferkel ein panisches Quieken. Haderlein begann daraufhin die Taschen der Hose Hans Günther Jahns zu durchsuchen. Wieder passierte nichts, bis er das kleine, verrostete Metallstück, das HG in seinem Fischkutter gefunden hatte, hervorzog. Vorsichtig ging er mit ihm einen Schritt auf seine Riemenschneiderin zu, und siehe da, das kleine Ferkel kriegte sich nicht mehr ein vor lauter Angst. Sofort ging Haderlein wieder zum Kleiderhaufen und HGs Hose zurück. Es dauerte nur wenige Sekunden, dann fügte er die Puzzleteile, die ihm Riemenschneider vor die Füße gelegt hatte, zusammen. Kurz lächelte er, dann schaute er seine Manuela an.

»Du hast ja gar keine Vorstellung davon, was wir für ein talentiertes Schwein haben«, sagte Haderlein euphorisch und griff sich seine Jacke und das Metallstück. »Ich muss noch mal weg. Kann aber eine Weile dauern. Und in der Zwischenzeit kümmerst du dich bitte um unser rosa Wunderkind und gibst ihr so ziemlich alles, worauf sie steht. Das hat sie sich nämlich wahrlich verdient.« Mit dieser kryptischen Ansage ließ er eine verwirrte Frau und ein extrem erleichtertes Ferkel zurück.

Herr und Frau Biber waren schlicht empört. Auf dem Gartengrundstück vom Baron von Rotenhenne war erneut schweres Gerät positioniert worden. Zu den Scheinwerfern gesellten sich nun auch ein Fahrzeug der Bundeswehr und ein großer Kran, der auf einem Lastwagen montiert war. Natürlich fand alles mitten in der Nacht statt, und dabei waren sie sich so sicher gewesen, den Lärm und Trubel endlich überstanden zu haben. Nervös saßen sie am gegenüberliegenden Ufer und betrachteten aus sicherer Entfernung den geballten Aufmarsch der menschlichen Heerscharen samt ihrer Maschinen.

Haderlein stand mit zwei Spezialisten des Bombenräumkommandos aus Nürnberg am Rande des von den Bibern aufgestauten Sees und schaltete einen Suchscheinwerfer an, der sich auf einem Schwenkarm über sie hinweg in die Luft hob und von dort senkrecht den Bibersee beleuchtete. Sie mussten nur wenige Meter in Richtung Seemitte waten, dann konnten sie es sehen. Direkt vor ihnen glitzerte und schillerte es in etwa fünfzig Zentimeter Wassertiefe in allen vorstellbaren Farben.

»Das ist er, der Colibri-Effekt. Schrecklich schön«, meinte Haderlein nachdenklich.

»Und zudem clever gelöst«, sagte einer der Bombenspezialisten. »Das Plutonium in dem Torpedo muss permanent gekühlt werden, und wegen der Biber würde ansonsten hier niemand suchen.«

»Und wie sind Sie jetzt darauf gekommen?«, fragte Gregor Zobel, der nun auch zu ihnen stieß und sich neben sie ins Wasser stellte.

»Durch ein kleines, überaus empfindsames Schweinchen«, erklärte Haderlein seinen verdutzten Zuhörern. »Erst dachte ich, Riemenschneider hätte eine panische Angst vor Bibern, aber tatsächlich hat sie nur das Plutonium und die Strahlung gespürt. Deswegen wurde sie so panisch und wollte nur noch weg von hier.«

»Jetzt hören Sie aber auf«, sagte Zobel ungläubig. »Die Strahlung des Torpedokopfes ist so gering, dass die exotische Lackierung schon ausreicht, um keine Radioaktivität durchzulassen. Und dann war da noch ein halber Meter Wasser der Baunach drüber, nichts und niemand auf dieser Welt hätte da etwas messen, geschweige denn spüren können.«

Doch Franz Haderlein zuckte nur lächelnd mit den Schultern, wandte sich um und beobachtete weiterhin die Spezialisten bei ihrer heiklen Aufgabe, einen Atomtorpedo zu bergen.

Epilog

Der Leiter der norwegischen Forschungsstation Herwighamna staunte nicht schlecht, als er wie immer um neun Uhr morgens die Daten der Messgeräte auf dem kleinen aufgeschütteten Hügel ablesen wollte. Jonas Haake war es gewöhnt, die größte Zeit als Wissenschaftler allein zu verbringen. Nur ab und zu kam ein Schiff oder Hubschrauber der Küstenwache vorbei, um am Nordende der Bäreninsel, im Bezirk Svalbard, nach dem Rechten zu sehen.

Aber heute schienen sich die Geschehnisse zu überschlagen. Erst war außerplanmäßig ein Hubschrauber der Küstenwache gelandet, der die Aufgabe hatte, die Insel nach deutschen Verbrechern abzusuchen. Die beiden Piloten hatten ihm von dem Gerücht erzählt, jemand habe versucht die beiden Torpedos der »Komsomolez« zu stehlen, die seit Jahrzehnten vor der Bäreninsel auf Grund lag. Und jetzt, um neun Uhr morgens, während die Piloten in der Forschungsstation einen warmen Tee schlürften, kam jemand von Süden her durch die Ebene auf sie zugestolpert. Er musste zwei Mal hinschauen, um zu glauben, was er da sah. Ganz eindeutig war die Person eine Frau mit noch eindeutigeren Schwierigkeiten, sich aufrecht zu halten.

Jonas Haake ließ alles liegen und stehen und rannte auf die Frau zu, die ihm erschöpft und völlig unterkühlt in die Arme fiel. Sie stammelte kaum verständlich, sie sei die knapp zwanzig Kilometer von der Südspitze bis hierher barfuß und im T-Shirt gelaufen. Zudem hatte sie eine stark blutende Wunde an der Hüfte. Er musste sie stützen, damit sie die wenigen Meter bis zur Station überhaupt noch schaffte. In der Küche der Forschungseinrichtung klappte sie einfach zusammen.

Die beiden Piloten versorgten die verletzte und unterkühlte Frau fürs Erste und flogen dann keine halbe Stunde später mit ihr aufs norwegische Festland, ins Krankenhaus von Tromsø. Ihren Gesichtern nach stand es sehr ernst um diese schöne schwarzhaarige Frau.

Kopfschüttelnd machte sich Jonas Haake wieder an seine Arbeit. Das war mal ein regelrecht hektischer Tag auf der sonst so eintönigen Station Herwighamna gewesen. Heute Abend würde er eine lange und ausführliche Passage als Tagesbericht schreiben können.

Franz Haderlein und Manuela Rast, die Riemenschneider auf dem Arm trug, betraten das Krankenzimmer von Hans Günther Jahn. Bernd und Ute, der noch ein großes Pflaster auf der Wange klebte, waren schon da und standen am Kopfende von HGs Bett. Die Krankenschwestern auf dem Gang hatten wie immer das Gesicht verzogen und vehement darauf bestanden, dass Riemenschneider getragen werden musste. Doch da im Moment keine Krankenschwester in Sicht war, erkundete die atomare rosa Heldin des Vorabends neugierig die desinfizierte Umgebung.

»Eigentlich geht es mir schon wieder gut«, sagte HG optimistisch, obwohl ihm der Leidensdruck deutlich ins Gesicht geschrieben stand. Als er heute Morgen aufgewacht war, hatte ihn die Erkenntnis, dass alle Menschen, die ihm etwas bedeutet hatten, tot waren, wie ein Schlag getroffen. Umgebracht von menschenfeindlichen Fanatikern. Auch die Nachricht vom Tod Roalds hatte man ihm inzwischen überbracht, da HG seinen Freund schon in Bergen hatte anrufen wollen. Nein, niemand wollte mit HGs Gefühlsleben tauschen.

»Du, HG, was willst du jetzt eigentlich machen?«, fragte Lagerfeld besorgt, da er dem alten Vereinskameraden helfen wollte. Umso mehr, da sie gerade eine ziemlich wilde Zeit zusammen durchgestanden hatten.

»Ach, du lieber Gott«, sagte Hans Günther Jahn verbittert. »Frag mich was Leichteres. Ich bin fast pleite, mein erster großer Auftrag war ein einziger Alptraum – was würdest du an meiner Stelle machen, Bernd? Ich bin für jeden Vorschlag dankbar.«

Lagerfeld öffnete den Mund, um etwas Tröstendes zu antworten, wurde aber von einem lauten Handyklingeln davon abgehalten.

»Ach, Bernd, kannst du das Ding nicht mal fünf Minuten ausschalten?«, beschwerte sich seine bepflasterte Freundin sofort.

»Isjagutisjagut«, entschuldigte sich Lagerfeld. Dann merkte er mit Erstaunen, dass es das Ersatzhandy war, welches er aus Norwegen mitgebracht hatte, das klingelte.

Wer rief ihn wohl auf dieser Nummer an? Die kannten doch nur Franz, Tina und sein Kontaktmann von der norwegischen Polizei. Er stellte sich in eine Ecke des Krankenzimmers und nahm das Gespräch an.

HG bemühte sich, trotz seiner depressiven Grundstimmung etwas fröhlicher zu wirken. Alle hier wollten ja wirklich nur das Beste für ihn. Er wollte gerade erklären, was er mit der »Bardal«, die ja noch in Ålesund lag, und seinem ROV vorhatte, als Lagerfeld mit dem Mobiltelefon wieder zu ihm zurück ans Bett kam. Sein Gesicht war grau. Er wirkte, als hätte er einen bösen Geist gesehen.

»Was ist denn los, Bernd?«, fragte Manuela Rast besorgt, und auch Haderlein wusste nicht so recht, was er von Lagerfelds Gesichtsausdruck halten sollte. Der junge Kommissar reichte HG mit zitternden Fingern das Handy. »Da will dich jemand sprechen.« Er selbst drehte sich zu seiner Ute um und nahm sie fest in den Arm. Er hatte Tränen in den Augen.

HG hob zögernd das Handy an sein Ohr. Was für eine Hiobsbotschaft stand ihm jetzt wohl noch bevor? Nahmen die Schrecken denn nie ein Ende?

Sekunden später richtete sich der Oberkörper Hans Günther Jahns so ruckartig auf, dass alles in seiner Umgebung durch die Gegend gewirbelt wurde: Schläuche, Infusionstüten, Zeitschriften und Plastikflaschen. Dann konnte man ihn wasserfallartig in Norwegisch reden hören. Ute von Heesen schaute Bernd fragend an, der seltsam zurückblickte.

»Es ist Marit«, sagte er ergriffen.

Nach einigen Minuten intensiver Kommunikation wurde das Gespräch, das die norwegische Polizei vermittelt hatte, schließlich beendet. Hans Günther Jahn blickte noch einige Sekunden lang völlig entrückt von einem zum anderen, dann geschah das, wonach ihm schon seit sehr langer Zeit gewesen war. Er brach in hemmungsloses Schluchzen aus. Er weinte alles Aufgestaute aus sich heraus, aber vor allem rannen ihm Tränen der Freude übers Gesicht. Marit lebte. Sie hatte es geschafft, war Sedat entkommen, während die anderen bei ihm auf der »Bardal« gewesen waren, und hatte ganz allein die Bäreninsel von Süd nach Nord durchquert. Marit lebte – und er konnte endlich die ertragenen Qualen und den verdrängten Schmerz herausheulen. Man hatte sie im Krankenhaus in Tromsø wochenlang mühsam aufgepäppelt, und jetzt hatte sie ihn tatsächlich gefunden. Manuela Rast war so gerührt, dass sie sich zu HG aufs Bett setzte und ihn in den Arm nahm.

Kurze Zeit später sprach alles durcheinander, Glückwünsche

wurden ausgeteilt und Umarmungen ausgetauscht. Endlich, nach so langer Zeit, erlebte Hans Günther Jahn wieder einen Moment des Glücks.

Am Fußende des Bettes saß währenddessen ein kleines rosa Ferkel mit leicht schief gelegtem Kopf und betrachtete mit einem sehr zufriedenen Grunzen die freudvolle Szenerie. Lachen, Tanz, Wein und Gesang? Sehr fein, ginge es nach Riemenschneider, so konnte das eine ganze Weile so bleiben.

Denk ich an Deutschland,
ist mir auch nach Schrein,
fällt mir so viel Hass, Not und Elend ein.
Dann seh ich die Erde zu Asche verbrannt,
hier bin ich geboren,
auch das ist mein Land

Ist alles vergessen,
ist alles vergessen,
ist alles vergessen,
was einmal war.

Puhdys

PÅ SLUTTEN

ENDE

Das Allerletzte

Nach genau siebenundfünfzig Tagen und drei Stunden erwachte Baron Ferdinand von Rotenhenne aus dem Koma. Von geistiger Umnachtung konnte überhaupt keine Rede sein. Der Baron war absolut auf der Höhe und konnte den Krankenschwestern sofort erste Befehle erteilen. Nach einer weiteren Woche Reha im unterfränkischen Bad Kissingen kehrte er nach Hause zurück und machte sich sofort wieder an die Arbeit an der Stufenburg. Mit Trauer um seine Haushälterin oder Bauleiterin oder genereller Niedergeschlagenheit hielt sich der Baron nicht lange auf, aus seiner Sicht hatte er durch das Koma schon viel zu viel wertvolle Lebenszeit verplempert.

Etwas von seiner Zeit hatte er allerdings noch vor seiner Kur Kriminalhauptkommissar Haderlein opfern müssen. Einige Details dieses Falles blieben noch zu klären, doch Baron Ferdinand von Rotenhenne gab bereitwillig Auskunft.

Und so erfuhr Franz Haderlein, dass der Baron sehr wohl von HG gewusst hatte, wer da sein Unwesen trieb und dass etwas Schlimmes in seinem Gartenhaus geschehen sein musste. Aber im Gegensatz zu HG war er der Meinung gewesen, beim Thema Rechtsradikalismus unbedingt die Polizei hinzuziehen zu müssen. Da er HG jedoch aus Rücksicht auf Marit versprochen hatte, genau dieses nicht zu tun, und Schwüre bei ihm noch etwas zählten, war der Baron auf die krude Idee mit den Frauenleichen zu Scheßlitz verfallen. Immerhin, sie hatte funktioniert.

Als er erkannt hatte, wer der Tote im Gartenhaus war, war auch dem Baron klar geworden, was die Stunde geschlagen hatte, und er vollbrachte eine schauspielerische Meisterleistung – sowohl der Polizei gegenüber als auch HGs Schwester und Mutter. Doch bevor er zu weiteren Taten schreiten konnte, wurde er durch die tragischen Umstände in seinem Garten unfreiwillig aus dem Verkehr gezogen.

Und die Biber? Da er sich so vehement und lautstark gegen die Biber ausgesprochen hatte, wurden diese natürlich von all seinen Gesprächspartnern sofort in besonderen Schutz genommen. Ihr See war damit zu einem idealen Versteck geworden. Der Baron musste selbst darüber lachen, als er dem Kommissar die ganze Geschichte beichtete.

Die Bamberger Polizei verzichtete daraufhin auf weitere Verhöre den Baron betreffend und widmete sich dafür umso intensiver der Durchleuchtung der Nazi-Szene in ihrem Zuständigkeitsbereich. Der Baron indes widmete sich sehr bald schon wieder seinem Lebenswerk.

Unter seiner Führung wurde die Stufenburg schließlich doch noch eine Erfolgsgeschichte, auch wenn die Bauarbeiten während der bewusstseinsmäßigen Abwesenheit von Rotenhenne ausgesetzt worden waren.

Kurz vor Beendigung drohte das plötzliche Aus durch Finanzknappheit, doch der Baron war in der Lage, innovativen Geschäftsideen Vorschub zu leisten. Ein Experiment am Rande seines überschwemmten Gartengrundstückes an der Baunach wurde – zum großen Leidwesen der dort ansässigen Biberpopulation – zu einem äußerst erfolgreichen Geschäftsmodell: Ferdinand von Rotenhenne avancierte zum ersten und damit auch größten Hersteller von fränkischem Reis. Der ökologische »Biberreis« wurde sogar so erfolgreich, dass es binnen Jahresfrist zu einer wundersamen Bibervermehrung an Itz, Baunach und anderen Main-Nebenflüssen kam. Die daraus entstandenen Feuchtwiesen wurden daraufhin flugs vom gemeinen fränkischen Agrarökonom in Reisanbauflächen umgewandelt, die mindestens so viel Gewinn abwarfen wie eine Biogasanlage oder Windräder. Einwände des Landesbundes für Vogelschutz, durch den Reisanbau würden wertvolle Brutgebiete für seltene Vogelarten, insbesondere den Flussregenpfeiffer, verloren gehen, wurden durch intensive Lobbyarbeit des Bayerischen Bauernverbandes liquidiert.

»Reich durch Reis«, so hieß nun der neue Slogan, der fränkischen Landwirten neuen Wohlstand versprach.

Und so verhalf letztendlich der fränkische »Biberreis«, von thüringischen Tagelöhnern geerntet, der Stufenburg zu einem glücklichen Ende.

Nur der Flussregenpfeiffer hatte etwas gegen diese Entwicklung. Angestachelt von diversen Naturschutzverbänden kam es sogar zu massiven Demonstrationen ganzer Vogelschwärme, jedoch vergebens.

Von radikalen Bauern wurden in den Reisfeldern zur Schaffung unverrückbarer Tatsachen Schilder aufgestellt mit folgender Aufschrift: »Vögel haften für ihre Eier!«

Schlussendlich wurde der Begriff »Bibern« sogar zu einem festen Terminus in der jugendlichen Sexualkunde, was wiederum zu einem explosionsartigen Anstieg der Geburtenrate in ganz Franken führte.

Aber wohin uns diese Geschichte führt, soll ein andermal erzählt werden.

ENDGÜLTIGES ENDE

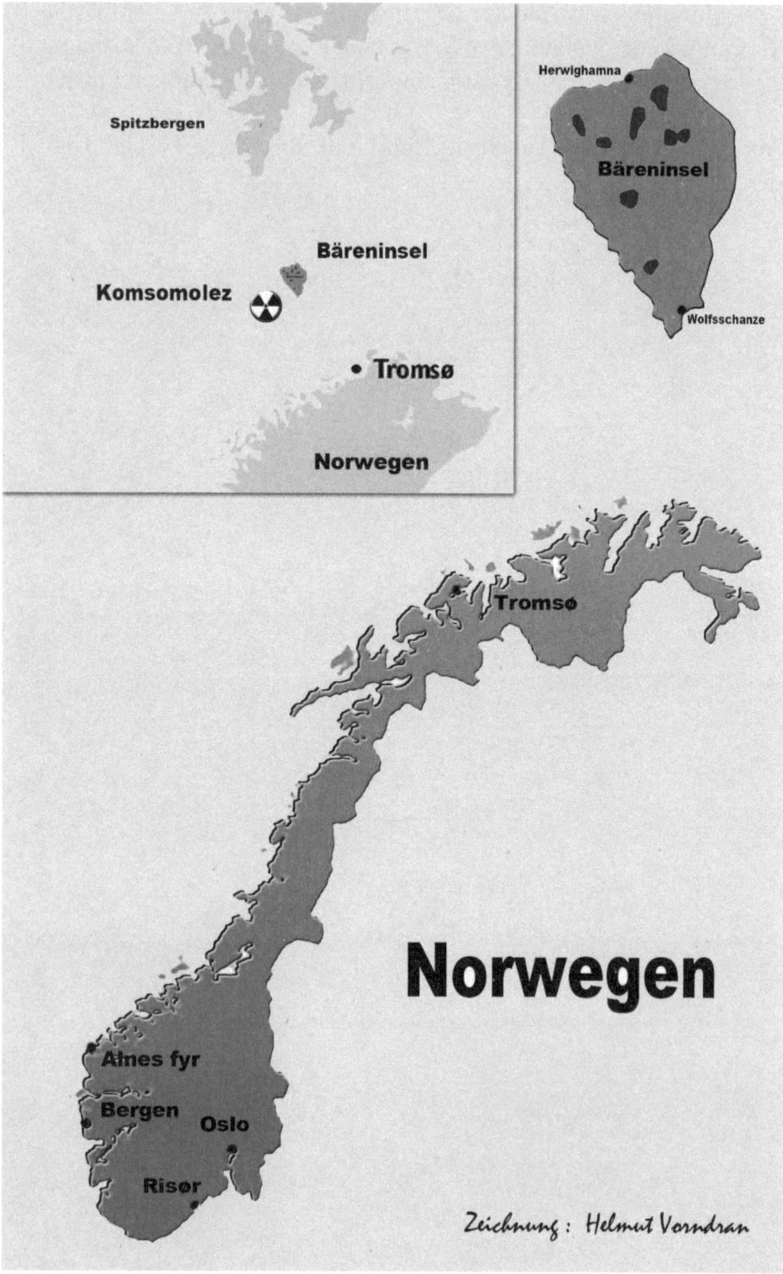
Spitzbergen
Bäreninsel
Komsomolez
Tromsø
Norwegen
Herwighamna
Bäreninsel
Wolfsschanze
Tromsø
Norwegen
Ålnes fyr
Bergen
Oslo
Risør
Zeichnung: Helmut Vorndran

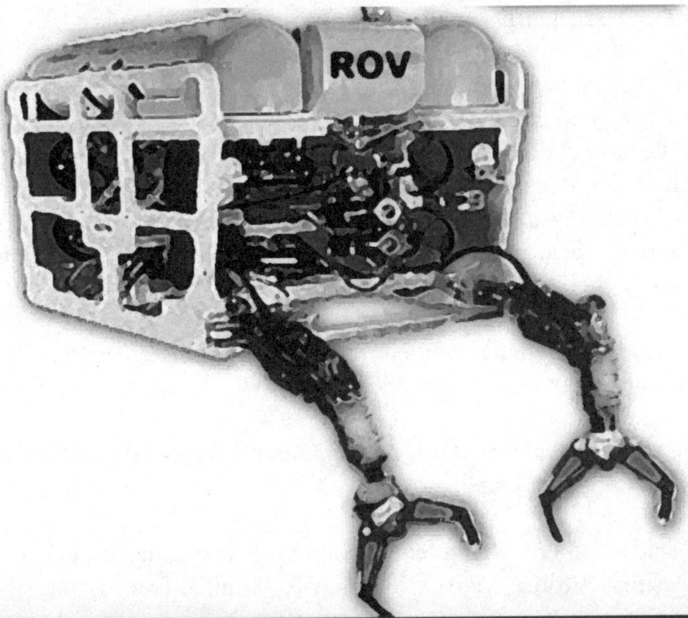
ROV

Alnes fyr

Mein herzlicher Dank

Für die fachliche Beratung danke ich Dr. Thomas Neundorfer, Universität Heidelberg, TU München, GEOMAR Kiel, Stabsfeldwebel Roland Zschorn, Dipl.-Ing. FH Rainer Scholz, Elena Guseva, Botschaft der Russischen Föderation Berlin, Königlich Norwegische Botschaft Berlin, BUND Naturschutz, Landesbund für Vogelschutz Bamberg, Stadt Baunach, Therme Bad Staffelstein, Apple Deutschland sowie Eurocopter Donauwörth.

Besonderer Dank an meine unermüdliche Übersetzerin Tina Franz in Norwegen. *En hjertelig takk!*

Besonderer Dank auch an meine beiden Mädels Elke und Hannah fürs ausschlafen lassen.

Geradezu unersetzlich meine treuen Probeleserinnen und -leser: Martina, Andrea, Martin, Elke, Uwe, Monika, Denise, Maren und Beate.

Ich danke ganz besonders Josef Sanfilippo und seinem Team im »La Stazione« Kaltenbrunn für den kulinarischen und räumlichen Beistand in jeder Lebenslage. Immer Kalorien und Koffein im richtigen Moment. Nur ein Ofen wäre mal nicht schlecht.

Zum Schluss ein Dank an meine verzweifelten Lektorinnen und Lektoren des Emons Verlages. Fränkisch ist eine schwere Sprache.

Übersetzungen der norwegischen Dialogpassagen

Seite 63: *Jævlig, tyrkisk sønn av en lemen!* – Verfluchter türkischer Sohn eines Lemmings!

Seite 63: *Kom igjen, du ditt huletroll.* – Komm mit, du dämlicher Höhlentroll.

Seite 64: *Fremme* – Ziel erreicht

Seite 102: *›Ha det bra, Roald. Jeg bare drar nå, men jeg kan ikke fortelle hvorfor‹-aksjon.* – ›Auf Wiedersehen, Roald. Ich hau jetzt einfach ab, aber ich kann dir nicht sagen warum‹-Aktion.

Seite 117: *Pass pa deg, min ven.* – Pass auf dich auf, mein Freund.

Seite 117: *Jeg kommer tilbake.* – Ich werde wiederkommen.

Seite 122: *Hvor han er?* – Wo ist er?

Seite 122: *Dette er et svært uflatterende kort hår frisyre.* – Das ist eine sehr unvorteilhafte Kurzhaarfrisur.

Seite 144: *Indre Havn* – Innerer Hafen

Seite 172: *Vel, venner* – Nun gut, Freunde

Helmut Vorndran
BLUTFEUER
Broschur, 400 Seiten
ISBN 978-3-89705-728-9

»Wer sich ins ›Blutfeuer‹ begibt, sollte mit einem ausgeprägten Sinn für skurrilen, tiefschwarzen Humor ausgestattet sein. Denn der Öko-Thriller eskaliert zum satirisch-sarkastischen Action-Krimi, der von der Provinz-Posse bis zur Splatter-Orgie so ziemlich alle Register zieht – ein B-Movie zum Lesen, sozusagen.« Neue Presse

»Bizarre Todesfälle, viel Lokalkolorit und schwarzer Humor sind die Zutaten. Ein Krimi, den man wegen seiner jenseitig abstrakten Handlung im vertrauten Diesseits lieben muss.« Fränkischer Sonntag

Helmut Vorndran
TOT DURCH FRANKEN
Broschur, 256 Seiten
ISBN 978-3-89705-895-8

»Vorndrans kriminelle Fantasie ist überwältigend.« Neue Presse Coburg

»Vorndrans Ideen sind manchmal sehr skurril, aber immer sehr unterhaltsam. Wie in seinen beiden Romanen tauchen fränkische Typen auf, die es in ihrer Reinrassigkeit in echt überhaupt nicht geben kann. Alle mit Zügen, die man als echter Franke an sich selber oder an anderen sehr gut beobachten kann.« Mainpost

www.emons-verlag.de